APPLES NEVER FALL

Liane Moriarty

苹果不会落下

[澳]莉安·莫里亚蒂 著　熊亭玉 译

图书在版编目（CIP）数据

苹果不会落下 /（澳）莉安·莫里亚蒂著；熊亭玉译. -- 北京：北京联合出版公司, 2025.4. -- ISBN 978-7-5596-8135-5

Ⅰ. I611.45

中国国家版本馆CIP数据核字第2024BV1762号

Copyright © 2021 by Liane Moriarty
北京市版权局著作权合同登记　图字：01-2024-4679

苹果不会落下

著　者：[澳]莉安·莫里亚蒂
译　者：熊亭玉
出品人：赵红仕
选题策划：后浪出版公司
出版统筹：吴兴元
编辑统筹：尚　飞
特约编辑：王亚伟
责任编辑：管　文
营销推广：ONEBOOK
营销统筹：陈高蒙
营销编辑：徐　可
装帧设计：李　易
装帧制造：墨白空间

北京联合出版公司出版
（北京市西城区德外大街83号楼9层 100088）
天津中印联印务有限公司印刷　新华书店经销
字数385千字　880毫米×1194毫米　1/32　14.375印张
2025年4月第1版　2025年4月第1次印刷
ISBN 978-7-5596-8135-5
定价：78.00元

后浪出版咨询(北京)有限责任公司　版权所有，侵权必究
投诉信箱：editor@hinabook.com　fawu@hinabook.com
未经书面许可，不得以任何方式转载、复制、翻印本书部分或全部内容
本书若有印、装质量问题，请与本公司联系调换，电话010-64072833

献给我的母亲，爱您

序　章

　　自行车躺在路边的一棵灰色橡树下，车把翘起，角度奇怪，仿佛是被用力扔下的。

　　这是一个星期六的清晨，正是热浪来袭的第五天。全州有超过四十处的丛林大火还在持续地蔓延。六个地区城镇接到了"马上撤离"的警告，但在悉尼郊区，唯一面临危险的只有哮喘患者，他们应该待在室内。烟霾笼罩了整个城市，呈现出一种恶毒的黄灰色，就像伦敦的浓雾一般。

　　空荡荡的街道上只听得到喧闹的蝉鸣声。夜晚热得让人睡不安稳，烦躁不安的怪梦一个接一个，而早起的人们打着哈欠，用拇指滑着手机屏幕。

　　被丢弃的自行车是崭新的，广告上说的那种"女士复古自行车"：薄荷绿，7挡变速，棕色皮革车座，白色柳条筐。看到这样的自行车，你的脑海中就会联想到欧洲山区村庄，空气凉爽干燥，有人骑着这款自行车，头戴柔软的贝雷帽，而不是安全头盔，胳膊下夹着一条长棍面包。

　　四个绿色的苹果散落在树下的干草地上，仿佛是从自行车筐里滚了出来。

　　一窝黑色的绿头苍蝇蹲在自行车银色辐条的不同位置上，一动不动，看上去像死了一样。

一辆霍顿准将[1]V8，播放着二十世纪八十年代的摇滚歌曲，车子随着节拍一起震动，从十字路口驶来，在这个家庭型的社区里不合时宜地开得很快。

刹车灯一闪，轮胎发出刺耳的声音，车子掉转车头，停在了自行车旁边。音乐声戛然而止。司机抽着烟下了车。他瘦得皮包骨头，光着脚，袒露着胸膛，只穿了一条蓝色的足球短裤。驾驶座的门没关，他踮着脚，以芭蕾舞者老练的优雅姿态穿过滚烫的柏油路，走上草地，蹲下身看着自行车。他轻轻捏了捏自行车爆胎的前轮，仿佛那是受伤动物的腿。苍蝇们突然活了过来，发出焦虑的嗡嗡声。

男人上下张望着空荡荡的街道，眯着眼抽了一口烟，耸了耸肩，一只手抓着自行车站了起来。他朝着自己的车子走去，像买了一件东西一样把自行车放到了后备箱，他熟练地用快拆杆卸下自行车前轮，这才刚好把它塞进后备箱。

他回到车里，重重地关上车门，开走了。他随着《地狱公路》[2]的节拍敲打着方向盘，很是怡然自得。昨天是情人节，他不相信资本那套狗屁说辞，但他要把自行车送给妻子，带着讽刺地眨巴着眼睛，说句"情人节快乐，迟到的礼物，宝贝"。也许这可以弥补前一天的过失，今晚说不定还能走点儿好运。

但他没走好运，反而非常不幸。二十分钟后，他死了，两辆车迎头撞击，他当场毙命。对面是来自州际公路的一辆半拖挂车，司机没看到被树木遮挡住的停车标志。那棵枫香树长得过于茂盛，挡住了停车标志，当地住户对此已经投诉了数月。他们说，发生事故是迟早的事情。现在它来了。

热浪中，苹果腐烂得很快。

---

[1] 霍顿准将：澳大利亚常见的汽车品牌，母公司为美国通用汽车。2020年，通用汽车宣布霍顿品牌将退出市场。（本书注释如无特别说明，均为译者注。）

[2]《地狱公路》：澳大利亚著名摇滚乐队AC/DC的歌曲。

第一章

一家咖啡店冷清的角落里坐着两男两女,旁边墙上挂着一张装框照片,画面是托斯卡纳地区黎明时分的向日葵。他们都是篮球运动员身高,凑在马赛克图案的圆桌上,额头都快碰到一起了。他们说话的声音低沉急切,仿佛他们之间的谈话涉及国际间谍活动。这是星期六的上午,怡人的夏日时分,空气中弥漫着香蕉梨子面包新鲜出炉的香味,耳边懒懒飘荡的是立体音响播放的慢摇滚音乐,伴随着浓缩咖啡机不辞辛劳的咝咝声和研磨声。

"我觉得他们是兄弟姐妹,"女服务生对老板说道,她家就她这么一个孩子,她对兄弟姐妹很有兴趣,"他们长得好像呀。"

"他们老半天都不点单。"老板说道。老板是他家八个孩子中的一个,对兄弟姐妹压根儿没兴趣。自从上周雷暴驾到,喜雨从天而降,已经连续下了近一周。现在森林大火得到控制,烟雾散开,人们的面孔也晴朗起来,顾客们终于手里捏着现金,再次外出闲逛,所以他们要的就是客人速战速决,腾出桌子来。

"他们说还没空看菜单。"

"再去问问。"

女服务生再次朝那四个人走去,她注意到他们的坐姿奇特,每个人都用脚钩住椅子前腿,仿佛是害怕椅子滑走一样。

"抱歉，打扰一下。"

他们没听到她说话。四个人同时都在说话，声音重叠在一起。他们肯定有血缘关系，声音听起来都挺像的：低沉，带一点沙哑。嗓子痛和有秘密的人都会这样。

"从技术层面而言，她不算失踪。她给我们发了短信。"

"她居然不接电话，我真是没法相信。有电话打来，她肯定会接的。"

"爸爸提了一句，说她的新自行车不在了。"

"什么？那就奇了怪了。"

"所以……她是骑车出门，顺着街道而下，消失在了落日里？"

"但她没戴头盔。我觉得这也挺蹊跷的。"

"我觉得是时候了，我们应该报警，说她失踪了。"

"已经超过一个星期了。时间太长了。"

"我已经说过了，从技术层面，她不算——"

"我们不知道她在哪儿，所以她就是失踪了。"

女服务生提高嗓门，声音大到近乎粗鲁的程度："你们想好点什么了吗？"

他们还是没听见她说话。

"你们去过家里了吗？"

"爸爸告诉我不要过去。他说他'很忙'。"

"很忙？他这么忙，忙什么呢？"

女服务生拖着脚走在他们身边，在椅子和墙壁之间移动，好让他们看到自己。

"如果我们报警说失踪，你们想过后果吗？"两个男人当中长得好看一些的说道。他身穿长袖亚麻衬衣，袖子挽到胳膊肘，下身是短裤，光脚穿鞋。他蓄着山羊胡须，是低版本的魅力领袖型，像真人秀明星或者房地产经纪人，女服务生猜他三十出头。"他们会怀疑爸爸。"

"怀疑爸爸什么?"另一个男人说道。他长得寒酸些、粗胖些,像前一个男人的更低版本。他就不该留山羊胡须,把脸刮干净才是正事。

"怀疑他……你知道的。"高版本兄弟用手指在脖子上一划。

女服务生全身都僵硬了,她自从开始当服务生,还从未在无意中听到过这么精彩的对话。

"天哪,特洛伊,"低版本的兄弟呼出一口气,"这可不好玩。"

对方耸了耸肩:"警察会问他们是否争吵过。爸爸说过,他们的确吵架了。"

"但肯定——"

"也许这事真的和爸爸有点儿关系。"四人当中最年轻的那个说道。她穿着一条橘黄色短裙,上面点缀着白色雏菊图案,里面是一件带子系在脖子上的游泳衣。她的头发染成蓝色(正是女服务生渴望染的色调),湿漉漉的,胡乱打了一个结挂在脖子上。两条胳膊上涂抹了沙质的防晒霜,泛着好看的光泽,就像刚从沙滩走过来一样,但他们距离海边至少有四十分钟的车程。"也许他发飙了。也许他终于发飙了。"

"你们两个,够了。"另一个女子说道。这时女服务生才意识到她是这里的常客:超大杯、超热澳白,豆奶基底。她叫布鲁克,末尾字母是"e"。这家店会把顾客的名字写在咖啡杯的盖子上,有一次,这女子指出她名字的末尾应该有个"e",态度羞怯而坚定,仿佛实在忍不住了一样。

她彬彬有礼,但话不多,通常有点焦虑的样子,仿佛已经知道这一天不能顺意一样。她用五澳元钞票付款,总是往小费罐里投一枚五十分的硬币。每天的穿着都一样:海军蓝的马球衫,短裤,跑鞋加袜子。

今天她是周末打扮,上衣加半身裙,但依然是军队人员下班的样子,或者说是体育老师,还是绝不会听信学生说什么抽筋肚痛的那种。

"爸爸绝不会伤害妈妈的,"她对另一个女子说道,"绝不会。"

"哦,上帝,他当然不会。我随便说的!"蓝头发的女子抬起双手,女服务生看到她眼角和嘴角都有皱纹，发现她根本不年轻，只是打扮得年轻。她是乔装打扮的中年人。从远处看，人们会猜她二十；走近一看，就会觉得是四十。这就像一个小把戏。

"妈妈和爸爸的婚姻真的很牢固。"名字里有个"e"的布鲁克说道。她语气愤懑而恭敬，其中有些东西让女服务生觉得，虽然她穿着朴实，但可能是四个人中年龄最小的。

长得好看些的兄弟戏谑地看了她一眼。"我们是在同一个屋檐下长大的吗？"

"我不知道。我们是一起长大的吗？我从没见过任何暴力的迹象……我是说，天哪！"

"其实我也没那个意思。我是说，别人可能会有那个意思。"

蓝头发女子抬起头来，看到了女服务生。"抱歉！我们都还没看菜单呢！"她拿起了覆膜菜单。

"没关系。"女服务生说道。她还想继续听下去。

"我们都有点心不在焉。我们的母亲失踪了。"

"哦，天哪。这……挺让人担心的哈？"女服务生不太清楚该如何回应。他们看起来没有那么担心。这几个人看起来都比她大很多，那他们的母亲应该年龄不小了吧？小老太太了吧？小老太太怎么失踪了呢？痴呆？

名字里有个"e"的布鲁克神情躲闪了一下。她对姐姐说："不要对别人说这个。"

"抱歉。我们的母亲有可能失踪了，"蓝头发女子改口说道，"我们暂时忘了把母亲丢在哪儿了。"

"那就得回想一下了，"女服务生开了个玩笑，"最后一次见到她是在哪儿呢？"

一时尴尬的沉默。他们都望着她，全都是水汪汪的棕色眼睛、严肃的表情。他们的眼睫毛都一样，浓密得像是画了眼线。

"对呀,你说得对。我们就该这样,"蓝头发的女子缓慢点头,仿佛把玩笑话当了真,"回想一下。"

"我们都要苹果酥皮点心,配奶油,"高配版的兄弟插话了,"其他的我们想好了再告诉你。"

"点得好。"低配版的兄弟用手里菜单的边缘轻轻敲着桌子边。

"当早餐吗?"名字里有个"e"的布鲁克说道,但她露出了意味深长的微笑,仿佛想起了关于苹果酥皮的某个私密的笑话。他们都松了一口气,露出"好歹完事"的表情,如释重负地交回了菜单。

女服务生在本子上写下"四份苹果酥皮",摞好那几份菜单。

"听我说,"低配版的兄弟说道,"有人给她打过电话吗?"

"咖啡呢?"女服务生问道。

"我们都要大杯黑咖啡。"高配版的兄弟说道。女服务生看了一眼名字里有"e"的布鲁克,想给她机会说话,比如说,嗯,不行,我要别的,超大杯超热澳白,豆奶基底,但对方只是忙着撑兄弟:"我们当然打了,打了一百万次。我发了信息,发了邮件。你没有吗?"

"那就是四大杯黑咖啡?"女服务生说。

没人回应。

"好吧,四大杯黑咖啡。"

"不是妈妈。是那个人。"低配版兄弟双肘放在桌上,用手指头按压着太阳穴,"萨凡纳。有人和她联系过吗?"

女服务生已经没借口继续待下去和偷听了。

萨凡纳也是家里的孩子?为什么她今天不在呢?她是被家人抛弃了吗?私生女?所以她的名字才会这样带着不祥的预兆出现在他们中间?有人给她打过电话吗?

女服务生走向柜台,用手掌击铃,啪的一声,把他们的订单拍在桌子上。

第二章

去年九月

星期二晚上，微风吹寒，快要十一点了。出租车慢慢驶过翻修的老房子，淡粉色的樱花轻轻颤动，打着旋儿飘下来。每座老房子的私人车道上都停着一辆中档的豪华轿车，路边整齐摆放着三个不同颜色的带轮子垃圾箱。一只尾部有环状纹的负鼠急促地跑过一道砂岩围栏，正好罩在出租车前灯的光线里。一条小狗吠叫了一声，然后安静下来。空气中是木头的烟气、青草新割过的清香，还有小羊肉慢炖的香味。大多数房子都已经熄灯，只有监控镜头警觉地闪烁着。

乔伊·德莱尼住在九号，她头上戴着时髦的无线新耳机，那是她儿子送给她的生日礼物。她一边收听最新一期的《偏头痛患者》播客[①]，一边往洗碗机里装盘子。

乔伊身材瘦小苗条，精力充沛，有着银白色的齐肩发。她永远记不清楚自己到底是68岁还是69岁，有时甚至允许自己67岁（实际上她是69岁）。此时她身穿牛仔裤，条纹T恤外面套着黑色羊毛开衫，脚穿羊毛袜。据称，她"虽然这个年纪了，但看起来好年轻"。商店里的

[①]《偏头痛患者》播客：一个致力于帮助听众了解和缓解偏头痛的播客。

年轻人经常这样对她说。她倒是想说:"你个小傻瓜,都不知道我的年龄,怎么知道我看起来好年轻呢?"

她丈夫斯坦·德莱尼坐在客厅的专属躺椅上,两个膝盖上都放着冰袋,一边看着世界著名大桥的纪录片,一边慢慢吃着一袋甜辣薄脆饼干,每一片都要放到一小杯奶油奶酪里蘸一下。

他们的斯塔福梗犬施特菲(以网球运动员施特菲·格拉夫命名,因为它还是只小狗崽崽的时候,腿脚就特别利索)年事已高,待在厨房,它坐在乔伊身边,嘴里偷偷地嚼着报纸碎片。过去这一年,施特菲开始执迷于嚼纸,不管在家里找到什么纸都嚼。这显然是狗狗们出了心理问题,有可能是焦虑造成的,但没人知道施特菲有什么可焦虑的。

至少施特菲嚼纸的习惯还能接受,邻居卡罗家的那只猫奥蒂斯就太出格了,他们这条街是死胡同,这只猫会偷别人家的衣服,要命的是它还会顺走内衣,卡罗尴尬得不行,不好意思去还内衣,当然对乔伊是例外。

乔伊知道自己戴着硕大的耳机,看起来就像外星人,但她并不在意。多年来,她一直都在求孩子们安静点、安静点,但现在她受不了这份安静。在这空巢一样的家里,寂静之声咆哮着穿过她的身体,明明这个家空了好多年,她应该习惯了才对。但直到去年他们卖掉了学校,她才感觉一切都结束了,戛然而止了。她在寻找动静的过程中迷上了播客,经常躺到床上之后还戴着耳机,听着喋喋不休的权威声音,安然入睡。

她本人并没有偏头痛,但她最小的女儿有,所以她就听一听,一来听到有用的信息可以转给布鲁克,二来也算是一种忏悔。最近几年,想起布鲁克小时候的头痛,想起自己一开始那种敷衍不耐烦的态度,她就后悔到觉得恶心,那时大家都觉得那不过是暂时的头痛而已。

她正往洗碗机里塞着奶酪擦,想把它放在煎锅旁边,心里想着,"后悔"就是我回忆录的主题。《后悔的一生》,作者乔伊·德莱尼。

昨晚，她在当地的夜大上了第一次课，学的是"回忆录写作"。乔伊不想写回忆录，但卡罗想写，所以她就陪卡罗去了。卡罗的丈夫去世了，卡罗生性害羞，不想一个人去上课。乔伊帮卡罗交上朋友，到时候就不再去上课了，她已经瞄到了朋友的合适人选。上课的老师说，写回忆录要先选主题，剩下就是找到支撑这一主题的逸事。老师说，也许你的主题是"我出身贫寒，但你看我现在"，在座的所有女士穿着定制的裤子，戴着珍珠耳环，她们郑重其事地点头，在崭新的笔记本上写下了"出身贫寒"几个字。

回家的路上，卡罗对乔伊说："至少你的回忆录的主题显而易见。"

乔伊说："是吗？"

"是呀，网球呀，你的主题。"

"那不是主题，"乔伊说，"主题应该是'复仇'或是'千辛万苦成功'或是——"

"你可以起个书名，叫'一局、一盘、一场比赛[①]：一个网球家庭的故事'。"

"但是呢……我们并不是网球明星，"乔伊说道，"我们只是开了个网球学校，还有一个本地的网球俱乐部。我们可不是威廉姆斯家族。"不知道为什么，听到卡罗这样说，她觉得有些不高兴，甚至是心烦。

卡罗一脸惊讶。"你在说什么呀？网球是你全家的激情所在。人们总是说'追随你的激情！'，我经常暗自想，哦，如果我也有激情就好了。就像乔伊那样。"

乔伊转移了话题。

此刻，她的目光从洗碗机往上移，想起特洛伊还是个小男孩的时候，就站在这个厨房里，就站在这个位置，手里紧紧握着网球拍，就像

[①] 原文为"Game, Set and Match"，网球比赛术语。

握着武器,愤怒得满脸通红,目光里全是责备,漂亮的棕色眼睛里全是泪水,但就是不让自己哭出来,大声喊道:"我恨网球!"

埃米说的是:"哦,亵渎!"她是家里最大的孩子,负责复述家人的争吵,还有就是使用别的孩子不明白的生僻词。布鲁克还是个可爱的小不点儿,忍不住号啕大哭起来。洛根面无表情,一副呆瓜样子。

乔伊对他说:"你不恨网球。"这是命令。意思是:特洛伊,你不能恨网球。也就是说:我没有时间,也没有精力让你恨网球。

乔伊摇了摇脑袋,赶走了这段回忆,再次关注起播客的内容。

"……'之'字线条从你的视野中飘过,出现微微发光的点状,或星星状,这是偏头痛的先兆症状……"

特洛伊并不是真的恨网球。他们大多数最幸福的家庭回忆就是在球场上。当然有些最糟的回忆也是在球场上,但到了现在,特洛伊还在打网球。如果他真的那么恨网球,那现在都三十多岁了,不可能还在打。

网球真的是她人生的主题吗?

也许卡罗说得对。如果不是网球,她和斯坦就不会相识。

那是半个多世纪以前了。一座拥挤的小房子里正在举行生日派对,人头攒动,人们跟着热黄油乐队的《爆米花》的节拍舞动着。18岁的乔伊紧紧捏住粗粗的杯柄,酒杯里斟满了温热的白葡萄酒。

"乔伊在哪儿?你得见见她。有个什么大型锦标赛,她刚得了奖。"

听到这话,紧紧围在男孩周围的半圆形人群散开了,男孩背靠在墙上,像个巨人,个子高得有点离谱,他有着宽宽的肩膀,浓密的长黑鬈发扎成马尾,一只手里拿着香烟,另一只手里拿着一罐啤酒。在上个世纪七十年代,男运动员们还可以像烟囱一样吞云吐雾。他有个酒窝,只在看到乔伊的时候露了一下。

他说:"哪天我们切磋一下吧。"乔伊从未听过这样的声音,同龄男孩子都没有这样的声音。这声音低沉缓慢,大家都拿他的声音逗乐模仿。他们说斯坦的声音像约翰尼·卡什[1]。他并不是故意为之，他说话本来就这样。他不怎么说话，但无论说什么，听起来都很重要。

这场派对还有其他网球运动员，但只有他们是冠军。就像童话里一样，是命中注定的缘分。即便那天晚上没有相遇，最终还是会遇到的，网球圈子并不大。

那个周末，他们第一次与对方打比赛。乔伊第一场6：4输了，第二场6：4输了，然后径直往前，把第一次给了他。乔伊的母亲可是警告过女儿的，爱上了男孩，上床这件事上可得把住了，不能给，"如果能免费喝牛奶，谁还会买奶牛呢？"（后来乔伊的女儿们听到这话，都尖叫起来。）

乔伊对斯坦说，跟他在一起，就是因为他的发球。那是美妙绝伦的发球。她现在依然非常欣赏斯坦的发球，等待着时间静止的那一刹那，斯坦宛如网球运动员的一座雕塑：背往后仰，球停在空中，拍子就在他的脑后，然后……嘭！

斯坦对乔伊说，跟她在一起，就是因为她果断的截击球。但是他又对着乔伊的耳朵，用低沉的声音说道："不，不是那么一回事，你的截击球还需要练习，你靠网太近了。我跟你在一起，是因为我一看到你的双腿，就想让你的腿缠绕在我的腰上。"乔伊快晕倒了，她觉得这话很坏，但很有诗意，不过她可不喜欢批评她截击球的部分。

"……这就引发释放出神经递质……"

她看着奶酪擦，上面全是胡萝卜，洗碗机是洗不下来的，于是把它放到水池里冲洗，然后对洗碗机说道："为什么我要帮你干活？"然后她想起没有洗碗机的日子，站在水池边，戴着橡胶手套，摸着滚烫的洗碗水，旁边的脏盘子多得仿佛要堆到天花板上。

最近，她老是不自觉地想起过去的事情。昨天她在午睡时从惊恐中

---

[1] 约翰尼·卡什：美国乡村音乐创作歌手。

醒来，觉得自己落了一个孩子在学校。足足一分钟后，她才想起来自己的孩子都成年了，全是有了皱纹、按揭贷款、学位和旅行计划的成年人。

她疑心自己是不是得了老年痴呆。她的朋友琳达在养老院工作，说每天到了接孩子的时间，整个养老院就会掀起一股不安的情绪，老态龙钟的女士们变得焦虑起来，觉得应该冲出去接早已经长大成年的孩子。当时听到这话，乔伊泪眼婆娑，现在一模一样的事情就发生在了她身上。

乔伊对斯坦说："有可能是我的高智商掩盖了我的痴呆症状。"

斯坦说："我不敢说我还真的注意到了。"

"我的痴呆症状，还是我的高智商？"

"嗯，你一直都痴呆。"他说道，然后走开了，可能是去爬梯子。两个儿子告诉他，七十岁的年纪就不该爬梯子了，可他就是喜欢找借口爬梯子，任何借口都不放过。

昨天晚上她听了一个很有信息量的播客节目，《痴呆人生》。

奶酪擦怎么都没法放到洗碗机里煎锅的旁边。她看着这两样东西，感觉这是她应该解决的难题。

"……由此改变血管大小……"《偏头痛患者》播客的主播说道。

什么？她只能倒放播客，重新开始听了。

她听人说，退休后大脑功能快速衰退。也许她就是这种情况。她的前额叶在萎缩。

他们觉得自己准备好了，该退休了。卖掉网球学校一直就是他们人生显而易见的下一步。他们不可能一直当教练，孩子们中对这所学校感兴趣的一个都没有。事实上，他们不仅没兴趣，态度还有些侮辱人。多年以来，斯坦一直心存妄想，觉得洛根可能会接手德莱尼学校，他是老观念了，什么长子应该成为他骄傲的继承人。他总是嘀咕："洛根是个优秀教练。他有这个天赋，真的有呀。"

斯坦不确定地向洛根建议，说也许他会愿意买下家里的产业，可怜的洛根惊得目瞪口呆。斯坦对乔伊说："他没什么动力，对吧？"乔伊劈头盖脸骂了斯坦一顿，她听不得有人批评她的孩子，如果批评得有道理就更不行了。

于是他们就把学校卖掉了。找了个好买家，卖了个好价钱。乔伊并没有想到自己会有失落感，之前她没意识到德莱尼网球学校就是定义他们的标签。他们现在是谁呢？不过是"二战"婴儿潮中结为夫妇的两个人。

感谢上帝，他们还有自己的网球。最近得的奖杯沉甸甸的，骄傲地蹲在餐具柜上，等到父亲节那天，大家都会回来，人人都看得到。为此斯坦的膝盖付出了代价，现在还在疼，但这场胜利是实至名归的，对方技术精湛，但她和斯坦网前控球，中场截击，从来不失去他们的冷静。他们一向如此。

除了锦标赛，他们还在乔伊多年前创办的星期一晚间社交俱乐部比赛打球，但最近一直有人去世，气氛变得压抑。六个月前，丹尼斯·克里斯托和他妻子黛比跟斯坦和乔伊正在打比赛，丹尼斯死在了球场上，这给大家造成的心理创伤刻骨铭心。乔伊觉得，丹尼斯是认为他破得了斯坦的发球，因为太激动，心脏才受不了的。她暗自责备斯坦不该让丹尼斯心存幻想。斯坦为了自己高兴，故意让比赛打到 40∶0。乔伊非常克制，才没说出"斯坦，你要了丹尼斯·克里斯托的命"。

事实就是她和斯坦并不适合过退休生活。六个星期的欧洲梦幻之旅简直是场灾难，连温布尔登都不例外。温布尔登最甚。当他们终于飞回来，飞机降落在悉尼之际，两人都备感轻松，关于这一点，他们闭口不谈，没给朋友说，没给孩子们说，甚至互相都没有交流过。

有时，他们学着退休的其他朋友做一些事情，比如"去沙滩美美过一天"。可乔伊踩到了牡蛎壳，脚丫子划得血肉模糊，停车时还被贴了罚单。这让她想起以前，她鬼迷心窍，想和斯坦带孩子们去美美地野餐，她使出浑身解数，要假装他们是美美野餐的一家人，但总会出问题，要么有人心情不好，要么迷路了，要么刚到就下雨，开车回家的路上大家都不吱声，只有某个孩子觉得自己无辜受到了责备，在不停地抽鼻子。

有个活泼又讨厌的朋友告诉乔伊："说真的，我们退休后，生活变得好浪漫啊。"乔伊听后快要吐了。但过了一周，她在美食街买了两杯香蕉奶昔，把这当成一种浪漫的方式，因为他们在刚结婚那几年到处打地区锦标赛，每次都在小镇的小商店买这个当早餐。那时候他们为了省钱，不住旅店，睡在车上。

但斯坦显然不记得有香蕉奶昔这回事，回家的路上，前车要停靠路边，斯坦完全没必要地猛踩刹车，乔伊的奶昔飞出来，溅了一车，这下车子永远都是一股酸牛奶的恶心气味了。失败的酸味。可斯坦说他什么都闻不到。

要像他们的朋友那样过上优雅有活力的退休生活，他们需要换一副性格。脾气不能这么差（斯坦脾气就很差），兴趣爱好要广泛一些，不能只是网球。他们需要孙辈。

孙辈。

想到这个，她心里就充斥着对年轻人的复杂情绪：欲望、愤怒，最糟糕的是嫉妒，鄙夷而心酸。

她知道，只需要一个小小的孩子，就能带走这咆哮的寂静之声，就能让她的日子再次焕发生机，但人总不能向自己的孩子要孙辈吧。太丢人了。太平庸了。她觉得自己不至于那么没趣，不至于那么不成熟。她是女性主义者，是运动员，是非常成功的女商人。那样太平庸了，她不那样干。

孙辈会有的。她只需要有耐心就行。她有四个孩子，四张彩票，虽然有两个孩子是单身，也许还不应该算作彩票。但另外两个孩子都有稳固的长期恋情。洛根和女朋友英迪拉在一起已经五年了。他们没结婚，但这没关系。英迪拉人很好，上次见面的时候，英迪拉的表情神秘兮兮的，仿佛有事想告诉乔伊，却又憋了回去，也许是要等到满三个月才说？

布鲁克和格兰特婚姻幸福，按揭买了合适的房子和私家车。格兰特年龄不小了，应该是好事将近吧。可惜布鲁克开了家理疗诊所，自己做理疗师。很了不起的——只要有人提起这件事，斯坦就骄傲得神采奕奕。但自己创业很辛苦，偏头痛患者不能过于劳累。布鲁克太有干劲了。但她很快就会想要孩子的。最新的医疗指南布鲁克都知道，她明白不应该过晚要孩子。

乔伊暗自希望孩子们会花心思，巧妙地让她知道怀孕的消息，就像YouTube视频里别人家的孩子。比如说，他们把B超的照片包成一件礼物，在她打开礼物的时候，录下她的反应：迷惑之后恍然大悟，以手捂嘴，又是哭，又是拥抱。可能还要发到社交媒体上！标题就是：乔伊要当祖母了！说不定还会火起来。每次孩子来家里时，乔伊都要用心打扮，说不定就是这一次呢。

（这样的幻想，她是谁都不会告诉的，甚至对狗都不说。）

《偏头痛患者》播客的主播用富于魅力的声音在乔伊耳边说道："我们来谈一谈镁这种元素。"

乔伊说："很好，谈一谈呀。"

煎锅和擦子没法放到一起，没辙了，擦子只能取出来，反正已经洗干净了。她直起身站起来，看到她丈夫正好站在她面前，就像时空传送而来的。

"啊——天哪——什么鬼——？"她尖声叫道。

她推下耳机，挂在脖子上，一只手放在扑通乱跳的心脏上。"别这样悄无声息地偷袭我。"

"怎么有人砰砰敲门？"斯坦吃了甜椒薄脆饼干，嘴唇变成了橘色。冰袋化了，在他牛仔裤的膝盖部位留下两块潮湿的圈儿。这样抬头看着他，真叫人来气，尤其是他现在这个表情，面带责备地低头望着乔伊，仿佛有人砸门是乔伊的错。

施特菲挪了位置，坐到斯坦的脚边，竖起耳朵警觉起来，眼睛发光，喜滋滋地觉得有可能要出去散步。

乔伊的目光落在厨房墙壁的时钟上，太晚了，不可能是有人送货，也不可能是市场调查。也不可能是朋友或家人顺便来一趟，其实现在也没人会顺便来做客，都会提前打电话的。

乔伊打量着她丈夫。也许他才痴呆了。她研究过这件事，知道配偶必须耐心和蔼。

她耐心平和地说道："我什么都没有听到呀。"如果要照顾人，她可能会做得很好，但找一家条件好的私人疗养院报名等待床位，也是迟早的事。

斯坦坚持说："我听到了敲门声。"他的下巴前后动着，那是生气的表现。

但接着，乔伊就听到了"砰，砰，砰"。

就像是有人捏紧了拳头在砸他们家前门。他们家门铃已经坏了好多年，有人来了，如果摁门铃无果就会不耐烦地敲门，但这敲门声听起来有紧急的味道。

她和斯坦四眼相望，没说一个字，两人朝前门而去，没有跑，但走得非常快，很快地走过长长的过道。施特菲跟着他们小跑，兴奋地喘着气。乔伊的袜子滑落在地板上，她觉得他们三个，男人、女人和狗，都感到了一种活力和紧迫。有人需要他们。肯定是有急事，他们会处理好这件紧急事的，虽然家里已经没有孩子住了，他们的心态还是没有变的：我们是成年人，事情就交给我们来处理。

他们这样急匆匆地朝前门走去，其中甚至还有喜悦，孩子们已经好久没有问他们要钱、要意见或是坐他们的车去机场了。

砰，砰，砰。

17

"来了！"斯坦大喊一声。

乔伊脑子里闪过一个个记忆片段：特洛伊八九岁的时候，有一次从学校回来，大力捶门，叫喊道："FBI！开门！"之后他每次走到门前都这样干，觉得自己好有趣。门铃还没坏的时候，埃米摁门铃就很疯狂，因为她总是弄丢前门的钥匙，又总是急着要去卫生间。

斯坦在她之前赶到了门口，手腕麻利地一转，"咔嗒"一声打开插销，猛地打开了门。

一个抽泣的年轻女子踉跄而入，之前她的脑袋应该是靠在门上的，现在一头撞进了斯坦的怀里，就像女儿一样。

第三章

斯坦目瞪口呆，笨拙地轻拍对方肩膀，说了一句："你还好吧。"

有那么一瞬间，乔伊还以为是他们的女儿，但这女孩不到斯坦的胸口高。乔伊的孩子们都是高个子：男孩们 6 英尺 4 英寸[①]，埃米 6 英尺，布鲁克 6 英尺 1 英寸。他们都是宽宽的肩膀、黑色头发、橄榄油色的皮肤，红红的脸颊上带有酒窝，都长得像他们的父亲。乔伊的母亲责备地说过："你的孩子全都长得像大个子西班牙斗牛士。"说得好像乔伊是从货架上选出来的孩子一样。

这女孩个子娇小，一头凌乱的灰黄色头发，白色皮肤上露出青色的血管。

"抱歉，"女孩往后退一步，抖抖索索地吸了一口气，抽了抽鼻子，努力想要做出微笑的嘴型，"非常抱歉，太尴尬了。"

她右边眉毛下面有一道深深的新鲜伤口。脸上是一道道的血痕，还没有干，泛着光。

"宝贝，没事的。"乔伊紧紧抓住女孩干柴一样的胳膊，免得她晕倒在地。

想起女孩名字之前，她打算叫女孩"宝贝"。问斯坦也没用的。乔

[①] 1 英尺等于 30.48 厘米，1 英寸等于 2.54 厘米。

伊感觉得到，斯坦正朝她张望：这人究竟是谁？

这女孩鼻子上有个小小的鼻钉穿孔，苍白的前臂皮肤上环绕的是绿色的葡萄藤文身。她穿着一件破旧长袖衬衫，前面有一片油污老渍，下身是破牛仔裤。脖子上挂了一条链子，上面系了个银色的钥匙。她光着的双脚冻得发紫。她这样子隐约有点儿熟悉。

如果女孩自报家门，就好办了，但年轻人总是觉得对方认识自己。不认识的年轻人总是这样开开心心地挥着手，朝他们直奔而来："德莱尼先生，德莱尼太太！最近还好吧？好久没见了！"乔伊只能装着样子与对方攀谈，同时快速查询大脑数据库：学网球的孩子？俱乐部成员家的孩子长大了？哪个孩子的朋友？

"你遇到什么事了？"斯坦指了指女孩的眼睛。他看起来吓住了，突然就显得很老，"外面有人？"斯坦的目光越过女孩的肩膀，望向街道。乔伊绝对不会去想外面还有人这事。

"外面一个人没有，"女孩说道，"我坐出租车来的。"

"好吧，宝贝，我们来处理一下。"乔伊说道。

真搞不明白这是怎么一回事，但总会搞清楚的。斯坦总是这样，遇到事情就想立刻弄得明明白白的。

乔伊猜这女孩二十几岁，和布鲁克一样大，但她看起来不像是布鲁克的朋友，那些年轻女孩子总是忙忙碌碌、心事重重、很有礼貌的样子。这样说来，她最有可能是埃米的朋友，那就难办了，埃米的交往圈子不拘一格。之前，埃米很热衷于戏剧，至少有一个星期的样子，女孩是那个业余戏剧团的？还是大学的朋友？是她第一次放弃学位时的，还是第二次的？

"你是怎么受伤的？"乔伊问道。

"我和我男朋友争执起来了。"女孩说道。她摇晃了一下，用手掌根部压住血糊糊的眼睛，"我从公寓跑了出来，到了街上，跳进一辆出租车……"

"你男朋友干的？"斯坦说道，"你的意思是说，他打了你？"

"算是吧。"女孩说道。

"算是？什么意思？"斯坦说道，这男人有时候真的太直接了，"他是打了你，还是没打你？"

"挺复杂的。"女孩说道。

"不，没什么复杂的。如果你被打了，我们就应该叫警察。"斯坦说道。

"不要，"女孩挣脱了乔伊的手，"不行。我不想警察参与进来。"

"宝贝，我们不需要叫警察，你不想，我们就不叫，"乔伊说道，"这是你的选择。来吧，来坐下。"

这女孩现在不想叫警察，乔伊觉得还好吧，她并不想警察上门。

他们从过道经过，在射灯之下，乔伊看到女孩比她起初认为的要大一些，也许有三十出头？想一想，好好想想呢。

会不会是哪个儿子的前女友？那些年轻女孩子在家里大摇大摆地走来走去，已经过去一些年头了，真想不起来了。两个儿子当时都有交往很久的女朋友，两个女孩都是金发碧眼，皮肤晒成棕色，穿白色运动鞋，名字都叫特蕾西。斯坦永远都搞不清谁是谁的特蕾西。最后，在不同的时间里，两个特蕾西都坐在乔伊的餐桌边哭泣过，乔伊则是一边切洋葱，一边喃喃地安慰。直到现在，洛根的特蕾西还会寄来圣诞卡片。

但现在这个女孩看起来不属于前女友之列。特洛伊喜欢光彩照人的公主类型，洛根喜欢性感的图书管理员类型，这女孩都不是。

他们朝厨房走去，女孩说道："接着我发现自己没带钱。"女孩停下脚步，仰头研究高高的天花板，仿佛是在看大教堂一样。乔伊看着女孩凝望的目光环视了房间一圈，落在了餐具柜上，上面摆满了家人的照片和装饰品，其中还有一对面带冷笑的丑猫咪瓷制摆件，以前那是斯坦妈妈的东西。女孩看到桌子上水果篮里亮晶晶的红苹果和明黄色的香蕉，目光挪不动了。这孩子饿了？香蕉可以随便吃的。乔伊不知道自己为什么一直买香蕉，仿佛买来只是为了摆设而已。到了最后，大多数香蕉都软烂到变黑，扔掉的时候，乔伊觉得很羞愧。

"我真是两手空空。没带包，没带手机，也没带钱，什么都没有。"

"宝贝，坐下吧。"乔伊拉开餐桌的一张椅子。

谢天谢地，斯坦不再气势汹汹地提问。他默默把急救箱从冰箱上面的橱柜里取了下来，乔伊要踩着椅子才够得了那么高。他把箱子放在桌上，打开了盖子，箱子的锁不好使，乔伊要折腾半天。接着他走到水池边，给女孩接了一杯水。

乔伊戴上眼镜说："我们来看看吧，很疼吗？"

"哦，还好，一般的疼我都感觉不到。"女孩用一只颤抖的手端起水杯，喝了起来。她手指甲光秃秃的。这女孩啃指甲。埃米也啃过指甲，啃得厉害。乔伊用消毒水给女孩清洗伤口，女孩冰凉的皮肤散发出深夜的寒凉。

斯坦坐下来，双肘立在桌面上，双手合拢，用指关节搓着鼻子，深深地皱起眉头。乔伊提醒女孩继续话题："你发现自己没有带钱包。"

"是的，我吓傻了，心想该怎么付车费，司机看起来不是那种好说话的类型，你知道的。我看得出来，他样子不善，甚至还有攻击性。于是，我们就只是漫无目的地开，然后——"

"漫无目的地开？"斯坦插嘴说道，"但你坐进出租车的时候，肯定给了司机地址呀？"

乔伊瞪了斯坦一眼。有时他真的是说话呛人，可自己都不知道。

"我没给他地址。我当时脑子都没动。我说'朝北开'。我想争取点时间，想一想该到哪儿去。"

"司机甚至都没注意到你受伤了？"乔伊问道，"他应该直接送你到最近的医院，一分钱都不收！"

"即便注意到了，他也不想过问。"

乔伊难过地摇了摇头。这年头的人呀。

"但我也不知道为什么,我莫名其妙地掏了掏牛仔裤的口袋,真是不敢相信!我找出了一张二十澳元的钞票!真是没想到呀!我从来没有这样找到过钱!"

女孩回忆找到钱的那一刻,流露出孩子一般的喜悦,整个脸膛都亮起来了。

"有人在保佑你呢。"乔伊说道。她剪下一条纱布。

"是的,我知道的,看到车费快要跳到二十澳元了,我就开始给司机随意指挥方向。比如说,往左转,下一个路口右转。我也不清楚,脑子迷糊的,跟着鼻子走。等等,这话是我胡编乱造的吗?跟着鼻子走。听起来好好笑。怎么跟着鼻子走呢?"

女孩抬头望着乔伊。

"没有胡编乱造,就是有这种说法。"乔伊说道。她轻轻拍了拍自己的鼻子。"跟着鼻子走,就是跟着直觉走的意思。"

乔伊望向斯坦。斯坦正在撇自己的下嘴唇,每当他不赞同什么的时候,就喜欢这样。他干什么都不会跟着鼻子走。孩子,你打比赛,得有策略。不能只是挥拍打球,就希望得到胜利,你要谋划如何赢得胜利。

"等到计费器跳到二十澳元的那一刻,我大声叫'停车!',然后我就下了车。今晚外面好冷,我都不知道呢!"女孩不由自主地哆嗦起来,"我光着脚就出来了。"她抬起脏兮兮的一只脚,指了指自己的脚指头,"我站在路边的排水沟里。两只脚感觉就像两坨冰块。我就想,你个傻瓜,你个蠢货,现在怎么办?我开始觉得头昏目眩,看了看周围的房子,你家看起来最为友好,灯还亮着,于是……"她拉了拉自己的衬衫袖口,"我就到了这里。"

乔伊顿了顿,手里的纱布停在半空:"所以……但是……你是说,我们不,你不……"她想要说得委婉一些,但词穷了,"你并不认识我们?"

此刻,她明白过来,自己觉得女孩看起来面熟,就是哄自己玩儿呢。女孩看起来眼熟，不过是因为现在人人都看起来眼熟。他们这是把陌生人请到了家里。

她仔细看了看，想找一找有没有犯罪倾向的迹象，但什么都没看到，但她也不太清楚犯罪倾向会怎么表现出来。女孩的鼻钉还真是很漂亮。埃米几年前打过唇钉，最可怕的那种，所以乔伊并不是很在意鼻钉。葡萄绿叶藤蔓的文身也不怎么吓人。女孩看起来还好。也许有点古怪，但她长相甜美。这女孩不会是危险人物，她个子太小了，小耗子能卷起什么风浪。

"你没有朋友或是家人可找？"斯坦问道。

乔伊又看了斯坦一眼。她肯定也想问同样的问题，但总有委婉一点的说法吧。

"我们刚从戈尔德科斯特[①]搬过来，"女孩说道，"在悉尼一个人都不认识。"

乔伊心想，想想吧，一个人没有钱，又身在陌生的城市，不能回家，除了到陌生人家门口碰碰运气，还能怎么办呢？如果换作自己，她简直不敢想。她周围一直都有人帮衬。

斯坦说："你……也许你想要给谁打个电话？你家人？"

"真的没人……现在没人可找。"女孩低下了脑袋，乔伊看到了她可怜无助的白皙细脖颈，两侧是一绺绺的浓密头发。

"宝贝，抬头看着我。"乔伊把纱布贴到女孩的伤口上，"摁住。"她拿起女孩的手，让女孩摁住纱布，她用胶带固定好纱布，满意地叹了口气，"好了，都搞定了。"

"谢谢你。"女孩抬起淡绿色的双眸，看着乔伊。她的眼睛清澈见底，眼睫毛是最漂亮的金色。乔伊之前还没见过这么好看的睫毛，就像是撒上了金粉。乔伊的孩子们都是斗牛士一样的黑色眼睫毛。乔伊本人

[①] 澳大利亚东海岸的一处胜地。

的睫毛则非常普通。

脸上的血迹清洗干净了,女孩漂亮得出乎意料。这么漂亮,这么瘦,又脏又疲惫。乔伊满心想的就是给女孩吃的,给她放洗澡水,然后让她上床睡觉。

"我叫萨凡纳。"女孩说道,伸出手,要与乔伊握手。

"萨凡纳,这名字挺美的,"乔伊说道,"我有个朋友叫汉娜。多像呀!嗯,也不是有多像。萨凡纳。这名字我在哪儿听过呢?知道了,安娜公主有个孙女,名叫萨凡纳。她是个可爱的小女孩,有点小坏!也不知道是不是萨凡纳公主,我觉得她没有头衔。你对这个应该不感兴趣吧。我倒是一直都对皇室很有兴趣。我在照片墙①上关注他们的消息。"

乔伊说着话,似乎停不下来。她觉得不安或惊讶时就会这样。现在她意识到,看到了血迹,听到了暴力的故事,自己可能是有点不安,有点惊讶。她看到自己还握着女孩冰凉的小手,立刻捏了捏以示安慰,然后松开了手。

"除了皇室的那个萨凡纳,我还想到另一个叫这个名字的,我肯定有这么……哦,想起来了!我最小的女儿布鲁克有个朋友,刚生了个孩子,起名叫萨凡纳,我有百分之九十的把握,也有可能是叫萨曼莎。"

她想起来了,那孩子名叫波比,与"萨凡纳"或"萨曼莎"没有半点相似,真是尴尬,但也没有必要提。"布鲁克本人还不想要小孩,她刚开了自己的理疗诊所,很让人激动的。"

根本不让人激动,反倒是让人恼怒,但正如乔伊祖父说过的:"讲事实,就是毁掉好故事。"

"她现在太忙了,精力都在诊所上,诊所叫德莱尼理疗诊所。我还有张名片,放在哪儿了呢。她真是非常优秀。我是说布鲁克,我女儿。她非常平静,非常有耐心。真是有意思,我们从未想过——"

---

① 照片墙:Instagram,国外分享图片的知名社交平台。

"乔伊,"斯坦打断了乔伊,"喘口气。"

"我们从未想过家里会有人从医……"乔伊的声音越来越小。她抬手摸了摸脖子,摸到还挂在脖子上的耳机,就像一条巨大的宣言项链,"我在听播客。"她傻乎乎地解释道。事实上,她还听得到主播尖细空洞的声音,那人还在旁若无人、喋喋不休地继续讲着,并不知道乔伊已经没在收听节目了。

"我喜欢播客。"萨凡纳说道。

"我们还没有自我介绍呢!我是乔伊!"乔伊把耳机从脖子上拽下来,放在桌上,"这是我的坏脾气丈夫,斯坦。"

"乔伊,谢谢你给我包扎。"萨凡纳指了指包扎好的脸,"你虽然不干医疗这一行,但我觉得你干得一流棒。"

一流棒。这说法还挺好玩的。像是从过往刮来的一股强风。

"哦,嗯,谢谢,"乔伊说道,"我从没——嗯。"她打住了,没再说下去。

"这房子让我感觉很好,"萨凡纳环视周围,"一看就有一种温暖安全的感觉。"

"安全的。"乔伊说道,她不去看丈夫,"萨凡纳,你要吃点东西吗?饿了吗?吃根香蕉吧!晚餐还有剩下的,我可以热一热。"乔伊并不给女孩时间回答,只是匆匆给出下一个安排,"当然,接下来你就留下过夜吧。"

幸好今天做清洁的老巴尔布来过,她们一起打扫了埃米以前的卧室,吸了尘,抹了灰。

"哦。"萨凡纳说道。她不安地望向斯坦,然后又望向乔伊。"我不知道呢。我只是……"

夜已经很深了,她显然无处可去,外面很冷,她小小的个子,光着双脚,乔伊说什么也不会赶她出去。

第四章

现在

"我们想找到去年和爸妈待在一起的女孩。"

美容师穿着一身洁白无瑕的衣服,跪在一边,扶着顾客的两只大脚,轻轻送到足浴盆里。盆里装满了熏香的温水,上面漂着玫瑰花瓣,足浴盆底是批量生产的光滑鹅卵石,看起来像是从山间小溪拾回来的一样。

"她突然出现在他们门口。在深夜的时候。"

顾客预订的是豪华强力足疗,"繁忙高管的奢华享受",他的脚踏在鹅卵石上扭动,嘴里一直说着话,但还好,音量不大。他礼貌地询问了美容师,足疗的时候他是否可以打几个电话。大多数人问都不会问,直接就开始冲着电话喊叫。

"她很有可能与此事无关,"他说道,"我们只是给妈妈认识的人都打个电话。"

顾客身着质地柔软的白色衬衣,风格懒散,手机塞在衬衣口袋里,蓝牙耳机塞在耳朵里。美容师的爸爸说,耳朵里塞着耳机,看起来就像花生。(她爸爸已经五十岁了,他觉得自己的意见仍然有价值,还是挺可爱的。)这位顾客看起来不像花生,反而挺有魅力的。

"这么久都没有联系上妈妈,就是挺奇怪的。一般情况下,她如果没接听我们的电话就会担惊受怕,不到两分钟就会气喘吁吁地打过来。"

美容师用大力摩擦的画圈手法,把杏仁去角质乳液抹到顾客的右脚跟上。

"我知道,但现在她不像一言不发地消失了。情人节那天,她给我们所有人都发了信息,"他顿了一下,"稍等片刻,我把她消息的具体内容告诉你。"

这位顾客的拇指在手机屏幕上滑动着。"找到了,"他大声读了出来,"'准备离网一段时间!我要去藏家咖喱的21条调账,结束额头挨着!只吃屋!爱你的妈妈。'爱心表情包。蝴蝶表情包。鲜花表情包。笑脸表情包。'离网'两个字加粗。"

美容师的妈妈发信息也喜欢用很多表情包。妈妈们都喜欢表情包。美容师不知道"藏家咖喱"这些内容是什么意思。

"只不过是她发消息的时候没戴眼镜罢了。"顾客对电话那头的人说道,对方肯定也有相同的疑惑,"她发消息总是这样,乱七八糟的。"

美容师给顾客按摩小腿肌肉,感觉就像按到了大理石上。这位顾客肯定是跑步健将。

"是的,"顾客说道,"我要过去和爸爸谈一谈,看看有没有更多的线索,他不会给我说什么的——"

就在这时,他的一只脚突然痉挛,脚指头怪异地伸开。

"抽筋了!"他大声叫道。美容师赶紧转头,正好避开。

第五章

去年九月

乔伊带着歉意关上门，门咔嗒轻轻一声响，仿佛萨凡纳会听到这声音，觉得他们就是因为她的存在才关门的。他们结婚这么多年，晚上睡觉总是卧室门大开。卧室门开着，年纪小的孩子做了噩梦焦虑不安的时候，乔伊和斯坦就能直接冲到他们床边。卧室门开着，就听得到动静，十多岁的孩子喝醉了，乒乒乓乓地闯进家门，谢天谢地，他们还活着。卧室门开着，他们直接就能冲出来，给孩子们用药、给建议和安慰。卧室门开着，每天早上就能一跃而起，直接奔赴他们繁忙而重要的工作。

以前，他们当中有谁想要温存一番，关上卧室门就是发出信号。现在，关上卧室门，就是家里有了客人。

不速之客。

萨凡纳穿着埃米的旧睡衣，待在埃米以前的房间里，应该是暖暖和和、舒舒服服的吧。埃米是这家孩子中的老大，乔伊喜欢叫她"自由精神"，斯坦则喜欢叫她"问题孩子"。她明年就四十岁了，真正住在家里的时间不到二十年，但还保留着自己以前的卧室，把它当作永远的储藏间，因为她总在搬家，每处都住不长，东西没法拿走。对将近四十岁的人而言，这样委实奇怪。曾几何时，乔伊和斯坦也谈论过，要坚决反对她这样，朋友们也说应该如此，仿佛只需要坚定一点，埃米就能被塑造成正常人。但埃米就是埃米，现在她有一份工作和一个电话号码，她的手指甲通常也挺干净的，她的头发（尽管目前染成了蓝色）看样子也没爬满虱子，乔伊别无所求了，如果埃米再能偶尔梳梳头，那就更好了。

"她睡下了吗？"斯坦从浴室里走出来，穿着四角内裤，V领白色T恤，露出白色的胸毛。他还是高大的个子，浑身肌肉，盛气凌人，但乔伊总觉得丈夫穿上睡衣就显得楚楚可怜。

"应该是吧，"乔伊说道，"她洗了澡之后就很困的样子。"她坚持给萨凡纳放热水泡澡。水龙头不好摆弄。她往水里加了点桃子香味的泡泡浴露，那是她在母亲节时收到的礼物，然后找了两条最蓬松柔软的客人毛巾摆出来。萨凡纳洗完澡走出来，脸颊粉红，打着哈欠，穿着埃米的浴袍，浴袍拖在身后的地板上，挺赏心悦目的一幕。

乔伊听得出来，女孩的声音透露出满足的圆润感。听话的孩子又累又饿，给孩子吃饱喝好，让孩子洗个香香的澡，等孩子穿上干净的睡衣，再给盖上被子，真是久违的满足感。

"埃米的浴袍好长——"乔伊打住了话头。什么鬼？她不由自主地张开了嘴巴。

"天哪，"乔伊说，"你不至于吧。"

一大堆乱七八糟的东西横七竖八地堆在他们的五斗橱上：有斯坦的旧笔记本电脑，肯定是坏了的；她从来不碰的iPad；他们的台式电脑，包括显示器；他们用了十年的电视机；计算器；还有一罐两毛钱的硬币，最多不过有十澳元钱。

"我只是小心而已，"斯坦辩解道，"我们对她一无所知。她可能在晚上把我们洗劫一空，到了早上，我们就成了真正的大白痴，给警察打电话，'哦，是的，没错，警官，我们给她吃了晚餐，让她洗了泡泡浴，让她上床睡觉，看吧，今天早上一起来，我们所有的"身外之物"都不见了。'"

"真是不敢相信,你居然悄悄满房间溜达,把我们这些'身外之物'的插头全拔了。"满是灰尘的电线缠成一团,掉在五斗橱上,乔伊伸出指头摸了摸。

天哪,还有他的宝贝压膜机,那是去年圣诞节特洛伊给他买的,斯坦立刻就着了迷,凡是能找到的东西,都给压一层膜:电视遥控的说明书(这还真有用);当地报纸报道德莱尼学校出售的文章;他从网上找的体育警句也被打印出来,他想要铭记在心。如果不是没有机会,连乔伊都能被他拿来压膜。

"等等,那是 DVD 播放机?斯坦,她不会拿 DVD 机子的。现在没人用 DVD 播放机了。"

"我们就会用。"斯坦说道。

"她这个年龄段的人不看 DVD 了,"乔伊说道,"他们都是用流媒体。"

"你甚至不知道流媒体是什么意思。"斯坦说道。

"我是这么理解的。"乔伊说道,她走进浴室刷牙,"就是在电视上看奈飞,不是吗?流媒体是不是那个意思?"

斯坦没资格在科技知识上摆出高人一等的样子。他甚至没手机,这是他的原则和顽固的傲气。别人得知他没手机后总是大吃一惊,这让他很是受用,他才不要手机呢。他觉得没有手机,道德水平就高人一等,这真是让乔伊发疯,因为实话实说,他真没高人一等。他说起自己不要手机的时候,感觉就像他是人群中唯一不给纳粹行礼的人。

退休前,他对人说:"我不需要手机,我是网球教练,又不是外科医生。网球没有紧急情况。"网球也有紧急情况,这么多年来,乔伊遇到事情联系不上斯坦气得要死的时候,也不止一次。在那些棘手的情况下,乔伊孤立无援,如果斯坦有手机的话,立刻就能解决问题的。他坚持不要手机的原则,并不影响他开开心心地拿起座机,给商店里的乔伊打手机,问乔伊还要等多久才回来,或是叫乔伊多买些甜椒薄脆饼干;

但斯坦出门的时候,就真的找不到人。如果乔伊要揪着这事不放,探究其中的深意,就有无穷的愤怒,所以她索性不去想。

幸福婚姻的秘诀就是远离愤怒。

家里有客人,乔伊穿上了最好的睡衣,跳到床上,躺在斯坦身边。她的一举一动感觉很戏剧化,就像有人在观察她一样。他们平躺在床上,胳膊放在被子外面,就像在等睡前故事的乖孩子,默默地待了一小会儿。大灯关了,台灯开着。乔伊的床头柜上有一个相框,里面是他们的结婚照。大多数时候乔伊一眼望过去,就像是看到家具一样,但有时候,也没有什么征兆,她就会瞟一眼照片,感受拍照的那一刻:裙子的花边领口扎脖子;斯坦的一只手不老实,总要放在她的后腰上;她漫不经心地想着已经得到了这个大男孩,疯狂的幸福随时可得,这个嗓音深沉、发球厉害的大男孩已经到她手上了,接下来就是奖杯、孩子、野餐、特别时刻的高档餐厅,也许还要养只狗。那个时候,无论什么事情都是春心荡漾的感觉:网球、训练、吃东西,甚至天上的云彩。

多年来,有人说起知道是哪天怀上的孩子,乔伊都觉得迷惑不解。他们怎么能知道呢?她总是可可爱爱地相信所有的夫妻都天天做爱。

后来,她知道了最小的女儿是哪天怀上的。

那时,她才明白过来。

乔伊等着斯坦拿起书,或是打开收音机,或是关掉台灯,但斯坦一样都没做,于是乔伊觉得斯坦想要聊会儿天。

"幸好我们还剩了些鸡肉炖菜,可以给她吃。她好像饿坏了。"

萨凡纳吃东西的样子就像战争中的难民。吃到一半,哭了起来,抽泣得不能自已,但即便是眼泪顺着脸颊往下流,还在继续吃。看到这一幕真是于心不忍。接着,她还塞了两根香蕉,不是一根哦!

"炖菜也不是很好吃,它需要……更多的味道,我猜。"乔伊做鸡肉总是做过火。唯恐杀不死沙门氏菌,"还剩了不少,够施特菲的早餐。

施特菲仿佛不知道自己是条狗,所以乔伊就没给它吃狗粮,免得施特菲觉得尴尬。每天早餐后,施特菲就会和乔伊聊上好久,拖长声调,发出奇怪的哀怨声,乔伊知道那是施特菲想说英语,说不出来。有一次,他们带施特菲去当地的狗狗公园,施特菲骇然地坐在他们脚边,表情冷漠高傲,仿佛是上流社会的尊贵女士坐在了麦当劳餐厅。

斯坦拍了拍枕头,垫在头下:"施特菲吃早餐的时候,想看《悉尼晨报》。"

"她让我想起来卖火柴的小女孩。"乔伊沉思道。

"施特菲?"

"不,萨凡纳。"

片刻后,斯坦说道:"提醒我一下呢,哪个比赛的小女孩[①]?说的是哪个比赛呢?她赢了吗?"

乔伊哼了一声:"不是比赛,是火柴,童话故事,小女孩大冷天的晚上在卖火柴。我妈妈以前给我读过这个故事。我记得小女孩最后冻死了。"

"你妈妈干得出来,讲个童话,最后还有一具尸体。"

"我以前挺喜欢这个故事的。"乔伊说道。

斯坦伸手去拿老花镜和书。他不读书的,但埃米给了他这本书作为圣诞礼物,之后就一直问:"爸爸,你觉得这本书怎么样呀?"于是斯坦就努力读这本书。他悄悄给乔伊透露过,他没读明白,可能得从头再来一遍。

"她男朋友把她打成那样,想想都可怕,"乔伊说道,"真可怕。想想吧,如果是我们的女儿。"

斯坦没有回答,乔伊后悔建议斯坦去想他们女儿身处那样的场景。斯坦十四岁时亲眼看到他父亲扔他母亲,母亲飞过房间,摔得不省人

[①] 原文为"the little match girl","match"有"火柴"和"比赛"的意思。

事。据说，他父亲那样是第一次，也是唯一一次，但十多岁的男孩看到那一幕，感到太恐怖了。斯坦拒绝谈他的父亲。孩子们问祖父的事情，斯坦就说"我记不得了"。最后，孩子们也就不再问了。

斯坦说："我们的女儿都是运动员，她们跟着哥哥弟弟一起长大，绝不会忍受那样的事情。"

"我觉得不是那么回事，"乔伊说道，"一开始都是小事情。恋爱关系嘛，如果你忍了小事情……然后小事情就会逐渐变得越来越大。"

斯坦没有回答，但她的话音在卧室上方久久飘荡。一开始都是小事情……小事情就会逐渐变得越来越大。

"就像煮青蛙，一直煮到死。"斯坦说道。

"什么？"乔伊听着自己的声音有点尖锐。

斯坦一直盯着自己的书，往回翻了一页，一时间，乔伊还认为他不会回答呢，但就在那一刻，斯坦的眼睛盯着书页说："你知道那个理论吧：把一只青蛙放到温水中，慢慢加热，青蛙不会跳出来，因为它意识不到自己在被慢慢煮死。"

"肯定是奇闻异事。我来谷歌一下。"她伸手去拿手机和老花镜。

"搜就搜，不要出声，"斯坦说道，"我得专注一些了。这人刚刚唠叨了三页纸的内容，全是他回忆某人的微笑。"

"我来看看，"乔伊说道，"我总结一下，给你个梗概。"

"那是作弊。"斯坦说道。

"又不是考试。"乔伊叹了一口气，但斯坦似乎觉得是考试，是埃米定的来证明他的爱的考试。多年来，埃米定过好多次考试来证明他们之间的父女情。

乔伊懒得去搜可怜的温水煮青蛙。她刷着短信，想着给哪个孩子或孩子们发条信息，说自家门口突然来了个流浪女孩，但乔伊觉得孩子们知道了不会赞成的，甚至会诧异担心。自从他们卖掉了网球学校，孩子们就越来越畅所欲言，给他们两个如何生活的建议。他们七嘴八舌，说什么跟团旅游、退休村、邮轮旅行、补充多种维生素，还有九宫格游戏。孩子们插手他们的生活，乔伊也包容了，而她生活中显而易见的缺失，也就是没有孙辈这一点，她压根儿没提过。

有一条未读信息，是晚上早些时候卡罗发过来的："你的家庭作业写了吗？"卡罗说的是回忆录课上的家庭作业。她们要用几段话讲述自己的人生故事，要用"电梯推销术"。乔伊不打算上完这门课，但也得完成作业。那个小老师精力充沛，乔伊不想伤害她充沛的感情。

现在没必要回复卡罗，她应该是睡了。萨凡纳绝不会选择卡罗的房子当避风港，因为每天晚上一到九点，她家就准时关灯。

于是，乔伊开始看手机推送给她的她可能感兴趣的文章——《威廉亲王和乔治王子之间甜蜜的四十个瞬间》。

乔伊看到第七个甜蜜瞬间的时候，斯坦重重叹了一口气，放下手中的书，拿起了几个月前特洛伊送给他的生日礼物 iPad。大家都认为斯坦不会用的，毕竟 iPad 与苹果手机也没什么太大差别。但显然不是。斯坦很喜欢 iPad，其程度不亚于压膜机。因为可以选择调大字体，他每天都用 iPad 看新闻，报纸可没办法这样干。看到自己的礼物大获成功，特洛伊高兴得发癫。他送礼物总是要争第一，他挺看重这一点的。

乔伊侧脸望过去，看斯坦在读什么，自己也在手机上浏览着同样的新闻，免得到时候斯坦在她面前显摆说教。

有一次家人聚餐，埃米说："爸爸，你不要再男人式说教了。"

乔伊说："他是斯坦式说教。"大家都开心地笑起来。

乔伊的拇指停了下来。

那几个字母组合真是太熟悉了，就像是她本人的名字一样，直接就从屏幕上跳了出来：哈里·哈达德。

她等着，等了好久。她在想斯坦是不是没看到那则消息。但终于，他身体僵硬起来。

"你看见了？"斯坦举起自己的 iPad，"哈里？"

35

"是的。"乔伊说道。她保持着中立的语气。哈里·哈达德是他们之前的明星学生,提到这孩子,就一定要装作这根本不是敏感话题,一定要装作她不想改变话题,老天在上,一定不能表示安慰同情什么的。"刚刚看到。"

"我就知道,"斯坦说道,"我就知道有这么一天的。我就知道他不会善罢甘休的。"

"是吗?"乔伊怀疑他从未这么想,如果想过,那他怎么从未提过,但乔伊没有说出口,"嗯,是呀。这就很……很有意思了。"

她等了片刻,小心翼翼地把手机屏幕朝下,放在床头柜上,就在耳机的旁边。她亮闪闪的金属手机壳也是特洛伊送的礼物,在床头灯的照耀下熠熠生辉,就像迪厅里的闪光球。

乔伊打了个哈欠。一开始是装样子,后来变成了真的哈欠。她伸出胳膊,往头顶上伸了伸。斯坦关掉 iPad,摘掉眼镜。

乔伊关掉了自己这边的台灯,侧身睡下,说:"不知道萨凡纳什么时候会醒。"感谢上帝,正好是今天晚上,这个可怜的女孩选择敲响了他们家的门,可以转移一下他们对哈里·哈达德的关注。"她看起来像不像早起的人呢?"

斯坦什么都没说。他放下 iPad,关掉他的台灯,翻身侧躺下,与往常一样,卷走了被子。乔伊也像往常一样,拉过被子。他们背靠背,斯坦的后背温暖而让人安心,但乔伊也感到了丈夫紧绷的状态。

斯坦终于说话了:"乔伊,我不知道她是不是早起的人。"

* * *

过道的另一头,他们的不速之客平躺在整洁的单人床上,一点儿睡意都没有,在黑暗中睁大了无泪的眼睛,双手合拢,就像是一具尸体,或者像听话的小女孩。卧室门大开着,仿佛是在宣告她没有什么好隐藏的。

第六章

现在

巴尔布·麦克马洪表情严肃，擦拭着乔伊和斯坦·德莱尼的镶框结婚照，心想这对夫妇当年真好看。乔伊身着高领和泡泡袖的裙子，斯坦穿着褶边大翻领衬衣和紫色的喇叭裤。

巴尔布当时也在婚礼现场。场面挺大的，乱哄哄的一片。有些客人认为这对新人很奇怪：斯坦高大，长头发，举止粗鲁；乔伊娇小，是白皮肤的金发公主。但巴尔布觉得，很有可能那些人只是妒忌这对新人洋溢的荷尔蒙气息，而且显然是浓郁到了几乎不体面的地步，但当时应该是没人用"荷尔蒙气息"这个词。巴尔布非常肯定，这个词是《单身汉》推出来的。

乔伊的婚礼后一年，巴尔布嫁给了达林，她不记得有多少荷尔蒙气息，只记得两人恳切地谈论存钱目标。十年前，达林死于中风，巴尔布为了多挣钱，开始做清洁工作。她一般只给朋友做清洁，比如说乔伊，既是她自己圈子里的人，也是同代人。巴尔布的女儿觉得这很奇怪："妈妈，你不会觉得不自在吗？"巴尔布没有半点不自在。为什么要不自在呢？巴尔布喜欢给朋友做清洁，还有朋友的朋友，对方都是以前从未请过清洁工的女性，老了奢侈一下还觉得尴尬，所以喜欢和她一起干活,还一起聊天,这也是巴尔布喜欢的,边聊天边干活,时间过得飞快。

但今天乔伊不在,所以时间过得不快。

斯坦说:"她不在家。"

没有乔伊在身边照顾,斯坦看起来很不像样。他可能连鸡蛋都不会煮。斯坦的下巴全是雪白的胡楂儿,脸的一侧有两条长长的划痕,就像铁路轨道。

"不在家?"乔伊永远都在家的。她去哪儿了?"什么时候出去的?"

据斯坦说,乔伊是在情人节那天出门的。八天前。

"她从没提过打算出门的事。"巴尔布说道。

"临时决定的。"斯坦说得很干脆,仿佛乔伊总是临时做决定一样。

好奇怪啊。

巴尔布遗憾地叹了一口气,放下结婚照,给吸尘器插上电源,想着床底是不是该吸尘了。上一次是什么时候呢?乔伊喜欢把床推到一边,彻底给床下吸尘,至少一个月一次。

她趴在地上,往床底下瞅了瞅,没多少灰尘。还是等乔伊回来再干吧。她正要起身,突然注意到什么东西一闪。

她全身趴在地上,用手指去够。她手臂长,覆盖面广。她们在参加午后女子网球赛的时候,乔伊给她说过这个。

她够着那东西,拉过来,原来是乔伊的手机。闪闪的手机壳,就像她们七十年代喜欢的格洛迈什牌(Glomesh)晚装包,她立刻认了出来。

巴尔布站起来,坐在乔伊和斯坦的床边。这一番折腾,她有点气喘吁吁。手机没电了。

所以说,乔伊没带手机就出门了?她觉得胃里一阵犯恶心。

她走进厨房,看到斯坦和他儿子特洛伊坐在餐桌边。他们没有说话，就像在餐饮区被迫拼桌的两个陌生人，但桌上并没有茶杯或食物。

特洛伊手里拿着乔伊的宝贝耳机，这一幕让巴尔布心中一凉，感觉很奇怪。那让人感觉太亲密了，就像他拿的是母亲的一部分假发或假牙。

"嗨，巴尔布，"特洛伊开心地打招呼，"好久没见到你了。新发型不错呢。家里——"

"我刚刚找到了你妈妈的手机。"她举起手机。特洛伊的微笑立刻消失了，仿佛她给了对方一巴掌。他的眼睛立刻望向父亲。

斯坦什么都没说，一个字都没说。他甚至没有惊讶的表情，只是站起来，木然地伸出手去拿手机。

"我得说一句，当时觉得斯坦的反应真古怪。"巴尔布后来说道。接着，她就停下来，心里想着什么肃穆的事情，脸颊垮下来。"甚至可以说，看起来很可疑。"

第七章

"特洛伊刚才打电话来,说巴尔布在床底下发现了妈妈的手机。"

理疗师的声音传到了病人的耳朵里,她正坐在一边读着一份健康杂志。病人一次慢跑不慎跌倒,拉伤了前韧带,手术后,这是第三次理疗了。她是十五分钟之前到的,想着布鲁克可能在接待别的病人,就没有按响接待桌的铃,理疗师布鲁克真是非常好,又温柔又平和。

病人这是与人为善,因为她知道布鲁克刚开始创业,还没有接待员。

她第一次来咨询的时候,就发现与布鲁克有共同的偏头痛经历,相谈甚欢。

布鲁克·德莱尼说她小时候曾经见过一位理疗师,从那之后就决定要当理疗师了。"他说,我的偏头痛如果是脖颈紧张引起的,他可能有办法,"布鲁克说,"我的脖子不是罪魁祸首,但依然觉得他认真对待了我的问题,当时在医疗行业里可没几个这样的。你说疼,人们总是以为你在夸大其词,对吧,你知道的?特别是你还很小的时候。"

哦,这位病人可太清楚了。

传到耳边的显然是私人对话,病人翻过一页杂志,尽量不去听。

"这就解释了妈妈为什么不接我们电话。"平时布鲁克对病人说话,注意调节声音,听起来让人安心,现在她的声音越来越随意,越来越大，但不知怎的，也更显年轻，"事情可能比我们一开始想的更严重。"

我的天哪。病人合上杂志，她后悔了，刚来就该按响呼叫铃的。

"我知道，离网是离网，但她手机都没带，这不像她的风格。"

停顿。

"没错，但你知道的，你说过的，最后一次你和妈妈怎么吵来着？"

停顿。

"是的。是的，我知道，爸爸，但我只是在想……我只是想，那次吵得非常厉害？"

"厉害"两个字中有一种剧烈颤抖的情绪。

病人站起来，把杂志扔回了杂志篮子，这样的电话内容不是旁人应该听的。

人人都有秘密。事实上，这位病人也不是因为慢跑拉伤了韧带。她这辈子就没慢跑过。她五十岁生日那天，午餐时喝了两杯香槟酒，再加上三杯浓缩马天尼，从出租车里摔了出来。她怀疑布鲁克·德莱尼知道她没慢跑，但也挺感激布鲁克没有追问。

病人安安静静地站起来，离开了办公室。她十五分钟之后再回来。可爱的理疗师家里可能出大事了，她没必要知道别人的秘密。

第八章

去年九月

星期一早上，布鲁克·德莱尼开车去上班，收音机里是早餐节目，她把音量开得很小，把遮光板拉了下来。她时不时地轻轻呻吟两声，做个姿态。做姿态给谁看呢，她并不知道。想来是给自己看吧。她戴着偏光墨镜，但阳光透过贴膜车窗倾泻而入时，依然觉得刺眼，也说不清楚是什么使她觉得刺眼，就像是陌生人一句不痛不痒的侮辱。

她在人行道前停下车，礼让一个上学的小女孩。小女孩就像大人一样向她挥手致谢，带着感激的神情匆匆而去。小女孩是扁平足。她让布鲁克觉得心碎。布鲁克的眼里噙满了泪水，她对自己说，没事的。接着踩了一脚油门。你觉得奇怪，觉得想哭，觉得脆弱，觉得超现实，但你还好，没事的。

她摸了摸自己的额头。只是疼痛的记忆，而不是疼痛本身。

星期六一大早，她偏头痛又犯了，右眼疼得厉害。她严阵以待，知道这杂种要来，她提前取消了所有安排。整个周末一个人待在卧室里，拉上百叶窗，用布冷敷额头。只有她和她的偏头痛，再没别人。

格兰特六个星期前搬走后，这是她第一次偏头痛。没人给她拿冰袋、拿一杯杯的凉水，也没人来看看她怎么样，没人关心她，没人坚定地用手摸一摸她的额头。但她一个人熬了过来。偏头痛又不是生孩子。但她也读过调查报道，说两者都经历过的女性，认为偏头痛的疼痛等级高于生孩子，她得知这一点还觉得挺高兴的，也真是奇怪。

布鲁克记得朋友伊内斯离婚后从宜家买回平板包装的桌子，一边放着《我是女人》的歌，一边组装。可桌子组装好后，满脑子想的是给前夫打电话，想把这件事告诉对方。

布鲁克也是一样，她想给格兰特打电话，告诉对方自己一个人熬过了偏头痛。真是可怜呀。格兰特不再关心她的偏头痛了，也许从来就没有关心过。

如果母亲今早看到自己，就会说："宝贝，你还在头痛后期吗？"现在母亲有了播客，也看得出症状，行话说得顺溜。

布鲁克就想劈头盖脸地顶回去："妈妈，如果你有过偏头痛，就根本不会说这些行话。"

但她母亲听到就会很自责，布鲁克受不了那个。她知道母亲想要"被判无罪"，她也不是有意不给，但乔伊想要的，她肯定是没有给。

乔伊会说："事情是这么一回事，当年我太忙，就是你头疼开始那年，我是说偏头痛，就是你偏头痛开始的那年。家里事事不顺，太糟了，用女王的说法就是'大灾之年[①]'，我发音可能不对，我的拉丁语老师奥布莱恩先生脾气不好，他应该知道怎么发音，可怜的人呀，他是被淹死的，在阿沃卡海滩淹死的，他显然没在规定区域游泳，于是被卷入裂流中，所以只能怪他自己。但说回来，那年，那年不利呀，事情太多……我们以为学校撑不下去了，你的外婆和奶奶都病得厉害，我完全不明白你所经历的——"布鲁克会打断乔伊，因为同样的话已经说过好多次，包括淹死的拉丁语老师。

"不用担心，妈妈，已经是很多年前的事情了。"

---

① 原文为拉丁语，annus horribilis。

她母亲现在时间太多。这就是问题。她有点痴了,花很多时间看老照片,然后给孩子们打电话,说他们以前好小只、好可爱,她都没有注意到,真是好抱歉。

事实上,母亲没把自己的偏头痛当回事,布鲁克对此甚至都没有记忆。她也不记得那些"不可饶恕"的时候,什么快要迟到了,乔伊在楼下大吼大叫,让偏头痛发作的布鲁克快点。

她只记得钻心的疼痛,只记得母亲解决不了这个问题,她非常愤怒。她并不指望父亲或医生解决这个问题。她指望母亲来解决问题。

现在,布鲁克很能应对自己的偏头痛了,高效而专业,不带怨恨的情绪。留心征兆,马上服药。六个月来,这是第一次。她本人负责囚禁怪兽,但有时这怪兽会挣脱枷锁。

"上个星期二,退役的网球明星哈里·哈达德透露说他计划……"

无意识当中,她听到了播音员的声音,调大了音量。

"……明年重回职业网球赛场。四年前,这位三次大满贯的冠军因为严重肩伤而退役。上个星期二,他在社交媒体上宣布了自己的计划,今天他在社交媒体贴出一张照片——他新选择的教练,前温布尔登锦标赛冠军尼科尔·勒努瓦-左登在指导他健身。据报道,哈达德很快就要出版自传,显然是要给自己的传奇生涯续写精彩篇章。"

"哦,老天,哈里。"布鲁克说道。

她换了个频道,以表示不赞同。哈里做得不对。他的肩膀再也不是以前的肩膀,选尼科尔做教练也不合适。优秀运动员不一定能成为优秀教练。尼科尔·勒努瓦-左登对网球心无旁骛,球打得很漂亮,但布鲁克觉得她没有当教练的那份耐心。

在交通信号灯前,布鲁克手指敲着方向盘,嘴里嘀咕着:"快点呀,快点呀。"她爸爸等红灯也没耐心,遇到孩子们穿鞋费时间也没耐心,看到电影里的浪漫场景也没耐心,但做教练,他有无限的耐心。

布鲁克还记得父亲在球场上顶着阳光,眯缝着眼睛观察分析学生。

他在球场上是拒绝佩戴墨镜的，当年他让布鲁克戴上墨镜以对抗偏头痛，虽然是徒劳之举，但也是值得纪念的时刻。他观看学生打球后，示意学生到网边来。他举着一根手指头思考："我需要怎么说、怎么做，才能让这个孩子开窍呢？"同样的教导，他绝不会说两遍。

布鲁克的妈妈擅长班级教学，一群小孩子在她的指挥下不停地跑来跑去，笑个不停。她训练小孩的时候会佩戴超大的墨镜，但打球的时候不戴。不过到了一对一的训练，她就没有那份激情或耐心了。她是女商人，是德莱尼一家的智囊，开办球具专卖店的是她，开咖啡馆的是她，举办假期野营的也是她。

乔伊挣钱，斯坦造星，只是他们失去了最闪耀的那颗星：哈里·哈达德。

斯坦本来可以一路带着哈里，还能带得再远些。有人会说，已经三满贯了，还能有多远。斯坦可不这样想，他觉得哈里可以飞得和费德勒一样高，他认为哈里可以成功打破澳大利亚人在澳大利亚公开赛中一无所获的局面。但是，德莱尼学校的男人斯坦只是哈里·哈达德童年时期的教练，平行世界能发生什么，谁又知道呢。

信号灯变绿了，布鲁克的脚放到了油门上，心里想着她可怜的父母，他们听到这新闻会怎么想呢？他们肯定已经知道了，声明是上个星期四的事情。即便他们没有看到新闻，网球圈子里也会有人告诉他们的。妈妈居然没有打电话说这事，没有担心爸爸，没有担心爸爸对哈里重返网球场的感受，真是奇怪呢。

她爸爸如果看到哈里·哈达德在电视上打网球，那场面才让人痛苦。每一次得分点，他都掩饰不住地紧张，肩膀高高耸起，表情又是骄傲又是伤感，令看者痛心。哈里是他们学校最出名的学生，全家人对哈里感情很复杂。德莱尼网球学校出了很多优秀的联赛选手，但只有哈里一路打到了应许之地，只有他亲吻到了温布尔登男单冠军的神圣银色奖杯。而且还不是一次，而是两次哦。

是斯坦发现了哈里。那孩子从未握过网球拍,但有一天,哈里的爸爸在一次慈善抽奖活动上赢得了德莱尼网球学校一个小时的私教课,他爸爸就决定让八岁的儿子试试。接下来的故事,正如乔伊所说,都是过往了。

现在哈里不仅是人气运动偶像,还是高调的慈善人士。他娶了美丽的妻子,生了三个漂亮的孩子,其中一个孩子得过白血病,病得很厉害,哈里因此热衷于呼吁支持儿童癌症研究。他筹到数百万的款项,救了很多人的命。这样一个人,怎么可能说他一句不是呢?说不出来的。

但布鲁克说得出来,因为哈里以前可没有这么无可指摘。当时他还是个孩子,布鲁克他们兄弟姐妹四个都认识他。他满肚子坏水,专门使坏。他的使坏是策略,不仅是为了赢球,还为了激怒对手。斯坦永远都不相信,只要说到哈里,他就像看不见缺点一样,其他大人也这样,只要是哈里,他们就是看不到他的缺点。他们看到的只有他惊人的才华。

当时两人都是十多岁,哈里和布鲁克的哥哥特洛伊打比赛,本来球没有出界,哈里公然叫嚣球出界了。最后,特洛伊怒了,扔了球拍,跳过球网,狠狠地揍了哈里几下。两个成年男人过去才把特洛伊从哈里身边拉开。

特洛伊被禁赛了六个月,在他们父亲看来,这是格外开恩。斯坦过了很久才原谅特洛伊,觉得儿子让他很丢脸。

又过了两年,哈里赢得了澳大利亚公开赛少年组的男单冠军,就背叛了斯坦·德莱尼,不要他做教练了。斯坦被打了个措手不及,他本以为自己会一路带大哈里的,理应如此呀。他爱哈里就像爱自己的儿子一样,甚至超过了自己的两个儿子,因为哈里从不质疑训练计划,从不反抗,从不叹气,从不翻白眼,进球场的时候从不拖脚走路。

据说,离开德莱尼学校不是哈里的决定,而是他父亲的决定。他父亲是伊利亚斯·哈达德,人很上镜,长得很有气势,也是哈里的经纪人。每次打比赛,他父亲都坐在球员包厢里,身旁都是新任的美女女友。哈里一脚踹了布鲁克他们的父亲,但还给他们父亲寄来语气诚挚的卡片,还在杂志专访里说什么第一任教练是他永远的教练,虚伪地表达感激之情。布鲁克他们几个都认为哈里参与了决策过程。他们父亲再也没有那么亲近地对待过哪位选手。学生们都爱他,他也是全力以赴地教导他们,但掏心窝的事情他再也没做过。布鲁克反正是这么想的。

布鲁克开进了停车场,他们当地的购物中心最近改造后,就有了意大利广场的美名。人人都乐于取笑这个地方搞了个"托斯卡纳山顶小镇"的主题,但布鲁克毫不在意。新的意大利熟食店挺不错的;咖啡馆墙上挂了几张托斯卡纳的好看照片;悬挂的篮子里装着假花,但如果不凑近看,看上去也像是真的;至少假鹅卵石不像真的鹅卵石,它们不卡鞋后跟。

"鹅卵石嘛,时不时有人崴了脚,对你的生意倒是利好,懂我意思吧,对吧,布鲁克?"上个月诊所开张,地方议员来剪彩,拿着怪异的大剪刀剪断绸带时如此说道。这议员就是那种人,说什么都要带点性暗示。

布鲁克和丈夫是临时分居,这一势头如果保持下去,就能一路轰隆隆地进行到离婚。看来也是那么一回事,到时候布鲁克就得去约会,也只能涂上口红,一边喝咖啡,一边忍受对方似有似无的性暗示。

她把车停到了老位置上,熄了火,看着方向盘上没戴戒指的左手。婚戒和订婚戒都没戴,手上并没有留下戴过戒指的凹痕。她工作的时候从不戴戒指,周末往往也忘记戴,也许有关系,也许没有。她在寻找以前没注意的离婚信号。

布鲁克的理疗诊所是一套租用的办公室,有两个房间,夹在咖啡馆和果蔬店之间。之前的店主是塔罗牌占卜师,有时还有老顾客现身,想要"紧急占卜"一下。上周来了一个身穿佩斯利花纹衬衣和紧身牛仔裤的家伙,那人说:"哦,嗯,你不能帮我占卜,就帮我检查一下这个破膝盖吧。"布鲁克预测此人日后要做手术。

47

"呵！感觉还完全不像春天！"天气预报员说道。

布鲁克对着后视镜，拿掉一根掉下来的睫毛。她眼睛又红又肿，就对今天的病人说自己过敏了吧，毕竟没人想找偏头痛的理疗师看病。

没人想要长期偏头痛的妻子，也没人想要偏头痛的女儿或妹妹。甚至没人想要偏头痛的朋友。取消了那么多个预约！布鲁克稍微放纵了一下自我怜悯的思绪，随即打住。

"谁还在期待雪季的最后几周呢？"天气预报员说道。

"我呀。"布鲁克说道。春天去滑雪，膝盖韧带拉伤和扭伤，后背受伤，手腕骨裂。

上帝呀，得有人受伤才行。不需多，够现金流动就行。

上帝的答复与布鲁克的妈妈一样。每当孩子们很久不打电话问候，她妈妈接到电话，就会委屈地说："你好，陌生人。"

布鲁克心想，就当我没问。她关掉收音机，松开安全带，坐了片刻。她胃里翻腾，偏头痛后的第二天会有轻微的恶心感。她对自己说，加油，好像自己刚学会走路一样，下车呀。

即便状态很好，没有处在头痛后期，而且也是她真正想去的地方，她也总是抗拒下车。这有点奇怪，但也算不上什么，只是怪癖而已，没人注意的。嗯，时间来不及的时候，格兰特注意到了，但其他人都没注意到。这可以追溯到她当年搞竞技网球的时候。她到了比赛场地，一动也不想动，就想作茧一样待在温暖霉臭的车里。但到最后，她总会走下来，这不算什么，她又不是她姐姐。

不用着急，距离接待第一位预约病人还有半个小时。

她抱住方向盘，看着邮局外面一个大腹便便的男子膝盖都没弯一下，就举起一个巨大笨重的盒子。大哥，就这么干吧，后背肌肉拉伤在等着你。

她租下诊所的时候，就知道广场要重建，拿到了很实惠的减租，但她没想到工期一拖再拖，数月的时间就那么不声不响地过去了，每个人的生意都慢了下来。高价的法国点心店在开了四十年后关门大吉了。理发师的婚姻破裂了。

真是让人头大，但布鲁克要控制偏头痛就不能觉得头大。偏头痛患者不应该创业，不应该与丈夫分居，肯定更不应该同时创业和分居。他们就应该像脊椎损伤患者那样，小心翼翼地过日子。

布鲁克是新手，目前诊所只是惨淡维持。有一段时间，连续二十三天，她一个病人都没有。"钱不够了，钱不够了，钱不够了"这几个字就像耳鸣一样，不断地在她耳朵里嗡嗡响。

现在好了，广场升级完毕，挖掘机、卡车、电钻都撤了，停车场每天爆满。咖啡馆取代了法国点心店，繁忙热闹。理发师夫妇又和好如初，他们店里的预约排到了六个星期后。

"机不可失，时不再来，"她的会计师如是说，"下个季度，要么成功，要么失败。"

会计师这样，让她想起了自己的爸爸。爸爸以前就是用双手抓住她的肩膀，直视她的眼睛："布鲁克，在球场一较高下。"

她的婚姻已经失败了，这节骨眼上，诊所不能再失败。一个人承受不了那么多失败。

她的确是在场上一较高下。她孤注一掷，她已是全力以赴。她给当地报纸写免费文章，给信箱塞传单，研究她本人在谷歌搜索上的数据，联系可能推荐她的医生，联系她所有的联系人，上帝呀，她甚至想去联系上帝。

"如果事情不顺利就回来，我们的大门一直给你敞开的。"她递交辞呈的时候，她的老雇主这样对她说。新诊所随时都会倒闭。布鲁克的两个朋友为了止损，只能关门大吉：其中一个开开心心的，另一个则是万念俱灰。

她把手放在车门上。下车吧。

她打开车门，这时手机响了起来。这个时间肯定是诊所来的电话。

家人朋友九点钟之前不会打电话来的。

她接通电话之际,才注意到屏幕上的名字:"埃米"。但来不及了。

"嗨,"她对姐姐说道,"现在没工夫说话。"

布鲁克以前有个男朋友,听到她接电话的口气,就能判断对方是哪位家庭成员。现在如果听到布鲁克说话,他张嘴就会说"埃米"。"对方是埃米,你就端着架子,装模作样,"前男友对她说过,"好像你是学校校长。"

"一切都还好吧?"她尽量避免学校校长的口吻。

问题是与埃米说话的时候,她并不觉得自己有学校校长的口吻。她觉得自己是家里的老小,埃米吩咐做什么,自己就做什么,因为埃米是家里人人敬仰的老大,孩子们都唯她马首是瞻,男孩子们也不例外。他们都还是孩子的时候,这没问题,毕竟埃米的游戏点子是最好的,也最会找父母规矩的漏洞,但现在他们都长大成人,至少布鲁克长大成人了,埃米没有事业,没有驾照,没有固定住所,精神状态还岌岌可危,布鲁克怎么可能对她言听计从。然而一听到埃米的声音,布鲁克就像膝跳反应一样,不由自主地就会顺从讨好姐姐,她想抗拒掩饰自己本能的反应,但都是徒劳,最后口吻听起来就是像学校校长。

"很忙?那为什么还接电话?"埃米听起来上气不接下气。

"一不小心接通了。"布鲁克靠在车门上,"你在赶公共汽车,还是什么?"

"我刚刚跑了步。"

"很好。跑之前拉伸了吗?"

她对姐姐的大腿肌腱了如指掌。她开始学这一行的时候,就是在家人身上练手的。她觉得家人的问题都归她管:埃米的大腿肌腱,爸爸的膝盖,洛根的肩膀,特洛伊的小腿,妈妈的腰背部紧张。

"肯定拉伸了呀。"埃米说道。

"说谎。"布鲁克一边听电话,一边朝咖啡馆走去。埃米跑了步,而自己拜偏头痛所赐，周末都没运动，她感到了一种荒谬却很强烈的好胜心。完全没道理。布鲁克更年轻，更健美。但一旦得知姐姐跑了步，就疯狂地想要去跑步，要跑得更快，跑得更远。

"你怎么样？"埃米问道。布鲁克听到了海鸥的叫声。埃米是在海滩跑步。真是要命，这太埃米了。布鲁克在郊区的停车场操心着现金流。埃米在沙滩跑步，接下来很有可能吃火腿鸡蛋松饼当早餐。

"我还好，"布鲁克说道，"嗯，也不是特别好。周末偏头痛犯了。"

一个女人从咖啡馆走出来，用纸板托盘端着几杯咖啡。她笨拙地举了举托盘，以此问好，布鲁克挥手致意。右髋关节痛。很遗憾，布鲁克注意到对方走路的姿势完全没问题。勤于运动的病人就会好起来，不再需要她的帮助。

"啊，"埃米说道，"格兰特照顾的你？"

"他不在家，出去野营了，去蓝山。和几个老朋友一起，以前——反正是老朋友。"说到这里，她打住了。显然，撒谎的诀窍，就是不要给太多不必要的细节。

"天哪！你该打电话的。我给你送汤！我们这儿中餐外卖的甜玉米鸡汤简直绝了！"

"还好。我还好。你打电话有什么事呢？"布鲁克掏出钥匙，打开玻璃门。看到门上的诊所标识，她心中泛起复杂的情绪，有快乐，有骄傲，还有担心。标识是简笔画的一男一女，头顶上举起横幅一样的"德莱尼理疗诊所"几个字。这是洛根的平面设计师女朋友英迪拉给设计的，布鲁克很喜欢。她脑海里冒出一幅画面，有人抠掉她门上的标识，乐滋滋地换上了自己的新标识，开始自己的梦想事业。

"抱歉，"埃米说道，"就几句话的工夫。今天有病人？"

"是的。"布鲁克简短地说道。她担心诊所会关闭，但绝不会对埃米说。她们之间就不是那种关系。布鲁克总是要姐姐看看，她这样才是成年人的生活，对此，埃米总是点头称赞，但她欣赏之余，有一种超然的态度,仿佛布鲁克中规中矩的选择(读大学、结婚、买房)就不是她办得到的事情。

"哦,嗯,很好,干得好。听着,我刚刚听说——"

布鲁克打断了姐姐的话。

"哈里的复出计划?我也刚刚听说了。我猜爸爸妈妈知道了,但没听他们说起,我挺惊讶的。我认为,他的机动性可能不行——"

"不,我不是要说哈里。我要说那个女孩。"

布鲁克打住了。哪个女孩?也是之前的学生?

"昨天晚上想到这事,我都睡不着。"埃米说道。她的声音变得愤怒激扬,像是她可能会哭出来,叫喊起来,或是崩溃:"你有没有见到她?我不知道,我只是觉得这事很怪异,你不觉得吗?整件事情,真是太……无厘头,你不觉得吗?"

布鲁克一边听着姐姐说话,一边打开了灯。房间里有接待处,还有一把空椅子,一切都准备好了,只是她目前还雇不起办公室经理。墙面颜色是海风蓝,一种慰藉而舒心的色调。到底是海风蓝还是深海蓝,她反反复复想了好久,仿佛墙体颜色不对就会影响病人理疗的效果。她在墙上安装了全身镜,病人运动的时候就能检查自己的体形,但她也得随时看到自己的镜中像。病人在的时候,倒是无所谓。但她一个人的时候,她一点儿也不想看到自己的脸庞。新租来的设备放在那里,一辆健身脚踏车、三个健身实体球、哑铃和弹力带,一切就绪,等待着耗费她的钱。画框里的运动员在庆祝得之不易的胜利:有跪下的,有前额贴地的,有亲吻金牌。网球运动员的照片只有一张,而且也不是在庆祝。那是玛蒂娜·纳芙拉蒂洛娃的黑白照,拍摄于温布尔登,她正在反手击球,面部表情扭曲,头戴束发带,鲻鱼头发型飞了起来。如果布鲁克的诊所没有网球运动员的照片,那就奇怪了,就像是刻意要强调什么观点。她父母来诊所看看的时候就会注意到的。

"老玛蒂娜,好人呀。"她爸爸看到这张照片,温情地说道,仿佛他与玛蒂娜很有交情一样。

"如果她男朋友也出现在家里呢?"埃米说道,"事情失控了呢?"

"你说什么?"布鲁克说道。她走神了,似乎错过了谈话的关键部分。

"如果他带有凶器呢?"

"如果谁带有凶器?"

"她打人的男朋友!"

布鲁克说道:"埃米,我完全不知道你在说什么。"

沉默。布鲁克坐到接待处,打开电脑。

"真的?"埃米说道,"你真的不知道?我还以为你肯定知道呢。"

电脑启动了,发出嗡嗡的声音。

"知道什么?"布鲁克提醒埃米,"我的预约病人很快就要来了。"她看着电脑屏幕上的备注。"四十八岁,自述可能有网球肘。还记得洛根说自己有网球肘,爸爸……"她打住了。有时她回忆起童年的趣事,其实并不太有趣。

"布鲁克,我说的是爸爸妈妈,和他们古怪的……留宿客人。"

布鲁克从上面抽屉拿出写字板和一份空白的病人问卷表。

"所以他们留人住在家里了?住了你以前的房间?有问题吗?"

新工作也好,新疗程也好,新男朋友也好,只要不顺利,埃米就时不时地搬回父母家住。

"我觉得她很有可能是睡在我的房间里。"埃米慢慢说道,语气痛苦,稍微有点攻击的意味,"但那还好吧。布鲁克,我有了自己的住处,住了差不多六个月。"

"我知道。"布鲁克说道。是合租的房子吗?

"我也有工作。上周我的工作时间超过四十个小时。"

"哇哦。"布鲁克说道,她不想表现出居高临下的语气。埃米真的工作了一周。应该给老姐奖励一下:"抱歉。刚才忙着诊所的事情,分心了。"还有"临时"分居那件事。

埃米是在哪儿上班呢？超市？哦，不是。电影院？不是。她是食物品尝师，好像是？对的。听她说过工作面试的事情。"就像考试，"埃米说道，"压力很大。"她必须按照咸味程度给十杯液体排序，然后按照甜味程度给另外十杯液体排序。她拿到一个个的小罐子，里面装着脱脂棉球，必须辨认出里面的气味。罗勒和薄荷，她答对了，但欧芹的气味没认出来。谁还知道欧芹有香味呢？她最后一项任务是写一段话，给从未吃过苹果的人描述这种水果。

"我觉得我真没法描述苹果。"布鲁克懒懒地说道，然后她妈妈开心地说："嗯，布鲁克，那你就得不到这份工作！"

布鲁克学了四年，拿到学位，又在临床实习两年成了理疗师，可这一刻，突然觉得自己能力不足，因为她不能描述苹果。

电话那头，埃米说道："那个和爸爸妈妈待在一起的女孩，你真的什么都没听说过？"

"没有呀，"布鲁克说，"她是谁？"她听得出自己的声音里有学校校长那股傲慢味儿，天哪，为了效果呀。留宿客人有什么大不了的呢？她父母交际很广。有可能是以前的学生，好多学生都和他们保持联系。德莱尼家的孩子对网球学生的感觉很复杂。这些学生就是他们父母的另一批孩子，更有礼貌，反手抽球打得更好，态度也更好。现在他们都大了，当然不会再去计较，过往成了笑料，他们打趣父母，他们互相打趣。埃米突然这么大惊小怪，真不愧是埃米。

"她叫萨凡纳。"埃米神神秘秘地说道。

"嗯，"布鲁克心不在焉地说道，"萨凡纳参加联赛？"

"布鲁克，她谁都不是！只是流浪女孩，冷不丁地出现在他们门口。"

布鲁克双手平放在键盘上："他们不认识她？"

"就是陌生人。"

布鲁克椅子一转，离开电脑。周末偏头痛的记忆回来了，前额感觉很涨。

"我不懂。"

"上个星期二晚上，很晚了，一个陌生女子敲开了父母的大门。"

"很晚？有多晚？爸爸妈妈都睡下了吗？"她脑子里浮现出一个画面，父母醒过来，伸手去拿床边桌上的眼镜。她母亲穿着超大的睡衣，长长的袖子盖过手腕。她父亲穿着短裤，干净的白色T恤，结实宽大的胸膛，毛茸茸的两条腿。他行动举止当自己是三十岁，但他的膝盖有关节炎，再造之后，膝盖情况很糟。

"宝贝，我们参加锦标赛还得奖了呢。"每次布鲁克表示担心，母亲都会拍着她的手如是说。

没错，她父母还得奖了。上次父亲膝盖手术后，外科医生对他说："除非是逃命，否则就不要再奔跑了。"

"明白，"斯坦说道，"不跑了。"他给医生竖起了大拇指。布鲁克亲眼看到的。三个月后，她的傻瓜父亲不可思议地回到了球场，作战一样地发球，逃命一样地奔跑。

"我不知道他们睡下了没有，"埃米说道，"他们现在很晚都不睡。我只知道她敲门，他们让她进来了，还让她留下过夜。"

"但是那个……他们为什么要这样做？"布鲁克起身，站在桌边。

"嗯，我觉得是因为她受伤了，妈妈要给她包扎一下，那是她男朋友打的。妈妈一直说她是'家暴受害者'，说得还挺激动的。"埃米停了下来。等到她再说话的时候，嘴里显然塞满了东西，"你居然还不知道，我真是不敢相信。"

布鲁克也不敢相信。她母亲经常打电话来，总是没话找话说。上周早些时候，她一天打了三次电话：第一次给布鲁克讲她在播客听到的偏头痛信息；第二次是更正之前说的内容，因为她找到了做记录的那张纸；第三次是说布鲁克母亲节送给她的仙客来开花了。仙客来是埃米送

55

的，母亲觉得是自己送的，布鲁克也没去纠正她。

"你在吃什么？"布鲁克不悦地说道。

"早餐。香橙味的松饼。"

布鲁克再次坐下，想要理一理思路。她父母是聪明人，不会让可疑人物或危险人物进门的。他们也是刚刚才步入老年，还没有到老年痴呆或糊涂的地步，只是膝盖不好和消化不良，显然还有些健忘。自从卖掉了网球学校，他们两个都有点不知所措。"一天天的，时间好漫长，"她母亲对布鲁克叹息过，"以前时间过得好快。管它呢！我们见面喝杯咖啡吧？我请客！"但布鲁克的时间还过得很快，没工夫喝咖啡。

"嗯，想来，爸爸妈妈还是挺能识人的。"她开了个头。

"你开什么玩笑？"埃米说道，"很能识人？还需要我说吗？那么多小浑蛋，满嘴谎话地哄骗他们。头一个就是哈里·哈达德，他伤了爸爸可怜脆弱的心。"

"好吧，好吧，"布鲁克赶忙说道，"所以他们带她去了警察局？"

"那女孩不想报警，"埃米说道，她嘴里又塞满了东西，"她没其他地方可去，他们就让她待家里，等她'站起来'为止。"

"她难道不可以去……我不知道，比如说妇女庇护所什么的？"布鲁克拿起一支笔，咬了起来，"我知道这话不好听，但她不归他们管呀。有的是可以求助的地方。"

"我觉得爸爸妈妈就是想出手相助。"现在，埃米的声音变得轻快又博爱。布鲁克感觉得到，埃米敏捷地交换了立场。在这个家里，埃米打球的步伐是最好的。现在，她交出了这份责任，布鲁克成了焦虑的人，埃米就变成帮助无家可归者的菩萨心肠，这角色更适合埃米。

"你刚才说那女孩是星期二晚上到他们门口的？"布鲁克说道，"也就是说已经待了差不多一个星期？"

"是呀。"埃米说道。

"我现在就给妈妈打电话。"也许埃米压根儿就没搞清楚是怎么一回事。

"她不会接电话的,"埃米说道,"她带着萨凡纳去纳尔勒那儿了。"

"纳尔勒?"

"妈妈三十年来的美发师,布鲁克。留点心哦。就是生了一对同卵双胞胎的纳尔勒,说是过敏,后来发现是癌症,还是最开始觉得是癌症,后来发现是过敏哦,记不清了,但她现在挺好的。纳尔勒对我们所有人都有安排。她觉得洛根和英迪拉应该要个孩子,觉得你应该在当地报纸登广告,觉得特洛伊应该和她离婚的妹妹约会。哦,她觉得我是双相情感障碍,所以妈妈开始收听名为'双相情感障碍'的播客。"

此刻,埃米的语速很快,她时不时就有这样奇怪疯狂的声音,布鲁克疑心埃米可能真有双相情感障碍。埃米是故意的,她就想别人觉得她疯了,因为这样别人就会紧张。一种恐吓策略。

"当然,就是纳尔勒。不管怎么样。我会给爸爸打个电话。"

"他也出去了,去看车。给萨凡纳看车。"

"爸爸要给那女孩买车?"

"我也不是百分百确定,"埃米说道,"但你知道的,有人需要新车,他开心。"

"天哪。"布鲁克说道。笔尖滑下来,掉进她嘴里。她摊开手掌,把笔尖吐出来:"哥哥们知道吗?"

"应该不知道。"埃米说道。

"你没给特洛伊打电话?"

他们四人当中,埃米和特洛伊的关系最亲密。布鲁克知道,埃米应该最先给他打电话。

"我给他发了消息,"埃米说道,"但他没回。你知道的,他今天从纽约飞回来。"

特洛伊满世界飞的绚丽人生,布鲁克并不清楚:"好像是吧。"

"洛根从来不接电话。我觉得他有电话恐惧症。或者我们给他打电话，他就那样。他的朋友们打电话，他都接的。"

布鲁克抽出嘴里的笔。无意识当中，她又开始吮吸笔尖，满嘴苦涩的墨水味。

埃米最后才给她打电话。

"好吧，我得挂了。"埃米突然说道，好像她忙得不行，好像她在忙着运营公司，布鲁克打电话打扰了她，其实她不过是坐在沙滩上吃松饼，"晚会儿打给我。"

大姐说的最后这句话，就是"照我吩咐去做"的语气。意思是说：你把问题解决了，然后告诉我一声。

布鲁克看着墙上镜子中的自己，看到自己的抬头纹比任何时候都深，看到自己的嘴唇染上了深海蓝的墨水。

第九章

现在

"你看到抓痕了？"

优步司机是电气工程专业的学生，以为乘客（乘客的名字是埃米。自从司机上次与一个名叫埃米的坏婆娘短暂约会后，就反感这名字）在与自己说话，他的座位上有抓痕（还能怎样呢，那个埃米干的），往后视镜看了一眼，看到乘客在打电话，根本不是和自己说话。显然，她打电话连招呼都没有一声，直奔话题。

"爸爸脸上的抓痕，"她说道，"他说是爬番樱桃树篱找网球的时候划破的。"

停顿。

优步司机漫不经心地听着，心里想着明天的考试还有今晚的约会。

"但特洛伊说，警察会认为那是自卫伤痕。"

有点意思呢。乘客正是要去当地的警察局。

"而且布鲁克突然就非常强硬，坚持让我们不要到警局报告有人失踪。"

停顿。

"因为爸爸对她说了，没必要报警说失踪。你知道的，布鲁克就是爸爸的乖乖女。"

优步司机看到乘客露出了淡淡的微笑。她身穿短裤,超模腿,邋遢的染色头发,打了多个耳洞,同时兼具沙滩和老旧城区的气质。乘客年纪不小,也许快四十岁了,但感觉还可以。

"是的,我觉得不用管爸爸,还是报警的好,以防万一。已经一周了,所以……也该报警了。我找了一张妈妈的照片,拍得挺好的。我已经打印出来。就是那天,她和爸爸去沙滩,想要做享受阳光的快乐退休人,你还记得吧?还有,我们显然应该给他们说一说萨凡纳的事情,你觉得呢?大概说一下。"

停顿。

"啊,是的,我本来就正常,当然会正常做事。"

停顿。

"没有。不觉得有什么冒犯,洛根,从来不会。到了见。"

车子停在信号灯前,她挂了电话,从后视镜里看着司机的眼睛。

"我母亲失踪了。"她脆生生地说道。

"好吓人。"优步司机说道。

"哦,我确定她没事。"乘客说道。她转过脸庞,朝着车窗,几乎像是自言自语地轻轻说道:"她好好的呢。"

第十章

"乔伊·德莱尼。六十九岁。最后一次联系是九天前,当时发了一则乱七八糟的消息,说她要'离网'。没带手机。"

伊桑在开车,高级警探克里斯蒂娜·库利在读着他的笔记,两人一路前去问询失踪女子的丈夫。伊桑·利姆是便衣警察,但他的穿着可完全称不上便衣。今天的衬衣看上去是桑蚕丝绸。(真的是丝绸吗?)鞋子锃亮,堪比钢琴的光泽。克里斯蒂娜的双脚往后缩了缩,鞋子真的需要好好擦一下。

她说:"手机是清洁女工在床底下找到的。"

"离网,那就是不带手机?"克里斯蒂娜听得出来,伊桑是勉强加上了疑问的语气。

她做伊桑的指定警探才几周的时间,还在摸索他们的工作节奏。伊桑与她相处时似乎紧张兮兮的,她也不知道是就让这孩子保持警惕,还是让他放松些。

她并不擅长让人放松。从小到大,她一直都听别人说她不怎么爱笑,也不喜欢闲聊。她的未婚夫尼科现在全权负责他们人际关系的闲聊部分,与话痨出租车司机闲聊,与话痨姨妈们闲聊,他可以轻松胜任。克里斯蒂娜有时觉得不安,觉得她自己贡献得不够。尼科总是对她说:"感情又不是账单,不需要对半分。"尼科错了,感情就是账单。她得留点儿心。

以前做便衣警察的时候,她的指定警探是老爸派头,有关他们的立场问题完全不留疑虑的余地。他总是问:"还记得你的三个原则吗?"问得太频繁,真是让人有些烦。

"不接受。不相信。全核实。"克里斯蒂娜会如此回答。

但她拿不出老爸派头。总不能是老妈派头吧?尼科对她说:"就做你自己。"他说:"那家伙想要从你这儿学东西呢。"尼科总是做自己,完全不觉得有问题。

"昨天乔伊的两名成年子女报警说她失踪了,"她继续说道,"普通事务警官去询问了失踪女子的丈夫,观察到他脸上有划痕。"

伊桑脸部抽了抽。

"丈夫配合询问,但说得不多。他承认他们夫妻上次谈话时发生了争执。所以,"她叹了一口气,觉得喉咙痒,"显然是有很多危险信号。"

她现在可不能生病。这桩失踪案很可疑,除此之外,她手上还有一起街头袭击案、两起家暴案、一起加油站武装抢劫案、一起追星学童的纵火案、一起破门而入案,还要陪伴娘去试穿礼服。

陪伴娘试穿礼服是在今天工作结束后,到时候她的四个表妹对腰围和领口争论不休,有可能演变成第三起家暴案。婚礼是六个月之后,但据精通婚礼的表妹们说,时间显然不够。克里斯蒂娜一直觉得她擅长应对压力,可现在不得已要筹备婚礼,才知道什么叫压力山大。朋友们对她说:"办一个小型婚礼,随意就好。"但这些朋友并非来自澳大利亚的黎巴嫩大家族,不明白婚礼就不可能小型,也不可能随意。

"要润喉片吗?"伊桑问道。

"不要。"克里斯蒂娜清了清嗓子说道,"不用,谢谢。"

她摘掉正装外套上面的一小截线头,不动声色地检查了一下衬衣扣子是否崩开。她的杯罩与她的个性不符,也与她的职业不符,但她家族的女人都是这样,个头矮,性子直率,大胸脯,生来如此。二十世纪九十年代，警察部队取消了身高要求，否则小克里斯蒂娜·库利根本就没机会当上警察，她从小到大在班级合影里都是最矮的那个。

伊桑的外套上当然没有线头。他的外套像是定做的。他家祖上应该就是有钱人。私立学校出来的男孩。克里斯蒂娜不想因此对这孩子有偏见。她家祖上没有钱，最近一两代也没钱，祖祖辈辈从来都是钱不够用的人。

前方的交通信号灯提示他们停下来，前面那辆SUV屁股上架了三辆儿童自行车，但还是负责任地露出了车牌号。这里的街道树木成荫，草坪修剪得很整齐，与她长大的西边社区截然不同，唯一的相同之处就是上方的输电线上挂有死蝙蝠。但她还是挺高兴的，刚做警察那会儿，她在自己的老社区工作，还得把认识的人关起来。她逮捕的第一个人是生物课上坐她旁边的同学。她给同学戴上手铐时，对方酩酊大醉，高兴地直叫："小克里斯蒂娜·库利逮捕我呢！"

"她随身带了什么吗？"伊桑问道。

"她的钱包和家里的钥匙，再没别的。没有行李箱，没有衣服。她的银行账户或社交账号都没有活动的迹象。"

克里斯蒂娜抽出家属提供的彩色照片。乔伊·德莱尼这位女士长相甜美，小个子，看起来不像六十九岁，她站在沙滩上，面带微笑，一只手放在头顶的草帽上，免得风刮走帽子。戴草帽的照片不太适合用来识别人脸。她要问家属再要一张，至少得有两三张。照片里乔伊穿着游泳衣，外面套了一件白色T恤，胸口图案是三朵并排的非洲菊，分别是红色、黄色和橘色。克里斯蒂娜最近才搞清楚了花的名字。她接下来要挑选新娘手捧花。说真的，她宁愿解决谋杀案，也不愿意挑选新娘手捧花。

"看起来人很好。"她拿着照片，轻轻在膝盖上敲了敲。

"有家暴记录吗？"伊桑问道。

"没有。"克里斯蒂娜说道。

他们在车道上停车，面前是一栋保养得很好的家庭大住宅。车道上停了一辆银色的沃尔沃。花床盛开着粉色、紫色和白色的花，茂盛到溢出来。她现在认得出来那是绣球花。有只灰色的小猫从前草坪上飞奔而过，越过了栅栏。铁皮邮筒口露出白色信封的一角，邮筒上有房门号和"信箱"两个字，还刻有两只小鸟，鸟喙对鸟喙，像是在亲吻。这样的社区里有的是宠物、花园喷洒、没有贷款的房子，还有悦耳的说话声音。

她说："但只是说明没有报过案——"

"并不代表没有发生过。"伊桑接口说道。

他听得懂话。私立学校出来的男孩子，这样的就少见了。

伊桑熄了火，克里斯蒂娜突然冲动地问道："还记得你的三个原则吗？"

伊桑没有半点犹豫："不接受。不相信。全核实。"

她心情一下好了很多，也许他们已经找到了一起工作的节奏。

她拿出老爸派头，给伊桑竖起了大拇指，打开车门，走了下来，整理外套，拉了拉衬衣。

远处传来冰激凌车熟悉的旋律，叮咚作响。

* * *

两个小时后，这所房子看起来就没有这么祥和安宁了。信箱和侧面栅栏之间拉上了蓝白相间的警戒条。

克里斯蒂娜询问斯坦利·德莱尼先生后，立刻申请犯罪现场搜查令，并且封锁了这所房子。

这次询问中她没有问出任何新东西，但得到了所有需要知道的信息。今天晚上，她这位新娘缺席了，伴娘们只能自己去试穿礼服了。她的手机一直在振动，全是怒气冲冲的表妹们发来的消息。

克里斯蒂娜不在乎。她为乔伊·德莱尼太太而愤怒，因为她的丈夫在撒谎。

第十一章

去年九月

上午十点左右，洛根·德莱尼开车行驶在他父母所在的街道，有点儿超速，他缩着脑袋，不想与在外面洗车或遛狗的态度友好的邻居对视。

如果沃尔沃停在车道上，他就开到死路尽头，再绕回来，继续开，他现在没心情单独和父母说话。还是有兄弟姐妹好，免得注意力全聚焦在他身上。独生子的日子肯定就像生活在地狱。

沃尔沃不在，于是他靠边停车。他下了车，用手遮挡住阳光，抬头看了看房子塞满枫香树叶子的雨水槽。

家里的信箱是复古风格的，自然是特洛伊送的礼物了。他看了看信箱，有信件就带进去。

他的运动裤上染了油漆，上身是旧T恤，脚上是跑鞋。他没刮胡子，他这样的人如果没刮胡子，看上去就像罪犯。他的头发一簇簇地竖起来，母亲说他看上去像流浪汉。他魁梧结实，也明白自己应该穿得体面点，因为晚上他走在路上，有时前面的女性会走到街对面去。他总想要大声道歉。有一次他姐姐说："哦，洛根，你就该冲上去，在她们后面边跑边喊：'美女，我没有恶意！'"说完，她自己就笑个不行，洛根没办法,真把姐姐扔进池子——特洛伊的屋顶无边游泳池。

母亲用那种说了好像又没有说的方式,叫他清理雨水槽。

"哦,天哪,洛根,你是没看到风刮叶子的情景!到底怎么回事呢?气候变化吗?叶子哗哗往下落。"上周打电话时母亲是这么说的。

"要我清理雨水槽吗?"洛根说道。气候变化。他母亲时不时地扔出几个词,好让孩子们知道她也紧跟时事,也听了播客。

"你爸爸说他来弄,完全没问题,他可以清理的。"

"我下周顺便来看看。"他说道。

洛根的爸爸过了七十岁生日之后,韧带拉伤,膝盖再造,家人开始觉得斯坦是"老人家"了。这话最初是护士说出来的。当时父亲还没醒,护士一边检查他的血压,一边说:"老人家麻醉后,可能会迷糊和短暂失忆。"洛根看到兄弟姐妹全都心中一动,猛然一惊,缩了缩脖子。

"仿佛看到雷神穿上病号服。"埃米轻声说道。他们的爸爸除了膝盖有问题之外,从未生过病,护士刚说完,他老人家就突然睁开眼睛,依然是非常深沉的嗓音,很是清楚地对可怜的护士说道:"亲爱的护士,我记忆没问题。"但看到他虚弱安静地躺在病床上就很让人难受了。

后来他完全康复,再次与母亲搭档赢得了锦标赛,可"老人家"的形象甩不掉了。爸爸不应该爬梯子。爸爸得知道边界。爸爸需要注意饮食。洛根觉得他们有可能过于着急了,爸爸还没到那个程度。也许是他们喜欢这样,也许担心并不真正需要担心的爸爸,才让他们感觉自己终于长大了。也许其中甚至还有满足感:雷神终于走下了神坛。但如果与父亲掰腕子,父亲赢了,洛根也不会惊奇。他非常清楚,到网球场与父亲对打,他依然是父亲的手下败将。父亲非常清楚儿子的优缺点和策略,对此,洛根只能束手就擒。就像回到十岁时:汗津津的双手,怦怦跳的小心脏。天哪,当时他一心想打败父亲。

他们上次一起打球已经是两年前的事了。每次他回家,母亲总是建议:"去吧,跟你父亲打一场。"但每次洛根都会找借口。他心中渐渐有了颠覆性的念头，也许他永远也不会再打球了。这感觉像是背叛，但谁又在意呢？也许根本没人注意。

他们的母亲会注意到的。

父亲手术后，洛根就开始帮父母家里做些零零碎碎的事情，但每次都是偷偷摸摸的，不让父亲生气。他就像个忍者，溜进去，溜出来。这里那里换个灯泡。拿上电锯，锯掉网球场周围过于茂密的树枝。

他不太清楚父亲的感受。上次父亲撞到洛根在给网球场换灯泡，说道："小子，不用你做这个。"父亲拍了拍他的肩膀，说："我还没死呢。"

那天，洛根醉酒还未恢复，他父亲则是脸色红润，目光清澈，看起来健康状态比他好得多，餐边柜上又多了一个奖杯。

就在那天晚些时候，他父亲问他，"职业规划"进行得怎么样。洛根没什么职业规划，有份工作可做就行，听到父亲的问话，他感觉自己像个孩子一样坐立难安。他父亲观察洛根的生活，就像他以前看儿子打网球一样。洛根感觉到父亲想要把他叫到网前，指出他的缺点，点明他哪里有错，哪里应该改进，但父亲实际上从未批评过他的人生选择，只是提问，只是听到答案时表情失望。

洛根重重地关上车门，身处安静的街道，这砰的一声挺响的。他听得到喜鹊叽叽喳喳的叫声，还有父母网球场后面森林保护区乌鸦嘲讽的呱呱声。这样的双重合奏让他想起父母对话的节奏，母亲叽叽喳喳说个不停，父亲偶尔面无表情地回应一句。

洛根没有进房子，而是直接走到房子侧面，去工具棚拿梯子。他走过排水管，以前他们练习抛球的时候，都必须站在那儿。连续扔球一百次，日复一日，最后他们抛球就像直尺画出来的一样笔直。

他心里犯嘀咕，父母哪儿去了，什么时候回来。父亲看到他做完了事情，到底是生气呢，还是松一口气呢。

特洛伊想雇人给父母干活儿，一位园丁、一位清洁工、一位管家。

"什么……就像有一屋子的仆人？"埃米说道，"爸爸妈妈就像豪宅里的老爷太太，摇铃叫人？"

"钱我来出。"特洛伊说道。谈到钱，他就浮现出那种特有的表情：诡秘、羞愧和骄傲。他们都不太明白特洛伊在干什么，但他显然是坐拥相当可观的财富，只有那种打网球努力到登峰造极才能达到的财富。特洛伊另辟蹊径，开上了豪车，过上了豪华的生活。现在他与银行家和律师打交际网球，轻松随意，仿佛他是私立学校出来的孩子。私立学校的孩子在德莱尼学校上私教课，并非有天赋或出于爱好，只是因为网球是"有用的生活技能"。

他们的父亲从不询问特洛伊的职业规划。

洛根打开工具棚，找到水桶、手套、刮刀和梯子，每样东西都在老位置。他朋友希恩的父亲得了老年痴呆，第一个让人泪目的症状就是工具不再放回原处。但洛根爸爸的工具棚整洁得就像手术室。

连工具棚的小窗户玻璃都被擦得闪闪发光，透过窗户可以看到网球场旁边的日本枫树，春天到了，它们刚开始吐芽。到了秋天，叶子会变成金红色。洛根脑海里浮现出一个画面：叶子铺了一地，松松脆脆的，自己还是个孩子，走在上面沙沙作响。他在找被打飞的网球，网球可是要花钱买的。还有那天，自己怒气冲冲地从那棵树边走过，那是他第一次输给了特洛伊；也是那一天，父亲叫他好好看看哈里·哈达德的上旋发球。当时他还没有掌握上旋发球，也许他内心深处已经察觉到了，他永远都掌握不了：他缺少那种本能的感觉，不知道球应该往哪儿打。那天他好气愤，在朝家里走去的时候扔了球拍，差点打到一个等着上课的女孩，对方在惊恐中发出小小的一声尖叫，往旁边一闪。

也就是那天，洛根明白弟弟会打得比自己好，更重要的是他明白了哈里·哈达德是天才，哈里有德莱尼家的孩子都没有的天赋。

他毅然掐断回忆，走向父亲干干净净的工作台。

特洛伊就是个白痴，居然觉得可以雇人到家里做事，他们的父亲事事都是自己动手。斯坦会觉得雇人做事很丢人很夸张，没有男子气概。

有一次在路上，洛根与父亲开着车，看到路边一个穿正装的男子悠闲地滑着手机，而道路救援的工人正跪在地上，给那人的奔驰换轮胎。斯坦实在看不下去，摇下窗户，大喝一声："你真娘们呀，换轮胎就要自己来呀！"接着，父亲摇上窗户，怯怯地咧嘴一笑，说："不要告诉你妈妈。"

洛根都是自己换轮胎，但特洛伊那小子肯定要雇人，而且还很享受，别人干活儿时他肯定还要与人亲切交谈。上次他们聚在一起给埃米过生日，有人问特洛伊那天干了啥，他没有半点羞耻，也没有半点尴尬地说："我去足疗店修了脚指甲。"原来这小子定期去修指甲，大家惊讶不已。他们的母亲说："哦，宝贝，我不要钱就能帮你剪指甲，省点钱吧！"仿佛特洛伊还需要省钱，一时间，大家想着他们母亲跪在地上给特洛伊修脚指甲的样子，脑子就有些不清不楚，心中愤愤不平，好像特洛伊真让母亲剪了脚指甲。

德莱尼这一家子人，只有特洛伊去足疗。他们父亲宁愿用针戳进双眼都不去。乔伊呢，别人一碰她的脚，她就笑个不停。埃米觉得足疗是精英主义。布鲁克说有可能感染细菌。

特洛伊不在乎。他自己说了算。

没有人说特洛伊是"被动"的，即使他被动地像个皇帝一样让别人给他剪脚指甲。

"你甚至都没有要拦住我的意思。"英迪拉从机场打来电话。

"我以为你想要那样。"洛根回答道。英迪拉说什么"她不能像这样继续下去"。像哪样呢？她从未说清楚过。

"但你想要什么呢，洛根？你真的是……太被动了！"英迪拉一边说着一边哭，哭得好厉害。洛根完全糊涂了，不明白到底是怎么回事。要分手的人是英迪拉，不是他。

接着，英迪拉挂断了电话，所以"被动"就成了英迪拉对他说的最后一个词，一直在他脑子里回响，最后他都被搞得魔怔了，他开始从各种角度审视这个词,审视这个词暗含的意思。他甚至翻了字典的定义,现在都背下来了,时不时地给自己嘟囔一下:没有积极回应或抵抗,就接受和允许所有发生的事情或别人的行为。

接受和允许所有发生的事情或别人的行为,到底有什么问题?这难道不是禅宗所赞成的一种理智的生活方式吗?英迪拉的上一个男朋友显然就是"飞扬跋扈的"。洛根从不那样。凡是英迪拉想要做的事情,他从来不阻拦,哪怕是离开。只要是英迪拉想离开,只要英迪拉能因此觉得幸福,他也不会阻拦。他想要英迪拉幸福。

所以,也许没人能让英迪拉幸福,但他不会要求英迪拉留下。

大概是英迪拉离开前的一周,她说过一句"你不怎么需要我"。洛根觉得心跳得很厉害,说不出话来,就什么都没说,他只是看着英迪拉。最后英迪拉叹了一口气,走开了。

"小子,你不怎么想赢。"洛根第一次在比赛时输给了讨厌的哈里·哈达德,在回家的路上,父亲对他这样说过。洛根记得自己沉默地坐在副驾驶座位上,一个字也没说,只是心中暗想:"你错了,爸爸,你错了,错了。"

他表达自己愿望的方式显然有问题,说起来也有些讽刺,洛根教的课是沟通技巧。

爸爸,我非常想赢。

他把手套和刮刀放进水桶,一只手举着梯子,从黑魆魆的工具棚里走出来,在阳光下眨着眼睛。

"早上好。"女子的声音传了过来,梯子差点儿从他手里掉下来。有那么一瞬间,他以为是英迪拉,仿佛他通过意念让英迪拉出现在了眼前。但对方当然不是英迪拉。

一个陌生的女子坐在他父母后门廊的边上,双手捧着一杯热乎乎的东西,一边吹着杯子,一边抬头看着他。

她顺滑的金色头发剪得很有层次,垂在她皮包骨头的脸庞两侧。牛仔裤太长，裤脚几乎卷到了膝盖。脚上一双 UGG 的靴子，看起来大了两号，晃晃荡荡的，就像孩子偷穿了大人的鞋。上身是灰色的连帽衫，胸前有个粉红色的标识。

"我没想吓你的。"她说道。她往耳后理了理头发，有两缕笔直的头发回到前面，耳朵尖冒了出来。

"你谁呀？"被吓了一跳之后，洛根变得像父亲一样粗鲁唐突。

"我叫萨凡纳。"她的一只手稍稍晃了一圈，仿佛是坐在酒吧里，要认识洛根这一桌子的朋友。

洛根仔细看了看她。她鼻子上有一个小小的饰品，在阳光下反着光。童年那种熟悉的悲伤感又来了，他立刻着手镇压。一直都是这样，陌生人拿着球拍，穿着名牌鞋子，在他家后院大摇大摆地走来走去，仿佛他们是主人，但你还得礼貌友好，因为他们付了钱。有一次，布鲁克看到一个小女孩在翻她扔在后门廊上的书包，拿出她休息时没吃的香蕉，大大方方地要送进嘴里。

"你谁呀？"女孩头歪在一边，模仿他的语气。

"我叫洛根。"他说道，他把梯子靠在腿上，"这是我父母的房子。"他并不想表现出孩子气的戒备心，仿佛他需要证明自己比对方更有权利出现在这里。

"你好，洛根。"

他等着。

"我住在你父母家里。"她终于来了一句。

"你是他们以前的学生？"洛根说道。

"网球学生？"萨凡纳说道，她露出微笑，"不是，我不擅长运动。"

当她说"擅长运动"几个字的时候，装出了一种奇奇怪怪的上流社会口音，仿佛是在说，我不吃鱼子酱。

"那你是……"

"你爸爸配了新眼镜，你爸妈出去取了，"萨凡纳说道，"双光镜。

昨天本来就要去的,结果你妈妈约好的医生遇上大堵车迟到了,所以时间不够了。"

听到这话,他读不出其中的潜台词。为什么对方要给出这么多细节?她是在嘲弄洛根的妈妈吗?洛根的妈妈说起话来事无巨细,凡是相关的内容统统都加进去。但只有她的孩子们可以拿这一点打趣。

"嗯,很高兴见到你,"洛根说道,"我做事去了。"如果对方不想谈论自己是谁,他也不在意。他举起梯子说:"我要清理雨水槽。"

"去吧。"女孩宽容地说道。她扬起头,享受阳光照在脸上的感觉。

洛根转身朝房子侧面走去,又停下脚步,回头望着她:"你要住多久?"

"无限期。"她眼睛都没有睁开,咧嘴一笑。

他心里猛然一惊,近乎恐惧的感觉:"无限期?"

女孩睁开眼睛,若有所思地看着洛根:"我开玩笑呢。我的意思是说,我倒愿意永远住在这里。这里好宁静呀。"她朝着网球场抬了抬下巴,"我猜你们长大了都是网球冠军?"

"并非如此。"洛根清了清嗓子。

"你们后院就是网球场,多幸运呀。"

女孩的声音单薄刺耳,洛根猜她的潜台词是钱。现在只有富人的后院才有网球场。

"六十年代那会儿,这条街上家家户户都有网球场。"他说道。他发现自己在鹦鹉学舌模仿自己的老父亲,只不过父亲想说的是悲剧,后院网球场消失了,取而代之的是商场,预示着澳大利亚网球黄金时代的结束。也就是说,像斯坦这样工薪阶层的孩子,童年不再是拼命击打网球,而是弯腰驼背地看个小屏幕。

洛根是想说,不要因为这片乡下社区富起来了,就以为我是养尊处优长大的。

洛根爸爸就是在这所房子里长大的,他们对爸爸的童年知之甚少,只知道他小时候并不幸福,很多时候都是一个人在网球场上练发球。网球场是洛根的祖父修的,后来洛根的祖母"一脚给他踢到了路边"。每次祖母说起这话,洛根的脑海里就冒出一幅漫画,像一幅儿童书中的插图:祖父坐在摇椅里,惊讶得张大了嘴巴,手放在膝盖上,在空中飞过。但洛根觉得事发时应该没有半点滑稽之处。

在洛根出生之前,祖母就搬去照顾快要去世的姨婆,也就是祖母的姐姐,但麻烦的是,姨婆很久也没去世。于是祖母就把房子卖给了洛根的父母,据说"价钱非常便宜",但其实价钱非常高。不过洛根母亲就觉得永远欠了婆婆的情,不能劝洛根父亲换掉起居室的紫色花地毯,免得祖母不高兴。祖母死了很久之后依然如此。

多亏了洛根母亲的商业头脑,后来网球学校开始赚钱了,而且赚了挺多钱,所以房子得以翻新扩建。脏兮兮的阴暗小平房变成了光线充沛的家庭住宅,但紫色花地毯还留着,这一直都是争论的话题。乔伊每次给地毯吸尘时,眼睛都望向另一边。房子其他地方都是洛根母亲喜欢的工艺美术风格,用了很多木材和铜制材料。他父亲说过一次:"天哪,我们就像住在伐木工的房子里。"

"整条街只有我们家没有把网球场挖了做游泳池。"他对女孩说道,对方只看到了体面的现在,不知道复杂的过去。

"那你们当时想要游泳池吗?"女孩歪着头问道。

曾几何时,他们都想要游泳池。当年球场还是红土的时候,他和特洛伊要花好多时间整理那破地面,又是洒水,又是碾平,那时候他们特别想要游泳池。

她说:"至少你们父母走出后门就能上班,对吧?生活肯定变得很轻松。"

走出后门就能上班,意思是德莱尼网球学校吞噬了他们的生活。

"是的,但网球学校真正步入正轨后,他们在拐角处租了四个网球场和一个俱乐部,就是有个笑脸网球标识的地方。"

他打住了。对方并不关心什么笑脸网球,她显然不是以前的学生,也不是俱乐部成员。如果她与网球无关的话,那这人是谁呀?"抱歉,但你是怎么认识我父母的呢?"

她的脸皱成一团,仿佛在努力回忆正确的答案。

"你是埃米的朋友?"洛根猜。她肯定是吧。

"我穿的是她的衣服!"她笔直地抬起一条腿,亮出过长的牛仔裤,"她比我高很多。"

"我们家的人个子都高。"洛根说道。他想要保护埃米,仿佛这女孩拿埃米的身高开了玩笑。埃米实际上是家里最矮的。

"除了你母亲。"萨凡纳说道。头发跑到了她的嘴里,她气呼呼地吹了出来。"你妈妈和我一样高。"她从手腕上取下一根皮筋,熟练地把头发扎成马尾,"这头发快让我疯掉了。昨天刚剪的,又顺又滑。你妈妈约了她的理发师给我理发。"

"看起来挺好的。"洛根自动回答。他在这方面训练有素,因为家里有两个女孩子。

"花了很多钱,"萨凡纳说道,"你妈妈付的钱,她真是太好了。"

"哦。"洛根说道。对方这样说,是要测试他的反应吗?他母亲是否给某个女孩理发埋单,他并不在意。这时他才看出来,对方的发型和他母亲的非常像,好像理发师用的是同一个模具一样。

"你今天不上班?"女孩问道。

"我工作时间不定。"他说道。

"毒品贩子?"

他包容地笑了笑:"我在社区大学教书。"

"你教什么?"

"商务沟通。"他等着必然的反应。

女孩扬起眉毛:"我本以为你是教……我不知道啊,比如说家装粉刷之类的手艺。"

74

他低头看了看自己的裤子，上面被溅上了黄色涂料，他和英迪拉一起把厨房涂成了金黄色，结果最后他们谁都不喜欢那个颜色。蓝色的涂料是他帮布鲁克粉刷诊所时溅上的。他记不得绿点点是哪儿来的了。

他放弃网球后，的确是干了两年的家装粉刷，后来就是涂灰泥，再就是铺屋顶。"从事建筑业怎么样？"他爸爸想要把这些不同的工作有机地整合起来，满怀希望地发问。他并不在意洛根干粉刷这一行，但他受不了洛根一直给别人打工。爸爸看重的是给自己打工。

"宝贝，要不读个学位？"他妈妈说道。他父母都是没有学位的人。他妈妈说到"学位"这个词的时候充满了尊重和谦卑，他的心都要碎了。

洛根十七岁的时候，拒绝了一个美国大学提供的网球奖学金。他经常在回忆，当时自己脑子里在想什么。难道是因为他知道父亲并不认同美国奖学金是在网球领域获得成功的有效途径？"你如果想要以网球为事业，那就关注你的网球，而不是学习。"或者是恐惧？有点社交焦虑？他十多岁的时候笨拙着呢。他还记得，当时觉得自己不够热情，不适合去美国。他说话太慢。他太澳洲了，太像他爸爸了。

最后他读了一个非全日制的沟通学学位。天知道他为什么要那样。但有了这个学位，他就找到了一份工作，教商务沟通技巧，还挺适合他的。他对学科本身没什么特别的兴趣，但他喜欢教学。这工作挺好的，工作稳定，工作时间也好。事实上，他觉得自己可以一直干下去。

"你喜欢自己选择的职业吗？"萨凡纳问道。这是在嘲笑他吗？还有怎么认识他父母的这个问题，她是有意回避还是分神没听到？洛根不愿意再问，免得她得意。

"当然，"他说道，"好了，我得干活去了。"

"你需要帮手吗？"她重重地把马克杯往旁边瓷砖上一放，哐的一声，洛根的脸抽搐了一下，那可是他母亲最喜欢的杯子，上面写着：家是独一无二的，外祖母的家更胜一筹！

"小心那个杯子,"他说道,"那是我妈妈最喜欢的。"

萨凡纳故作小心地拿起杯子,站起身来,放在桌子上。每到星期六的早上,洛根父亲就坐在那张桌子旁做填字游戏。

"抱歉,"女孩说道,"我顺手从洗碗机里拿来的。"她又拿起杯子,仔细看了看,"外祖母的家更胜一筹。但你妈妈还不是外祖母,是不是?"

"那是我外祖母的杯子。"洛根说道。特洛伊给外祖母买的圣诞礼物她很喜欢。她当然喜欢了,特洛伊出了名地会挑礼物。他们的外祖母从来都不是那种很特别的外祖母,所以她对杯子的痴迷也无从解释。每次他们去看外祖母,她总是希望他们可以提前离开。

女孩一迈腿,从门廊跨到草地上朝他走来。女孩站得太近了,洛根往后退了一步。埃米说这种人叫"空间入侵者"。德莱尼一家人都不喜欢情感外露,但他们的母亲除外,乔伊喜欢拥抱,喜欢拍胳膊,喜欢抚摸后背,不过乔伊总是德莱尼家的例外。

萨凡纳兴致盎然地抬头看着洛根。她浅黄色的眼睫毛很长,就像本地小动物的一样。尖尖的鼻子上长有雀斑,干裂的薄嘴唇,一边眉毛上贴了一片肉色的创可贴。洛根比大多数人都要高大,而这女孩瘦小脆弱,对比之下,洛根觉得自己又高大又愚蠢,仿佛穿着玩偶服的足球吉祥物。

"你想要孩子吗?"她目不转睛地看着洛根。这人有点毛病吧?

"看以后吧。"洛根说道,他又往后退了一步,"那儿是怎么回事?"他指了指对方头上的创可贴。

"我男朋友打的。"她音调都没有变化。

他本以为对方会给出平淡无奇的回答,其实他压根儿就没兴趣听答案,只是想转移话题而已。听到这话,他惊讶得想都没想就做出了回应。

"为什么?"他还没意识到哪里不对,话就出了口。为什么?这就好比是问，你做了什么才让他打你。如果是他的姐姐和妹妹，肯定要把那个人活剥生吞的。这是受害者有罪论！"抱歉，我不该这么问的。"

"没关系。那天他下班回来，是什么时候呢？上个星期二晚上。"她双手插进埃米的牛仔裤的裤兜里，脚尖在草地上画圈，"其实他那天心情还挺好的。"

"你不用给我说这个。"洛根抬起一只手，示意对方不要再说了。天哪，他不想听细节。

"没关系，我挺想告诉你的。"女孩说道。洛根问了蠢问题，惩罚就是忍着痛苦听完回答。

"我们在看电视，其实就是放松一下，结果新闻里在说家暴的事情，我就想，哦，天哪，来了。新闻的内容……"她摇了摇脑袋，"我不知道他们为什么一直在电视上播放那些。那些都没用的，只能让事情更糟！"她的声音急速上扬。

洛根眯缝起眼睛，不太懂对方到底想说什么。她的意思是说，对女性家暴的新闻报道引发了她男朋友的暴力？

"那些新闻报道，总能让他的情绪坏到极点。也许是新闻让他内疚？我也不知道。他总是说，'哦，全是男人的错，对不对？永远都不是娘们的错！永远都是男人的错！'"她装出低沉的男性声音来模仿男朋友。那人的形象差不多浮现在了洛根的脑海里，他知道那种类型。

"所以，我赶紧换频道，我就说：'哦，我想看《幸存者》！'他什么都没有说，但我感觉得到，他只是在等我出错。时间一分钟一分钟过去了，我放松下来，我想着，哦，事情过去了。然后我就像个傻子一样，我真傻，我问他车辆登记的钱缴了吗？"女孩仿佛是冲着自己的愚蠢摇了摇头，"我并不想表达什么观点，真的没有。"她抬起眼，透过淡黄色的眼睫毛看着洛根，仿佛想要向洛根证明她的无辜，"我只是说了一句'你记得去缴费了？'。"

"我觉得这话没问题。"洛根说道。他在恋情中从未经历过身体上的暴力，但他知道问题可能被误解，即使简单问一句，也可能被劈头盖脸地骂回来。

"嗯，听了这话，他就暴怒起来，"萨凡纳说道，"我显然是消极抵抗。"她耸了耸肩，手指放在额头的创可贴上，"事情就开始急速恶化，每次都是这样，接下来，你知道的，他大喊大叫，我就哭……真的是可悲。让人抬不起头来。"女孩双手放在髋骨两侧，眼睛望向一边。女孩身上散发出便宜香水、发胶和香烟的味道，就像以前暑假时在中央海岸房车公园的设施后面，他亲吻过的那些女孩子。闻到这股气味，洛根心中一动，他希望只是一时的怀旧。这女孩瘦小脆弱，惨遭家暴，他还想去吻别人，这太不像话了，洛根觉得自己已在和女孩的那个杂种男朋友串通一气。

"反正……管它呢……就这么一回事。"萨凡纳把埃米的裤子提到腰间，"他已是过往了。我离开了，叫了一辆出租车，再也不回去了。"

"对的。"洛根说道，接着脑子里冒出了一个接一个的想法。

他说道："你男朋友知道你在这儿吗？"他脑子里浮现出一个画面，母亲还是老样子，喜迎宾客，大打开门，结果迎面冲来一个深仇大恨的愣头青。于是他没等对方回答就继续说道："再说了，你怎么认识我父母的？"

"我不认识他们，"萨凡纳说道，"我只是随机敲了他们的门。"

"你什么？"

"洛根！"他母亲拉开了通往后门廊的玻璃门，双手放在脸颊上，仿佛不相信眼前的人是他，仿佛没有看见他的车停在车道上，但其实她已经知道儿子在家里了。她声音中微微带了点与非家庭成员说话的时髦口音。说实在的，这比平时听起来还糟糕，像是兴奋到不能自已。"你在这儿干什么？"

"妈妈，我来清理雨水槽，"洛根说，"我给你说过的。"

"哦，不用的，"他母亲说道，"你爸爸可以处理。"她走到他们身边,说话的时候把一只手放在萨凡纳的背上,"这么说,你已经认识萨凡纳了。"她看着萨凡纳,又看着洛根。她的眼睛闪闪发光。"她要在这里住上一段时间。想待多久都可以。"她的手随着说话的节奏,温柔地拍着萨凡纳的背。

她的手停了下来,说道:"英迪拉怎么样了?"脸上带着看透一切的表情,仿佛已经怀疑到了他们分手的事情,但她怎么可能知道呢?

洛根说道:"挺好的。哦,她让我给你这个。"

说着就从口袋里掏出了一个破破烂烂的小礼物。英迪拉几周前就让他转交这个礼物,但他总是忘。

"哦,洛根!"他母亲一只手放在胸口,看上去激动无比。

"不是什么——"

"她不想来?"乔伊环视四周,仿佛期待英迪拉从篱笆后面冒出来,"看我打开礼物?"

"只是一个小——"

"洛根的女朋友非常特别,"乔伊对萨凡纳说道,"非常特别。我好希望她在!"她拍着萨凡纳的头发,再次怀疑地环视后院,然后撕开包装纸。"哦,"她的脸耷拉下去,"是……冰箱贴。"

她把冰箱贴翻来覆去地仔细看,仿佛在寻找什么秘密信息。冰箱贴上面是一朵黄色的花。洛根不知道为什么英迪拉要给他母亲买这个,也不知道为什么母亲一时间露出了痛苦的表情。母亲本以为是什么呢?

"很漂亮。"她对洛根说道。她的眼睛很亮。"英迪拉知道我喜欢黄色的非洲菊,我们在伦敦买的那个破冰箱贴老是掉下来!所以她给我买了这个,真贴心。替我谢谢她。嗯,我星期天能见到她,我自己谢她吧。"

洛根心想,你星期天见不到她了。但他显然不想当着陌生女孩给母亲说分手的事情。他马上转移了话题:"我刚才听说的……萨凡纳敲了你们的门?"他清了清嗓子,"随意敲的?这……"布鲁克知道这事吗？布鲁克是家里最小的孩子，但最理智、最笃定。

"她说看到这所房子就感觉很好，"乔伊面带诚恳的微笑，抬头看着洛根，"她说这房子感觉很安全，这话很可爱，是不是？"

"是的，所以我在问萨凡纳，她前男友是否知道她在哪儿。"洛根看着母亲的眼睛。乔伊喜欢装傻，但她不蠢。

"他不知道萨凡纳在哪儿，"乔伊说道，"他无从得知。"

"不用担心，"萨凡纳说道，"他追踪不到我的。我走的时候，甚至都没有带手机。"

"是的，我们要找个时间去萨凡纳公寓去拿她的东西，趁他上班的时候。"乔伊说道，她说话的语气仿佛在安排午餐。

"妈妈，你不要去。"洛根说道。

"哦，我不去，我就待在车里吧。安全起见，你爸爸和萨凡纳一起进去。"乔伊抬头看着洛根，表情明朗而狡黠。洛根不由自主地滑向母亲已经设定好的路线。

"我觉得爸爸也不应该去。"洛根说道。他叹了一口气，没法子摆脱的。他看着萨凡纳，想要表现得和蔼可亲，而不是闷闷不乐。"我带你去。"

"我不需要谁陪我去。"萨凡纳说道，"真的不需要。"

"你弟弟也一起去，"乔伊对洛根说道，"人多更安全，这是个好办法。"她满口称赞的语气，仿佛是洛根想出来的好法子，"你和特洛伊帮萨凡纳收拾好所有东西，干净利落地走人，然后事情就了了！"

什么事情就了了？"特洛伊不是在美国吗？"洛根问道。

"他今早飞回来了，"他母亲说道，"等到他歇过时差，你们三个明天一起去萨凡纳住的地方。"

特洛伊肯定目瞪口呆。想到这一点，洛根的情绪稍稍好了一些。

"你们十一点左右去比较好，避开早高峰，也不会错过你下午两点的课。"

洛根想说，妈妈，也许我明天早上有事情要做呢。但他妈妈准会细问。

"不用了，没关系的。我很感激，但我自己去就好。"萨凡纳说道。洛根想要大笑，这女孩完全不知道，他母亲决定了必须要做的事情，抵抗完全无效。"一旦你母亲的势头上来了，没人能打败她。"斯坦总是这样说。他说的是网球，但他嘴里所有关于网球的事情，也适用于生活。

"我自己去。"萨凡纳说道。

"宝贝，不行，你不可以。"乔伊说道，钢铁般坚定的声音。

洛根心想，妈妈赢了。

第十二章

现在

"你觉得你父母的婚姻状况怎么样?"

高级警探克里斯蒂娜·库利翻着笔记本,仔细看着对面的男子洛根·德莱尼,德莱尼家成年孩子中排行第二,三十七岁。姿态懒散,说话喜欢拉长调子,就像是冲浪高手,但眼神警惕,是个有想法的人。看上去像个园丁,但其实教的是商务学。他在社区大学工作,克里斯蒂娜和伊桑在大学的休息室里询问他。他说二十分钟后有课。

警察局的两人坐在低矮的树脂半圆形靠背椅子上,与洛根隔着一张小圆桌。洛根脑袋后面的布告牌上宣传的是晚间课程:你想自己做软装?你想写回忆录?你想懂得如何闲聊?你想结婚?还有人为了结婚而学课程?她必须要给尼科说这个。可能还是不要吧,他可能会想学这门课。他对稀奇古怪的活动时不时地有冲动的热情。

"我觉得他们的婚姻状况正常,"洛根回答道,"挺好的。"他在转动自己的右肩,"他们结婚差不多有五十年了。"

"肩膀有问题?"克里斯蒂娜装作关心的样子。她关心的是这人的母亲到底遇到了什么。

"还好。"他不再转动肩膀,坐得直了些。

"他们结婚近五十年了,很长时间了。"

"是的。"

"人人都知道的,婚姻都有起伏和冲突。"她说道,然后就等待着。

嘀嗒一秒。

又是嘀嗒一秒。

他抬起一边眉毛,仍然没说话。他非常像他父亲,并不着急去填补空白。

"洛根,你本人结婚了吗?"

他看了看左手,仿佛是核实一下:"没有,没有结婚。从未结过婚。"

"有恋爱关系吗?"

他疲惫地露出微笑:"这就复杂了。"

"你是说你父母的关系复杂?"

"不,"他说道,"他们关系很好。他们是双打冠军。两人要交流默契才能成功搭档双打。"

"球场外呢?"

"他们一起创业,经营事业很成功,也有三十年了。"

"所以他们的婚姻没有……"克里斯蒂娜看了看自己的笔记,"没有艰难的时候?"

"所有的婚姻都有艰难的时候。"他凝神望过来,仿佛是想看克里斯蒂娜笔记本上写了什么,"有人对你说他们的婚姻有艰难的时候?"

"你姐姐对警官说的,事情——她用的是什么词来着?——最近有点'闹腾'。"

"我姐姐?"他举起手来,示意对方不用回答,"我知道是她。"他似乎突然做了决定,"好吧,我就直截了当说吧。你们把我父亲当嫌疑人了?"

伙计,我当然是呀,你知道的。

她认为洛根也看到了他父亲脸上正在愈合的划痕。斯坦·德莱尼说划痕是他爬过篱笆去找网球时弄的。克里斯蒂娜认为那是典型的自卫伤痕。

他们昨天搜查了乔伊和德莱尼的家,没有半点收获。房子干净整洁,特别干净整洁。勉强称得上打斗痕迹的只有一件东西:过道一个相框玻璃上有一条蛇形的轻微裂痕。照片里是一个拿着网球奖杯的孩子。

"发生过什么?"克里斯蒂娜问过斯坦·德莱尼。对方说:"不知道。"

谎言,就像穿过树篱去找网球是谎言一样。他们查封了相框,心存一线希望,上面可能会有血迹或头发。

昨天,斯坦·德莱尼回答了她所有的问题,但都没有细节。对方说是的,他和妻子吵了一架,但他拒绝提及吵架的内容。他说是的,他妻子这样出门,不符合她的性格。他说是的,据他所知,妻子没拿牙刷,也没带衣服,很奇怪。显然,他人很聪明。他知道他没必要彬彬有礼,警察也不能强迫他说不想说的话。他挺棒的,真的挺棒的,但克里斯蒂娜更棒。

"你母亲失踪了,我听说这不符合她的性格,"她对洛根说道,"现阶段我们是收集信息。"

"爸爸担心得要命。他不睡也不吃东西,不太受得了。"

克里斯蒂娜用笔轻轻敲了敲笔记本:"我还是说出来吧,洛根,你似乎不担心你母亲。"

洛根扬起眉毛,等待对方提问。

"然而,是你和你姐姐到警局报案称母亲失踪的。"

他还是等待对方提问。

"你也知道,今天下午晚些时候我们会召开记者招待会。我们在寻找你的母亲,花了很多时间和精力。"

克里斯蒂娜看到对方表现出了良好的教养。"谢谢你们,我们非常感谢。我们担心她可能遇到了事故,或者可能遇到某种……状况什么的。"

"状况？"克里斯蒂娜立刻抓住这一点，"你的意思是说精神健康状态？"

"我猜是。"他在椅子上动了动。

"她表现出了抑郁的症状？"

"不算真的有。"洛根说道。他脸部抽动了一下，接着谨慎说道："也许有一点。"

"可以说得具体一点吗？"克里斯蒂娜说道。

"她最近有点不一样，"他望着克里斯蒂娜脑袋后方，"可能有点……情绪低落。"

"什么事情呢？"

"嗯。"洛根说道。克里斯蒂娜看到对方在斟酌之后放弃了真实的答案。"我不太确定。"

"所以她给每个孩子发消息，说自己要离开，但没给你父亲留言。你不觉得奇怪？"

洛根耸了耸肩："他们吵架了。你知道的。"

克里斯蒂娜当然知道。

"我父亲没有手机，母亲当然也没法给他发消息。"

"可以打座机，可以留便条，可以找到其他与你父亲沟通的方式，对吧？"克里斯蒂娜指出其他的可能性。最简单的答案，往往是正确的答案。

"我明白外人对这事的看法，"洛根说道，"但你错了。"

无论亲眼看到了什么，没人愿意相信自己的父母会杀掉对方。

克里斯蒂娜推进了一步："你母亲的消息没有说，'告诉你们的父亲，我要出门'。"

"她的消息不清不楚的。"洛根提醒道。

克里斯蒂娜什么都没说。她等待着。有时她的工作就只是等待。

洛根手指弯曲起来，用指关节拍打椅子边，仿佛不耐烦地敲一扇关上的门。他说："你不会真的认为我七十岁的老父亲谋杀了我母亲，抛尸灭迹,再用她的手机给我们所有人发了一条不清不楚的信息,以此来迷惑我们。我的老天呀,太疯狂了。就……不可能。"

"我们的记录显示,你父亲没有给你母亲的手机打过电话,一次都没有。"克里斯蒂娜说道。

她接手的第一桩谋杀案是男人认为妻子失踪,他表现得很疯狂的样子,给二十多位朋友和家人打电话,但没有一个电话是给妻子的。男人为什么要给女人打电话呢?他知道女人接不了电话。

"这话你得去问他。"洛根说道。

"洛根,你认为你母亲在哪儿?你觉得这是怎么一回事?"

洛根的思维还在之前的轨道上,仿佛是要琢磨清楚这回事。"他发了假消息,把电话藏在他们床底下?什么地方不好藏?砸了电话,不可以吗?如果都能杀人了,你不觉得他应该有脑子砸了电话?"

克里斯蒂娜说道:"也许他当时脑子不清醒。"

"我不知道她在哪儿,你错了,我很担心,你说得对,这很奇怪,这也不符合她的个性。"洛根换了个坐姿,朝着教室里出来的某人心不在焉地挥了挥手,"但我还是觉得,也许她需要离开一段时间,也许她想要表明一种态度。"

克里斯蒂娜说道:"你母亲为什么需要表明态度?"

洛根抬起双手。

"她想表明什么态度?"

洛根摇了摇头。他看着墙上的一个点,仿佛在抽烟一样,长长地吐出一口气。

克里斯蒂娜有意在声音中加了一点点进攻的意味。她有点恼怒了,不喜欢这种不明不白的状态:"这说不通呀。你说你父母关系完美,现在又说也许你母亲消失是为了表明一种态度。"

"我从未说过他们关系完美。所有关系都一样,都有问题的。就像你刚才说的。"

"请具体描述一下这些问题。"

"也说不清吧,"他叹了一口气,"你父母的婚姻,你能分析到多好呢?"

"我父母离婚了。"克里斯蒂娜简单地说道。

她可以说得非常具体。他们离婚只是因为一个盘子。她父亲退休后,养成了一个习惯,每天上午十一点给自己做个鹰嘴豆泥加番茄的三明治。克里斯蒂娜的母亲建议他冲一下盘子再放进洗碗机。他拒绝了。不知怎么的,他觉得这有悖原则。这又持续了数年,有一天克里斯蒂娜的母亲从水池里抓起盘子,像扔飞盘一样扔向她父亲的脑袋,说:"我要离婚。"她父亲迷惑不解,感觉受到了伤害。并不是身体上的伤害,他躲开了盘子。他最后的结论是克里斯蒂娜的母亲"精神错乱",于是他离了婚,而且当年就再婚了。与此同时,克里斯蒂娜的母亲迷上了高温瑜伽,开始看起来《使女的故事》。每次克里斯蒂娜给母亲打电话说婚礼安排,母亲都阴郁地说:"在他眼皮子底下。"母亲说,克里斯蒂娜父亲的第二任妻子出席婚礼,她挺高兴的,前提是对方不要出现在她视线之内。

"家务呢?"克里斯蒂娜问道,"家务方面有问题吗?"

"家务?"洛根开始眨巴眼睛,女人在严肃的场合提起微不足道的家务问题,男人往往会这样。克里斯蒂娜父亲一直对她说,只是一个盘子。父亲永远不会明白,盘子代表的是不尊重和不在意,还有鄙视。

"我母亲做家务,"洛根说道,"从来不是问题。这方面他们的婚姻很传统。她……属于那一代人。"

"但她也帮着经营网球学校?"

洛根露出了不耐烦的表情:"我没有说公平与否。"

克里斯蒂娜等着。

他说:"我说的是我从未见过他们因为家务而争吵。"他说到"家务"这个词的时候,嘴唇是不是无意识地扬了起来?他是不是朝着伊桑

87

瞟了一眼,寻求男性的支持?看看这女人?或者这些都是她自己无意识的偏见?她也从未见过自己父母因为家务争吵,但水池里的那个盘子终结了他们的婚姻。他直接无视我,克里斯蒂娜。我好好求他,他直接无视我。无论年纪多大,无论多么彬彬有礼,人都可能突然暴怒。

"那他们争吵什么呢?"

他望向一边:"我父亲一直不太随和。他现在不一样了。"

现在算是走上正轨了。"他对你母亲有过暴力?"

"天哪。没有。从未有过。"他似乎大吃一惊,目光回到克里斯蒂娜身上,"你的感觉有误。"

克里斯蒂娜看到什么东西一闪而过。疑问、念头,还是回忆?那东西转瞬即逝,她没有捕捉到。

"从未有过?"她试探道。

"从未有过,"洛根说道,"抱歉让你误会了,完全不是那么一回事。我父亲只是……情绪化。我只是这个意思而已。他情绪不安的时候,就自我封闭起来。他那个年龄段的很多男人都那样。但他仰慕我母亲。"接着,他喃喃地说了一句什么,听不清楚。

"抱歉,我没听清。"

他不安地露出微笑:"我说,他一直仰慕我母亲,现在依然如此。"

眼看着他就要自我封闭起来了。

克里斯蒂娜改变了问话的方向:"去年有个女人与你父母住了一段时间,是吧,关于她,你有什么要告诉我的吗?你姐姐和妹妹都提到了她。"

"萨凡纳,"他沉重地说道,"是的,嗯,说起来也挺复杂的。有段时间变得挺复杂的。"

"哪方面呢?"

"方方面面。"

第十三章

去年九月

"等她找到住的地方。"乔伊对布鲁克说道。她的无线固话机夹在脸和肩膀之间,手里拿着绿色的"微纤维清洁布"在起居室抹灰尘。清洁布是乔伊在派对上买的。难以忍受的派对,每次都是演示各种各样的产品,但她没办法不去,因为女主人人很好,她的三个孩子都在乔伊和斯坦那儿接受过多年网球训练,但毫无起色,所以乔伊觉得应该买上三块清洁布,一个孩子一块。

乔伊有个习惯,只要孩子给她打电话,她就抹灰尘。即便是洛根打电话也是如此,而洛根打电话平均时间是三十秒。

她今天心情很好,昨晚她和斯坦激情了一番。如果她还能怀孕,那昨晚就能怀上。她以前总是说,斯坦只消看她一眼,就能让她怀孕,布鲁克听到了,六岁的时候还闹了一场非常尴尬的误会。一天,这孩子说休息的时候,亲爱的小菲利普·恩古想让她怀孕。

他们已经好久没有温存了。乔伊心里一直在嘀咕,觉得他们那事儿已经到头了,她居然也没觉得不安,这倒是挺让人不安的。她怀疑多少与萨凡纳有点关系。也许只是因为他们又关上了卧室门,毕竟关门是以前的温存信号,或者斯坦看到有个漂亮年轻女孩在家里晃动,力比多被吊起来了？

到底是怎么一回事，乔伊真的不介意。卡罗成年的儿子雅各布脱了衬衣在花园里干活儿的时候，她发现自己会时不时地找借口到自家前院溜达。她看着那孩子从小长大的，但现在那孩子就像年轻时候的罗伯特·雷德福德，乔伊也还没有死呢。

乔伊心想，对于他们这个年龄的人，昨晚的激情真是很棒很棒。乔伊很想告诉女儿，她父母昨晚在卧室大干一场，就像是赢得了一场特别艰难的比赛，但不能说，得忍住。

"妈妈，你在笑什么？"布鲁克说道。

"没笑呀，"乔伊说道，"我在抹灰尘。鼻子弄得痒痒的。"

今天，布鲁克留了两个语音信息。她一开始从姐姐那儿听说了萨凡纳的事情，然后显然是洛根今天早上离开家后，马上就给她打了电话，所以她现在状况还好。乔伊知道，本应该早一点打电话告诉布鲁克的。家里有什么重大事件，布鲁克都想第一个知道。事实就是乔伊有意拖延，没给布鲁克打电话，因为她知道布鲁克会有什么反应，布鲁克会不相信、不赞同，会焦虑。现在看来，乔伊的预判是对的。

"洛根说，明天他和特洛伊要帮那个女孩去公寓搬东西。"布鲁克在开车回家的路上，她开了免提，声音忽大忽小的，真是要命。

"是的，洛根坚持的，"乔伊说道，"他不想让你爸爸一个人去。明天他和特洛伊开车送萨凡纳去她公寓，帮她搬东西。从此以后，萨凡纳就与那个坏男人再无瓜葛了。"

乔伊举着清洁布，走进起居室，开始擦拭收集的网球藏品。斯坦有四十三个签名网球，都放在了小玻璃盒子里，玻璃盒子上很容易就积了薄薄的一层灰。等斯坦死了，这些签名网球就是第一个被请出门的东西。其中有些很有可能是伪造的。乔伊在哪儿看到过，说是运动纪念品造假泛滥。

"如果那位男朋友出现了呢？"布鲁克问道。

"那就是二对一，"乔伊说道，"你的哥哥们能应付的。"

"如果对方有……我不知道，有刀呢？"

乔伊停下了。对方肯定不会有刀！"要么他们也带上刀子？"

"哦，天哪，妈妈！"布鲁克脾气炸了。布鲁克的过度反应让乔伊平静下来。她又不是派儿子上战场。萨凡纳非常肯定她男朋友不会在家，即便在家，特洛伊和洛根非常高大，很有威慑力，人人都这样说。他们肯定没事的。她不会让儿子带刀子的。说实在的，她内心深处依然不太放心儿子用刀子，仿佛他们还是小孩子，可能会割到自己，或是割到彼此。她知道自己现在的想法很矛盾。

"她男朋友不会在的，"乔伊说道，"他是平面设计师，就像英迪拉一样。我都在想，也许英迪拉认识他，应该不太可能。英迪拉给了我一个新的冰箱贴，好可爱，我有没有给你说过？"

乔伊不停地给别人说好喜欢这个冰箱贴，以掩盖她甚至不能直视冰箱贴的事实。打开盒子的时候，她真的好崩溃，之前还傻里傻气地认为肯定是超声照片，英迪拉就躲在花园的某个地方看她的反应。太难为情了。

"没有，妈妈，你没有说过英迪拉送给你可爱冰箱贴的事情。"布鲁克说道。乔伊听出了女儿的语气。她以前也是这样忍耐着和她母亲说话的。

"不管怎么样，你哥哥们没事的。"乔伊说道。

"我真是不敢相信，我们居然需要跟这些人搅在一起。"

"这些人？"乔伊说道，"你什么意思，哪些人？"

布鲁克从不目中无人，从未有过。乔伊就不是那样教孩子的。到了餐厅，特洛伊趾高气扬，像只孔雀，拿出闪亮的黑色信用卡往桌上一扔，说："我来付。"但他那样只是出于好玩儿。

"哦，妈妈，你知道我什么意思。"布鲁克说道。

"不，我不知道你什么意思。宝贝，你又不是在唐顿庄园长大的孩子。"

"与钱或阶层毫无关系。我只是说那些人,我不知道,可能算是,犯罪分子。"

"我们家里的犯罪分子就够多了!你自己的哥哥就贩过毒。"

"特洛伊不过是向私立学校的孩子卖过大麻。你说得他就像个毒枭一样。你知道的,他只是……看到了市场差额。"

"我可以向你保证,萨凡纳是个好女孩,她只是遇到了难处。"乔伊斩钉截铁地说道。

"没错,她是好女孩,遇到的事情是很糟心,但她也是陌生人,也不归你管。你自己的事情就够多了!"自从斯坦膝盖做了手术,布鲁克说话的口气渐渐就有了居高临下的新感觉,仿佛她要照顾年老父母,被重担压弯了腰。挺贴心的,但也有点烦人。

"你在说什么呢?我们什么事都没有呀,一件事都没有。宝贝,我们闲着呢。"

自从萨凡纳到了他们家门口,乔伊才真正意识到他俩之前有多无聊。萨凡纳来了后,乔伊和斯坦有了可谈论的新鲜事,而且这女孩很贴心,很知道感恩,很漂亮。

"现在萨凡纳也不再是陌生人了。"乔伊一边擦拭玻璃,一边瞅了眼盒子里阿加西[①]潦草的圆珠笔签名,"你遇到的每个人一开始都是陌生人。我最开始遇到你父亲时他也是陌生人。我最初见到你,你也是小小的陌生人。"医生把布鲁克举起来给她看,她看到女儿愤怒到通红的小脸,感觉女儿就像刚被从陷阱里拯救出来的动物。当年那个愤怒无助的小婴儿现在已经成了这个固执己见的年轻女孩,想想真是奇妙呀。

"你看见爸爸的那一瞬间,可没让他搬进你家。"布鲁克说道。

"没有,但我让你搬了进来!"乔伊说道。她觉得自己挺俏皮的,

[①] 安德烈·阿加西:美国网球运动员。

但布鲁克的笑声听起来很空洞。

"再说了,她也没有'搬进来'。"乔伊安慰女儿道。她拿起纳芙拉蒂洛娃①的签名球。"只是暂时的。"公事公办的爽快口吻,像是在和会计说话。"等到她自己站起来嘛。没什么好担心的。你见到她,就会觉得她挺好的。今天洛根就觉得她人挺好的!我看得出来。你知道她现在在干什么吗?"

"翻检你的首饰?"布鲁克说,"偷你的证件?"

有时她说话真像她父亲。

"我没有值得一偷的首饰,"乔伊说道,"她要拿就拿吧。不,不是的,她在做晚餐。意大利面。"大蒜和洋葱的香味从厨房飘了过来,"这是她第三次做饭!她非要做饭!她说她喜欢做饭!有人为你做饭的感觉有多好,你知道吗?嗯,你知道的,格兰特会做饭。"

片刻的沉默后,布鲁克悲伤地说道:"妈妈,我也为你做过饭的。"

"你当然有过,"乔伊说道,"很多次。"布鲁克做饭绝对称职,和乔伊一样,但她也像乔伊一样,显然不享受做饭的过程,委屈叹气,虎着脸扔下一个个盘子。

乔伊的家里人一直都挺能吃的。给全家人做吃的是件大事,没完没了,费时费力。现在家里只有乔伊和斯坦,她每晚都强迫自己走进厨房,心里想着:又来了?但萨凡纳不一样,她觉得做饭是可爱的消遣,并非需要忍受的差事,她哼着歌,一边做饭,一边收拾。

布鲁克没有回应,乔伊听到了车流的声音,某人在愤怒地摁喇叭。乔伊的脑海里浮现出女儿握着方向盘的样子,皱着眉头,担心着糟糕的新诊所(乔伊倒希望女儿没那么勇敢就开始运作),担心还不需要她关心的父母。"我的宝贝,还没有到那个时候呢,总有那么一天,我们会变得脆弱、虚弱,还固执己见,每次接到我们的电话,你心里就因为爱

---

① 玛蒂娜·纳芙拉蒂洛娃:出生于捷克的美国女子网球运动员,女子网坛的常青树。

93

和恐惧而抽搐，但还要很久呢，不用着急，我们还没有到那时候。"

"事实就是，我非常讨厌做饭。"乔伊说道。这句话脱口而出，饱含着背叛和恶意，"你不知道我有多讨厌做饭，永远没有止境，每天如此，一天又一天。每天到了下午五点，就像闹钟一样，你父亲就说：'晚上吃什么？'我每次都咬紧了牙，仿佛咬穿了下巴。"

乔伊打住了话头，感到了尴尬。

"天哪，妈妈，"布鲁克很惊讶的声音，"真不知道你这么讨厌做饭，我们可以帮忙。我完全不知道你是这种感觉！这么多年了。我们小的时候，你可以让我们多帮忙的，但你从来不让我们进厨房！我感觉好糟糕——"

"不，不，不。"乔伊打断女儿的话。她觉得很荒唐。的确是她不让孩子们在厨房里帮忙的。他们太邋遢、太吵闹，她没有时间也没有耐心做那种妈妈——看到满脸面粉的孩子把鸡蛋敲到地板上，还能充满爱意地露出微笑。

（她倒是可以做那样的祖母或是外祖母。这是她重来一次的机会，她会做好的，现在她有时间了，也有了可以浪费的鸡蛋，她会陪着孙辈的。她看着孩子们小时候的照片，有时候就想，我有注意到孩子们长得多好看吗？我当时真的在场吗？这糟糕的人生只是浮光掠影吗？）

"我说什么傻话呢，也不是真的讨厌。我只是喜欢有人给我上菜，就好像我是豪宅的女主人！现在也不费什么工夫，只是你父亲和我，很简单的事情！嗯……你怎么样，周末过得怎么样？"

"还好，"布鲁克说道，"安安静静的。"

出于直觉，乔伊突然感到布鲁克的声音有点紧绷，就想起布鲁克说周末会顺便回家一趟，最后却没有来。乔伊一直忙着萨凡纳的事情，现在才想起来，于是说道："布鲁克，你周末偏头痛犯了吗？"

与此同时，布鲁克说道："除了做饭，这个叫萨凡纳的，成天还干什么呢？"

"休息，"乔伊说道，"她需要休息。感觉她之前生活压力很大。"

最开始的一两天，萨凡纳一直睡一直睡，仿佛大病一场在恢复一样。乔伊和斯坦踮着脚尖在房子里走动，彼此耸肩表示询问。一开始，萨凡纳根本不说话，乔伊无论给她吃什么，她都感恩戴德地吃下。看到她的脸色红润起来，也是备感欣慰的一件事。时间一天天地过去了，她的话越来越多，似乎对乔伊和斯坦的生活非常感兴趣，她很喜欢听他们的故事，很喜欢看这家人的照片。她问了好多关于网球学校的事情：他们怎么创办了这个学校？最开始的时候什么样呀？找学生是不是很艰难？他们现在还打比赛吗？没有孩子接手他们的事业吗？回答这些问题的人是斯坦，他似乎很想回答，总是率先张嘴，很不像平时的他！仿佛他需要回答，仿佛女孩的兴趣产生了某种治疗效果，也许是给了他"解脱"？萨凡纳边听边点头，斯坦花了十分钟想某次比赛是在 1981 年还是 1982 年，整个过程萨凡纳似乎没有半点不耐烦。

"这事爸爸是怎么想的？"布鲁克问道。她突然就起了疑心，没等母亲回答，就继续说："他带那女孩去球场了吗？那女孩打球吗？"

布鲁克真是很容易被看穿，她一直都是爸爸的宝贝女儿，拼命想得到斯坦的赞许，仿佛斯坦不肯给她赞许一样。但其实斯坦一直都很赞许她，从抱起她的那一刻开始就如此。

"萨凡纳不打球，"乔伊说道，"她说她不擅长运动，但你爸爸喜欢她。"斯坦和萨凡纳相处得很好，也是让人没想到，"他们都喜欢什么电视连续剧，还挺合得来的。两人谈论剧中人物，就当真人一样谈论。"

"什么电视剧？"布鲁克急切地问道，仿佛觉得这是大事。

"哦，天哪，我不知道。"乔伊说道。她从不怎么看电视，年纪越大，越是对电视没耐心——她只要久坐不动，后腰就发作。但斯坦一直是反向操作，他在躺椅上一坐就是数个小时，一直看垃圾电视节目。

"好吧。"布鲁克说道。

"格兰特怎么样？"乔伊问道，"工作还顺利吧？那天我还把你的名片给了那个谁,谁来着?他说他们后背痛,跟我一样,我就说:'嗯,你必须去我女儿那儿。'他说——"

"埃米提了一句,说爸爸要给她买一辆车?"布鲁克尖声说道。

"给谁买,萨凡纳?你爸爸不是要给她买车,我们只是说,等到时候,她需要有辆车,你爸爸就问她新款高尔夫怎么样,他们去试驾了一次。你知道你爸爸超喜欢试驾车,没有买车的打算也喜欢。"

"她打算怎么买车呢?她有工作吗?"布鲁克问道。

"我不是给你说了吗?她和她男朋友才从昆士兰州搬过来。"乔伊说道。

"那她怎么不干脆回——"

"乔——伊!吃晚饭了!"

"萨凡纳叫我吃晚饭了。"她一边朝厨房走去,一边讲电话。

"哈里要重返赛场,爸爸的反应怎么样?"布鲁克问道。

"哦,好吧,萨凡纳很好地转移了他的注意力。"乔伊降低声音说道,现在斯坦就在厨房,挑选晚餐时喝的饮料。乔伊还没走到门口,就看到萨凡纳像女服务生一样,前臂托着三个盘子。她的发型挺可爱的。

"也不知道他的自传会怎么说爸爸,很有意思哈,"布鲁克说道,"你觉得爸爸会不会看?或者还是不要看,免得不高兴?"

"自传?"乔伊停下脚步。她原地一百八十度转向,背对厨房。

"据说他是在写自传,"布鲁克说道,"或者有人捉刀代笔替他写。"

他们是不是永远摆脱不了这个人呀? "我不知道有这事。"

她应该想得到的。网球界那些响当当的人最后都会写自传。人人都爱读成功故事。乔伊和卡罗的回忆录老师说过的,"白手起家"和"克服万难"是回忆录里最受欢迎的主题。

当年哈里那孩子瘦瘦的,乔伊还给他包扎过血淋淋的膝盖,如今他要写有人会读的真正的回忆录,而乔伊还在和卡罗一起上什么愚蠢的回忆录写作课，真有点丢人的味道。显得乔伊整个人生都傻里傻气的。女人的人生。

"你会读吗？"布鲁克问道。

"我不知道，"乔伊缓慢说道，"可能会吧。"斯坦在厨房里跟萨凡纳说话，她听到了丈夫低沉的声音。

她走到沙发边坐下，抱起一个靠枕，摸着靠枕软绵绵的流苏边，控制着自己听到这个消息的反应。她心跳加速，但肯定不是狂跳。其实真没必要担心，毕竟她和斯坦只是哈里辉煌事业中的一个篇章而已。那个老掉牙的幸运故事，到了哈里的回忆录中不过是多了一些细节而已：哈里的父亲伊利亚斯赢得了德莱尼学校的一次私教课，去上课的是他的儿子，那孩子之前还没有握过网球拍，这样那样的一堆。

不会再深入揭秘的，哈里什么都不知道。他还是个孩子，两只眼睛紧紧盯着未来。他的读者想知道他是怎么赢得温布尔登网球赛的，他们想知道哈里的秘密，而不是他父亲的秘密，也不是乔伊的秘密。

乔伊看到了伊利亚斯英俊的脸庞，看到对方缓慢性感地眨了眨眼睛。以前一看到，乔伊就浑身冰凉。在一次州际锦标赛上，乔伊看到他，心想：伊利亚斯，我看你敢再对我眨眼。但他肯定还是会眨眼，仿佛只是开玩笑一样；孩子们在周围浑然不觉。好吧，乔伊不想为此担心，准备把那些丢到九霄云外。那已经是很久以前的事情了。

"事情过了就过了。"她母亲以前常常这样说。现如今，人们总是拽着不放。

"宝贝，我还是不耽搁你的时间了，"她轻快地对布鲁克说道，"我知道你忙。"晚餐已经摆好，他们都在等着她，香味都飘过来了。乔伊把靠枕放回沙发角落。"我们星期天见，父亲节那天。到时候你就可以见到萨凡纳了。"

"她到时候还在吗？"布鲁克的声音透露出一丝真正的悲伤，"父亲节还在？"

乔伊压低声音，脑袋再次靠近电话。

"宝贝。"她说道。这家人的传说就是：布鲁克虽然是老小，健康状态不佳，却是最健壮、最坚强的，职业生涯和个人生活都安排得妥妥当当。埃米是老大，本应该是最懂事的，却很古怪、很脆弱，总是感情受伤。布鲁克想保持这种传说，但乔伊更清楚真相。

她非常清楚自己孩子面具背后的真实面孔。是的，埃米精神状态不稳定，但内心坚如磐石；洛根装作什么都不在乎，可事事都放在心上；特洛伊行为举止高高在上，因为他感觉自己不如别人；布鲁克喜欢摆出自己最成熟的样子，但有时乔伊看到她脸上一闪而过的表情，就像一个担惊受怕的孩子，这时乔伊就想抱起她六英尺高的女儿说"我的小女儿乖乖"。

"到了周末，萨凡纳也是找不到地方住的。"她对布鲁克说道。

"是的，当然找不到。"布鲁克说道。现在她的声音听起来平淡而遥远。"行吧，妈妈。你是在做善事，有人替你做饭，我也觉得很好。星期天见，爱你。"

"我也爱你。"乔伊说道，但布鲁克已经挂了电话。

乔伊走进厨房，斯坦在中央台上摆放了一排三个葡萄酒杯：萨凡纳的是白葡萄酒，斯坦的是红葡萄酒，乔伊的是起泡酒。

萨凡纳在桌子中央摆了一大盘绿色沙拉，漂亮的银制沙拉叉匙闪闪发光，也斜放在旁边。数年前，有人送给乔伊这套沙拉叉匙，但她从未用过，仿佛没什么场合重要到需要用这个东西，圣诞节也不需要，但萨凡纳很自然地就在日常中用上了乔伊厨房里最好的东西：漂亮的餐垫、漂亮的杯子、漂亮的刀叉，随之而来的就是每天晚餐都感觉像过节，大家都很愉快。她布置餐桌也有天赋。今天萨凡纳剪了一小枝樱花，在橱柜最里面找了个小瓶子插上。

"放点音乐？"乔伊歪着脑袋，举起手机。发出这样的请求，她觉得自己可能才三十多岁，像埃米一样在与人合租，但其实她这辈子就没合租过房子。很久以前，洛根就帮她开了声破天①的账户，但就像这套沙拉叉匙一样，在萨凡纳来之前，乔伊从未觉得有什么场合需要放音乐。

"好呀。"萨凡纳从乔伊身后走过，身手敏捷，从餐具柜里拿上盐瓶和胡椒研磨瓶。

"萨凡纳，意大利面看上去很好吃。"斯坦说道。乔伊下厨做的东西，他从未说过"乔伊，这看上去很可口"的话，但拿起叉子的时候，时不时会嘟囔一句"看上去还可以"。斯坦遵守礼节，就像是好看的瓷器和刀叉，给夜晚增添了一道好看的光泽。

他朝着乔伊眨巴了一下眼睛，只是丈夫的爱心眨眼，没有潜台词的那种。乔伊想起昨晚丈夫放在自己身体上的双手、耳边低沉的声音。随着尼尔·戴蒙德《甜蜜卡洛琳》的第一串音符回荡在厨房里，乔伊慢慢放下心绪，不再去想哈里的回忆录，不再去担心布鲁克，一种深深的满足感就像快速起效的镇痛剂，传遍她的身体，一种好幸福的感觉。

---

① 声破天：Spotify，也被称作"声田"，流媒体音乐服务平台。

第十四章

现在

"德莱尼先生，你杀了你的妻子吗？"

"什么？"这位老人个子高大，耸着肩膀，眼睛下面有淡红色的指印。他抬起头来，似乎被问题搞糊涂了。"你说什么？"

娃娃脸的记者穿着整洁的外套，戴着领带，举着短胖的话筒往老人嘴边一递："德莱尼先生，你的妻子失踪了，你与此有关吗？"

老人站在他郊区房子的前草坪上，他的四个成年子女肩并肩与他站在一起，周围半圈是记者和摄影师。记者都是年轻人，衣着笔挺，衣服的颜色时髦明快而休闲，布料是没有花纹的纯色；用了化妆品，脸庞光滑有质感。摄影师年龄大一些，全是男性，表情淡漠，穿着周末去逛五金店的衣服：牛仔裤和 Polo 衫。

"德莱尼先生？"

"这是诽谤，你个蛀虫，别惹他！"说话的是老人的一个女儿。她对着话筒就是一巴掌。出手敏捷，很利落的反手拍。她显然是网球运动员。他们全家都是。

一个儿子往前一步，伸出一只胳膊，护住父亲的脸。

但另外两个孩子什么都没说，什么也没做，还从父亲身边挪开了一点，网友都看见了。

各有各的看法。他有两个孩子觉得他是凶手。

第十五章

悉尼有位女性已经失踪10天了,大众愈发关注。今天,警局呼吁大家提供这位退休网球教练乔伊·德莱尼的行踪信息。

这位女性时年69岁,她已成年的子女向警局报告母亲失踪,他们已经寻找过,但无果。其家庭成员称在情人节当天收到母亲的一条信息,据说此条消息"不符合其个性"。有人认为,她可能是骑了一辆有着白色柳条篮的绿色自行车。

当地社区的一百多位志愿者搜索了当地的森林地带和自行车道,均未发现她的踪迹。警察请求当地有闭路监控设备或车载摄像头的人提供信息。

警方查封了一辆银色沃尔沃,最近一两天将会对此车进行司法取证。

警方在寻找一位名叫萨凡纳·帕戈尼斯的女子,该女子之前在这家居住过,可能知道重要信息。警方强调,帕戈尼斯女士不是嫌疑人。"此刻,任何消息,无论多小的消息,或是看似多么微不足道,都可能会至关重要。"高级警探克里斯蒂娜·库利如是说。

失踪女性的丈夫斯坦利·德莱尼正在协助警方调查。

"协助警方调查。"特里萨·吉尔喃喃地说道。她手里拿着厨房大剪刀,小心翼翼地把这篇文章从今天的报纸上剪了下来。剪报是她的习惯,但孩子都因此打趣她。也真是奇怪,剪报这样的日常习惯突然就成了古董行为。

女儿有约出去了,等女儿回来,要不要把这份剪报给女儿看看呢?前夫的母亲失踪,克莱尔可能已经知道了这事。

对女儿来说,这应该是件烦心事。你还不得不觉得以前错怪你的那些人可怜,这感觉最不好受。虽然人们都不愿意看到敌人中彩票,但也不想他们惨遭不幸。所以,他们占上风。

糟糕的德莱尼一家人。特里萨以前很喜欢德莱尼一家的,但五年前一切突然就改变了。女儿给她说了特洛伊的所作所为,她永远都忘不了女儿憔悴不堪的脸庞。

全是特洛伊的错,他伤了女儿的心,害得女儿现在嫁给了美国人。那个美国人挺好的,但他是住在美国的美国人呀。

特洛伊和克莱尔刚结婚那会儿,就不断地在美国和澳大利亚之间来回穿梭,仿佛纽约和悉尼只是公交车的站点。克莱尔认识了一个住在纽约的得州女孩莎拉,后来莎拉邀请克莱尔去参加她的婚礼,那已经是特洛伊和克莱尔离婚一年后了。于是,克莱尔遇见了莎拉离了婚的兄弟杰夫。杰夫没什么不好的,只是他人在美国。奥斯汀那座城市挺有趣的,氛围也友好,但悉尼也是呀!特里萨说出这一点的时候,新女婿只是微微一笑。新女婿不像特洛伊,对她不怎么关注。特洛伊则对她很殷勤,特里萨挺喜欢的。现在回想起来,心里还有些不安。她们以前都被蒙蔽了。杰夫不是特洛伊,不喜欢坐飞机,不喜欢混乱的生活。在特洛伊想要的生活里,克莱尔也许就是一年见一次的澳大利亚家人。现在克莱尔在悉尼,家里有房间给她住,挺好的,但一旦女儿登上飞机,特里萨就有数月见不到她唯一的女儿。

这一切都是拜你所赐,特洛伊·德莱尼。

她用剪刀戳了戳剪报的标题——"失踪女性引发关注"。

他倒霉的母亲偏偏选这时候失踪。

特里萨也喜欢过特洛伊父母的。他们与她和汉斯一样，普通又务实。她还想象过大家一起抱孙子的样子。如果他们的婚姻有什么裂痕——造成灾难事件的裂痕，她肯定注意得到的。但那也是五年前的事情了，也许每个人的婚姻都有一些可能变成鸿沟的秘密裂痕。

她放下剪刀，小心翼翼地把文章揉成团。除非克莱尔自己提起前婆婆的事情，否则她一个字也不会说。如果克莱尔说起，她就说，是的，很让人担心，但克莱尔要努力不难过。德莱尼一家与他们再无瓜葛。

除非那事是真的。

讨厌的特洛伊·德莱尼。

第十六章

去年九月

特洛伊·德莱尼坐在洛根的副驾驶座上，看着童年生活过的街道在视野中滑过：绿茵茵的草坪，带着尖角的栅栏，爬满常春藤的砖墙。一位骑着摩托车的邮差朝着一个绚丽的绿色邮箱投了一封信；一只喜鹊猛地一个俯冲，朝着一个骑行者的头盔飞去；一位遛狗人一路小跑，前面有三条混血小狗；一位母亲推着一辆双人婴儿车。这一切都没有问题，没什么好抱怨的（除了那只喜鹊，他非常讨厌喜鹊）。一切都是那么美好。但正是这种持续不断的美好让他感觉好像被罩上了一床羽绒被，在爱意中窒息。

他闭上眼睛，想要回忆纽约的嘈杂喧闹和峡谷一样的街道，二十四小时前他还在纽约。但悉尼的郊区似乎已经抵消了纽约的存在。现在脑子里什么都没有，只有这温柔平淡的现实，他哥哥在开车，没有刮胡子，咧着嘴，嘴角挂着得意的小微笑，因为洛根知道特洛伊不想来。

洛根看到特洛伊，毫无悬念地说了一句："老弟，围巾不错呀，威风凛凛。"特洛伊戴围巾，就是为了惹洛根不高兴。

"纯羊绒的。"特洛伊回答说。

"你们真是太好了。"后座的女生低声说道。

"不用客气。"特洛伊转过身,对女孩微笑道。女孩平静地坐在他哥哥的破车后座上。

萨凡纳。这个他父母稀奇古怪的慈善小项目。她坐得笔直,头发往后扎成女学生的马尾辫,露出了一对小耳朵,稍微向外伸出,有点像精灵的耳朵。她脸色苍白,没有化妆。小小的瘦弱的骨架和冷峻的脸庞,讲述着成瘾和混迹街头的故事。一只眼睛上方的伤口已经快要愈合了,只剩下淡淡的紫色瘀青。她显然值得同情,特洛伊也想同情她,但此刻只有怀疑的硬心肠。

特洛伊的父母完全不懂,有人受了虐待,并不意味这人就是好人。萨凡纳可能是个小毛贼、精神病患者,或者只是投机分子,就是看到了他们的大房子,看到两个好欺负的单纯老人,心里想的是钞票。

如果女孩的男朋友现身,他和洛根就是"肌肉男"。特洛伊悄悄打量了一下哥哥,哥哥没有办健身会员卡,虽然肚子上也有些赘肉,但体形还挺好的。他不知道洛根仰卧推举怎么样,但洛根应该不会去做什么卧推。

如果那家伙真的出现了,他们该如何应对呢?特洛伊有过"愤怒的年轻人"阶段,换作是当年,正义在自己这边,出手打人保护受委屈的女子,发泄愤怒的能量,他求之不得。但他已不再是那个捏拳咬牙、满世界晃悠找碴的特洛伊了。那个愤怒愚蠢的孩子已经不复存在。现在,他想到与人肉搏,似乎就感觉古怪。

他捏起拳头,看着指关节。他还知道怎么打人吗?如果事情突变,他被指控袭击呢?他的脑子里浮现出一个画面:二十岁的警察给他扣上手铐,手重重地放在他的脖子上,带着他往前走。失去对自己生活的控制让他觉得无法忍受。

如果他被捕,就没法在悉尼和纽约之间来回飞。他知道自己很幸运,年轻时没有犯罪记录,过境的时候不会有麻烦,所以才能这么轻松地经常飞。在他"开创基业"的日子里,有一次他因为携带大麻被抓,多亏了母亲，他只是被警告了一下就被放了。他当时的女朋友给他母亲打电话，母亲就像骑兵一样赶到，全力展开了乔伊·德莱尼的魅力攻势，拿下了两个警官中年长的那位。

十分钟前，特洛伊才干了一笔利润颇丰的买卖，和一个"精英"学校的校长达成了交易，也就是说他身上有很多现金。特洛伊看得出来，那个年轻点的警官非常想起诉他，他是对方不能容忍的东西的代表。"你不会永远都这么幸运的，小子。"他对特洛伊说道，目光里透露的是仇恨。

"别对我说话，看都不要看我。"开车回家的路上，母亲怒气冲冲。

还有哈里·哈达德作弊时，特洛伊一拳打在对方脸上，母亲也能神奇地劝说哈里的父亲不要报警。

"如果我在现场，我本人就要报警抓你。"特洛伊的父亲如是说。

"你爸爸绝对不会报警的，"乔伊私下对特洛伊说道，"他只是心情不好。"

但他父亲就是这样说的，也不肯收回原话。

听说明年哈里·哈达德就要出版自传。他会不会在自传中写他作弊，他启蒙教练的儿子跳过围网，一拳打得他鼻子流血呢？想来不会吧，不符合他完美的人设。不过这家伙的自传，特洛伊还是会读的。他很讨厌哈里作弊，但他更讨厌哈里甩了他父亲。

特洛伊在座位上挪了挪屁股，一脚踢开座位下缠在他脚尖的赛百味包装纸，无端地想起纽约发生的事情。他可没允许自己去想那事，事实上他明确禁止自己去想，整整一天时间都不要去想。

前妻约他喝上一杯，有事求他，这让他进退两难，难受到觉得瞬间得了胃溃疡。现在还有人得胃溃疡吗？好像没人再说这个了。"溃烂"这两个字似乎恰如其分地描述了他当时的感受：就像有个囊肿裂开了，给他的胃里灌满了腐蚀性的酸液。

"这不是什么追平比分的事情。"克莱尔啜了一口贵得离谱、装饰得离谱的鸡尾酒,带着略微发颤的笑。她从奥斯汀坐飞机过来,就是为了跟特洛伊说那件事。

洛根方向盘一转,上了公路,停在第一处交通信号灯前。电线上挂着一只死蝙蝠。特洛伊从父母家出来,无论什么时候都会在这里遇上红灯。"我总是在这里遇到红灯。"接着他抬头一看,又想,那只死蝙蝠是不是一直在那儿呢?他就这样无意义地胡思乱想着。

再往前一点儿,公共汽车停了下来,几个人下了车。特洛伊看到一位年纪很大的老太太步履蹒跚,朝着车站走去,她举着一只胳膊,一脸绝望。看到这位老太太,特洛伊想起了去世已久的祖母。祖母总是喝很多酒,还看不起他母亲,但特洛伊很崇拜她。特洛伊从未见过祖父,据说祖父把祖母甩到了房间的另一边,给祖母留下了一道伤疤。祖母对孙辈们说:"于是我把那个混蛋赶出了家门,我说,'我再也不想看到你这张脸',后来就再也没见过。"

最后一个乘客从公共汽车上走下来,老太太加快了速度。

特洛伊伸出胳膊,用拳头猛按喇叭,想要引起公共汽车司机的注意。太晚了。车门重重关上,车子开走了。

洛根侧脸看了他一眼:"她可以赶下一辆。"

特洛伊又踢了赛百味包装纸一脚:"啊啊啊,我的天。粘到我的鞋上了。上帝哦,黄色假芝士,肯定会留下印记的。"

"看起来反正也应该买新鞋了。"洛根说道。

"这是新的阿玛尼绒面乐福鞋!"特洛伊抗议道。

洛根露出坏笑。

特洛伊弯下腰,抓着包装纸揉成一团,塞进车门的储物格。那里面装满了东西:硬币;在加油站买的太阳镜,镜片已经没了;一张没有套子的光盘。"你上次洗车是什么时候?上个世纪九十年代?"

"特洛伊很不想坐我的车。"洛根看着后视镜里的萨凡纳。等等,他刚才在对萨凡纳眨巴眼睛?他不会是在调情吧,他不是和英迪拉关系稳定吗？在特洛伊看来，英迪拉与洛根完全不是一路人。真不知道这些女人看上了洛根什么。

洛根唯一的技能就是识别出好的人。特洛伊有时候一时半会儿看不到女人身上的品质，但洛根看得到。他们十七八岁的时候，女朋友都叫特蕾西。特洛伊羞愧中悄悄喜欢上了洛根的特蕾西。洛根的特蕾西好得多！最闹心的是，是特洛伊先认识的洛根的特蕾西，他本来可以采取行动的，但在洛根看到对方的魅力之前，特洛伊就是看不到。

"特洛伊，你的车很拉风，"萨凡纳说道，"什么型号的？"

他们开的是洛根的车，因为洛根的车后备箱很大，更适合装萨凡纳的东西。特洛伊挺高兴的，他并不想把自己的车停在萨凡纳的公寓外，那地方肯定是脏乱穷，车子分分钟就会被别人用钥匙刮掉漆。

"迈凯伦 600LT。"特洛伊想说得平淡无奇，无视哥哥如约而至、装模作样假装敬畏的口哨声。

"那样的车要花多少钱？"萨凡纳问道，"这样问是不是很俗气？"

"你在开什么玩笑？"洛根说道，"他就在等机会谈论他的资产净值呢。"

"滚远些。"特洛伊说道。其实面对这潜在的女骗子，他最不想说的就是他的资产净值。

"萨凡纳，你是做什么的？"他回头看着女孩说道，"以什么为生？这样问是不是很俗气？"

萨凡纳别过头，对着车窗说道："什么都干。"光照在她的鼻子上，亮亮的。"销售、接待这类。"

这么说，这女孩做过收银小姐和女服务生。

她转回头，扬起下巴，不慌不忙地看着特洛伊："我们刚搬到悉尼，还没工作。我当然要工作的，等到这儿……"她指了指自己的额头："你放心，我不会永远靠着你父母养活的。"

"我不是那个意思。"特洛伊又尴尬又慌乱，继而又气愤于自己的尴尬和慌乱。他转过头看着前方，屁股在座位上扭动，想要伸直双腿。他想起从肯尼迪机场起飞，那天坐的是阿联酋航空，腿部的空间很大。空乘模样销魂，俯下身来，给他再次斟上葡萄酒，身上散发出蛊惑的香味（巴卡拉晶红540，他知道自己猜对了，但还是确认了一下）。但现在，他坐在一辆散发着熏肉味的车里。

他再次挪了一下位置。他感觉到洛根在看他，于是决定五分钟之内不再动弹。他在心里默默数数。一头大象，两头大象，三头大象……等他数到三十头大象的时候，迫不得已动了动。他还是德莱尼家那个十一岁的孩子，屁股上长着钉子，坐不住。

"坐好，不要动，特洛伊·德莱尼！"老师们都这样吼他。遇到喜欢的老师，他有时也想坐好不动，而且真的已经非常努力了，但身体就是会动，仿佛他只是个木偶，有一个坏主人在背后牵着绳子，扯动他的四肢。

他放弃了，任凭腿抖动着，手指敲打着大腿。

"特洛伊，你是做什么的呢？"萨凡纳说道，"以什么为生？"

"做交易的。"特洛伊说道。

"什么交易？"她问道。

特洛伊知道对方马上就会没兴趣的。每个人都是这样。"任何能动的东西。"

"我不懂这话是什么意思。"萨凡纳谦恭地说道。

"没人能懂。"洛根说道。

特洛伊也不看他："就是有波动的东西：汇率、股票、货币、商品，都是我的生计来源。"

"哦，搞风险交易。"萨凡纳说道。特洛伊再次从后视镜去看她，看到她埋着头，仔细看着自己的手指甲。

"计算过风险的交易。"特洛伊说道。他家人认为他全天都在玩21点。

洛根压低嗓子说了句话。

"什么?"特洛伊看着哥哥。

洛根抬了抬一侧的肩膀:"我什么都没说。"

车里到处都是赛百味的包装纸,他怎么还能自以为是地咧嘴笑出来呢?

"你有……伴侣吗?"萨凡纳说道。

"他不是同性恋,"洛根说道,"只是喜欢表现得女性化。"

"是吗?"萨凡纳感兴趣地抬起头,对特洛伊说道,"喜欢表现得女性化?"

"是这么回事。"特洛伊说道。

别人觉得他是同性恋,他并不在意,多少还有点喜欢。这可以让所有人都保持警觉。他并不是有意为之,也许就是有意为之吧。为了与洛根有所区别,洛根是"男人中的男人"。洛根觉得做男人只有一种方式,那就是他们父亲的方式。

他们行驶在公路上,没再说话,每遇到一处信号灯都是红灯,特洛伊都快抓狂了。洛根低声哼着歌,胳膊肘探在车窗外,脑袋倚着头枕,仿佛他是十多岁的少年,游手好闲,伙同朋友一起去沙滩。他很有可能还跟着朋友去沙滩。他们还很有可能一起烧烤,打沙滩板球。洛根与他高中的整个朋友圈子都还在联系,特洛伊对此瞧不上,这真是太狭隘、太悉尼了,但同时又嫉妒。

特洛伊喜欢老朋友这个概念,但不是现实中的老朋友。连老朋友跟他联系,他都瑟瑟发抖,仿佛对方想从他这儿拿走什么,想扒掉他的外皮,让所有人看看他以前多么邋遢粗野。这世上竟然还存在老朋友,他总是有点惊讶。

洛根继续吹着口哨。他应该剪剪头发、刮一下胡子,好吧,可能还需要冲个澡。

依然是以前不成调的老调子,只有两个音。他们还是孩子的时候,坐长途车去参加锦标赛，洛根就哼这个，哼得特洛伊心烦意乱的，最后忍无可忍只能诉诸暴力，真是没办法，说过不要吹了，要说多少遍才行？

"不要吹了，"他碰了碰洛根的肩膀，"请不要吹了。"

洛根的声音戛然而止，他瞟了一眼特洛伊，打开收音机，然后没必要地换了车道。

特洛伊闭上眼睛，免得又看到下一处信号灯变红。他突然想到，也许洛根哼歌是紧张的表现。有时候就是这样，成年后，突然想到童年的什么事情，瞬间就清晰明了起来。刹那间，他明白了就是这么一回事：洛根一紧张就会哼歌。去锦标赛的路上洛根哼歌，是因为他很紧张；特洛伊受不了那个声音，是因为他自己赛前也紧张。

所以，洛根现在觉得很紧张。

洛根担心的不会是自身的安危，而是卷入纷争的可能性。洛根对冲突非常敏感。女服务生上错了菜，他会拿起刀叉吃起来，而不会说"这不是我点的菜"，哪怕上错的是素食也会这样。以前在球场上，对手是最臭名昭著的骗子，他也从不质疑对方的擦边球。在特洛伊看来，这是他哥哥最显著也最让人捉摸不透的缺点。

当然，对特洛伊，洛根可没有对冲突那么敏感。他们以前是要决战到底的。特洛伊摸了摸前臂上一条浅色的伤疤，当时缝了十六针。有一次他们打架的时候，就像《虎胆龙威》中的场景，两个人冲破窗户，滚到前草坪。洛根大腿上也有一道差不多的伤疤。那是特洛伊最喜欢的童年回忆：两人瞪着眼睛，惊恐兴奋地看着对方，胳膊和腿都血糊糊的，头发里的玻璃碎片闪闪发光，他们可怜的母亲尖叫到不能自已。

现在洛根对付特洛伊用的是不争而争，真高明。只有一个人玩的游戏，就没办法赢了。

萨凡纳从后座说话了："刚才我说不会靠着你父母养活的，希望你们没有误解……我并不是不感恩。"

特洛伊睁开眼睛:"完全没有误解。"

他发"没有"这个音的时候,喜欢说成"缪",这是他十多岁时养成的发音习惯,当时他听到有人在收音机里这样说,觉得好成熟。他现在依然很喜欢,就像时尚选择。

他看到了港口、公寓楼、办公楼、摩天大楼和海港大桥的景色,为之一振,这是文明,即便只是悉尼的文明,而非严格意义上的文明。

萨凡纳继续说着:"还有,我真的非常感激你们两位,还有你们的父母,你们的父母酷毙了。"酷毙了,这词用得奇怪,这难道是1990年?"他们就像那种,怎么说呢,很了不起的人。真的。"

很了不起的人。特洛伊望着洛根。他们小时候就经常听人这样说:你们的父母很酷呢。其他人的父母都在做无聊的办公室工作,你们的父母不一样。好希望我们的父母也这样。

"还好还好,"特洛伊说道,"'缪'什么。"他扭过头,对萨凡纳露出了最耀眼的微笑。萨凡纳也报之以微笑。有个女孩对特洛伊说过,他的微笑"极具破坏力"。他心中暗自欣赏这一赞美——极具破坏力。

"这里是左转,对吧?"洛根说道。

特洛伊的脑袋猛地一转。他都没想过问一问萨凡纳公寓的地点,却想当然地认为是要开过大桥,去从未听说过的某个郊区,那里远在偏僻的地区,位于一两条飞行航线之下。现在,他看见他们行驶在时髦的港口边,那是他二十多岁时住过的街区,拐角处的那个酒吧,他下班后在那儿喝过酒。那个泰国小餐馆,他带约会对象去用餐。这地方住的都是穿连帽衬衫的IT人、穿高跟鞋的初级主管,还有身穿新套装的法学毕业生。这里的人都很年轻、很幸福、很有魅力、很有钱,根本不会打女朋友的。

"沿着环岛直行,"萨凡纳说道,"过去就有个大公寓楼。就是那个。有很多访客停车位。"

特洛伊伸长了脖子:"你们那儿的视野肯定很漂亮吧?"他感觉现

在对女孩有了更多的同情，仿佛住在这样地方的人真就不该有暴力的男朋友。他羞愧得脖子都红了。

"我们的公寓看不到港口，"萨凡纳说道，"只有一个卧室。厨房和卫生间也很糟糕，房租也就少了一些，我们住在大楼里面唯一一个没有被翻新的公寓里。"她好像是在解释他们怎么能够住在这里，好像她看到了特洛伊的脖子，读懂了他的心思一样。

洛根停好车，他和特洛伊从车里走出来，放松地舒展身体。他们这种身高的人，下车下飞机的时候都是这样的。

洛根从后备箱搬出两个超市的纸箱子，那是他们的母亲准备好的，为了拿给萨凡纳装东西。特洛伊则是双手插兜，脚后跟踢着人行道。他环视四周看有没有不法分子，但这个地方没什么人。这个时间段人人都在工作，这不是适合年轻家庭居住的地方。

"嗯……她不出来？"片刻后，特洛伊问洛根。

洛根耸了耸肩，猫下腰看了看："她还坐在那里。"

"我们再给她点儿时间？"特洛伊说道。

洛根又耸了耸肩。这动作表示他默许。

他们等着。

"英迪拉怎么样？"特洛伊问道。

"还好。"洛根面无表情地说道。

"你还住在——"

"是的。"洛根打断了他的话。所以他们还挤在多年前洛根买的那座破旧的一居室。几年前，特洛伊的母亲提过一句，说英迪拉想搬家，但显然他们并没有搬。

"纽约怎么样？"洛根问道，但并没有表现出什么兴趣。

"很好。"特洛伊说道。

据特洛伊所知，洛根从未去过纽约。想象一下，从未去过纽约，但还表现出无所谓的样子。话说现在洛根到底有没有护照呢？想到洛根连有效护照都没有，特洛伊就呼吸急促，但洛根的生活圈子就是这么局限，全围绕着工作地点、父母的房子和高中那些已经结婚生子的同学的家。今天到萨凡纳公寓的冒险刺激之旅，可能是洛根数年间出行最远的一趟。

不过洛根也并不是没有机会，他得到过芝加哥大学的网球奖学金，两年后特洛伊获得了斯坦福大学的网球奖学金。但洛根拒绝了奖学金。他说，不用了，谢谢，我很好，并没有表现出后悔。

事实上，德莱尼家的四个孩子都得到了美国著名大学的网球奖学金，只有特洛伊脑子清楚，接受了奖学金，只有他明白这样的机会对悉尼公立学校的孩子意义重大。他现在依然很气愤，他的哥哥姐妹们本也可以改变人生方向的，但他们认为那是一个关于网球的决定。

他们不明白，网球只是一把钥匙，可以打开一扇门，通往更大、更闪亮的世界。网球不仅让特洛伊进了斯坦福大学，还开启了他的事业。他的家人挺喜欢这段故事的。有一次，他甚至听到洛根给别人讲这个故事：有一年夏天，特洛伊在纽约实习，一群光鲜亮丽、精明强干的年轻毕业生竞争一个让人垂涎的永久职位。有一天，一个满头灰发的家伙走进办公室，威严地说道："你们这帮孩子中有谁会打网球？"特洛伊举起手，那人说："下班后我来接你。请全身白色着装。"特洛伊趁着午餐休息的十五分钟跑到时代广场的梅西商场（其实是先锋广场，但特洛伊已不再去纠正家人，母亲说时代广场听起来更好），看到白色衣服就买了，连试穿都没时间。他们坐上一辆闪闪发光的黑色汽车到了一家很浮夸的网球俱乐部，与另外两个人对打，对方也是一老一少。最后特洛伊他们大获全胜：6:0，6:0。原来那个吓人的灰头发家伙是个大人物，他很讨厌另一个老家伙，但原因从未解释过。那天，两个老家伙屡屡面带微笑，冷眼相看。

那是谁拿到了永久职位呢？

是的，他家里人喜欢这个故事。凡是德莱尼家的人赢得了比赛，或是赢得了什么东西，他们都挺喜欢的。但特洛伊想要兄弟姐妹对他说：特洛伊，我也应该像你一样接受奖学金，那样就能过上你这样的生活。但事实上，对于特洛伊和他的人生选择，其他三个孩子似乎并没有嫉妒之心，而是觉得好玩儿，有一种高高在上的超然态度，仿佛金钱和成功只是幼稚闪亮的玩具，滑稽荒唐。

没错，布鲁克十多岁的时候，偏头痛简直要了她的命，所以她没有选择，只能完全放弃网球，待在悉尼学习。埃米就是埃米。她应对不了竞技网球的压力。后来姐姐给他解释后，他才明白姐姐的感受："想想你赛前最紧张的时候。除了没有比赛的时候，你需要天天都那样。而那只是星期二上午。我就是那种感觉。"但是，洛根就不应该拒绝芝加哥大学！他读书比特洛伊厉害，而且正手击球非常厉害。他的脑子和正手击球，就完全没用在正事上！

特洛伊想象哥哥在课堂上教书的样子。选那些课的到底都是些什么人呀？"商务沟通"？他到底在教些什么呢？怎么用模板写商务信函？洛根怎么会知道呢？他这辈子有发过一封吗？现在，大家都用电子邮件了。他脑子里浮现出一个画面，洛根戴着便宜的凯马特[①]领带，很有可能是母亲送给他的圣诞礼物，站在老式的黑板前，黑板上是粉笔的潦草笔迹：敬启者，您忠实的，亲爱的先生或女士。凡是遇到学生提问，他就耸一耸肩。

说句公道话，洛根可能是个好老师。他们家四个孩子当中，最会当教练的就是洛根，而且是唯一一个看似真正喜欢当教练的人。他看孩子打球，脸上的表情与他父亲一样，非常专注。无论看哪个孩子都一样，即便对那些不太可能出成绩的孩子也是。洛根十四岁的时候，特洛伊听到他对一个小孩子说"你一直盯着球就好"。换作特洛伊当教练，只会觉得对方手眼协调有问题。

[①] 凯马特：美国最大的打折零售商。

但那是网球。那群人跟风想做什么生意人，可是连洛根自己都没兴趣，还教他们什么商务沟通，他不可能有激情的。就是……不对。洛根这样生活就不对，但他还不在乎，那特洛伊为什么要在乎呢？

特洛伊还是个小孩子的时候，一心一意事事都要打败哥哥，仿佛那就是他存在的全部意义。他比赛时第一次赢了洛根，就像嗑了可卡因一样兴奋，但也真像可卡因一样让他觉得恶心。他一直记得胜利周围萦绕着恶心的感觉，但想起来就不爽，想起来就觉得奇怪。他去冲了个澡，冷静一下，感觉缓过劲来了，但遇到一个学网球的孩子从后门进了他家房子，他立刻发了脾气。那些孩子觉得他家厨房是俱乐部设施，他很不高兴。

他仿佛觉得打败哥哥有罪恶感，仿佛洛根大两岁，就应该一辈子赢特洛伊。

爸爸对两个儿子选择的人生路，态度倒是一样公平，好像在意，好像又不在意。他们的爸爸唯一在意的是布鲁克，她一直都是爸爸的最爱，而且她"自己创业"。特洛伊自己当老板已经好些年了，斯坦似乎都没注意到。

特洛伊见到家人时就会这样。他的思绪回到以前，于是各种各样的情绪开始出现。洛根甚至没和他争，他都想要和洛根斗。爸爸对妹妹的理疗小诊所表现出关注，他就开始嫉妒。天哪，他这嫉妒心如果换作埃米还说得过去。真是丢人。

"你在纽约是为了工作，对吧？"洛根说道。

"也是玩儿。"特洛伊说道。

谈论工作没意义的。每次特洛伊想给家人解释他的谋生之道，就会看到同样专注却空洞的表情，仿佛想调到不在服务区的电台节目，听到的只是静电噪声。他的母亲倒是好心，甚至订了《与商人交谈》的播客，怀着大无畏的奉献精神，一边听一边做笔记，但迄今为止，一切都是老样子。

"嗯……最近有打球吗？"特洛伊狐疑地看了洛根一眼。他们在一起打球已经是很多年前的事情。

洛根恼怒地呼了一口气，仿佛同样的问题不知道重复了多少遍，而特洛伊非常确定之前没问过。"没有，有段时间没打了。"

"为什么不打？"特洛伊是真的想知道，"甚至没和爸爸妈妈打一打？"

"没时间。"洛根摆弄了一下左手腕，仿佛示意一块看不到的手表。

"没时间，"特洛伊重复道，"狗屁借口啊。你的时间多的是。"

洛根耸了耸肩。接着，仿佛是按捺不住一样，他突然说道："我真不知道你是怎么打的社交网球。"

他说"社交"的时候，仿佛这个词有异味一样。

"我很喜欢。"特洛伊如实说道。他在悉尼和纽约有朋友，他们会不定期地打球。他们和特洛伊一样，都打过竞技比赛。他的胜率大概是百分之七十。"健身而已，并不重要。"

"你说你不在乎输赢？"

"打的时候，当然是想赢，"特洛伊说道，"但不是生死攸关的问题。"

他们打量着彼此。两个人一样的身高，但特洛伊愿意认为自己比哥哥高那么一点点。很有可能是头发的缘故，他用了摩丝。

洛根说道："打打球其实没什么，但一旦开始记分，我就开始在意我的输赢，然后，我就……"他停顿了一下，"我就受不了。"

他神情戒备地看着特洛伊，仿佛等着对方把这话扔回来。

片刻之后，特洛伊说道："但你还看网球，对吧？"

"当然。"洛根说道。

"我都不看，甚至也不看决赛，"特洛伊承认道，"电视在播，我就关电视。我受不了看比赛。"

他和洛根认识的两三个人还在打卫星赛，都是他们以前的手下败将。洛根做了个鬼脸，露出微笑，表示他懂。特洛伊明白洛根为什么不能打球，洛根也明白为什么特洛伊不能看球。

网球真是复杂。他们都有这样的感觉。

"家里的女孩们呢？"特洛伊突然好奇地问道。他本应该知道才对，但洛根比他更了解家里人的生活。

"布鲁克经常跟爸爸打球，"洛根说道，"埃米我不太清楚。上次听到她打球，还是她骗那个沙滩排球运动员。"

他们咧嘴一笑，如出一辙地表示嘲弄。沙滩排球。埃米约会时经常会遇到那种很差劲的男人，对方不相信女人能在任何体育项目上打败男人，他们觉得即便男人不是网球运动员，女人也打不过。埃米一般都用现金打赌的方式，利用他们的性别歧视变现。

他们站在那里，在片刻的时间里沉默不语，不同寻常地有了和睦相处的兄弟感觉。特洛伊想把堵在心里的事情告诉洛根。事没什么大不了的，但极为影响心情，完全取决于他选择如何看待问题。

我在纽约见到了克莱尔，他可以这样开头。洛根就会抬起一边眉毛。他喜欢克莱尔这个弟妹，克莱尔也喜欢他。他会好好倾听，不带判断。洛根才懒得判断呢。

但是，不行。特洛伊还没准备好谈论这件事，再说了，萨凡纳随时可能从车里走出来，打断他们。

他双手插进兜里。这女孩是不是要永远都坐在那儿了？

洛根开始吹不成调的口哨，特洛伊感觉脑子一下子不受控制：真见鬼。

他走到萨凡纳坐的那边，打开车门，弯腰看着她。她坐在那里，甚至还没解开安全带，双手使劲按着肚子，仿佛刚刚用匕首扎了自己一刀。

他的不耐烦烟消云散。"萨凡纳。"他温柔地说道。

萨凡纳抬头望着他，眼中噙满了泪水。她金黄色的眼睫毛闪动一下，泪水夺眶而出。

特洛伊受不了女人当着他的面哭。

"你是安全的。"他说道。他在车门外蹲下,面对面地看着萨凡纳。"有我们呢。"

"我知道。"萨凡纳说道。

她擦干脸颊,摆弄着胸前的古董骷髅银钥匙。钥匙没有光泽,挂在廉价的项链上。

"你的项链挺好看的。"特洛伊说道。埃米会突然情绪失控,他学到了这一招:转移注意力。

"谢谢。"她放下钥匙。

"这藤蔓代表什么吗?"他指了指萨凡纳前臂上的文身。她胳膊瘦小,青筋明显,绿色的卷须文身缠绕其上。特洛伊对文身没意见,埃米就有几个。女孩的文身本身无伤大雅,但文在她孩子一样的胳膊上,似乎是一种亵渎。"或者只是喜欢这个花样?"

"这是杰克的豆茎。"萨凡纳说道。

"哦。"他说道。他努力回想那个童话故事。杰克爬上了豆茎,偷了巨人的金子。"所以……代表的是实现你的梦想?"她不像是那种要读自我救助书籍和有愿望板的人。

"代表的是逃离。"萨凡纳说道。

"对的,"他说道,"说到这个,我们现在就进去,尽快离开这个地方吧。"他本想伸出手,但转念一想,觉得不妥。这太霸道了。他把手放在身体一侧,往后退了一步,优雅地举手一挥,做出"女士,这边请"的姿势。给她空间。不要催。尽量理解。

萨凡纳解开安全带,一个转身从车里溜下来,带着腼腆的微笑抬头看着他,大拇指放在牛仔裤的环扣上,往上拉了拉裤子。

"抱歉,"萨凡纳说道,"我知道你今天还有别的事情。"

"我没别的事情,"特洛伊说道,"没事的。"他希望那个男朋友在家,就有借口像电影里的警察一样,一把抓住对方的衣领口,把他给压

119

到墙上。

"我们上去之前,也许应该看一看他的车在不在。"萨凡纳轻轻碰了碰自己的鼻孔,吸了一口气。

"好办法。"特洛伊说道。洛根没说话。特洛伊脚步轻快,出乎意料地欢腾起来。

他们跟着萨凡纳到了顶棚停车区。她停下脚步,双肩放松下来。

"还好,他不在。"萨凡纳指了指远处角落的空车位。

"嗯,那就好,"洛根说道,"很好。"

特洛伊觉得泄气。好了,又回到之前,还是无聊的差事。他看了看手表。他真有其他事情要做。

"你有问题。"以前,他又一次被暂时停学,母亲开车接他从学校回家时如此说道,"你有大问题。"

他当时乐滋滋地想,我知道的。

他们三人坐电梯到了三楼。特洛伊看着装了镜面的墙体,看到无数个他和洛根的影像,一个比一个小,越来越小,但总比萨凡纳高很多。

她带着他们走过一段铺了地毯的过道,空气中是熟悉的柠檬清新剂的味道。这种保养得很好的中等公寓楼一般都是这种气味。她打开一扇门。

"请进吧。"她害羞地说道,仿佛这是社交拜访。

特洛伊看到的第一个物件是一幅斜靠在墙上的画作,没有加框,真正的艺术品。抽象画,笔触狂野,厚厚的颜料,很有纹理感,看起来还没有干。特洛伊可没想到会有艺术品。

"他是搞艺术的,"萨凡纳随着特洛伊的目光望过去,"业余的。"

房间里没多少家具:破破烂烂的一张双人皮沙发,对面是靠墙摆放的电视。俗气的玻璃咖啡桌上是吃了一半的外卖包装盒,筷子插在炒米饭里;一张打开的报纸上有一块块的酱油污渍;一瓶喝了一半的啤酒,啤酒上飘着一块酸橙。房间角落里是一摞搬家公司的纸箱子,还没打开。这男人还没把电视挂到墙上,就先整理了自己的艺术作品。他细心到要切一块酸橙放到啤酒瓶里,但吃了一半的外卖就扔在咖啡桌上。打女朋友的男人。

萨凡纳看到咖啡桌上的食物,摇了摇头,往前一步,仿佛要去清理桌子,但打住了。

"那两个箱子是你的?"洛根一边说,一边朝着两个搬家公司的箱子点了点头。一个箱子上的标签是"萨凡纳的衣服",另一个是"萨凡纳的烹饪书"。

"是的,"萨凡纳说道,"是的,谢谢。不胜感激。"

不胜感激。她说话的调子和用词,跨度很大:这一刻听起来是二十岁,下一刻就是八十岁。

"那就把东西搬出去,搬到过道上。"洛根说道。

他和特洛伊搬箱子。特洛伊搬着那箱子书,走得跟跄跄跄的。

"小子,你还好吧?"洛根一脸严肃地问道。

等他们回到屋里,看到小厨房的橱柜全打开,萨凡纳蹲在地板上,往箱子里放炖锅、煎锅,还有一个搅拌器。

"我喜欢做饭。"她对特洛伊说道,仿佛在解释自己的行为一样。

"嗯,我听说了,"特洛伊说道,"你一直留在家里,我爸妈他们也是愿意的。"

"还有没有其他东西?"洛根问道。

"在卧室。"萨凡纳说道。她抬头看着这两兄弟。"床尾的嫁妆箱。我祖母的东西。"她的脸抽动了一下。"很沉。"

他们走进霉味很重的卧室,床上是乱糟糟的一堆床单、毯子和枕头,地上扔的到处都是衣服。

"肯定是这个了。"洛根试探地抬了抬床尾红木箱子的一角。

"怎么回事?"乱糟糟的床单中坐起来一个裸着上身的男人。

特洛伊的心狂跳起来。他就近从书架上抓起一件东西,当作武器举起来。"不准动!"

哐当一声,洛根放下箱子。"小子,你别动。"他说道,气度像警察一样平静克制,声音像他们的父亲一样低沉缓慢。大家经常说特洛伊和洛根的声音像他们的父亲,但特洛伊这是第一次意识到洛根的声音确实很像他们的父亲,甚至样子也像。

那人往后蹲了蹲,背靠在墙上,双手抓着被单。他瘦得皮包骨头,脸色苍白,有着浓密的黑色胸毛,穿着褪色的格子平角内裤,松紧带已经坏掉了。特洛伊感到一种本能的厌恶,不禁打了个寒战。

那人说:"我大概有一百现金。"他伸手从床边的桌子上拿起钱包举起来:"钱都在这儿。"他说话有爱尔兰口音。特洛伊的初恋女友说过,爱尔兰口音的男人最性感,打那儿以后,特洛伊人就对爱尔兰的存在没好气。

"我们不要你的钱。"特洛伊厌恶地说道。

"怎么……"萨凡纳出现在门口。

"萨凡纳?"那人从床边桌子上拿起一副眼镜戴上。他现在看起来就像哈利·波特。他竟敢长得像哈利·波特?哈利·波特可不会打女人。

"你到哪儿去了?"他对萨凡纳说道,仿佛房间里根本没有洛根和特洛伊,"我都疯掉了。"

"你怎么没上班?"萨凡纳说道。她眼睛打转,到处瞅,看起来很害怕的样子。她的恐惧点燃了特洛伊内心火红的愤怒之焰。

"我病得不行。""哈利·波特"说道。他一只手放在肚子上,脸上掠过恶心想吐的表情。"恶心反胃。"

"你的车不在。"萨凡纳说道。

"坏在路上了。还下着雨。太讨厌了,事事不顺。"他的脸因懊悔而扭曲着,"萨凡纳,我的爱人,我真抱歉。为那天晚上的事。我知道不可原谅,但我那天神志不清,心情不好……但那也不是理由,我知道那不是理由……"他像是突然想起房间里还有洛根和特洛伊,"他们是谁?"

"朋友,"萨凡纳冷冷地说道,"来帮忙拿我的东西。"

"还有别的东西吗?"洛根问她。

"哪儿来的朋友?""哈利·波特"问道。

"哪儿来的不重要,"特洛伊说道,"我们就是来拿东西走人的。"

萨凡纳从角落里抓了一个行李箱,推到打开的嵌入式衣橱前,开始往箱子里装衣服,衣架都没取就往里塞。

"但你要去哪儿?""哈利·波特"问道,"你去哪儿?"他挪动了一下,仿佛要起身下床。

"待在那儿别动。"洛根说道。

那家伙一脸恐惧的样子:"萨凡纳?"

"别对她说话。一个字都不要说。"特洛伊走到床边,六英尺四英寸的身高,健康又浑身散发着力量,居高临下地看着那小个子的废物。他闻到了淡淡的呕吐物和汗液的臭味,鼻孔抽了抽。"她不需要给你解释。"

特洛伊冲过澡了,干干净净的,他穿着九百澳元买的衬衣,戴着路易·莫华奈手表。他这辈子可能有过举措不当,可能在那个当下面临选择,在道德上进退两难,但他从未打过女人,也绝不会打女人,他恶棍祖父的血他是一滴都没继承。他喜欢"哈利·波特"脸上的恐惧和迷惑。这个人就该感到恐惧和迷惑,无论是从法律、道德还是精神层面上,他都有错。

明确知道自己是对的,对方是错的,这种时候太罕见了。这一刻,特洛伊就是蜘蛛侠、绿巨人、美国队长。他就是十足的蝙蝠侠。

他从未感觉如此良好。

第十七章

现在

"所以她打发两个儿子去帮女孩拿东西。她对女孩一无所知,但还是让她住在家里!"

下午晚些时候,发廊里坐满了人,吹风机嗡嗡直响。资深发型师纳尔勒·朗福德心不在焉地听着。她在给下午三点的客人挑染头发,做到一半,对方喋喋不休地说着乔伊·德莱尼的事情。过去一周的时间,几乎所有的客人都在念叨乔伊·德莱尼。当地社区的人都知道乔伊。

"肯定有关系的,你不觉得吗?那个陌生女孩与乔伊失踪的事情?"

"不知道啊。"纳尔勒给客人取下包头的毛巾。伊莎贝尔·诺里斯对她的头发颜色是出了名的挑剔。

"等等。你平时不是给乔伊做头发吗?"伊莎贝尔转过头看着她,"你可能对她更了解!警察找你谈过话了吗?"

"没有。"纳尔勒插上电吹风的插头,"多挑染一点?"

"她有没有给你说过,她计划出走的事情?"

"没有。"纳尔勒说道。

"我听说,乔伊和斯坦的关系出了问题。他们几乎都不说话。"

"我对此一无所知。"纳尔勒说道。她其实全都知道。

"她给你提过那个女孩吗？"

"萨凡纳？"纳尔勒说道。

"等等，你见过她？"

纳尔勒看着镜子里伊莎贝尔的眼睛："是的，我给她理过发。"

"是吗？"伊莎贝尔一下来了精神，"我听说她有点，你知道的……"她说出了那个词，"浪荡。"

"她看起来挺好的。"纳尔勒说道。

"总归是有关联的，"伊莎贝尔说道，"太巧合了。陌生年轻女孩住到他们家，然后妻子消失得无影无踪。接下来如果听说斯坦正好与那女孩有染，也没什么好惊奇的，现在他打发掉了乔伊——啊，耳朵有点热。"

"抱歉。"纳尔勒毫无歉意地说道。

乔伊的心里话和秘密都给她讲，就好比有牧师或律师的保密协议一样，但如果乔伊在下一次约好的时间不露面，纳尔勒就到警局，把三十年的秘密说出来。她会把背叛的事情说出来。有些事乔伊只是隐晦地提及过，有些事的细节则是光明正大地讨论过。她要让警察给乔伊的丈夫定罪。她要说，这可能是动机，那也可能是动机。结婚这么多年，人人都有很多想杀人的动机。警察和发型师都知道这一点。

第十八章

去年九月

　　快要半夜了,德莱尼夫妇的大女儿埃米·德莱尼赤身裸体,盘腿坐在没有铺好的床上,头发扎成啦啦队长活泼的高马尾,正看着自己刚刚在日志里写下的一首诗。她是兼职品尝师,兼职正常人,兼职不那么正常的人。她与另外三个人合租了一栋中心旧城区的老旧联排别墅,她的卧室在最上面一层。隔壁是微型高尔夫场地,霓虹灯招牌的红蓝色亮光一闪一闪地照着她写下的那首诗:

陌生的女孩

我长大的那座房子里
有个陌生的女孩
睡在我不要的床上
穿着我不要的衣服
给我被丢弃的妈妈
做意式宽面
我打去电话

话说到一半

（我还有话要说）

我母亲就要挂断

因为陌生的女孩

叫了她的名字

叫的是两个字

仿佛她有权那样

我母亲的名字是乔伊

她回应了那个女孩

她的声音里全是喜悦

埃米就像战时审查员，无精打采地给诗里不同的字眼画上了粗边框，然后撕下这页纸，揉搓成一团，吃到嘴里。

她不太记得以前吃过纸，但这种味道和质感很熟悉，她肯定是吃过的。她仔细咀嚼，吞了下去。如果是在工作中评价它，她就会描述为"平淡无味，很难下咽，化学试剂的余味"。

据说她父母的狗施特菲迷上了吃纸，原来这种恋物还有专门说法的。这些都是母亲告诉她的。

自从埃米的母亲退休后，就有了说不完的各种知识。她收听播客，查看 BuzzFeed[①] 的文章，还用谷歌查东西，然后就给孩子们打电话，传播她刚刚了解到的新知识。观察母亲退休后的性格变化倒是很有趣。埃米认识的人当中，母亲以前是最忙的那个，没有耐心，心不在焉；现在她喜欢沉思，愿意花很多时间，漫无边际地谈论那些她以前会觉得微不足道的话题，真是太不像她了。

"妈妈需要去学点什么课程，免得没事干。"布鲁克不屑一顾地这样

---

① BuzzFeed：一个新闻聚合网站。

说过。

"她在学呢,学习怎么写回忆录,"埃米告诉布鲁克,"不过她说自己绝不会写的。"

"谢天谢地。"布鲁克说道。

"我倒是会读的。"埃米说道。

埃米一直好奇父母成为父母之前是什么样子的:成为妈妈之前的乔伊·贝克尔;成为爸爸之前的斯坦·德莱尼。埃米的父母都是家里唯一的孩子,各自的母亲都是那种复杂的美人,那种不应该成为母亲的人。她的祖母脸上长满皱纹,右脸颊上有一道从上到下的伤疤。祖母被祖父从房间的一边扔到另一边,落下这道疤。据说,那是祖父第一次,也是唯一一次伤害妻子。祖母立刻就把祖父扫地出门,就那么一回事,但埃米觉得故事不会那么简单。她给了父亲一本书,故事讲的是男人最终对自己的大女儿讲述了苦恼的童年,埃米希望父亲也能对自己敞开心扉,但到目前为止,他还没有理清故事的头绪。

"我真想不通,你怎么会觉得爸爸突然要读小说了。"看到埃米的计划没得逞,布鲁克挺高兴的,她觉得爸爸是属于她的,"你觉得他退休了就会参加读书俱乐部?"

接着,想到她们沉默寡言的爸爸坐在读书俱乐部里,就着一杯霞多丽葡萄酒,聊着人物的发展,两个女儿咯咯地笑了起来。

"他现在看电视剧,"埃米说道,"他以前从不看的。"

"我知道,"布鲁克说道,"那天他还给我讲了,挺长挺复杂的,有一家人,最小的儿子因车祸丧生。他在讲电影的剧情,我还以为是真人真事。"

这番交谈是几个月前的。布鲁克现在太忙,没工夫闲聊,她迈出了人生的一大步,开了一家自己的理疗诊所。埃米了解布鲁克,知道诊所会做大、做成功的,她为妹妹感到骄傲,但也不解,为什么要对自己这样呢?难道布鲁克没看到德莱尼家的学校如何控制了他们的人生吗?那么多文件，那么大的压力，还要求四个孩子都要"帮忙"。

埃米十几岁的时候，有一次正在准备历史考试，那还是她第一次打开历史课本，肯定过不了。但就在这时，一个孩子走进房子，无礼地要求埃米给她做一份三明治，仿佛埃米是她的仆人。埃米都快站起来给她做三明治了，突然就醒过神来，对那孩子说，滚远些。

他们永远都躲不开。还是孩子的时候，他们认识的一家人带上三个孩子，开着拖车绕着澳大利亚整整旅行了一年。埃米一度非常迷恋那家人，觉得那就像一个梦。父亲说："他再也跟不上了。"父亲说的是那家的老二，那家也就老二擅长打网球，因此也就是那家人中唯一在德莱尼学校的人。但她爸爸说得不对，那孩子回来后继续打球，打得也不是很糟糕，一度排名前两百。"我们应该环游澳大利亚。"埃米对母亲说过。母亲哈哈大笑，仿佛埃米说了很好笑的笑话。

现在布鲁克在重复父母的人生：口袋里装满石头，涉水走入生活中。布鲁克有偏头痛，本应该避免压力，而不是追逐压力，但她一直就是这样的殉道者。埃米还记得布鲁克小女孩时的样子，扎着高高的辫子，戴着反光太阳镜。

"她头疼了。"埃米看着布鲁克，对母亲说道。

"什么？没有，她没头疼，她一个字都没说过。"

但埃米看得出来。布鲁克头疼的时候，走路方式不一样，就像脑袋有滚下来的危险，脖子必须刻意保持平衡一样。埃米好想哭呀，布鲁克那样小小的、可怜兮兮的，肩负着所有人的希望走出去，就像知道自己最终也是德莱尼家无望的希望。埃米的父母能够准确解读他们孩子的每一场比赛，能够预测他们每一次挥拍击球，挖掘他们所有的缺点，但在其他方面，他们却浑然不觉，只是深爱这有史以来最伟大的运动，被这份爱蒙蔽了双眼。

布鲁克这么严肃，也许就是偏头痛造成的。

埃米希望自己能带走布鲁克的偏头痛。她还记得布鲁克小婴儿时期的样子：黑色的卷发扎在头顶，长着花栗鼠一样的两颗牙。她从不爬，只是挪动屁股移动。看起来真是好玩。但现在再看她：如此严肃，如此已婚人士的状态，鞋子总是如此老式，文胸肩带总是这样的淡棕色，看着还以为她五十岁了，其实她才二十九。布鲁克有没有整夜跳过舞？有过一夜情吗？布鲁克会说，这些都不是人生的好榜样，也许她说得对，但埃米觉得都是偏头痛惹的祸，害得她妹妹比实际年龄老这么多。

埃米把日记本往地板上一扔，往下一躺，感受开着的窗户透进来的一股股冰凉空气。三位室友都出去了。她六个月前搬到这里，想着有三个室友，可能没什么机会独占这房子，但事实上，她似乎常常独自在家。隔壁招牌的霓虹灯照得她的房间像个迪厅，不过这里的租金便宜。

过去一年的时间，她拼拼凑凑，做各种零工，钱勉强够花。她终于接受了常规的全职工作不适合自己的事实，现在也算不上事业走上了正轨。事实上根本就不存在合适的工作。每次有全职工作，她就会渐渐感到憋闷恐惧，最后就是让她蒙羞的情绪宣泄，要么她被解雇，要么她主动辞职。等到她给父母说新工作还是不怎么样的时候，父母一脸的忧虑苦恼。

如今，她的常规工作就是品尝师，一周三次，每次三个小时。说得更加高大上一些，那就是"食品感官评估师"，但她从没么说过。她和一群大学生、年轻妈妈和退休人士，一本正经地品尝、讨论食物。她不擦口红，不涂香水，也不用发胶。品味之前，不喝咖啡，也不嚼口香糖。她坐在笔记本电脑前登录，坐在椅子上转圈儿，等着身穿黑色衣服的厨房工作人员端来贴好标签的食物。没有对错，没有胜负。这个工作挺重要的，但也不会有什么后果。没人会焦虑，不过如果遇到有人说个不停，热情洋溢地对小组长表达他们对柠檬香草的看法，偶尔也会有人翻白眼。还有一次，一位主管怒气冲冲地离开，原因就是所有的品尝师都不喜欢他花一年时间研制的肉酱，但这让人觉得很兴奋。

做品尝师的间隙，她还做市场调研和产品测试。就像今天，她作为调研对象组的一员，花了一个小时讨论卫生纸。这不仅有现金可拿，午餐的三明治还很不错。参与调研工作的每个人都非常好，非常有礼貌。她也不在乎那是假的，反正过程很愉悦。她走进悉尼的豪华办公室，仿佛她也是其中的都市丽人，然后又径直走出来，去了沙滩。

今天下午她填了一份长问卷，写了对除臭剂的看法，得到一张商场代金券，她已经用来买了两个特价文胸。

感觉就像她在做什么见不得人的事情，好像她生活在狄更斯笔下的英国，在靠着小聪明扒窃一样。

她的说辞是，这种工作有益于她的精神健康，因为她必须做出选择，比如，你是喜欢喷香水还是涂香水，或者不用香水？当她生病的时候，她根本没法做选择。她站在杂货店里，瞪大眼睛看着货架，犹豫不决到不能动弹。但她这套理论至今还没有得到任何一个心理治疗师的支持。

明年四月她就四十岁了。

她也搞不清怎么就到了这个年龄。她还记得她母亲四十岁的时候，遥远得好像是远古时代。当时埃米想当然地认为，等到自己四十岁的时候，车子都可以在天上飞了。

四十岁太老了，不应该吃蹩脚诗当晚餐，不应该和二十多岁的人合租房子，不应该没有积蓄，不应该没有男朋友。她应该与布鲁克交换一下人生，但如果埃米嫁给了格兰特·威利斯那种深深陶醉于自以为是的智慧和风趣中的人，那她将不得不对这个无处不在的问题回答说"的确如此"——"你一直以来都有自杀的念头吗？"。

她提醒自己要赶快找个新男朋友，免得在四十岁生日那天醒来时还是孤身一人。

等到她四十岁生日那天，那个叫萨凡纳的陌生女孩还会住在她以前的房间里吗？

她听到头顶上方传来急促的沙沙声，那是负鼠惊慌失措地从屋顶瓦片上急促而过。埃米的心脏在胸腔里狂跳,思绪就像一百只惊慌失措的负鼠在愚蠢地狂奔。

每次新找的心理治疗师都和蔼可亲地安抚她说,这是你的"战斗或逃跑反应",仿佛这对她而言还是什么闻所未闻的新概念。治疗时间又昂贵又宝贵,他们还经常用来给她解释:因为以前有剑齿虎,原始人非常需要这种"战斗或逃跑反应",现在虽然没有了剑齿虎,但我们人类依然保留了这种反应。(那些人说到老虎总是那么兴奋!)然后埃米就会走神,想着现在这个世界怎样才会真的遇到老虎,比如在东非观兽旅行,或是遇到从动物园里逃出来的老虎,或者遇到了可以代表老虎的强奸犯,那就得在巷子里夺路而逃。埃米跑得很快,真的很快,胜过大多数人,什么强奸犯或老虎都不在话下,她统统可以摆脱掉,但她就是摆脱不了自己的思绪,那些疯狂而愚蠢的思绪。再接下来就是时间到了,费用是天文数字(56澳元),谢谢,下次就诊时间是三年后,要不要给你预约一下?

她做了"478呼吸法"调整呼吸。

吸气,数到4。憋气,数到7。呼气,数到8。

吸气,数到4。憋气,数到7。呼气,数到8。

她的心跳从满格的恐惧减缓到可以接受的高度警惕水平,仿佛不再是狂奔着逃离老虎的追赶,而是爬上了一棵树,看着老虎在下面转圈咆哮。她很久没爬过树了,但以前还是很擅长的。

她打了好大一个哈欠。埃米,可不能在树上睡着了!

明天是父亲节。她得睡了,明天还要早起做巧克力布朗尼。她爸爸很喜欢她做的巧克力布朗尼。如果她整晚不睡(她很有可能整晚不睡),那明天就会有两个黑眼圈,母亲就会注意到,母亲会担心的,或者母亲根本注意不到呢,因为母亲现在满心满眼都是萨凡纳,那女孩有合适的问题,比如无家可归,还有虐待她的男朋友。

她在想用什么办法睡上一觉呢。

安眠药。

热水澡。

热牛奶。

引导冥想。

性高潮。

真正无聊的书。

她有个室友看精装大部头的名人传记。那些书无聊到让埃米想哭。

她爸爸说过,他睡不着的时候,就在脑子里打网球。埃米说:"那不是更睡不着?"她母亲的建议是熨烫衣服。

埃米不想在脑子里打网球,但也想不出什么让人平静的活动,她从来不熨烫衣服。她母亲说:"这显而易见。"

埃米调整了一下枕头,侧身躺下。

她也许会喜欢那个想偷走她父母的女孩。那个萨凡纳来自剑齿虎横行的热带草原。

她问过特洛伊,觉得萨凡纳怎么样,特洛伊说"还行",口气就像回答服务生问的"东西是否可口",特洛伊觉得不怎么样,但也没有很糟糕,不必像《地狱厨房》的主厨戈登·拉姆齐那样评头论足。

洛根说他对萨凡纳没看法。埃米仿佛看到了他在耸肩。

明天,布鲁克也是第一次见到萨凡纳,但上次埃米给她打电话时,布鲁克说,她和妈妈谈过了,她并不担心,还说埃米也不该担心,她说爸妈是在做善事,对方是家暴受害者。他们都觉得应该为他们感到骄傲才对。

埃米从未有过打她的男朋友,但的确有那么一两个男朋友,在她不想做那事的时候逼迫了她,但那时普遍还没有同意不同意这种说法。以前大家觉得那种事情"好玩",甚至"滑稽好笑"。感觉越糟糕,笑得越响亮。肯定要笑,因为大笑让你有一种重新掌控局面的感觉。如果记不太清楚,那就创造出你认为是真相的记忆。有时,她只约会一个男生,会暂时说服自己就是爱对方，只要有个正确的说法就行。够了。她的脑子里装满了陈年旧事，重要的是不能打开封印，就像她父母起居室里封闭的壁炉。祖母飞过去，脸就砸在壁炉上，而那个砖砌的壁炉早就不复存在了。

她想起祖父。因为祖父的所作所为，无人提及他。但埃米觉得至少也该有张照片看看。"为什么你会想要看他的照片？"弟弟妹妹说道，他们厌恶埃米的想法，毕竟祖母做的苹果酥皮超级好吃，还往他们黏糊的小手里塞五澳元的钞票，就像在给他们小费。

埃米只是觉得有兴趣。祖父后悔自己的所作所为吗？他有没有对别的女人那样？埃米觉得，自己对死去的家暴祖父感兴趣，多少证明了自己有些变态，自己喜欢坏男人。

睡吧，埃米，睡吧。

她听到楼下一扇门重重关上，也就是说有室友回家了，挺好的，不用再胡思乱想，什么戴着黑色盔式帽的抢劫犯满屋子转悠，越找越郁闷，这里什么值钱的东西都没有，只有四十澳元买来的传记。

吸气，数到4。

憋气，数到7。

呼气，数到8。

据说，军队里的人用了478呼吸法调整，不到一分钟就进入了睡眠状态。

"我们从睡眠入手吧。"她的新任心理治疗师说道。此人名叫罗杰，埃米并不十分清楚对方的从业资格。他可能是在网络上了解的呼吸技巧。其实罗杰有点不可靠的感觉，但埃米喜欢这一点。那些收费昂贵的精神科医生和心理医生的办公室光线柔和，铺着丝绒地毯，可埃米觉得他们在评价自己的穿着打扮。罗杰的办公室稍稍有些昏暗，还有些脏兮兮的，但埃米觉得更舒服。

其实，她并没有期待罗杰给她"治疗"。只不过希望如果有人对她说（而且经常有人这样对她说）"埃米，我觉得你需要帮助，专业人士的帮助"，她就可以回答："没错，是的，正在进行中。"

她换了很多心理治疗师，就像换了很多男朋友一样。遇到对方让她不爽，让她生气，让她无聊，男朋友也好，心理治疗师也好，她都一脚蹬掉。

男朋友说她是疯子，脑袋有问题、戏精、神经病。心理治疗师说她有注意力缺陷障碍、强迫症、抑郁症、焦虑症，或者更可能是兼有神经失调、情绪失调、人格障碍，甚至有可能是双相情感障碍。失调障碍这类词很流行。

有个家伙宣称，埃米没毛病，只是需要释放压力。第二周，那家伙就给埃米发消息，邀她出去喝一杯，还说既然没再给埃米治疗，就可以这样。那个卑鄙小人不守职业道德，埃米居然答应了，可能也就说明了她真是有大毛病。

埃米有些感兴趣，问罗杰偏爱什么样的诊断，这位新任治疗师着急地说道："医疗诊断不是我的行医范围，我是心理顾问，与医疗界同行一起工作，也和你一起。"接着，他没了着急的表情，露出微笑，推心置腹地靠过来，仿佛在分享秘密："知道吧，有时标签就是误导。你不是标签，你是埃米。"

虚情假意，但挺甜的。她真的感觉罗杰好像肩并肩与她坐在一起，感觉他们是一个团队的，罗杰不像其他医生那样，只是冷静专业地观察她。

埃米喜欢他，至少目前喜欢他。

她只是偶尔服药，有些是优秀的心理医生开的药，有些是坏男友给的药。

她和自己的全科医生共同制定了充满希望的强制性的"精神健康方案"，时不时地也会执行一下，尽全力遵守各种"策略"和"技巧"，让自己在这个世界里显得正常一点。什么方式都有：写诗、写日记、锻炼、正念疗法、亲近大自然、冥想、呼吸调整法、吃浆果、吃维生素、吃超级食物、服用益生菌、心怀感恩之心、泡澡、交谈、睡觉。

有时奏效，有时无效。

"这只是因为你的感受太丰富了。"祖母这样说过，那时她还是个孩子，哭个没完，父母都发了脾气。"长大了就适应了。我以前也是感受太丰富。亲爱的，喝杯柠檬水吧。"

显然，祖母其实也没完全适应她丰盈的感受，只是用酒精摆平它们，但酒精和柠檬水放大了埃米过于丰富的感受。

"哦，埃米只是容易激动，"一次，她无意中听到外祖母对母亲说道，"就像埃德娜姨妈。乔伊，你没必要为此烦恼，她没事的。天哪，这些容易激动的人真让人心烦。让她换个地方哭吧？"

埃德娜姨妈一辈子都激动伤感，最后的日子是被拴在椅子上度过的，但没必要为此烦恼。

"宝贝，我们不会把你拴在椅子上的，"埃米的母亲说道，"其实我觉得你更像玛丽姨妈，她最后没有被拴在椅子上。"

玛丽姨妈一抬腿走到城里电车的前面，送了命。无论有些人怎么暗示，玛丽姨妈绝对不是故意走到电车跟前的。据埃米的母亲说，那是圣诞节前夏日的下午，南边吹来一股大风，刮走了一个小女孩头上的巴拿马草帽，玛丽姨妈想给小女孩拿回帽子，分了心。据埃米的母亲说，这样鲁莽的事情正是埃米能做得出来的，如果埃米这样做，她就永远不会原谅埃米。过马路要看两边，特别是圣诞节前。记住了，要看两边，把这个当成你的有趣小仪式。

当时埃米还没什么小仪式呢，或者大家都还没有注意到。不管怎样，人人都有自己的小仪式、小迷信和小怪癖。特洛伊发球前，非得拍自己的鼻子三下。洛根只要有比赛，一定要穿他的幸运红袜子，即便脚已经长大了，穿不下了，也要穿。布鲁克不管到了什么地方，依然有下车困难症。布鲁克认为没人知道，但埃米知道。

"亲爱的,你什么问题都没有,"她的父亲说道,"全是你的脑瓜子空想出来的。"

全是你的脑瓜子空想出来的。她爸爸就是这么可爱,这么无知。

她躺着一动不动,喘着气,与埃德娜姨婆和玛丽姨婆的鬼魂聊天。埃米从未见过这两位疯姨婆,但感觉她们应该很合得来。

"那个待在我父母家的女孩子,我多少感觉不太好。"

"我也是呀。"埃德娜姨婆说道。

"我也是呀。"玛丽姨婆说道。

"赶她走。"埃德娜姨婆说道,她为人霸道。

不好的感觉加深了,它沉在胃部,感觉很别扭。从街道一头传来汽车报警的声音。有人敲响了她的卧室门。

埃米抓起床单,往上一拉,盖住身体。

"谁呀?"她大声说道。

"抱歉!"一个深沉嘶哑的男性声音说道,"是我。"他顿了顿。"西蒙。"他清了清嗓子。"西蒙·巴林顿。"但这里只有他叫西蒙。

埃米看着天花板。她多少知道会有这么一遭的,她也对自己说过,无论如何,也不能来这么一遭。

"你还醒着吗?"他对着门说道。

"没有,"她大声说道,"我没醒,西蒙·巴林顿。"我只是躺着,与我过世的疯姨婆们聊天,西蒙·巴林顿。

她不会再说什么。与室友发生关系是不行的。对方才二十多,而你已经奔四了,那就更不行了。最近他们出去饮茶时,西蒙的女友把西蒙给甩了。从高中开始,西蒙就与她约会,本来都打算明年结婚了,分手完全出乎西蒙的意料。他很喜欢饮茶,他女朋友也知道的,所以分手又多了一层悲剧色彩。

现在他心碎了,喝醉了回到家里,想起住在顶层的单身室友,就像想起冰箱里还有剩下的外卖,他心里想的是,哈哈。西蒙人挺好的,温和有礼，做家务一丝不苟，但对那些无聊的传记，他是从头读到尾。他以前打过英式橄榄球，有着橄榄球运动员的倒三角体型。埃米喜欢高高瘦瘦的神秘气质男子，西蒙·巴林顿没有半点神秘之处。他工作挺无聊的，埃米从来都记不住他到底是干什么的，好像是与电讯有关，又好像是房地产，也有可能是会计。他比埃米年轻，比埃米个子矮。男人总是说他们不在乎身高，但他们肯定在乎的，怒气一再压抑，最终总会浮出水面的。

所以就是一次，而且还会不爽，剩下七个月的租期，他们之间就是尴尬。等到七个月期满，埃米只能找别处居住，但她喜欢这里，喜欢隔壁微型高尔夫球场的霓虹灯，喜欢那只有惊恐障碍的负鼠。

"抱歉！"西蒙对着门说道，"很抱歉！我这就走。"

埃米等着。

没了声音。他走了吗？应该让他走的。

她下了床，穿上T恤，打开了门。他正朝着楼梯走去。

"西蒙？"埃米说道，"西蒙·巴林顿？"

他转过身。他的T恤松松垮垮的，没扎进牛仔裤里，眼镜歪戴，眼睛充血，胡子拉碴。

埃米举起一根指头。招了招。

冲动控制障碍。又是一个障碍。

第十九章

现在

电话响了。打印机嗡嗡响。键盘敲得咔咔的。男人大笑着说道："你在开玩笑吧？"女人打了个喷嚏，说道："保佑我！"这里或许和普通工作日早晨的任何一间开放式公司办公室并无二致，地面铺的是灰色尼龙方块地毯，米色的墙面，只是在这里工作的人日常打交道的尽是人性中最黑暗的部分。所以他们中最资深的人士说话语气都差不多，没有耐心，尖厉刺耳，搞得他们生活中的伴侣总是叹气："你为什么总是心存怀疑呢？"

克里斯蒂娜坐在办公桌前，喝着车站旁边咖啡店买来的全奶双份短笛咖啡，想着今天上午她质疑婚礼摄影师，也就是尼科朋友的朋友为什么要预付款，尼科叹息道："克里斯蒂娜，你为什么总是心存怀疑呢？"

乔伊·德莱尼与丈夫争执后，失去联系已经十三天了。这女人的孩子们说，她每晚都与丈夫在一起的。

"克里斯蒂娜，你为什么总是心存怀疑呢？"

"尼科呀，因为普通人中的好人也会撒谎，也偷窃，也行骗，也杀人。"

而他们已经预付了摄影师费用。

克里斯蒂娜喝光咖啡,打开面前的文件夹,读着乔伊台式电脑里word文档的打印件:

所以你想要写回忆录

写回忆录可以丰富人生经历。想一想,让脑子预热起来,准备好文思泉涌。一开始,我们来一个"电梯游说",下面就用几段话给我们讲讲你的人生故事!

我父母给我取名为乔伊·玛格丽特·贝克尔。我与著名网球运动员鲍里斯·贝克尔并没有亲属关系,免得你好奇!(但我是网球运动员。)我母亲名叫珀尔,是个"美人儿",她震惊于我父亲的离家出走,至今不能释怀。那年我四岁,父亲说他去见个朋友,却没提及朋友远在两千公里的北部地区!

我父亲离开我们三年后,死于"互殴"。他脾气急躁。我本人也脾气急躁,或者别人总是这么对我说,但我从未参与过互殴!别人总是对我说,父亲是宠爱我的,但他表达的方式也真是奇特。

我的母亲搬回我外祖父家中,我的外祖父和外祖母更像是我的父母,他们抚养我长大。我与外祖父尤其亲近,他最喜欢聊天了,唠唠叨叨,停不下来。我依然还有想告诉外祖父的事情。我母亲愤世嫉俗,并不幸福。这不是她的错,而是出生时代不对。想来,她如果出生在现在,可能会成为大公司的 CEO,或者天气播报员。她真的很漂亮,而且一直对天气很有兴趣。

外祖父很喜欢网球,当时我走路都还不稳,有一天便拿起了他的木制方头网球拍。对于三岁的孩子来说,球拍太重了。我外祖父只是出于好玩,扔给我一个球,我一个挥拍,就给打了回去。他说他差点从椅子上栽下来。我连续击中十个球。外祖父说只有五个球。母亲说她一个字都不信。谁知道呢！我只知道自己还是小女孩的时候，满心想的都是网球。我好喜欢击球呀。从底线打出暴力平击球是我的最爱。现在，旋转球太多了，新型网球拍要对此负责。我很喜欢那个声音——嘚嘚嘚，就像马蹄声。新网球的气味也是我的最爱之一。我从不服药（扑热息痛除外，我还挺喜欢扑热息痛的效果），但有时觉得网球就是我的药。比赛结束的时候，感觉就像从美梦中醒来了。

我十岁开始参加锦标赛。十一岁时，我的对手是个十三岁的女孩，我赢了，她哭了。我一点儿都不替她难过。这一点，我记得非常清楚。赢得了那场锦标赛，我的奖品是一把雨伞，一把红边的透明伞。也就是在那天，我无意中听到有人对我外祖父说，我有成为世界冠军的潜力。这句话钻进了我的心里。我和外祖父有了打算。首先，我要赢得当地的青少年组冠军，然后是州冠军，接着是澳大利亚女子单打冠军，接着去海外（当时我还没有乘过飞机），赢得法国和美国的冠军头衔，最后是温布尔登。

等到我十二岁时，我的奖杯太多了，外祖父只好又做了一个新的展示架。

我很年轻就嫁给了网球运动员斯坦·德莱尼，他个子高高的（很高！），黑头发，又年轻又英俊。我们规划的网球生涯是开车全国跑，一边努力养活自己，一边打锦标赛，日子简单却快乐。离开学校后，我报了文秘课程。母亲想要我有"备胎"，以防"网球这条路走不通"。她希望我嫁给"商人"。她觉得网球就是童话故事，也许她是对的吧。我丈夫才二十二岁，就已经严重受伤。曼利海滨锦标赛四分之一决赛第三局，他拉伤了脚后跟。如果没有拉伤，他就赢了。他拉伤的是脚后跟的肌腱。我们离开了赛场，几年后创办了德莱尼网球学校，要我来说，我们学校即便算不上全国最好的之一，那也是全州最好的之一！我给我母亲说，最后我自己成了"女商人",但她觉得我只是想搞笑。

我们养育了四个孩子,两个男孩,两个女孩。各一半!四个孩子打球都很有天赋。我们还没有孙辈。

最近,我们卖掉了网球学校,有了空闲时间,可以去完成人生愿望清单!要是我们真的有一个愿望清单就好了!好吧。

"克里斯蒂娜?"

她抬起头,看见伊桑出现在她的隔间门口,对方身着绿松石颜色的衬衣,浑身闪耀着健康和乐观的光芒。"这些年轻人就像劲量电池兔①。"另一位侦探对克里斯蒂娜这样感叹过。那位侦探比她年长十五岁,但她知道对方的意思。

"乔伊·德莱尼失踪那天的网络搜索内容。"伊桑递给她一张纸。他已经用黄色标记出相关内容。

乔伊谷歌了以下内容:

什么时候就该离婚了?
六十岁之后离婚。
离婚对成年子女有什么影响?
婚姻咨询有用吗?
威士忌会变质吗?

"这就是他们的美好婚姻。"克里斯蒂娜说道。

"是呀。"伊桑伤感地说道,一时间低下头,仿佛是向失败致敬,但马上又抬起头,欢快地说道,"我还拿到了她的电话记录。她发短信前一个小时——"

---

① 劲量电池兔:劲量电池品牌吉祥物,常用来形容精力旺盛、不知疲倦。

"如果是她发出的短信。"克里斯蒂娜说道。

"那条短信发出前一个小时,"伊桑纠正了自己的说法,"有过四十分钟的通话记录,对方叫亨利·埃奇沃斯,一位四十九岁的整形医生,已婚,有两个孩子。目前他在海外,还没回我们的电话。"

"整形医生?"克里斯蒂娜皱起眉头,"怎么说得通呢?"

说不通。

"预约整形手术,改变身份?"伊桑提出了一种可能。

"嗯,因为她得罪了黑手党。"克里斯蒂娜说道。

"我是不是应该查一下她是否和犯罪集团有联系?"

克里斯蒂娜抬起头,看对方是否在开玩笑。但她看不出来。

她平静地说道:"所有可能的联系都应该查一查。"

伊桑点了点头,眼睛往下看了看自己的笔记:"情人节后两天,有一场大冰雹。"

"所以你觉得她有可能被冰雹击中,失忆了?"

伊桑抬头看着克里斯蒂娜。现在轮到他看不出对方是不是在开玩笑了。

克里斯蒂娜说道:"他们那位房客,我们现在调查得怎么样了?"

"我快找到她了。"

"很好,"克里斯蒂娜说道,"找到她,有的是办法。"

第二十章

父亲节

父亲节那天早上，乔伊醒得很晚，休息得很好。她趴在床中央，床单上有一小圈她流的口水。斯坦不在。春天的阳光从窗户倾泻而来，暖暖地落在她腿上。她的腿露在外面，T恤罩不住。她闻得到花园里的茉莉花香，还有厨房飘来的培根香味。萨凡纳肯定在准备早餐。

她已经非常习惯有人给她下厨和做清洁了。做名人肯定就是这个感觉。难怪他们上脱口秀，举手投足都好有感召力，好有精气神。乔伊感觉自己也越来越有感召力，越来越有活力。

事实上，萨凡纳似乎把乔伊和斯坦看作脱口秀的嘉宾了，而她是主持人，痴迷于这两位名人精彩纷呈的人生。凡是与他们相关的事情，她都想听：他们的网球、网球学校、俱乐部、孩子们。萨凡纳问，你们什么时候觉得彼此是属于对方的呢？像这样的问题，乔伊肯定自家孩子是不屑一问的。

"我第一次见到她。"斯坦说道。当时斯坦坐着，乔伊站着，他抓住乔伊的手腕，往自己身边一拉，让乔伊落在他的腿上。

乔伊通过萨凡纳年轻好奇的目光看到了他们的婚姻：就像一件古董，坚固而有价值，带有岁月和智慧的包浆光泽。萨凡纳很有可能渴望拥有一份像他们这样的感情。这份感情中会有孩子、漂亮的房子和成功的事业，置物架上摆满了生日派对、复活节午餐和圣诞节清晨的照片。

乔伊站着冲澡，扬起头对着花洒，想着那些从未拍照留念的狼狈时刻：

她愤怒得脸部扭曲，嘴巴变形，唾沫飞溅。斯坦走开了，她只看得见他的后脑勺。车子停在路边，四个孩子坐在后座，惊愕中一声不吭，而乔伊的心脏在狂跳，耳边是指示灯咔咔的声音。

她哆嗦了一下，洗发水进了眼睛。当然，他们不会给萨凡纳讲那些糟心的秘密。无论老年人大脑前额叶发生了什么变化，他们的诚实都有限度。

洗发水真是很刺激眼睛。乔伊疯狂地眨巴眼睛，然后用昂贵的增发护发素按摩头皮。她的美发师纳尔勒跟她说，要每三天用一次这个护发素。纳尔勒推荐的护发之道很复杂，但乔伊的头发得到了很多称赞。她很喜欢纳尔勒，就像喜欢妹妹一样，或者说是姐妹之间应该的那种喜爱方式。她的两个女儿肯定是彼此喜爱的，但无论什么时候，两人中总有一个要冒犯对方、激怒对方，或是让对方迷惑不解。

洗发水的价签还粘在瓶底。斯坦看见了就会说："这是什么做的？金粉吗？"乔伊用指甲抠下标签，搓成小团，手指一松，小纸球落在地上，她伸出脚趾头给推到了下水道。

是的，萨凡纳当然不必知道，五十年来，乔伊和斯坦有过多少次相爱相杀；有多少次乔伊厌恶斯坦到恶心想吐；头三个孩子还很小的时候，有多少次两人态度严肃、实事求是，几乎是带着愉悦的心情讨论过分开。乔伊也曾笃信，两人肯定会分手。但他们意外和好，布鲁克就是那个意料之外的孩子，之后的感情就像焕发了新生，感觉那么亲密，仿佛迷失了自我，稳定进入了更为深沉厚重的关系。然而他们再次迷失了方向，所有的爱和幸福慢慢流逝，仿佛有看不见的小裂缝，一切就那么不可察觉地漏掉了。

埃米有一次说乔伊不懂单身有多么孤独。乔伊想对埃米说，结了婚依然会孤独，有很多次，她在几乎将她击碎的孤独感中醒来，就这样日复一日，却依然要给四个孩子做早餐。

但她没给埃米说这些话。她说的是："是的，宝贝，你说得对。肯定很难。"

人不会与成年子女分享婚姻的真实状态。哪怕孩子觉得自己想知道，但其实他们并不是真的想。

有一年真的很糟糕，她的母亲和斯坦的母亲都病了，在三个月之内相继离世。乔伊和斯坦都是独生子女，他们只能独自悲伤。当时，乔伊暗自决定要离开。她想的是等到布鲁克高中毕业，到那时她作为母亲的职责也就完成了。她筹划了一番，感觉很快乐，甚至就像受虐狂一样，其中的痛苦也让她感到了快乐。

但到布鲁克高中毕业的时候，他们又和好了，甚至比任何时候都好。他们又开始双打，赢得一场又一场的锦标赛。胜利仿佛具有穿透性，一切都在奏凯歌：他们的生活，他们的生意。乔伊专注于从网球学校挣钱。她开了咖啡店、网球用品专营店，引入了假期集训营。事情就是这么回事。日子很煎熬，感觉一分都不能丢，但丢了也就那么一回事。

日子一天天过去，转眼就到了现在。萨凡纳突然闯入他们的生活，他们这是在上升，还是在下降，或者终于到了至死才能分开的平衡状态，乔伊也说不清楚。有时一天之内，甚至一次交谈之内，就能感觉他们的关系潮起潮落。十分钟的时间里，乔伊就能感到爱恨交替。

她正要冲掉昂贵的护发素，又想起纳尔勒说的护发素要停留三分钟。于是，她决定闭上眼睛，用这三分钟的时间放松脚踝。这是布鲁克对她说的，让她每天做一做，提升"脚踝灵活性"。对女儿说的话，她没有像对美发师那样言听计从，但今天她就能如实告诉布鲁克，她按照嘱咐做了练习。她闭上眼睛，单脚上下跳动，双臂张开，以防摔倒时能抓住东西。布鲁克如果知道母亲是在冲澡时做这个运动,她是不会赞成的。如果斯坦进来,看到她光着身体,摇晃着跳上跳下,就会大笑个不停。

今天不会有事吧?挺奇怪的,她觉得有些紧张。

当然,两个儿子已经见过萨凡纳了,还帮她去拿东西,一切都还算顺利,虽然那个前男友在家,但也没惹麻烦,所有人都好胳膊好腿的。

也许萨凡纳与两个女儿会成为朋友?布鲁克估计不太可能。她的诊所太忙了,她可能会冷淡一些。但埃米无论到哪儿,都会有各个年龄段的朋友。有一次,埃米约了优步,司机名叫莉兹,她们就成了很好的朋友。莉兹停好车,晚上就跟埃米还有埃米的朋友一起玩。多亏了莉兹这个好女孩,埃米才租到了现在的房子。

合租的房子如果有空出来的房间,也许萨凡纳可以搬过去住?

但坦率来讲,乔伊完全不着急她搬出去。

乔伊结束单脚跳,冲掉护发素,最后用凉水给自己冲了冲。据说这样可以促进干细胞形成棕色脂肪,而不是白色脂肪,人们都说棕色脂肪是有益脂肪。

今天她要问一问布鲁克棕色脂肪的事情。布鲁克很有可能会嘲笑她,说她全搞错了。乔伊千方百计想要布鲁克觉得她自己聪明,觉得自己妙手回春。布鲁克的确聪明,的确有妙手回春的本事,只是极其需要人赞同,可又拼命掩饰,但这一欲望就那么赤裸裸地暴露在愁眉不展的脸上呀。她也不肯抹点口红。

乔伊麻利地擦干身体。天哪,她真的觉得紧张。

她和斯坦在萨凡纳面前摆出好脾气、相爱的样子,孩子们会注意到这副面孔和他们真实形象的不同吗?他们毕竟是看着父母真实的形象长大的。算了吧,他们的确是幸福的一对儿,大部分时候脾气也好,也很相爱。或者说,大多数时候乔伊反正是这样的。

她的四个孩子都偏执地相信各自不一样的童年版本,往往与乔伊的记忆有很大出入,其实他们相互之间也对不上。有时孩子们中的哪个说出一件事来,乔伊是万分肯定从未发生过的,至少不是孩子们说的那样,因为她有可供支持的事实:"当时我们根本就没住在费尔蒙特街呀!""你十三岁的时候,祖母都去世了!"有时,他们会争论他们当中谁是混蛋,谁是受害者,谁是殉道者或英雄。"特洛伊的派对后,祖母晕倒了,是我出手相助,还被蜜蜂蜇了,不是你!"乔伊就想,那是洛根的派对,不是特洛伊的,也不是蜜蜂,是黄蜂。埃米觉得自己被蜇了,但没人被蜇,也没人出手相助,祖母不是晕倒了,而是喝醉了。

孩子们就是不承认。他们记得是那么一回事,所以事情就是那么一回事,他们各自的记忆对不上的时候,就坚持己见,跟他们讨厌的父亲一个样。

但有时,他们中的某一个神情迷茫起来,看得出来有什么东西咔嗒一响,对上号了,他们用成年人的眼睛重新审视童年往事,说道:"等等,也许那天祖母是喝醉了?"

乔伊穿上晨袍,朝厨房走去。萨凡纳刚来的那几天,每天早上乔伊一定是穿戴整齐才离开房间,说来也好笑,与萨凡纳在一起,她很快就随意起来。很多留宿的客人无论多么讨人喜欢,总让人觉得不属于这个家,只有等他们走了,主人才会彻底放松下来,但萨凡纳与他们家无缝衔接了。

乔伊注意到,萨凡纳晚上从来不关卧室门,甚至都不掩门。门大开着,她直接就上床睡觉,所以如果乔伊进卧室比萨凡纳晚的时候,路过她的卧室门口,感觉就像里面睡了一个很小的孩子。如果萨凡纳床边的台灯还开着,乔伊就大声说"晚安"。萨凡纳就会乐呵呵地回应说:"晚安,乔伊!睡个好觉!"

乔伊看得明白,所以感觉很难受,这孩子很有可能在长大的过程中学会了与人融洽相处的艺术。她谈过童年,谈得不多,但她告诉过乔伊,自己是被一路收养长大的。她说有些收养家庭很棒,非常好!但有些就不太好。她搬过很多次家,有些亲戚本来同意领养她,但后来又不行了,或者他们改变了心意。她说,说实话,那样的生活境遇真的不怎么样。萨凡纳对自己的亲生父母一无所知,但隐约记得生母在有人监督的情况下见过她几次,都是在她非常小的时候,现在她对生母的行踪一无所知,也没多少兴趣。

乔伊梳着湿漉漉的头发。她现在饿得很,准备吃完早餐后再吹干头发。她看着镜子里的自己。萨凡纳为乔伊和斯坦做饭是为了讨他们喜欢吗?要命的是,她的确讨到了他们的喜欢。

她下巴上又长了根胡子?天哪。小镊子放在哪儿了?她戴上眼镜,凑近镜子,手猛地一拉拔掉了胡子,痛得眼睛里噙满了泪水。

如果萨凡纳做饭是巴结他们,那就太糟糕了。他们可没领养萨凡纳,她可是成年人,但乔伊还是得留心一下萨凡纳的背景。

乔伊整理了一下晨袍的腰带。今天这样的日子,对萨凡纳可能真的很难。她就得眼睁睁地看着乔伊的孩子们送礼物、开玩笑、给父亲过节,而她本人从未有过父亲。乔伊也没父亲,但她在家里长大,有爱她的母亲(尽管这份母爱很特别,不是很温柔),而且最重要的是乔伊有爱她的外祖父母,他们完全胜过了缺席的父亲。可怜的萨凡纳则是在飘荡不定中长大的。

乔伊走进厨房,看到萨凡纳在单手打鸡蛋放进煎锅。

"早上好,萨纳凡!"乔伊情绪充沛地大声说道。她脸红了。"哈哈哈,萨凡纳!"真要命。

斯坦坐在桌旁,一边吃着培根和鸡蛋,一边做着填字游戏,从老花镜上方看了乔伊一眼:"你中风了?"

"乔伊,早上好!"萨凡纳用手指从硬纸盒里又拿起一个鸡蛋,"今天是一个鸡蛋,还是两个?"

"哦,嗯,一个就挺好的,但知道吧,你真的不必每天为我们做早餐的!你还做午餐!"乔伊犹犹豫豫地在炉子边走来走去。这炉灶感觉不再属于她，而且这炉灶挺把萨凡纳当回事的，对乔伊就不然。

厨房里有一股烘焙的香味。乔伊看见蛋糕冷却架上有什么东西，盖着一张锡箔纸。

乔伊目光炯炯地瞪着斯坦："我没中风。判断是否中风，该让我举右胳膊。"

"举起你的右胳膊。"斯坦说道。

"但我喜欢做饭，"萨凡纳真诚地说道，"在这里做饭实属荣幸。请让我做饭吧。"萨凡纳抬起双眸，一双长着淡色眼睫毛的眼睛看着乔伊的眼睛。有时乔伊觉得萨凡纳直视的目光让人胆怯，她还得先移开目光。

"哦，嗯，你当然可以做饭。我喜欢你做的东西！谢谢！"

"你的一只眼睛充血了，"斯坦对乔伊说道，"是中风的征兆吗？"

"是眼睛进了洗发水，"乔伊气呼呼地说道，"父亲节快乐。"

"谢谢。"斯坦说道。他吃完最后一口，放下刀叉，用萨凡纳给他摆放好的餐巾讲究地擦了擦嘴唇，仿佛是英国国王。"这辈子从未吃过这么好的父亲节早餐。"

"天哪，这真是高度赞扬。"你成年的孩子们也许不用听到这样的赞扬。乔伊的脑子里突然闪过一段记忆：布鲁克踮着脚尖站在炉灶边，舌头卡在嘴角，正在给斯坦做父亲节的早餐，努力想要给煎蛋卷翻个面。

"这是什么？"乔伊揭起铝箔纸的一角。香味浓郁甜美，很熟悉。

"巧克力布朗尼。"萨凡纳说道。听到这话，乔伊胃里猛地翻腾了一下，仿佛萨凡纳说的是"蛇！""火！"，而不是"布朗尼"。她也是够傻、够夸张的。

"很不错。"她说道。乔伊刻意没去看斯坦。"真是很不错。"

乔伊心不在焉，开冰箱门太快了点儿，那个倒霉的纪念冰箱贴就往下掉，还带着一张地方议会发出的回收通知单。斯坦无事可做，就给这张单子塑了膜，没有回收，而是永久保存。冰箱贴眼看要掉到地上，乔伊一把抓住了。冰箱贴是伦敦眼的纪念品，上面有乔伊和斯坦在伦敦眼上互相搂着的照片，他们装作微笑的退休人士，正在进行一生中梦寐以求的旅行。事实上，斯坦一直在抱怨伦敦眼的票价太贵。

他们买下这个冰箱贴的时候，斯坦说，这东西太重，不适合做冰箱贴。"不符合冰箱贴的功能。"斯坦带着怒气，不屑一顾，但乔伊就想买下来带回悉尼，放在冰箱上，用照片证明他们有过这次并不真正想要的度假。目的达到了，乔伊不经意间听到萨凡纳问斯坦这个冰箱贴，斯坦就大谈伦敦神奇的景色。他真的用了"神奇"这个词。

当时的景色真的神奇。说神奇有什么不好吗？为什么不改写记忆，当作回忆中完美的一天呢？记忆太准确有什么实际的好处呢？回忆录课程的可爱老师对此会有什么说法呢？

她把冰箱贴和议会通知重新贴回去，心里真很想把这个伦敦眼冰箱贴扔掉，换上英迪拉可爱的花朵冰箱贴。唉，乔伊本来期待的是 B 超照片，虽不理智，但还是心有嫌隙。她把花朵冰箱贴藏在了抽屉里，免得每次看到都伤感。她计划告诉英迪拉，冰箱贴好漂亮，冰箱配不上，她给放在梳妆台上了。顾及情感的时候，乔伊撒起谎来无敌。反正英迪拉从来不会查看的。

乔伊再次打开冰箱，茫然地看着里面的东西。一切都好陌生，萨凡纳昨天下午去了商店为今天采购。昨天乔伊的情绪不是很高，萨凡纳说帮乔伊购物，乔伊松了一口气。萨凡纳还说拿乔伊的信用卡不太好，但乔伊知道对方可以信赖，但为了确保无事，已经在网上看了看账户情况，萨凡纳并没有用信用卡购买去法国的机票。

乔伊关上冰箱门，转身站好，面向萨凡纳："其实，我们今天可能就会有很多巧克力布朗尼，埃米总是给斯坦带这个。他最喜欢这个……也算是埃米的招牌菜。"

"哦，天哪！"萨凡纳的脸色暗淡下来，"她的招牌菜？"她揭开铝箔纸，看着自己做的布朗尼，整整齐齐的小方块。埃米的布朗尼总是大大小小、坑坑洼洼的,对乔伊的口味来说,其实有点太甜了,但乔伊一贯是与家人一起喝彩的。

"好的。我给冻起来,"萨凡纳果断地说道,"没问题!需要的时候再吃。"

"那样可能最好。你费了这么多工夫,我觉得挺抱歉的,"乔伊说道,"但是——"

"绝对不要。"斯坦说道。

两人都转身看着他。

"布朗尼嘛,越多越好呀。"斯坦说道。

你还是算了吧,乔伊心想。

"我们来个尝味测试呀——看看哪一个更好吃。"斯坦咧嘴一笑。他心情非常好。"埃米不是选了这一行吗?尝味测试?我们来个烘焙比赛!"

"你在开玩笑吧。"乔伊说道。

斯坦单肩耸了耸,这让乔伊想起了洛根。"为什么不能呢?"他说道。

"因为我们说的人是埃米。"

"我不想惹事。"萨凡纳在干净的围裙上擦了擦双手。

哦,这孩子真是成熟,比乔伊自己的女儿成熟多了。乔伊的女儿还要大一些,而且还是在各种宠爱中长大的。

"你没有惹事。"斯坦说道。

"呃。"乔伊说道。

"埃米已经三十八岁了,"斯坦说道,"又不是八岁。"

"她三十九了。"乔伊纠正道。

斯坦就当没听见:"不过是两个人都做了巧克力布朗尼,能有什么风波。"

乔伊摇摆不定了。让萨凡纳把刚出炉的布朗尼收起来,也许真是傻了点儿。埃米会理解的,也许还会嘲笑乔伊为此担心呢。

"我们不能纵容埃米的情绪。"斯坦说道。他说得倒轻松,但五十年来,乔伊一直在预测他的情绪。乔伊知道他的模式。从斯坦下巴的线条,乔伊看得到他咬紧了牙关。斯坦就要这么办,仿佛他还是年轻的父亲,仿佛这是他的育儿决定,而他是男人,是父亲,是一家之主,说一不二,仿佛加以正确的奖罚、合适的作息时间,还有可能塑造孩子的行为,就像他们塑造孩子打网球一样,但乔伊早就意识到,孩子的个性在出生那一刻就已成事实。

斯坦总是要与埃米的心理健康问题硬扛。他觉得他仅凭意志力就能让女儿停下来,让女儿保持正常。"我只是想要她幸福。"如果乔伊有不同的意见,斯坦就会这么说。有一次,乔伊对斯坦说:"我们干脆叫布鲁克不要头疼了。"但斯坦没听懂这话的意思。

乔伊还记得埃米小时候,杂乱无章地说一大堆,半天说不到点子上,斯坦就会训责:"赶紧说完!"有时埃米很兴奋,说话不清楚,单词串在一起,斯坦又会训责:"慢点!"埃米的脸色就很难看,情绪就会崩溃,立刻闭上嘴,不再说话,仿佛水龙头被关上一样。

"她听起来就像个疯子,我一个词都听不懂。"事后,斯坦就会内疚地为自己辩护。乔伊也是一个字都听不懂,但她并不在意,也并没想过要听懂,只是享受地看着埃米满嘴废话时兴奋的面孔,享受自己换一下节奏。

但埃米现在挺好的,很长时间没"惹麻烦"了。正如大家说的,她现在"处境不错"。乔伊喜欢新任心理咨询师的名字——罗杰。乔伊上学的时候,学校里有个挺好的男孩就叫罗杰。

但话说回来,埃米会因什么而心烦意乱,乔伊也没法准确预测。有时,乔伊觉得什么事会触发埃米的情绪,愁到不行,却完全错了。要与埃米相处,诀窍就在于随她去吧。她高兴的时候,就让她说话快得像疯子。她难过的时候,就让她难过,自己要克制住,不要给她列举什么不该难过的理由。

"没事的，萨凡纳，"乔伊说道，"布朗尼越多越好！"

反正都是冒险，与其让斯坦心烦，还是让埃米不安吧。他们一贯如此，如果只能满足一个人，先要安抚的总是斯坦，而不是孩子。

基本上次次如此。

乔伊胸中升起一种又热又酸痛的感觉，像是烧心，又像是心脏病。到了她这个年龄，两者都有可能，但乔伊选择忽视，她坐到餐桌边，等着早餐端到自己面前。她决然地转过头，不去看斯坦母亲的瓷猫。有时，那些猫好像在盯着她看，就像斯坦母亲以前看她的样子，满是恶意。

她的手轻轻放在斯坦的前臂上，说道："亲爱的，你也许该换上那件蓝色衬衣。埃米给你的圣诞礼物。"

"那件后背太紧了。"斯坦说道。

"我知道，"乔伊说道，"但还是穿上吧。"

第二十一章

现在

"要巧克力布朗尼吗？"乔伊·德莱尼的大女儿焦急殷切地问道，递过来盘子。克里斯蒂娜和伊桑各拿了一块。

"刚出炉的。"埃米·德莱尼说道。

埃米与另外三位租客合住在旧城区的联排别墅里，克里斯蒂娜和伊桑并排坐在起居室的沙发上，埃米坐在他们对面扶手椅的边缘处，椅子破破烂烂的，就像有人用刀子划过。非常典型的合租房。房间里全是拼凑的家具，闻起来有淡淡的大麻和大蒜味。埃米比克里斯蒂娜和伊桑高出一个脑袋，飘逸的扎脚宽松裤看起来像是睡裤，白色运动背心上印的是"我就是这样"。记者招待会的时候，她染成蓝色的头发扎在脑后，但现在头发还在滴水，仿佛刚冲了澡出来。

她的样子让人想不到她原生家庭有那么好的房子，还有花床和花园小雕塑。唯一还有原生家庭痕迹的就是她烦琐的待客之道，她坚持用杯子给他们泡茶，递上巧克力布朗尼，还摆出了小吃盘和餐巾。

克里斯蒂娜咬了一口布朗尼，甜甜的，还有坚果，立刻觉得很上头。她对血糖很敏感，高低都敏感。这一点为尼科所用。他求婚的时候,除了送上钻戒,还奉上了考拉焦糖巧克力[1]。

咖啡桌太远,埃米给他们泡的茶够不着。

"哦,抱歉!"埃米注意到了,跪在地上,想把桌子朝他们这边推。茶水泼了一桌子。

埃米低声骂了一句,快要哭出来的样子。

"没事,我来。"伊桑安慰地说道。他站起来,平稳地把桌子挪近了一些。

"谢谢你!"埃米躁动不安地摆弄着裤子布料,"这房间的布局本来就不怎么适合待客。就这样了。谢谢你们来找我。你们真挺好的。我知道的都已经告诉你们了,还真没有别的可说。我的意思是说,我并没那么担心。我觉得妈妈肯定挺好的。她和我们说了,她要离网。等她回了家,肯定会因为我们这样浪费你们的时间大为光火的。她会很尴尬的。说实话,我多少也觉得尴尬。"

她话虽这样说,身体语言却完全是另一回事。

"我挺好奇的。如果你这么确定你母亲没事,"克里斯蒂娜的这个问题也问过埃米的弟弟,"那为什么还要报警说她失踪呢?"

"嗯,我觉得吧,只是为了以防万一,万一有事呢。"埃米出神的目光满屋子乱晃。她紧紧握住双手,仿佛不这样,双手就会夺路而逃。克里斯蒂娜训练有素地打量着埃米,看她有没有吸毒的迹象,但从外观上看只有易惊吓和眼睛下有阴影这两点,但也完全有可能是因为她担心母亲所致。

埃米说道:"做最好的预期,做最坏的打算。我本以为你们会查医院、发警报之类的。"

"都在做呢,"克里斯蒂娜说道,"新闻发布会的时候,你也在场的。"

---

[1] 澳大利亚知名巧克力品牌吉百利的一款产品,造型为可爱的考拉形象。

"是的,我知道自己在场!谢谢你们,新闻发布会挺好的!真的很……专业!"埃米疯狂地环视四周,想着该怎么说才好,"但是,呃,我觉得我是想说,我真没想到你们真把我父母家当作了犯罪现场。"

克里斯蒂娜什么都没说,她在等着。

"我爸爸脸上的划痕是房子后面的树篱划出来的。我可以带你们去看那道树篱!不是我妈妈的指甲划的。"

克里斯蒂娜心想,的确是你母亲的指甲划的。我可以赌上一百万。

想到是母亲的指甲,埃米痉挛似的颤抖起来,一时间,克里斯蒂娜还以为她抽搐发作。

埃米闭上眼睛,像举重运动员一样做鬼脸和深呼吸,仿佛在身体力行地控制着自己的精神状态,伊桑不安地瞟了一眼克里斯蒂娜。

埃米睁开眼睛,再次开口说话之际,声音平稳。"事情是这样的。你们不了解我父亲。对你们而言,他是陌生人。你们看到的只是坏脾气的老头。但他是压抑自己情绪的。他那个年龄的人都那样。也许正因为如此,你们才觉得他内心有愧的样子。"

其实,斯坦·德莱尼的行为并不像是内心有愧。内心有愧的人会解释过多。他们会说很多话,给出不必要的细节。他们礼貌过头,过分与人直视。但斯坦回答他们的问题时扼要而不耐烦,仿佛马上就要去别的地方。

埃米说道:"我的意思是说,你们在房子里什么都没有找到,不是吗?就是说,你们没有发现任何实质性的……证据?"

说到"证据"这个词的时候,埃米稍稍有点畏缩,仿佛舌头被烫了。

克里斯蒂娜无视这个问题,而是抛出了一条消息,就像抛出了鱼线。

"埃米,你父亲在你母亲失踪的第二天彻底洗了车,你知道吗?"克里斯蒂娜问道,"他开车去了一家之前从未去过的洗车店,用的是他们最昂贵的服务，至尊待遇。一般只有豪车的车主才会选择的那种。他花了四百澳元。"

"四百澳元？"埃米的脸瞬时惨白，"你说我爸爸花了四百洗车？你确定？"

克里斯蒂娜活泼地说道："你也觉得不符合他的性格？"

她不需要对方回答。

从法医学的角度而言，克里斯蒂娜在那辆车上毫无斩获。洗车店洗得很彻底。店里的人也不记得车子有任何异样之处。他们自豪地承认用了氧化性的清洁剂，可以去除所有的血渍。

但是，在妻子失踪的第二天，男人就去洗车，肯定是有什么东西要隐瞒。

"你认识亨利·埃奇沃斯医生吗？"她问埃米。

"什么医生？"埃米说道。

"埃奇沃斯，"克里斯蒂娜说道，"亨利·埃奇沃斯。你母亲失踪当天和他打了很久的电话。"

"真的吗？"埃米的眼睛一亮，"我们应该给他打电话呀！"

看她的样子，像是真觉得警察还没想到这一点。

"我们一直在与他联系，"克里斯蒂娜说道，"但他出国了。去参加会议。"

"等等，你觉得我母亲会不会跟他在一起呢？"

"我们找不到你母亲离开澳大利亚的记录，"克里斯蒂娜说道，"我们也知道，她并没有带走护照。"

"有可能是用假护照旅行？"埃米说道。

克里斯蒂娜不能判断对方是否真这样想。

"有这种可能性吗？"伊桑说话了，"你母亲有假护照？"

"没有，"埃米承认道，"但我想，也许她有我完全不知晓的秘密生活呢？对吧？我的意思是说，你的父母身上也有你意想不到的事情，对吧？"

"你母亲可能有外遇吗？"克里斯蒂娜问道。

埃米一下张开了嘴巴："绝无可能。"

"你刚刚才说过，她可能有秘密的生活。"克里斯蒂娜吃完巧克力布朗尼，舔了舔手指。

埃米使劲挠了挠胳膊上被虫子叮咬的地方，血都被挠了出来。她用拇指压住出血点，说道："我刚刚才说过，不是吗？你真的觉得有可能？她和那个医生有外遇？但还有比这更奇怪的事情，对吧？你们这一行，很有可能见过许多奇怪的事情。只不过我的父母，我父母——"她从胳膊上拿开拇指，用一种开诚布公的表情回头看着他们，"学校活动的时候，只有我的父母会手牵手。他们还会在公共场合亲吻，一直如此！他们一起工作，一起双打。他们的婚姻并不完美，我说的不是那个，但他们的婚姻挺好的，我知道这是事实。他们的婚姻就是我的标杆。"

埃米对父母婚姻的看法，有一种近乎孩子气的东西。克里斯蒂娜想起她母亲在谷歌搜索的内容：离婚对成年子女有什么影响？难怪乔伊·德莱尼会担心。

"你最初来报警母亲失踪的时候，提到你父母之间最近'有点闹腾'。"克里斯蒂娜提醒对方。

"我说了吗？"埃米茫然地说道，这在克里斯蒂娜看来，似乎是后悔，"嗯，你知道的，妈妈离开之前，他们是吵了架。爸爸没对我们隐瞒，立刻就告诉我们了。"

"是的，"克里斯蒂娜说道，"但你说事情最近有点闹腾，是什么意思呢？"

停顿。埃米坐立不安。"只是他们都有点暴躁。"

"那就是没有手牵手了。"克里斯蒂娜冷淡地说道。她看到对方畏缩了一下，仿佛感情受到了伤害。

"最近没怎么牵手了。"埃米承认道,她回避目光接触。

"嗯,我们当然会继续与埃奇沃斯医生联系。我们也在追查去年住在你父母家的女子,"克里斯蒂娜说道,"她似乎是个谜。"

"萨凡纳,"埃米沉重地说道,"我有她电话,但打不通。"

"我想知道她扮演了什么角色。"

"你什么意思?"埃米逃避地说道。

"你弟弟说,因为这位女生,你们家闹了几场。"

"是吗?"埃米说道,"他没说别的?"埃米警惕地看着克里斯蒂娜。

"还有别的?"

"没有。我不知道啊,"埃米用手指绕着一绺长长的蓝色头发,字斟句酌,"但我觉得并不相关。对于你们而言。我是想说……与这个无关。"

嗯,相关的。克里斯蒂娜嗅到了关联性,就像糖一样的香甜味。

她等着。伊桑清了清嗓子,没有说话。

"你还记得你们第一次见面的时间吗?"克里斯蒂娜问道。

"去年父亲节,我做了布朗尼。"埃米说道,她顿了顿,"她也做了。"

第二十二章

父亲节

  布鲁克·德莱尼在父母家外面停好车，坐在车里，双手放在方向盘上，督促自己动起来，打开车门，走出去，进屋，认识那个叫萨凡纳的女孩，她会努力做到友好热情。今天是父亲节，她不想与陌生人交谈，特别是她分居之后的第一次家庭聚会。
  她还是抹上口红吧，只是为了让母亲高兴。布鲁克压根不喜欢化妆，一直觉得这事挺奇怪的。为什么要像小丑一样涂脂抹粉呢？
  她在副仪表板里找到了滚来滚去的口红，那还是至少两年前母亲塞给她的。她涂上口红，抿了抿嘴唇，看着自己。对的。小丑。
  她感觉空荡荡的，被掏空，被挖空，不仅如此，胸口还有一种尖锐的痛感，就像是肋软骨发炎，仿佛她做了太多的增强版俯卧撑，但其实她一个都没做，只是看了社交媒体。
  她在社交媒体上看到了丈夫的照片，坐在她不认识的女子旁边。
  那女子并没有什么可说的，就算有什么，又能怎样，他们分居了。
  现在"分居"这个词听起来就像截肢一样暴力，一样不可逆。
  只是丈夫的脑袋歪着。那个歪着的角度。
  那女子长长的头发奔泻在肩头，妆看起来很浓。格兰特一直说，他不喜欢"过度保养"的女孩。他喜欢的女孩要野营、要徒步，不需要每天早上吹干头发。他说，第二次约会的时候，布鲁克就"符合了很多要求，打钩"。

约会三个月后，他俩爬上了乞力马扎罗山的山峰。格兰特的前女友永远都爬不上去，因为她不是户外类型，膝盖也不好。那女孩只有躺下或坐下时，膝盖才不疼。想来应该是软骨问题。布鲁克不知道自己为什么还在诊断丈夫前女友的膝盖。也许是因为他们在相处早期，总是会说到前女友的膝盖吧。以前，布鲁克喜欢听格兰特说她比前女友更爱运动、更随和。她是德莱尼家的人，就是想赢。有没有可能正是这样的好胜心，启动了她这十年的恋情？但格兰格是怎么让他本人稳坐奖品的位置呢？

格兰特这下一任的女友会不会听到布鲁克烦人的偏头痛呢？就像布鲁克也知道前女友烦人的膝盖一样。

格兰特对待布鲁克偏头痛的做法堪称典范——扶她睡到床上，拉上窗帘，给她送药，亲手做汤。格兰特充满爱意，用一只胳膊搂着她的肩膀，对朋友开玩笑说："她只是有点小瑕疵。"这话并不恶毒，只是一种幽默，挺有趣的！听到这话，她就知道要配合说一说偏头痛的时候格兰特有多么体贴。她每次都听懂了暗示。

她的脑子里浮现出一幅画面，格兰特与那个有着鲜艳红唇、长长假睫毛的女子闲聊。他坦然诚实，留下了非常好的第一印象。他会说："我刚分居。"没有说谎。他会带着敬意谈及布鲁克。他会说，虽然他也支持布鲁克创业的念头，但觉得健康而平衡的工作和生活很重要。他会说："我只是觉得生活比工作更重要。"那位长卷发的女子就会同意说，生活的确是比工作更有意义，两人就会对视，时间不长不短。

布鲁克第一次说想开诊所的时候，格兰特说"听起来风险不小"，也没想要阻止她。她因现金流而焦虑的时候，他也从来没说过"我和你说过的"这样的话。布鲁克对格兰特说，星期六早上不能一起去骑车，因为她要去当地的体育场馆做志愿者，以防有人受伤，或者说希望有人受伤，这样就能招揽病人，提高形象。听到这话，格兰特从不抱怨，只是露出了淡淡的厌倦表情。

她不再符合那么多要求，被打勾划掉了。

没有婚姻心理咨询，没有眼泪，没有叫喊。成年人心平气和地分居了。格兰特说："我们应该为此而骄傲。"真的很奇怪，格兰特总能让她觉得他们赢了，即便分手也是如此。

"你想要我放弃诊所？"她这样问过格兰特。

"当然不是，"他回答道，"我只是觉得我们有了不同的人生路，我们需要分开一段时间来想一想。"

想什么呢？她没时间去想。

今天家人问起格兰特，她打算说格兰特感冒生病在家。她不会在父亲节宣布分居的消息，而且餐桌边还坐着一个陌生的女孩。这消息会让双方的家人和朋友大吃一惊。他们这一对夫妇从未在公共场合争吵过，甚至没有红过脸。他们很恩爱，但也没有恩爱过头（秀恩爱的人，总有让人起疑心的地方）。他们一起社交，一起锻炼。朋友都是同一拨人，晚餐派对也是祥和宁静的那种。她觉得在别人眼里，他们的婚姻是牢固的。

她不想因为私生活吓人一跳。那是埃米干的事。布鲁克倾向于保持低调神秘。她意识到了羞耻感，仿佛与丈夫分居是做了什么不太有品味的丑事，真是荒唐。现在又不是英国的摄政时期，现在是二十一世纪了。她的哥哥离婚了。她的朋友伊内斯也离婚了。

她解开安全带。

格兰特呢？他在家里，得了感冒。

在这个家里，她是最不会撒谎的。她以前觉得是因为自己最小，其他人都深谙世故，一眼就能看穿她撒谎的企图。

现在，与哥哥姐姐们在一起，她有时还能发现自己小心翼翼地环视四周，留神听着对话中的细微差别，仿佛他们还要在性、圣诞老人、死亡和祖母的事情上瞒着她。小时候有一次，姐姐和两个哥哥一通说，布鲁克就相信了自己是领养的孩子，因为她是家里唯一的左撇子。布鲁克真的信了，信了几个月的时间呢！到了最后，布鲁克泪眼婆娑地问乔伊，能否见见自己的亲生父母，乔伊说："傻孩子，你不照镜子吗？你们就是一个模子刻出来的！"

如果能顺利走完格兰特这一关，她家人接下来就会询问她的诊所，她也只能撒谎。过去这两三天，她有四位病人没有如约就诊，三个病人到了最后临时取消预约。真是难以置信呀，就像约好了一起给她打击一样。这些人到底怎么回事？她在网站上详尽地列出了取消预约的规定，但初诊都没来过的病人，怎么可能收费呢？如果把这事告诉父母，他们会热心地与她共情。他们会说，他们之前也遇到过，那些太太们订了网球私教课，临到头又取消。如果不给父母说，他们就没机会回忆德莱尼学校的创业初期，布鲁克就会觉得自私。说了吧，布鲁克受不了听他们的建设性意见，受不了看着他们皱起眉头拼命想计策。他们希望布鲁克能够成功，沉甸甸的希望加上来，太重了，布鲁克受不了。

她把车门打开一道缝，塞出去一只脚，呼吸到了带着春天芬芳的空气，想着要不要给格兰特发条信息，提醒他吃药，花粉病的季节到了。心平气和的分居，可以这样做吗？

洛根的车已经停在车道上了。就在这几分钟里，其他人也都到了。德莱尼一家都很守时，甚至埃米也不例外，但她到的时候可能会是宿醉、郁闷或别的不佳状态。优秀的网球运动员都很准时的，毕竟不能让对手坐着等你。

布鲁克正在张望，洛根从前门走了出来。他露出微笑，举起一只手，朝她的车子走来。他今天看起来有点老。洛根快步朝她走来，阳光之下，灰色的连鬓胡子闪闪发光。

"你要去跑腿？"布鲁克问道。

"妈妈让我去买两瓶矿泉水。"洛根打开她的车门,自己往后一站,"有什么东西要我帮你拿进去吗?"

"我们不需要矿泉水呀。"布鲁克说道。她拿起放在副驾驶座的绿色沙拉,还有她给父亲准备的礼物。没人会吃她的沙拉。父亲节的礼物是便携式按摩球,爸爸会说正想要这个东西,但某一天,妈妈很有可能会把这礼物回赠给布鲁克。"我们喝自来水就好。"

"妈妈说她发现现在的人都想喝气泡水。"洛根说话的工夫,布鲁克从车里走了下来,一只胳膊夹着沙拉碗,礼物放在封口的保鲜膜上。

"又没别人。就我们一家人。"

"就我们一家人,"洛根顿了顿,"还有萨凡纳,我们的新朋友。"他朝车后座看了看。"格兰特呢?"

他得了重感冒。他病了。他得了非常严重的重感冒。

"我们临时分居了。"她撒谎的本事还得练呀。

洛根的脸色一下子变得苍白。"哦,哇,抱歉。"他往前走了一步,仿佛要拥抱妹妹,但这家人就不是会拥抱的那种人,他还真不知道怎么去完成这一举动。"坏消息,很出乎意料,"他用手掌摸着自己的下巴,"你还好吧。"

"嗯,"布鲁克把沙拉碗靠在腰间,"他还没死。"

"但还是出乎意料,"他似乎真的很惊讶,"我真没想到。"

"我也没想到。"一种轻描淡写的语调。

"妈妈挺喜欢他的。"洛根说道。布鲁克感觉得到,洛根并不想指责她,但感觉又像布鲁克打碎了母亲最喜欢的某件东西,洛根不想让布鲁克难过,但他为母亲难过。

没错,乔伊与她唯一的女婿关系似乎很好。格兰特在乔伊面前刻意展现魅力,乔伊也欣然接受,但布鲁克总在想,面对格兰特的魅力攻势,妈妈到底买不买账,到底买了多少。她妈妈演技精湛,与她不一样。妈妈多年来与网球学生的父母打交道,总能让那些父母觉得自己的孩子可圈可点。

布鲁克把沙拉碗和礼物放在发动机罩上,腾出手来,恼怒地抓了抓鼻子。"临时分居而已,也有可能复合,我还没告诉任何人。没必要让爸爸妈妈白担心。"

"这想法挺好的。"洛根双手插进牛仔裤兜里,踮起脚,前后晃动,牙齿咬着腮帮子里面的肉,以前每次比赛前他就这样。

"英迪拉还好吧?"布鲁克问道。

"嗯,就是这事呢。"洛根不安地说道。

"'就是这事',你什么意思?"

布鲁克眯起眼睛看着洛根时就想到了。他们都应该预料得到。五年时间也够长了,长到这家人都忘了洛根曾经经常阶段性地换女朋友,长到这女孩成了家里的一份子。他交往过的女朋友都挺可爱的。

难怪他听到布鲁克与格兰特的事情那么不安。他不想母亲同时处理两桩分手的事。这样一来,所有孩子都是单身了。孙辈的可能性一下子就被抹杀得干干净净。就像父亲说的那样,一锤定音,没了想头。

"哦,洛根,"布鲁克说道,"看在上帝的分儿上。"

"嗯,你不也是嘛。"洛根说道。

"我当然不是。我和格兰特在一起十年了。我们结了婚。"

"对呀,"洛根说道,"所以更糟糕。你们正式承诺过的。"

"你没有承诺过,"布鲁克说道,"英迪拉不就想要你的承诺吗?她在等你求婚?"

"我不觉得呢,"洛根说道,"有一次,我问过她,是否想要我求婚,她只是哈哈大笑。"

"你问别人要不要求婚?!你应该直接求婚。"

"她是女性主义者。"

"那又怎么了?她想要孩子吗?"

"我不知道。我觉得不想。"

"你觉得不想？"布鲁克两只胳膊往空中一摆，"我打赌，她想要的东西你没给她。"

洛根耸了耸右肩，他这姿势真是让人火大。

永远没法好好和洛根争辩，因为他不屑于争辩。对方越是愤怒，他越是平静。最初的五年，他心平气和的处世哲学很有可能让女友着迷，然后到了某一天，女孩子就要发疯。

布鲁克傻傻的，眼里噙满了泪水。"她给我做了那么漂亮的设计，一分钱都不肯让我付。"她应该坚持付钱的。

"她很开心能做那些。"洛根说道。又是那种耸肩。

"洛根，问题不在这里。"她突然用手掌猛推洛根的胸口，就像又回到很小的时候，她自己都吃了一惊。洛根挪都没挪一下。他从不健身，但核心力量也很厉害。布鲁克不知道自己会动手，但洛根也许预料到了。

"你就只有这一招？"他说道，仿佛被推了之后，情绪反而更好了。

"我很难过，"布鲁克说道，"真的为英迪拉这事难过。"

"嗯，好吧，我也难过，格兰特的事我也难过。但生活还要继续。我们活着就是为了改天再比赛。"

他们每次输球的时候，父亲就说这句话。没人觉得这句话有什么鼓舞人心之处。

洛根拿出钥匙正要出发，又停了下来，仿佛记起来什么事。"你猜猜，萨凡纳今天准备了什么甜品？"

"什么？"

"巧克力布朗尼。"

"我的天哪。"布鲁克说道。她用的是母亲最爱的感叹词之一。

"一点儿都不好笑，"洛根说道，"妈妈刚才还对我龇牙呢，'洛根，一点儿都不好笑。'"他的目光越过布鲁克的肩头。"特洛伊来了，他会把车停在我的车后面。"

正如他所料,特洛伊一只手麻利地转动着方向盘,将亮闪闪的迈凯伦豪车直接停在了洛根的车后。他看见哥哥和妹妹,露出了光芒四射的微笑。这样的微笑让他无往不利,什么女人、退款,还有原谅,都能到手。

布鲁克报以无助的微笑,特洛伊从车里一跃而出,如电影明星现身首映式一般闪亮自信。他拿着一瓶葡萄酒,还有一个在商店精美包装过的小礼物。

"喜欢你的新车。"布鲁克说道。她并不是很妒忌特洛伊的生活,但豪车除外。特洛伊换豪车就像换漂亮女友一样频繁。她怨恨地看了一眼自己寒酸的旧车,福特的福克斯。车子的空调一直有问题,最近还添了新麻烦,只要她一打方向盘,发动机就痛苦而沉闷地发出呻吟声,但现在她满世界找,也找不到换新车的理由。

特洛伊朝着洛根伸了伸下巴,轻轻地拍了一下布鲁克的后脑勺。"老妹布鲁克,怎么样?看起来不错。涂口红了?妈妈肯定开心。只是有点涂花了。"他指了指布鲁克的嘴唇。

布鲁克骂了一句,舔了舔拇指,用拇指把口红抹了。

"你的诊所怎么样了?"特洛伊问道。

她晃了晃手掌,做了个还行的姿势。"你整个人简直在发光,怎么做到的?"她问道,"真是气人。"

"不就是健康生活嘛,布鲁克,"特洛伊说道,"微晶磨皮。再加点网球,保持活力。你应该试一试。运动很棒的。"他看着洛根手里的钥匙:"你要去哪儿?"

"妈妈让我去买气泡水,"洛根说道,"很有可能是为你准备的。"

"太好了。那就买芙丝?"特洛伊说道,"我喜欢气泡丰富的。"

洛根甚至都懒得翻白眼。"我现在出不去,被你的车挡住了。你自己去买喜欢的气泡水吧。"

"我们家的新成员怎么样?"特洛伊朝着房子看了一眼,"布鲁克,你见到她了吗？萨凡纳。"他说到这个名字时的语气，就像是有异国风情的外国字眼。

"猜一猜她今天准备了什么甜点。"布鲁克抢先洛根一步，说了这句话。她很少有机会与哥哥们捣蛋。通常都是埃米和特洛伊坐在角落里，言语尖刻，隐晦地讨论各种流行文化。

听到这个问题，特洛伊想了想，变了脸色。"不会是布朗尼吧。"

"是她来了吧。"洛根说道。他们看着一辆不认识的车缓缓绕过死胡同，埃米坐在前排，与司机相谈甚欢。司机是个年轻小伙子，笑得很放肆，眼睛都没盯着前方。

"她新找了男朋友？"布鲁克问道。

"优步司机。"洛根指了指车子后窗的标识。

"但到了这一步，可能会是新男友。上次她在 JB Hi-Fi[①] 遇到的销售，不就是她的前任吗？"特洛伊说道，"那人还修好了妈妈的电脑？我喜欢他。他有升值潜力。"

车停了下来，司机从车里跳出来，冲到埃米这边，就像专职司机，给埃米打开车门，埃米出来了，乱糟糟的头发，两眼发亮，穿着打扮就像刚从闹腾欢乐的音乐节回来一样。她拿了不少东西：包装得奇形怪状的礼物；一束向日葵，一个烤盘，上面盖着一层摇摇欲坠的锡箔纸。一个父亲节的氦气球在她脑袋上方扑腾。

"你们好！"她一边与司机拥抱告别，一边和弟弟妹妹打招呼。她不拥抱弟弟妹妹，只拥抱司机。那家伙很有可能给埃米说了非常私密的内容，而且是从未告诉过别人的内容。人们感觉得到，对埃米倾诉，有得到救赎的可能。

"她看起来像宿醉了？"洛根说道，"如果是，就更不妙了。"

"去吧，帮她拿上布朗尼。"特洛伊轻推了一下布鲁克。

---

① 澳大利亚的知名电器零售商。

"我要出发了，"洛根说道，"等到事情露馅，我可不想在现场。"他朝特洛伊伸出一只手："钥匙给我。"

"我来开车吧，"特洛伊说道，"我害怕。她现在是那种不堪一击的状态。"

"问一问她是不是停药了。"洛根对特洛伊说道。

"我早就不干那事了，"特洛伊不悦地说道，"现在没人说的。"但他面部抽了一下。"你觉得她停药了？"

"别留我一个人呀。"布鲁克说道。现在她看到埃米拿着一盘宝贝布朗尼，就觉得这不再是什么好玩的事情了。现在有点压力，这意味着布鲁克觉得自己要负起责任了。

凡是涉及埃米的事情，布鲁克的立场就像摇摆不定的钟摆。小时候，她和两个哥哥都觉得埃米是戏精：感觉有什么了不起的，人人都有，但她偏偏要大题小做。他们都取笑埃米。有时埃米耽搁大家的时间，或是抢走了母亲的关注，这三人就恼她。谁知道埃米的脑袋里是怎么想的呢？布鲁克也抑郁，也焦虑，但依然每天起床。这是如何选择的问题，对吧？埃米真没必要这样一头栽进自己的感觉中。但后来，布鲁克的大学朋友确诊了抑郁，给布鲁克描述了一种类似于半瘫痪的感觉，仿佛所有肌肉都萎缩了，布鲁克突然就想起埃米慢慢地吃麦片，就像海藻一样慢慢摇摆，她意识到自己对待朋友有更多的同情和理解，而对自己的姐姐并没有。现如今，她尽力从客观和同情的角度去看待埃米，但真的很难，因为对方依然是她的大姐，依然是她霸道的魅力姐姐。姐姐以前说布鲁克是她的"长工"。

"你们在那儿磨叽什么呢？"母亲打开前门，从前廊大声说道。她穿着一条茶歇裙，套了一件羊毛开衫，仿佛要举办花园派对，而且处在那种"我们有特别的客人"的忙乱兴奋状态。"你们所有人都进来！洛根，不用去买气泡水了，萨凡纳说没必要。"

特洛伊说道："哦，好吧，萨凡纳说没必要，我们就不需要呗。"

"赶紧的!"乔伊不耐烦地招呼道,"你们的爸爸都在奇怪你们跑哪儿去了!布鲁克,格兰特是待会儿来吗?应该在路上了吧。萨凡纳已经准备好上菜了。"

"什么没必要?"埃米说话有颤音。

"布朗尼。"特洛伊说道。

埃米的微笑消失了:"什么?"

第二十三章

"嗯,这次父亲节非常特别,"乔伊说道,"非常特别。"

餐桌被布置得漂漂亮亮,她坐在餐桌的首座,就像杂志或电视剧里的女人。萨凡纳从花园里摘了黄色的小苍兰,放在水壶里,完美无瑕。

乔伊觉得有点眩晕,心想可能是比平时午餐多喝了一些葡萄酒。萨凡纳就像女服务生一样,不停地往大家的杯子倒酒。事实上,整个午餐期间,萨凡纳都是站着的,无论大家说了多少次要她坐下,或是提出要帮忙,都没用。到了最后,大家就放弃了,任凭萨凡纳给大家端上美味可口的午餐:迷迭香柠檬烤鸡配上烤土豆,还有放了核桃仁和山羊奶酪的绿色沙拉。可怜的布鲁克,对比之下,她的沙拉完全就是打蔫的菜叶。乔伊的厨房里能做出这种水平的菜色,真是难以置信。她的炊具会怎么想?

萨凡纳上菜很高效,没有晕头转向,没有"我差点儿忘了面包卷",没有那种走来走去,走上走下的忙碌。乔伊知道自己招待客人的时候就那样。乔伊家人的胃口都很好,来者不拒,统统吃进肚子,还添了第二份。

现在,大家面前或是一杯茶,或是一杯咖啡,再加上他们的葡萄酒杯。另外桌上还有两盘布朗尼。布朗尼比赛,每个人都小心翼翼地从两个盘子里各拿了一块布朗尼,不多不少。

甚至施特菲都被萨凡纳伺候得像是女王的柯基。现在它蜷成一团，躺在房间角落里萨凡纳给它放好的旧靠垫上，脑袋放在爪子上，偶尔舔一舔嘴唇，时不时拍一拍尾巴，快乐地回忆着萨凡纳给它吃的各式各样的零碎食物，肯定比报纸的味道好。

斯坦的位置很奇怪，他在桌子的另一头，侧对着乔伊。埃米把父亲节的气球拴在他的椅子背后，气球一跳一跳的，让他避之不及。气球时不时地擦到他脸上，他就挥手一拍，像在赶苍蝇。这类事情到了最后，一般都会让他发脾气，但今天他依然心情很好，开朗健谈。有可能是他们又有了性生活，或者是萨凡纳接管厨房后饮食的改变。如果不是萨凡纳的突然出现，这个父亲节他很有可能还在烦闷哈里·哈达德回归的事情。

乔伊的孩子们则是状态不佳。乔伊想对萨凡纳说：他们平时要好得多。

她一直期待萨凡纳与孩子们见面，就像她想要新朋友见见孩子们一样。但今天，谁的话都不多，但还好他们都很有礼貌，对食物赞誉有加。他们的坐姿都差不多，弯腰驼背的，而萨凡纳就像个乖小孩，坐得笔直，这一对比就更明显了。萨凡纳的姿态很美。

乔伊扫视着孩子们。

因为布朗尼的事情，埃米在生闷气，却又装作没有生气，她真应该好好梳一梳头。

洛根似乎进入了游离状态，茫然地望着前方。如果他老是这样，英迪拉可能会失去耐心离开他的。乔伊真希望英迪拉也在。英迪拉就是一股清新的风，会对萨凡纳礼貌相待的。

平时，特洛伊是聚会的活跃分子，插科打诨逗埃米开心，今天似乎心事重重，也没有那么英俊。

布鲁克呢，脸色惨白，涂了点口红，可又涂得不好，颜色也不适合她。乔伊担心她是不是又要偏头痛了。还有，要命呀，格兰特哪儿去了？布鲁克说格兰特也得了感冒，这也太巧了，英迪拉和格兰特同时都病了，而且乔伊记得挺清楚的，格兰特这人平时连鼻塞都不怎么有。他喝些乱七八糟的绿色冰沙。

布鲁克很不擅长撒谎。格兰特是跟别的女人跑了？乔伊一直暗自担心，但从来没有说出口，即便对她的美发师纳尔勒也没说过——她总觉得格兰特有外遇。格兰特也不是特别好看的类型，但很有魅力，很能聊。布鲁克总要留那么短的头发。连纳尔勒都认为长发可以让布鲁克的五官柔和一些。

"妈妈，为什么今天这么特别？"布鲁克说道。

因为乔伊今天什么都不需要做，只是交出信用卡，然后出席就可以了，但她显然不会给孩子们说这个。

"我也不太清楚。"乔伊说道。她咬了一口埃米做的布朗尼，放在自己的盘子里，然后以同样大小咬了一口萨凡纳的布朗尼。唉，还是萨凡纳的布朗尼好吃。"只是感觉今天特别。"

"也许是因为有这么多布朗尼。"特洛伊说道。

他父亲轻声笑了，特洛伊自我感觉很好。

"特洛伊。"乔伊一根手指放在嘴唇上，飞快地看了埃米一眼。

"妈妈，好了。萨凡纳做了布朗尼，我觉得没什么，"埃米说道，"看在上帝的分儿上。"她头往后一仰，喝光杯里剩下的红葡萄酒（第二杯），就像小孩子喝光牛奶一样，用手擦了擦嘴巴。她环视桌子，声音变得温柔而含糊。"大家都这样想吗？我会因为布朗尼的事情不高兴？"

"绝对不是，"特洛伊坐得笔直，装作一脸严肃的样子，"我们有谁会觉得你因为布朗尼不高兴呢？"

"但我真的没有不高兴！"埃米大叫道，真是非常不高兴的样子，"顺便说一句，萨凡纳，你的布朗尼很美味。甜度刚刚好……完美无缺！"她吻了吻自己的指尖："如果是在工作中给布朗尼打分，我们这一行就要说这是明星产品。"

"埃米干的是品尝这一行。"乔伊说道,希望改变话题。她一直想不通,埃米是怎么蒙骗别人付费让她吃东西的。遇到"意大利面工作日",埃米就不吃早餐或午餐。"所以她言之有理。"

"我觉得你的布朗尼很好吃。"萨凡纳对埃米说道。她咬了小小一口。她吃东西像老鼠。除了刚来的第一天晚上,她吃了一大盘剩下的炖菜,外加两只香蕉,那是例外。"比我的更有嚼劲。我烤的时间过长了。"

"谢谢你,萨凡纳。也不知道我家人给你说了什么,但我的自我价值并不依附于我做布朗尼的水平,"埃米说道,"仿佛你们都觉得我的成熟程度像四岁小孩。"

"其实你四岁时非常成熟,"乔伊说道,"你上学前班的时候,老师说你'出类拔萃'。"

"等等,我还以为是我呢,"布鲁克说道,"难道不是我'出类拔萃'?"

乔伊想了想。哦,我的天哪。"嗯,是的,好像是你,"她承认道,"但埃米也是出类拔萃。你们都是出类拔萃的孩子。"

特洛伊咯咯笑了起来,翘起凳子,前后摇晃。他从小就这样,家里人一直都在纠正他,想让他别这样。现在他是成年男人了,乔伊觉得,他想摔断脖子就摔吧,反正她不会去照顾的!

"天哪,特洛伊,别晃了!"乔伊发了脾气,到头来她还是得去照顾儿子。这儿子无论多大,病了都很难伺候。

特洛伊停了下来:"抱歉,妈妈。"

"学前班不是把我开除了吗?"埃米说道,"因为我哭个不停?其他孩子听到我哭都烦透了。"

的确如此。这么多年来,她的大女儿身上被贴了好多标签,分离焦虑就是乔伊听到的第一个,但乔伊听到这个标签的时候,并没有什么不祥的预感。她还傻乎乎地觉得骄傲:我的孩子不忍与我分开!她就是这么爱我。埃米以前就像考拉一样,紧紧抱住乔伊,脸贴在她的锁骨处。

"你当时回家跟我在一起,我挺高兴的。"乔伊说道。接着乔伊又对萨凡纳说道:"埃米三岁的时候,我教人打球,她就满场小跑着捡球,拼命想要上课。"

"肯定很可爱。"萨凡纳鼓励地说道。乔伊家人的故事,她总是听得饶有兴致。好可爱。

"还记得她什么时候第一次拿起球拍吗?"斯坦对乔伊说道,"球拍都比她大。"

"年龄是她两倍的孩子还打不过她。"乔伊说道。

"他们四个都这样,年龄只有别人的一半,打得却比别人好。"斯坦说道。

"哇哦,"萨凡纳说道,"一个家庭出了这么多人才。"

没人回应,大家都没动弹,也没说一个字,但乔伊感觉到房间的氛围变了,就像情绪猛然跌落,或是有一声叹息。仿佛她的孩子们都是充气玩具,慢慢在漏气。他们到底怎么回事?

"我对网球一无所知,但我想你们所有人……我也不懂,都参加了锦标赛什么的?"萨凡纳一边说话,一边用手指取下一点埃米做的布朗尼,放到舌尖上。

"他们所有人在某个时间段,都是位列国家前五的运动员。"

"很了不起。"萨凡纳说道。

"青少年组排名,"布鲁克马上纠正父亲,"青少年组的前五。"

"依然很了不起。"萨凡纳说道。

"但我们中没人再进一步,"埃米说道,"我们都没能真的成功。"

"你说这话什么意思?"乔伊说道,"你们都做得非常好!"一股强烈的怒气涌上心头,早上醒来之后的幸福感一扫而光,她既惊讶又失望。她感到坏情绪变成了身体感受,实实在在的灼热感涨红了脸庞。

埃米的态度居高临下,扬起一边眉毛。"妈妈,我就是那个意思,我们都没能真正成功,距离很近,觉得成功就在眼前,然后我们一个个的都坠落烧毁了。"

从技术层面而言，这是真话，描述得悲惨而准确，但没必要用那种尖刻苦涩的语气说出来。乔伊和斯坦从未在孩子们面前展示过失望，他们只表现出骄傲。他们两人之间甚至都没真正承认过这一点。

乔伊想起去年的温布尔登之行，那是他们第一次去。那里是他们一辈子的梦想，他们朝思暮想的地方。那才是他们旅行的目的，而不是去看白金汉宫、伦敦塔，也不是去坐定价过高的伦敦眼。温布尔登就是他们旅行的意义。这么多年来，他们终于有了时间，有了钱，他们到了那儿。孩子和朋友都在发信息：给我们发照片！

她看出来了，就在那一刻斯坦意识到他们不应该来的，不应该像这样来，这样他们只是普通粉丝、普通人，而说到网球，斯坦从未真正相信他们是普通人。如果他本人不能在温布尔登打比赛，那他也应该作为自家孩子的教练而来，如果不是自家孩子，也应该是他的某个学生。如果这些情况都不成立，那就应该带上自己的狗，坐在家里的扶手椅上，一边吃着辣椒咸饼干，一边看电视转播。

"我觉得不太舒服。"当时他脸色惨白，轻声说道。那是男子半决赛。门票是一个人六千澳元。乔伊想：心脏病。就像可怜的丹尼斯·克里斯托。他说："你留下看。"

但是，她肯定不能让心脏病发作的丈夫单独离开。

她梦想过自己在温布尔登打比赛，也梦想过自己孩子中的某一个或学生中的某一个到温布尔登打比赛，也梦想过有一天在温布尔登看比赛，这个梦想更为理性，更容易实现。但她的梦想中没有斯坦那样疯狂的势在必得，因为她是女人，女人知道孩子、丈夫和生病的父母会阻挠自己的梦想，任何时候他们都可以搜你下床，可以阻断你的事业，就算你本可以在温布尔登打出被后人描述为"史诗级"的比赛，他们也可以让你与领奖台无缘。乔伊觉得自己得叫救护车，或是带他去医院。她开始考虑旅行的保险，给孩子打电话，怎么才能把他的尸体运回家。

但斯坦并不是心脏病发作。他说是吃了什么东西,乔伊并不敢苟同。

乔伊看的是电视直播,胡编乱造发消息,说温布尔登多么精彩,"就像一个梦","他们真不敢相信自己就在现场"。斯坦则蜷曲着身体,侧躺在特大号床上,闭着眼睛,眉头紧锁,看起来好像偏头痛发作时的布鲁克。乔伊都在想,要不要像照顾布鲁克那样照顾斯坦。布鲁克喜欢乔伊用手压她的额头,总是说,妈妈,用力,再用力。但无论怎么用力,都无法赶走头痛。

第二天,斯坦起床后说:"非常抱歉。"但他无法直视乔伊的眼睛。

乔伊说:"你没必要说抱歉。"如果开始说抱歉,该从何处说起,又该停在何处呢?他们去酒店吃自助早餐,坐电梯的时候沉默不语,之后也再未提及此事。

"我们一直都以你们为傲!"乔伊现在对孩子们说道,"你们都非常有天赋,做到了最棒的自己……我们也就没有别的企求了!"

特洛伊鼻子哼了一声。乔伊目光如炬,瞪了他一眼。

斯坦对萨凡纳说道:"这些孩子每个都很棒,足以踏上温布尔登的中心球场——"

"只不过我们显然都没有踏进去。"埃米打断了父亲的话。

"你们就是有那么好!"斯坦一拳头砸在桌子上,震得餐具哐哐响。父亲节的气球疯狂旋转起来。

乔伊看着孩子们:布鲁克一只胳膊肘放在桌上,用手撑着额头;洛根抬起眼皮,望着天花板;特洛伊咧着嘴,露出愚蠢的笑容;埃米拉起一绺蓝色的头发吮吸起来,乔伊看到这样孩子气的举动就想尖叫。

坐在餐桌边,乔伊突然有了一种被扔回他们童年时光的错觉。是不是今天他们都没有带配偶回来的缘故?或是斯坦拳头砸桌子的爆炸声?他没有权利这样做。孩子们都长大成年了。这个愚蠢的男人难道还不清楚,他已经不能打发任何一个孩子回房间了吗?只要他们愿意,他们可以起身离开。他们可以搬家，搬到州内别的城市或海外。他们可以选择再也不来父母家，再也不打电话，可以选择永远不要小孩。

现在，孩子们才是强大的一方。

何况萨凡纳还在呢，这样多不好。斯坦一拳头砸下去，她有可能想起了寄养家庭里那一个个暴怒的养父。谁都不知道那个孩子到底受过什么样的折磨。

斯坦坐在桌边，身体前倾，他有着宽阔的肩膀、厚实的肌肉，埃米送给他的衬衣小了一码。

"她打球很好看。"斯坦指着埃米，眼睛看着萨凡纳，"她打那种落地球完美无瑕。球啪的一声就从她的球拍上弹开了。看她打比赛就是享受。"

的确如此。以前看埃米打球的确是享受。埃米大概八九岁的时候，乔伊和斯坦看着扎着马尾辫的女儿在球场上下轻松移动，彼此面带微笑地交换眼神。当时埃米还只是"个性有点小古怪"，还没到"可能有精神疾病"的程度。直到那位全科医生写了那么一封转诊信，乔伊永远都不会原谅他。

"我们以前都叫她翻盘女王，"斯坦回忆道，"还记得吗？"

他看着桌子另一头的乔伊。

"我的确记得。"乔伊小心翼翼地说道，那是后来的事情，也不是特别好的回忆。乔伊怀疑埃米长大一些后，开始故意丢分或丢比赛，好一路厮杀再赢回来。埃米喜欢当黑马。对手很优秀的情况下，这一策略危险而愚蠢。优秀选手会一口紧紧咬死领先优势，绝尘而去。有些比赛埃米本可以获胜的，但她迟迟不肯进入状态。

"有一次，她连输九场，最后还赢得了比赛，"斯坦回忆道，"真是难以置信。"

"但是？"埃米轻飘飘地说道。

"再来一杯茶或咖啡，有人要吗？"乔伊说道。

"但是，等到她十四岁还是十五岁，她就开始掉链子了，"斯坦说道，"就那么简单。"

当时的场景真是不忍直视。埃米都要冲自己大喊大叫了。她要战胜的不是对手，而是她自己，是她脑袋里的声音。埃米，你个大蠢货！有时乔伊觉得，埃米的整个人生就是不断地与看不见的残酷敌人作斗争。

"掉链子？"萨凡纳问道。

埃米双手围在脖子上，伸出舌头，脑袋耷拉在一边。

"掉链子，相当于说发挥失常，"斯坦给萨凡纳解释道，"基本意思就是说，精神状态阻止你发挥出全部的潜力。"

"斯坦。"乔伊说道。这感觉就像斯坦在公共场合脱衣服，或是扒家人的衣服，都是非常私人的内容。这样关于孩子们的谈话，在他们卧室的私密空间才有的。埃米的确是发挥失常。埃米到了赛点发球，肯定会双发失误。

"乔伊。"斯坦说道。

没人能让他停下来。他就像飞速而来的双轮拖车。

他说道："埃米还没迈入球场，心里就已经输了比赛，我和她母亲真不知道该怎么……"

"修理我。"埃米说完了这句话。

"不，"斯坦说道，"不是修理你，而是帮你。"

"爸爸，你继续。"埃米说道。她胡乱把头发扎在头顶，胳膊肘放在桌上，双手握在一起。乔伊知道这是防御机制，但埃米露出了绚烂的假笑，让她想起了斯坦的母亲。斯坦的那个妈客串到心爱孩子的脸上，乔伊真是恨死了。

埃米说："我们再听听其他几个人都是怎么失败的。"

"没人失败，"乔伊的胃里一阵抽搐，"我肯定萨凡纳对这个不感兴趣。"

"哦，很有趣呀。"萨凡纳爽朗地说道，仿佛感觉不到房间的紧张氛围。乔伊第一次对这女孩有了点儿恼怒的感觉。

斯坦朝着洛根的方向甩了一下脑袋:"这家伙是运动健将。天哪,运动健将呀。当然,现在不怎么能看得出来了。"

"咦,谢谢,爸爸。"洛根装模作样地拿起葡萄酒杯,做出敬酒的姿势。

"他的正手击球,属于我见过的最有力量的那种。非同凡响。"

"有力量,是的,但算得上击打准确吗?"特洛伊瞟了一眼哥哥,如此说道。洛根给特洛伊比了个中指,仿佛两人都还是小男孩。

"洛根很健壮。"斯坦就当特洛伊不存在。他现在完全是自己的节奏。很多年了,他一直没机会与别人这样说话,对方要么不知道前因后果,要么就对他孩子网球的话题没啥兴趣。

"他可以打上好几个小时,看起来还像刚开始一样。我记得有一次比赛,洛根的对手据说是未来之星。"想到很多年前一月份的那一天,斯坦的眼睛就闪闪发光。"洛根把那个孩子给拖垮了。每场都是平手、占先,平手、占先,平手、占先。每次都是马拉松式的拉锯。那可是 10 次、15 次的连续对打。一个小时后,那个传说中的未来之星累垮了。"斯坦摊开双手,往两边一挥。"而这个呢——"他的拇指指向洛根,"精神抖擞,都没怎么流汗。"

乔伊当时不在现场,但这个故事肯定听了不下一百遍,斯坦每次讲都好开心,就像网球观众一样,念叨着"平手、占先,平手、占先",脑袋不由自主地左右摆动。

"但是,"洛根从两个盘子里又各拿了一块布朗尼,"轮到我的'但是'了。"

"洛根从未真正用心打球。他就是不太想打球,没有那种燃烧的欲望,好像他可以打,也可以不打,他太——"

"被动?"洛根说道,脸上表情奇怪,"爸爸,你是想用这个词吗?"

"我想说的是,你人太好了,"斯坦说道,"我有时候都在想,你到底想不想赢。你很不愿意看到对方输掉比赛。"

"我想赢的，爸爸。"洛根喃喃地说道。他很用力地按摩着自己的后脖颈。"见鬼哦，如果不是对网球上心，小时候我怎么会在球场待那么久？要怎么样才叫上心呢？"

"嗯，但是，小子，就像我说的，你就是没有那种欲望。"斯坦不再理可怜的洛根，转而望着特洛伊，"特洛伊有欲望，因为他在意的就是打败你和埃米。家里的弟弟妹妹总是打得更好。看维纳斯和塞雷娜①就知道。但是，知道吧，特洛伊的情况——"斯坦摇了摇脑袋，弹了一下舌头。"特洛伊是只会炫技的秀场马。"

"现在依然如此。"洛根说道。

特洛伊发出马儿的嘶鸣声。布鲁克咯咯笑。萨凡纳不确定地露出微笑。

"他满脑子想的都是炫技，"斯坦说道，"费德勒都不敢打的球，他偏要打，就是为了卖弄球技，有时候的确打出来了，但我要对他说——"

"好看赢不了比赛。"特洛伊替父亲说出来，他拿起酒杯，"麻烦谁把葡萄酒递给我？"

"就是这句话，"气球蹭到斯坦脸上，他的脸抽了抽，"好看赢不了比赛。你得有实在的东西。"他轻轻推开气球，仿佛那是个想从他肩头望过去的小孩子。

如果是乔伊和斯坦私下交谈，乔伊就会说，去他的实力，屁关系没有。那是注意力。特洛伊的注意力就那么长时间，很快就没了。那孩子致命的缺点在这儿。一盘比赛才打一半，乔伊就发现特洛伊心不在焉地盯着天空，或是朝观众席打量漂亮女孩。他炫技也是为了保持自己的兴致。

"看吧，我这人没有实在的东西。"特洛伊做了个爵士手势。

---

① 维纳斯和塞雷娜即美国著名网球运动员威廉姆斯姐妹。

182

"还有与哈里的争执。"斯坦说道。

闭嘴吧,乔伊心里说道。闭嘴,闭嘴,闭嘴,你个蠢男人。

"还没轮到我吗?"布鲁克马上说道。

"你就没有真正走出来。"斯坦对特洛伊说道。

"我拿到了斯坦福大学的网球奖学金,"特洛伊对萨凡纳说道,"但我父母觉得这不算什么。"

"怎么会是不算什么呢!"乔伊说道。拿了奖学金,你就去了世界的另一边,回来完全变了一个人。去了美国后,特洛伊就像全身涂满了清漆,好像都可以用指甲敲一敲他那层硬邦邦、亮闪闪的硬壳。

"特洛伊控制不了自己的脾气,"斯坦说道,"他继承了他妈妈的火爆脾气。"他轻声笑起来,仿佛他能够把家庭过往中最痛苦的事情变成趣闻,分享给新朋友。"他动不动就扔球拍。我们只能把球拍绑在他的手腕上。"

"不是我们,"乔伊说道,"是你而已。我觉得捆绑会影响他的抓握。"

"但并没有,不是吗?"斯坦说道,"他的抓握并不是问题。"

"爸爸,我知道今天是你的节日,"埃米说道,"但我们能不能换个话题?"

"埃米,不用担心,"特洛伊说道。布鲁克静静地把葡萄酒递给了他。"我不在意的。"

"不管怎样,我以为我们控制住了他的脾气。那是在他十三岁那年,"斯坦对萨凡纳说道,"他被禁赛六个月。判决很公平的。"

乔伊心想,孩子那年十四岁,就在头一天刚满十四岁。

"他与德莱尼学校的一个学生打比赛。哈里·哈达德。"斯坦顿了一下,给萨凡纳留点时间回忆一下这个名字,但萨凡纳只是茫然地看着他。

"澳大利亚著名网球运动员,前冠军。两次赢得温布尔登锦标赛。

几年前赢得了美国公开赛,想起来了吗?"斯坦简直不理解,萨凡纳怎么会想不起这个名字。

"哦!是的!当然,我听说过这个名字。"萨凡纳说道,显然是装个样子。乔伊觉得耳目一新,这家里来了一个对网球几乎毫无兴趣的人,甚至没听说过哈里·哈达德。

"他是我教过的学生。"斯坦说道。他瞟了一眼乔伊,更正如下:"我们教过的学生。最近的新闻里有他,他在接受训练,要重回网坛。还是言归正传吧。特洛伊与他打比赛,打得不太好——"

"爸爸,"埃米说道,"好了,请不要谈论哈里·哈达德了,这对我的心理健康不利,我感觉对你的心理健康也不利。"

"还有一件事要说,哈里·哈达德就是个哭哭啼啼的小骗子。"特洛伊仔细看着自己的葡萄酒杯。

"从来没见过这种情况。"斯坦平静地说道,但依然锋芒毕露,这样的锋芒足以让自己的孩子流血。

即便过了这么多年,他还是没有搞明白。每次他这样说都是在背叛特洛伊,可他就是不明白。

"并不意味着就没有发生过。"特洛伊镇定地说道。

"怎么作弊呢?"萨凡纳问道,"难道没有裁判吗?"

"低年龄段比赛没有主裁判,"布鲁克说道,"球是否落在边线内,选手要自己判定。有些孩子很难做到……讲道德。"

"有些成年人也很难办到。"乔伊说道。她在俱乐部看到过很多选手判断边线有问题。"有时裁判也会有偏袒。"

乔伊想起自己第一次在白城球场参加十三岁以下的草地网球场冠军赛。那天她外祖父没时间,是母亲带她去的。母亲无聊到要发疯,乔伊打球时,她就翻阅《VOGUE 服饰与美容》杂志。乔伊完全不明白,裁判总是判她的球出界,判她的对手却是球没出界。她后来发现,裁判是对手的母亲。"嗯,你比她漂亮多了。"回家的路上,她母亲这样说道,仿佛这才是更重要的。这话对乔伊一点儿帮助都没有。

"特洛伊,你看他的天赋。看他最后走到了哪儿。他不需要作弊。"关于哈里的话题,斯坦还是卡在老地方。他永远都卡在这里。他抓住气球的绳子,拽开绳子,气球飘到了天花板上。

"哦。"埃米看着气球飞起来,难过地说道。

"爸爸,你还如此忠诚于他,真是不错呀,"特洛伊说道,"想想他对你有多忠诚。"

布鲁克从牙缝里吸了一口气,仿佛踢到了大脚趾。

斯坦拼命拉了拉紧绷的衬衫,乔伊想到绿巨人发脾气就要挣脱便装。特洛伊以前很喜欢绿巨人。也许是因为他控制不了暴脾气。

"下决定扔下我的,是哈里的父亲。"斯坦平静地说道。他不会爆发变成绿巨人。"扔下我们。"

他直接对着萨凡纳说话。"哈里的父亲决定换教练。"他装模作样地耸了耸肩,狠狠地耸了耸肩。"常有的事情。网球父母很特别的。孩子取得了成绩,他们就开始期盼更大更好的成绩。做教练就是这么一回事。"

也许不是装模作样的耸肩。他满不在乎的样子看起来很可信。他现在真那样想了?他已经过了那一关?

"但你发现了他,肯定依然为此而自豪?"萨凡纳说道。

"我们的确觉得自豪,"斯坦说道,"没错。"

他不太确定地环视了一圈餐桌。"我刚才讲到哪儿了?"他的目光扫到布鲁克,表情温和下来,"小的这个。"

"这个小的,比我整整高了一英寸。"埃米评价道,眼睛依然凝神望着气球。

"布鲁克是我们家最聪明的孩子。"斯坦说道。

"谢谢你,爸爸。"特洛伊的手指头摁在额头上。

"网球场上,"斯坦说道,"在网球场上,她肯定是最聪明、最有策略的。因为她可以和你们对打,你们比她大那么多,动作快那么多。大多数孩子在她那个年龄,想的只是怎么击球过网,但她已经在分析对手的弱点了。"

没错,布鲁克在球场上很聪明,但乔伊觉得看布鲁克打比赛,没有看其他孩子那么过瘾,因为布鲁克本人似乎在比赛中没有得到快乐。布鲁克八岁那年开始,就一直紧锁着眉头,甚至在偏头痛出现之前。

"但布鲁克有偏头痛,"斯坦说道,"真是太可惜,太可惜了。"

他摇头的那份遗憾和难过,仿佛说的是布鲁克过早离开了人世,而不是提前退役。

乔伊还记得,那天斯坦和布鲁克去参加锦标赛,早早就回了家。

"你们在这儿做什么?"乔伊问道。那天有位教练请了病假,她正急匆匆地要去顶班。那些日子里,她总是来去匆匆。

"她完了,"斯坦说道,"玩儿完了。"

"出了什么事?"布鲁克从乔伊身边走过时,乔伊如此问道,但女儿只是怪罪地看了乔伊一眼,什么都没说,直接回了房间。乔伊望向斯坦,在斯坦的眼睛里也看到了同样的怪罪目光:你没做好。孩子们生病都是乔伊的职责,她没能搞定布鲁克的头疼。

"你带她去看的医生,屁都不知道。"斯坦说道。乔伊本应该让斯坦去上课,自己去安慰布鲁克,但斯坦对她出言不逊,怪罪她,她太生气了,甚至都没思考,直接摔门走人。

"如果当时能够找到好医生,事情可能会不一样。"此刻,斯坦如此说道。乔伊感觉到很久之前的那股愤懑再次升腾起来,仿佛那是昨天发生的事情。

萨凡纳举起埃米那盘布朗尼:"有人——"

"我带她看了一个又一个的医生!"乔伊说道。

"妈妈,没人责怪你。"布鲁克说道。这时狗也发出了哀鸣声。

"嗯,听起来的确——"

"英迪拉离开我了。"洛根说道。房间里立刻安静下来了。

第二十四章

宣布消息后，洛根坐得笔直，坚忍克己的样子，他的前臂放在椅子扶手上，就像被捆在电椅上。甚至狗都吓了一跳，目不转睛地盯着墙看，仿佛要表明这破事与它没关系。

"呃？什么？"斯坦迷惑地问道。

"只是刚才觉得很合适，就说了。"洛根说道。

"哦，洛根，"埃米的目光不再望着气球，"我们都爱她。"

今天，洛根刚到的时候，说英迪拉生病在家，乔伊还魔怔地抱有希望，想着也许英迪拉是怀孕了不舒服。

上次乔伊看到英迪拉时，觉得她表情神神秘秘的，原来不是要隐瞒什么惊喜，不是要等到安全的三个月期限之后。而是她当时就准备要离开洛根了。乔伊满怀希望是超声照片的花朵冰箱贴，原来是告别礼物。

"我也爱她的。"洛根说道。

"她知道你爱她吗？"埃米问道。

"应该给这份爱戴上戒指。"特洛伊装作恼怒的样子，摇了摇脑袋。

"给别人说这话去。"洛根说道。

"我结过婚。"

"你没能保持已婚状态。"

布鲁克张开嘴，仿佛要说什么，一时间闭上了眼睛。

"布鲁克,你偏头痛要犯了吗?"乔伊问道。她又觉得下腹一阵抽搐的感觉,但忍住没有呻吟。"偏头痛犯了,可不能开车回家。偏头痛的时候绝对不能开车。"

"我开车送她回家。"萨凡纳主动说道。

"我没有偏头痛,"布鲁克暴躁起来,"今天说偏头痛说得够多了。"

乔伊不相信。布鲁克看起来很不舒服。"如果是,你就留在这儿吧。反正格兰特也病了,帮不上什么忙。"

"我和格兰特也分开了。"布鲁克说得很快,乔伊愣了一下,才反应过来。

"你再说一遍?"

布鲁克呼了一口气,双肩下垂。"说出来轻松多了。"她看着父亲,"抱歉,破坏了父亲节的气氛,"她望向洛根,"洛根起的头。"

"宝贝,没关系的。"斯坦非常难过地说道。他拍了拍布鲁克的肩膀,一屁股坐回自己椅子上。"总有这样的事情。"

乔伊说道:"你是说,你们要离婚?"

"目前还是临时分居,但……"布鲁克突然眯缝起眼睛,仿佛有强光照来,"看起来是那么一回事。"

乔伊应该看得出来的,那就不是偏头痛。可怜的女儿看起来疲惫不堪,苍白憔悴,挂着黑眼圈,头发那么软塌塌的。

特洛伊伸出一只胳膊,抱住妹妹。

"多长时间了?"他问道。

"已经分居六周了。"

"六周了?"乔伊并没有想责备女儿,但布鲁克怎么能够这样,分居六周了,居然一个字都不对父母说?

"是不是诊所破事太多了,你才这么大压力?"现在她一不小心流露出了对诊所的厌恶。她全搞砸了。此刻就要变成生活的转折点之一了,而且是想要穿越回去,重新来过,处理得当的那种。她的手指尖放在发际线上。她在冒汗。食物中毒吗？萨凡纳的烤鸡肉非常嫩！吃了嫩鸡肉，就要付出这样的代价？那这代价也太高了！

"我应该到诊所多帮忙的。"她对布鲁克说道。她真的应该去！格兰特可能有了被忽视的感觉。"我应该坚持去的。"

"哦，妈妈。"布鲁克疲惫地说道。

"我不敢相信，你居然没告诉我。"埃米说道。

"埃米，这事别扯到你身上，好吗？"布鲁克说道。

埃米皱起一张脸："我只是想说，我可以帮到你的。"

"好的，嗯，谢谢，我还好。"布鲁克用手指尖画圈按摩额头，"抱歉。我之前还没准备好，不想说这事。我本以为我们可以……解决好的。大家都不需要担心。"

萨凡纳把餐巾叠成整齐的方块儿，盖住她面前没怎么吃的布朗尼。她会怎么想这一家人呢？想来也觉得尴尬，布鲁克还担心萨凡纳会嫉妒乔伊有爱而稳定的家庭。

"嗯！"乔伊对萨凡纳说道，"没让你觉得太尴尬吧。在父亲节宣布了这么多糟心的事！"

"抱歉，爸爸，"洛根懊恼地说道，"我没想过要破坏父亲节的气氛。"

"我也是，"布鲁克说道，"抱歉，爸爸。"

"都不需要抱歉。"斯坦说道。他看着头顶上飘荡的气球，伸手抓到绳子，给拉了下来。他抓着气球，就像是坐在婴儿车里的孩子，被推着走在游乐场中。

"你干什么呢？"乔伊问他。

"拿着我的气球呀。"斯坦说道。

"大家可能想要单独待一会儿吧？"萨凡纳说道，"我可以去我的房间——"她一阵慌乱，瞟了一眼埃米，纠正道："不是我的房间。"

"不用，"斯坦说道，"我们挺好的，总会有这样的事情，也不是谁的错。"

"当然不是谁的错。"乔伊含糊地说道,但她很想搞清楚他们为什么会分手,错在哪儿。

"有人要——"萨凡纳开口说道。

"我们挺好的。"斯坦打断了她的话。

片刻的沉默。斯坦还是蠢蠢地抓着气球。乔伊的腹部越来越不舒服,她也不清楚到底是愤怒还是恶心。她是要呕吐还是喊叫?是要晕倒还是哭泣?似乎都有可能。

特洛伊说道:"既然大家都在扔弧线球,我也扔一个吧。"

"真美妙,"乔伊咬牙切齿地说道,"特洛伊,来吧。再扔一个弧线球。宝贝,直接朝我扔。"

"好吧,嗯,那就这样,妈妈。"特洛伊说道。他看起来还真的很紧张。不可能是分手。他都懒得告诉他们分手的事情。他女朋友一个接一个,一直这样。"我本想烂在肚子里的,但还是算了吧。我需要你的建议。"他把酒杯挪到一边,红葡萄酒泼洒在白色桌布上。他喝醉了?乔伊自己喝醉了?乔伊真的感觉非常奇怪。

特洛伊说道:"好吧,大家还记得克莱尔吗?"

"哦,看在上帝的分儿上,特洛伊,是的,我们记得克莱尔。"乔伊说道。

克莱尔是特洛伊的前妻,深受喜爱的前家庭成员,就像英迪拉,或者高配版的格兰特。每次孩子分手,乔伊都觉得像是生死离别,这么多年发生过太多次生死离别了。

她要把这个写进自己的回忆录里:回顾近十年的时光,就像在看陈尸遍野的战场,他们都是可爱的年轻男子和年轻女子,与我那些不知好歹的可恶孩子有过一段情愫。那位幼稚的小老师会怎么想呢?老师的确是说过,要写得多姿多彩。

特洛伊说道:"嗯,我在美国见到克莱尔了。"

"你们要复合?"埃米脸上满是傻傻的希望。

"他们当然不是复合。"乔伊是在掩饰自己傻傻的希望。当然不是。克莱尔去了得州,或是差不多的地方,反正就是让人想起牛仔的地方,还嫁给了一位美国心脏病医生?那医生是他们在美国一起生活时朋友的朋友吧?

"不是复合,她现在婚姻幸福,永久定居美国了,"特洛伊说道,"她准备要个孩子。"

"嗯,我并不惊讶。和你在一起那些年,她一直都准备要个孩子的。"乔伊苦涩地说道。克莱尔和特洛伊当时正在做着试管婴儿,婚姻就破裂了。明摆着的,特洛伊是不忠的那一方。当时乔伊很生特洛伊的气,足足有半年的时间没法正眼看他。乔伊抖得厉害,这房间到底是太冷还是太热了。

"她和丈夫努力了很久,显然是不走运。"特洛伊说道。

"哦,天哪,"布鲁克说道,"她不会想用——"

"是的。"特洛伊说道。他看着妹妹,布鲁克似乎猜到了乔伊想都不敢想的事情。"是的,的确如此。"

"用什么?"斯坦说道。

"嗯,我们当年的胚胎还一直冷冻保存的,就是当时我们要做的试管婴儿。克莱尔一直在支付保存费用。不管怎样,现在她就是问,嗯,我的意见……她想用之前的碰碰运气。"

乔伊觉得走在一片黑暗中,跌跌撞撞地寻找灯的开关。"你是说,克莱尔想生你的孩子?但是,我就不明白了,她为什么不能和现任丈夫做试管婴儿呢?做新的……胚胎?"她的胚胎两个字说得不利落。当年她怀孕的时候,就只有婴儿的说法,要么有,要么没有。

"她当年和特洛伊做试管婴儿的时候,卵子储备就不足,"布鲁克记得所有人的病史,"她现在可能已经没有卵子了。"

"但那孩子的父亲会是你呀。"乔伊说道。她眼前浮现出特洛伊小时候的样子：所有孩子中最可爱、最调皮的那一个。每次醒来，他都会大声哀号，叫得人觉得他要死了。每次乔伊都会上当，跑着去看他，但就在抱起来的那一瞬间，哭声就像关了开关一样戛然而止，特洛伊就会露出融化人心的微笑，粉嘟嘟的胖脸蛋还湿漉漉的，那是鳄鱼的眼泪。

"她想的是，等到孩子一出生，就让她丈夫正式收养孩子。"特洛伊说道。乔伊听出来了，他说到"丈夫"这个词的时候，不怎么利落，就像自己说"胚胎"这个词。

"但你能参与吗？如果你想参与，可以吗？"埃米问道。

特洛伊耸了耸肩。"她说取决于我。就像离婚后伤心的父亲，一两个月出现一次，带孩子去麦当劳，有什么意义呢？孩子觉得那个心脏病医生就是自己的父亲不是更好吗？你们觉得呢？"

乔伊感觉自己坐着一条小船，颠簸在暴风雨的大海上。

她与斯坦四目相对。斯坦目瞪口呆。她看出来了，斯坦还没明白是怎么一回事。现代技术、现代科学和现代思维创造出多种崭新的可能性和困境，全都不在他的理解范围内。

"你觉得怎么样，还行？"洛根问道。

"不，我压根儿不喜欢，"特洛伊说道，痛苦的表情在他脸上一闪而过，"坦率来讲，我觉得厌恶。"

"嗯，兄弟，那你没有必要——"

"但克莱尔想有自己生物学上的孩子，只有这一个机会。"特洛伊举起双手，做了一个无助的投降姿势。"她唯一的机会。再也不会有。我怎么能给剥夺了呢？那些胚胎就那么躺在那里。太残忍了。"他声音低下来，手里拿着酒杯，沿着桌布上的葡萄酒污渍画圈儿，仿佛想要蹭掉污渍一样，但蹭不掉的，那个污渍永远都在。

特洛伊低声懊悔地补充了一句："特别是我还那样对待过她。"

哦，看在上帝的分儿上。

特洛伊小时候惹上麻烦，乔伊也是这种感觉，一模一样。他坐在她和斯坦面前，耷拉着脑袋，双手垂在双腿之间，看起来好难过、好懊悔、好迷惑，仿佛他的行为并不是他的选择，不是他的本意，但又再次陷入后果当中。

"我觉得我只能同意，对不对？"他抬起头，望向首座的乔伊，"你觉得呢，妈妈？"

乔伊叹了一口气，再次用手摸了摸自己灼热的脸颊，打了个寒战。她觉得好冷。

"妈妈，你觉得是不是？"特洛伊说道，"我只能同意？"

他需要答案。每次他发现自己陷入道德的困境，总是向乔伊寻找答案，而不是找父亲。

妈妈，我偷了这张光盘，我现在感觉很不应该。我应该送回店里，给他们说一声吗？但光盘已经被我擦花了一点。

"哦，特洛伊。"

乔伊想起克莱尔的父母。他们夫妇与克莱尔的父母只见过几次，但他们喜欢对方。他们简单友好，大家甚至一起打过双打。克莱尔的母亲特里萨，双手反手击球很不错。自己的儿子那样伤了特里萨女儿的心，乔伊觉得羞愧难当。她给特里萨打过电话，说很抱歉，她为特洛伊感到羞愧。特里萨当时友好大度。如果双方调换处境，乔伊也能有礼有节，但会冷淡傲慢。现在，那个好女人会得到乔伊的孙子或是孙女，而乔伊却不能见孩子，不能抱孩子，不认识孩子。那个孩子可能会有特洛伊那样的微笑？还有克莱尔那漂亮的红色头发？红头发的孙子或孙女，乔伊会特别宠爱的！

"是的，"她对特洛伊说道，"你说得对。你只能同意。这样做是对的。"

"嗯，我不知道啊。"斯坦不安地起了个头。

"这样做是对的。"乔伊咬着牙对他说道。

他闭上了嘴。

是的，这样做是对的，但这样做也是错的。

那个可爱的红头发小家伙，她已经爱上了那个小家伙，那有可能是乔伊唯一的孙子或孙女，那该怎么办？

她突然就说道："也许你们现在该回家了。"

所有人都睁大眼睛看着她。

"我感觉不太舒服，"乔伊说道，"我觉得好像要生病躺下了。"

最近一两天的症状综合起来，她突然就醒悟过来。自己真是个愚蠢的老女人。因为最近反常的性行为，她得了尿路感染，蜜月的时候得过的。

现在，她对斯坦感到非常愤怒，那个蠢货大石头一样坐在桌子的另一头，拿着气球，一言不发，什么都拿不出来，只能让人尿路感染！她都这个年纪了！事情已经这样了，她拿起装水的杯子，猛喝一气。她需要抗生素，但今天是星期天，没法去找可爱的全科医生苏珊，只能去医疗中心，非得对着一个刚从医学院毕业的孩子讲述自己的性生活。

"真是见鬼了。"她对斯坦说道。

"嗯？"斯坦说道，"你为什么看着我？我做了什么？"

"好吧，是你弄死了丹尼斯·克里斯托！"她说道。真的很奇怪呢，现在这么多糟心的事情，她甚至都没想过可怜的丹尼斯，但过去六个月的时间，她心里一直在指责斯坦，潜意识里早就准备好了，就等着恰当的时机。

"丹尼斯·克里斯托死于心脏病！"斯坦立刻回答道，没半点含糊。但这正是他有罪的确凿证据。

"你让他觉得可以破你的发球，他可怜的心脏承受不住！"

"他不可能真的相信他破得了我的发球。"斯坦嘲笑道。

"你让比分达到了0:40！"乔伊大声说道。

"嗯，那抱歉。"斯坦的声音完全没有抱歉的意思。

"别对我道歉！可怜的黛比·克里斯托伤心欲绝，你该对她道歉！"

"永远不要承认,爸爸,"特洛伊说道,"这是我的小诀窍。"

"想来也是。"洛根说道。

"丹尼斯·克里斯托对我说过一句非常不得体的话,"埃米评价道,"妈妈,这能让你好受点吧。非常不得体的话。"

"我们可以先把礼物给爸爸,然后再离开吗?"布鲁克焦虑地问道。

"我做错了什么?"这句话没有经过乔伊自己的允许,脱口而出。

所有人都呆头呆脑地看着她。

"妈妈,你没做错什么呀。"埃米安慰地说道。

"那为什么你们当中没有一个人能维持长久的恋情?难道我和你们父亲没给你们树立一个好榜样?婚姻的好榜样?"

她的孩子们都耷拉下脑袋,仿佛母亲要看谁主动去干倒霉差事。

"是的,我和你们的爸爸不完美,"她说道,"但是,我们也没有那么糟糕,对吧?你们这是在惩罚我们什么吗?为什么?因为让你们打网球了?我们没有让你们打网球!从未有过!你们很喜欢网球的!你们都非常有天赋!"

"我们不是在惩罚你,"特洛伊说道,"这是胡说八道,妈妈。"

"只是运气不好,"布鲁克说道,"时机不对。"她冷冰冰地瞪了洛根一眼。"我听到洛根和英迪拉分手的时候,也是没法相信。"

"妈妈,"埃米说道,"你会当上祖母或外祖母的。我的意思是说,显然我不会有小孩,但其他人会有的。"她指了指妹妹和两个弟弟。"他们会有人生小孩!自然而然地有小孩。不像特洛伊那种,那种怪怪的很烦人。但你会有真正的孙辈的。我保证。"

"埃米,你怎么能够保证这个?看吧,你弟弟妹妹可没急于同意你的看法!还有,你说你显然不会有孩子,什么意思?为什么不会有?再说了,你说什么孙辈的事情呢?我提到过吗?有过吗?一次都没有!"乔伊觉得不公平,整个身体都沸腾起来,在发抖,"从未有过!我有过吗?嗯,有过吗?"

自己的坚忍包容如果得不到回报，至少这一点应该得到承认吧。

"妈妈，你从未说过。"布鲁克说道，声音听起来好难过，而且还吓到了，好像要哭出来的样子，仿佛乔伊是喝醉了、疯了，或是病了。

"就像你从未说过想要我们赢一样。"特洛伊安静地说道。

乔伊站了起来，双腿摇晃。唯一与她目光对视的人是她讨厌的丈夫。

她看得出丈夫此刻想要做什么。她看得到：死一样的寂静或沉默降临到丈夫身上，就像一切都关闭起来了。丈夫上一次这样还是二十年前，但她依然看得出信号。事情要来之前，她总能看出来，比孩子们率先一步看出来，如果行动敏捷，她就能拦截，就能扭转危机。就像赶在东西摔碎前，冲过去一把抓住，区别只是不能跑。也许那就是拆弹专家的感受。

但她已经不干拆弹这一行了。她太老了，干不了这个了，她甚至不能相信自己一开始就忍了。

"我……看你……敢，"她伸出颤抖的指头，指着斯坦，"想都不要想。"

她站在那里，摇晃不定。悲伤羞愧的痛楚不仅在腹部蔓延，还一路抵达她的身体左侧。

第一个来到她身边，扶着她的人是萨凡纳，对方的手居然非常有力量。

"让他们都走，"乔伊对萨凡纳说道，"让他们都回家去。"

第二十五章

现在

从乔伊·德莱尼最后一次出现在家人面前开始算起,现在已是第十五天了。

"父亲节那天,我母亲病得不轻,"布鲁克·德莱尼说道,"她崩溃了。后来发现是肾脏感染。我们只能叫救护车。"

"肯定把你们都吓坏了。"克里斯蒂娜说道。

克里斯蒂娜和伊桑在问询乔伊·德莱尼的小女儿,地点在小女儿的理疗诊所。诊所只有两把椅子。伊桑接受布鲁克的安排,坐在平衡球上,他坐得泰然自若,勤奋地记着笔记。换作克里斯蒂娜,可能会掉下来。

记者招待会的时候,他们见过布鲁克,但安排问询花了几天的时间。克里斯蒂娜不确定布鲁克是否有意拖延,但现在她似乎很愿意配合,至少给人这样的感觉。

"嗯,是的,的确吓了我们一跳,"布鲁克说道,"一开始,我们不知道怎么回事。妈妈举止很奇怪。我们一开始觉得她是心烦,不是生病。"

"她心烦的是什么呢?"

"我感觉尤其糟糕,"布鲁克反思道,"只有我接受过医学培训。她发烧了。我应该注意到的。"

"她烦心的是什么事情呢?"克里斯蒂娜追问道。

"不过是些家庭琐事,"布鲁克说道,"哥哥和我都和另一半分手了。哦,还有,爸爸觉得应该在那天全面分析一下我们网球生涯失败的原因。"她淡淡地笑了一下。

"萨凡纳给你留下了什么样的印象?"克里斯蒂娜问道。布鲁克给她泡了一杯很烫的茶,她啜茶的时候,烫了舌头。

"她人很安静,乖巧。那天在父母家,我们的午餐都是她做的,还有点伺候我们用餐的意思。感觉很奇怪、很不舒服,她就像灰姑娘,她不怎么吃东西。我父母都很奇怪地迷恋她、依赖她。就像她这么一出现就解决了问题,我们之前都没意识到需要解决的问题。"

"什么问题呢?"

布鲁克考虑了一下:"我想,也许就是做饭的问题?或者退休的问题?我父母不是那种梦想着退休的人。他们热爱工作。"

"你母亲最近有抑郁的迹象吗?"

"绝对没有,"布鲁克眼睛眨了一下,"最近情况不是特别好,但妈妈不是会抑郁的人。"

"那你父亲呢?他是会抑郁的人吗?"

"他脾气会变得不好,"布鲁克小心翼翼地说道,"但从不使用暴力。你是在暗示这个吧。"

"我不想有任何暗示,"克里斯蒂娜说道,"我只是收集有关你父母情绪的信息。"

"你是没有见过我父亲教孩子的样子,"布鲁克说道,"即便是没有天赋的孩子,尤其是没有天赋的孩子。他那么温柔耐心,对网球充满了激情,总想人人都像他那样热爱网球。"

克里斯蒂娜觉得这条信息没用。温柔的人也会勃然大怒。有些人在某些情况下温柔友好，到了别的情况下就残忍恶毒。

"但他现在没有教人打球，对吧？你父母退休了，你说他们热爱工作。所以，我觉得他们并不享受退休生活。"

"他们有点纠结，"布鲁克说道，"他们旅行过，却不知道该怎么度假。以前，我们家都没真正度假过。"

"你们从不度假？"

"好吧，度假是有的。每个夏天，我们都要去中央海岸的露营公园，"布鲁克承认道，"还是有点好玩的。"她皱起眉头。"也有点不好玩。"她叹了一口气。"但从来都没有很多假期，因为我们都是竞技网球运动员。要么在去锦标赛的路上，要么为准备锦标赛而训练。与此同时，我的父母还努力经营着网球训练学校。"

"你童年觉得幸福吗？"克里斯蒂娜问道。她还没能搞懂这家人。表面上，他们似乎很有爱、很开朗，但在他们冷静的运动外壳之下，她感觉得到不祥的功能紊乱在蠢蠢欲动。

"我不知道啊。"布鲁克说道。她拿起一支圆珠笔，放在嘴里咀嚼，接着似乎意识到了这个动作，又从嘴里拿出笔，放回面前的桌子上，把笔推开。"我的意思是说，是的，是幸福的。但很忙，时间都被网球霸占了。网球劫持了我们的童年，没时间干别的。"

"童年被劫持了，你觉得怨恨吗？"

"一点也不。我热爱过网球的，我们都热爱的。"

"你还打网球吗？"克里斯蒂娜看着墙上相框里的网球运动员。

布鲁克的鼻孔张了张："我没有参加竞技比赛。时不时与我爸爸打一打。打着玩儿。"

"从小到大，你父母给了你很多输赢的压力吗？"

"我们自己给自己压力，"布鲁克说道，"我们都想赢。"她顺着克里斯蒂娜的目光，望向那张网球运动员的照片：运动员正在反手抽击，拉扯的那股劲儿仿佛事关生死。"当你非常想要得到时，你付出了所有，最后却得不到，是很难受的。有一种说法，什么你只需要相信自己，但事实就是，我们不可能都是玛蒂娜。"

"玛蒂娜？"克里斯蒂娜查了查自己的记录。是姐姐叫这个名字吗？

"纳芙拉蒂洛娃。"伊桑一边说，一边指了指那张海报。

"哦，当然。"克里斯蒂娜说道。她只知道八十年代有个怒气冲天的网球运动员，叫麦肯罗。她有个叔叔，喜欢摆出美国口音模仿麦肯罗发怒的样子说："你不是认真的吧。"

伊桑对布鲁克说："你说'最近不太好'，是因为父亲节午餐的余波未了吗？"

问得好。克里斯蒂娜观察布鲁克回答问题的身体语言。她双肩耸起，扯了扯脖子，然后双肩下垂，就像乌龟一样的动作。

"没什么余波未了，"她确定地说道，"只是那天明明白白地说了一些从未明说的事情，仅此而已。然后妈妈生病住院，我们都忙着关心住院这事了。"

这是实话吗？或者那就是事情开始不妙的时候？

"嗯，好的，那你为什么会觉得最近不太好呢？"

布鲁克变得非常僵硬："我也不清楚。"她并没有眨眼睛。

这是撒谎了。就是这儿。克里斯蒂娜可以明明白白地给指出来，就像医生指出 X 光片上的裂痕。

布鲁克非常清楚。

克里斯蒂娜等待着。

"你确定？"她温柔地说道，"你确定自己不清楚？"

布鲁克的脸颊泛起两块红晕。"嗯，我确定。"

"还是说一说你父母留宿的客人吧，"克里斯蒂娜说道，"她与你父亲单独相处过？你母亲生病住院的时候？"

"是的，"布鲁克说道，"只有两个晚上。"

"好的。"克里斯蒂娜说道。两个晚上够长了。她等着。布鲁克没有退缩的举动。

"后来你母亲出院回家,萨凡纳继续留在他们家里。"

"是的,"布鲁克说道,"我们心存感激,因为做饭的事情她都包了。"

"据我所知,大概就是那个时候,你哥哥洛根发现萨凡纳有了让人难以接受的地方。"

这一次,布鲁克的确是畏首畏尾了。她不希望这件事情被传播下去吗?如果不希望,又为什么不呢?

布鲁克很快恢复了常态,但也只能勉强维持目光的接触。

"洛根给你说了?"

"他说了。"克里斯蒂娜说道。洛根是突然说出口的,然后就匆忙赶去上课了。"多给我讲点吧?"

"嗯,"布鲁克谨慎地说道,仿佛踮脚走过一地的碎玻璃,"那天他在家里坐着,就发现萨凡纳,嗯,让我们都觉得有点……"她不再直视克里斯蒂娜的眼睛,想着正确的措辞。

伊桑坐在平衡球上,屁股一歪。

"紧张。"布鲁克说道。

第二十六章

去年十月

　　那是一天的正午时分,是一周的周中,也是他生命的中年阶段。这天洛根是上午很早的课,现在他回到空了一半的家中,坐在绿色皮沙发上。这天阳光明媚,空气清新,到处都是鸟叫、割草机和吹叶机的声音,还有隔壁邻居学拉大提琴的琴声。她先发制人地给洛根留了便条,说:我在学大提琴,感谢您的包容!

　　洛根不停地换着电视频道,午饭是温热的啤酒和冰冷的剩比萨。他的目光总是忍不住从电视上转过去,去看家里那些英迪拉留下的空白区。

　　他面前就是一处空白,如果英迪拉还在,就会站在他面前,双手叉腰说:"没看见吗?外面阳光明媚呢!"

　　她觉得,外面阳光明媚而在家里看电视是非法行为。这是因为她十二岁前与家人生活在英国,之后才移民过来,依然对澳大利亚的阳光欣赏有加,而洛根是晒着太阳长大的。在他眼里,阳光是麻烦,就像刮风一样,是网球场上需要克服的障碍。而英迪拉觉得阳光是日常的奇迹。

　　但她也留下了实实在在的空白,比如墙上褪色的方块,之前英迪拉在墙上挂了一幅人见人厌的抽象画,是从霍巴特市场上的一位艺术家那里买的。前门口的地毯压得很平实,之前放的是她毫无意义的复古衣帽架,但也不是毫无意义,因为洛根还是习惯往那儿挂东西,比如说他的连帽衫,而衣帽架总是不在,次次落空,次次惊讶。还有一团团的灰絮,愁闷地在洗衣间飘滚,就在英迪拉之前放置竹编洗衣筐的地方。

她留下了她的洗衣机。每次洛根想要洗衣服,洗衣机都瞪着他。滚筒洗衣机不大,但操作不便,有太多的模式可以选择了。之前他们的衣服都是英迪拉洗,她喜欢洗衣服。有时,她会从洛根脚上扒下来袜子,就是为了洗掉。

至少冰箱还很友好。他这个冰箱已经用了好些年头,它一直都在,严肃冷漠,暗自轻吟,度过了每一次分手的经历。一罐罐的希腊酸奶和一篮篮的草莓,一次次地从冰箱里消失,再次换上了一个个比萨盒子和数个六听装的啤酒。

忠诚的老冰箱。

天哪,他这是要变成他母亲了:把家用电器拟人化。

他直愣愣地盯着墙上的空白方块,就像盯着被砖头堵上的窗户,徒劳地寻找早已不见的风景,徒劳地寻找永远不会来的解释。

"好美呀,"英迪拉评价那幅画,"让我感觉很有活力。"

"这就是人见人厌呀。"洛根就会这样说,他在自己的声音里听到的是他父母的戏谑,反正他是这样感觉的。也许英迪拉听到的是另一回事。英迪拉父母的婚姻不幸福。她听到的可能是完全不同的回响声。洛根觉得自己是在开玩笑、是调情,但英迪拉可能觉得他是在恶言伤人。也许英迪拉讨厌洗衣服,也许他们一直肩并肩生活在完全不同的现实中。

那幅画真是丑到爆了,但洛根想念它,就像他想念英迪拉问他话,想念英迪拉的香水,想念英迪拉非要他吃香蕉(因为香蕉含钾,英迪拉对钾深信不疑），想念她放在前门边的跑鞋，想念她高音调的喷嚏，还有她玩《宝可梦》时的快乐，据说这些看不见的精灵就在他们的公寓里游荡（那些精灵还在吗？满怀希望地在她手机里等着她去捉吗？），还有星期天早上，她在洛根脖子后面的轻轻一吻；还有她——天哪。

够了。

他拿起电话，给朋友希恩打电话，他才不是什么被动的人。他每天都在记录自己非被动的行为。在老同学的圈子里，只有他会主动打电话给朋友，无论谁的妻子看到，都会对自己的丈夫说："有洛根这样的朋友，你真是幸运。"

"你想好了吗？"希恩接通电话就问道。

"呃？"洛根什么都没想，"想好什么呢？"

他立刻想起来了，希恩觉得自己六岁的儿子是下一个纳达尔，希望洛根能做他儿子的教练，洛根只是十几岁的时候在德莱尼学校帮过忙，之后就再也没教过孩子，但希恩并不在意。以前，洛根他们必须做很多事，其中他最愿意的就是做教练，但现在他没必要做教练。

"我给你说过的，我不做教练，"洛根说道，"而且也给你推荐了很多教练。"

"就看他打一次球，"希恩说道，"就一次。你以前所有的比赛我都去了。"

"你没有。"

"我去了一场，"希恩说道，"你打得很好。"

"好个屁，夏洛克，"洛根说道，"我排名——"

"哎，管它呢，兄弟，我不在意你的排名，你打球的时机已经过了，我儿子有未来，他可能也是你的未来。你到时候就知道了。你和英迪拉来吃午饭吧，然后就到我们这儿的球场去，你看了再说。"

"希恩。"洛根说道。

"我想让你当他的教练。别人我都不要，连你爸爸也不行。我这是在帮你,你想想吧。我得挂电话了。"

洛根把手机往沙发上一扔,笑了笑。连务实的希恩都变成了典型的网球父亲,对孩子的爱蒙蔽了他的双眼。

如果朋友们知道洛根分手了,反应跟父亲节那天的家人们不会有什么不一样。大家喜欢英迪拉胜过喜欢他,他一直都知道的,但这是第一次往心里去。他觉得受到了不公平的对待,受到了诽谤。甚至特洛伊看他的眼神,都像在说他是个蠢货,居然放走了英迪拉。

他还记得母亲突然昏倒之前说的话:难道我和你们父亲没给你们树立一个好榜样?婚姻的好榜样?

他从未想过要评判父母的婚姻。他觉得,父母的婚姻就是父母的婚姻,与其他事情毫无关系。可能潜意识当中,他孩子气地认为父母是一个整体,不是两个不一样的个体。毕竟他们在一起已经半个世纪了,一起工作,一起打网球。他很少看到父母分开。他们的婚姻是好榜样吗?他第一次真正去考虑这个问题。

他喜欢父母互相调侃的方式,感觉就像看他们打比赛,他们几个孩子很小的时候,虽然不明白规则,但也觉得好玩。洛根压根不想去了解父母的生活,但父母总是有身体接触,拥抱接吻多于其他人的父母。这一点他也喜欢。他父亲高大,他母亲则很娇小,父亲可以把母亲夹在腋下,想放哪儿就放哪儿。即便洛根是孩子的时候,他也看得出,父亲这样做,母亲挺喜欢的,有时母亲会佯装拒绝,但那也是游戏的一部分。

洛根绝对不会对英迪拉那样。英迪拉浑身都是痒痒肉。如果洛根想拎起英迪拉,英迪拉很有可能要用脑袋撞他。而且,英迪拉觉得自己很重,洛根拎不起来。她对自己的身材不满意。洛根喜欢英迪拉的身材,但说话得小心。英迪拉喜欢摆出自己根本没有身材的样子。一开始,洛根也赞美英迪拉,但她会冲洛根发火:你撒谎,你只是说说而已,你怎么能说那个,我知道你不是认真的,我的腿难看得要死,我的胳膊也难看得要死。洛根突然发现自己成了捍卫者,有人毒舌攻击英迪拉的身体，但进攻者是英迪拉本人，他回击的时间应该多长，力度应该几许呢？既然不知道，他就放弃了，什么都不说。所有的恋情都有不切实际的规则，只需要遵守就行。不过他的双手可以说话，他就用双手说出他不能大声表达的一切。他们有很多亲密接触，不仅是在卧室里的亲密，他们在大街上手牵手，肩并肩坐在沙发上看电视。他认为，这些接触就是诉说所有需要诉说的一切。

但他之前没有认真想过，现在认真想来，小时候，父母婚姻当中的某些方面，他并不喜欢。母亲在父亲背后做鬼脸，喃喃地抱怨，声音很低，只有孩子们听得到：哼，我给他说过的，肯定就是这么一回事，他听了吗？没有，他没听。洛根真的很讨厌母亲这样。

父亲与母亲争执起来，他并不是大吼大叫，而是离开，获得了争吵的最终话语权。

父亲离开的时候，洛根好恨呀。

记忆一下涌上心头，就像闻到了遗忘很久的童年气息。他就像在梦中绊倒了，心里猛地一沉。从某个时间点开始，父亲不再离开，记忆就消失了，就像旧衣服不见了，人就忘记了它们存在过，后来想起是因为看到了老照片，感叹道："我挺喜欢那件T恤的。"

有一天，他父亲回来了，再也没那样离开过，父亲离开的记忆被淹没在一年又一年的岁月中，不再为人所见。他的母亲不再做鬼脸，不再在一旁抱怨，他的父亲不再离开。

手机响了，他吓了一跳。拿起来一看，是英迪拉的来电。他仔细看着英迪拉的名字，想把拇指放在"拒绝"按钮上。

英迪拉决心"保持朋友关系"。她现在与洛根通话是一种新方式，不带一丝情绪，听起来就像和气生财的客服代表，几乎就是原来那个英迪拉的完美复刻品，但缺少了某些本质和魅力。

他关掉电视的声音，接了电话。

"嗨，洛根，"她用电话销售员的亲切语气说道，"还好吧？"

"还好,英迪拉,你怎么样?"他没有完全模仿英迪拉的语气,但也差不多。

她顿了顿,声音不再那么亲切,变得更为正式:"我就想打电话问问,你妈妈出院了吗?"

她本可以选择发信息的:你妈妈怎么样?洛根可能就会这样做。或者她可以像洛根的数位前女友那样,从他的生活中消失得无影无踪,但她还保持联系,尽职地了解洛根家里的情况。洛根想对她说,没必要。身边不能有她这个热乎乎的人,耳边也不想有她冷冰冰的亲切声音。

"回家了,"洛根说道,"只在医院待了两个晚上。"

"哦,很好,很好哈。那女孩还住在他们家里?"

"是的,"洛根说道,"还在。她负责做饭。妈妈很喜欢。这……"这不对劲。还好。让人很放心。有点吓人。关于萨凡纳,他不知道该怎么说,也不知道该怎么感觉。她好像让父母挺开心的。他怎么去解释这个呢?他盯着电视上方的空白处。"你还好吗?"

英迪拉在佩斯,一年前她父母搬到了那里。她与父母相处得不好,然而还是准备与他们在澳大利亚的另一头安顿下来。她就是这么不想继续做洛根的恋人。

"今天早上,就因为一个水杯,我父母互相大吼大叫了十分钟,"英迪拉说道,忘了用那种伪装的平静语气,"但他们都感觉不到自己在吼,像默认配置一样。"

"是不太好。"他说道。你为什么要离开我?

"管他呢,我今天下午要去看房子,应该很不错的。"她又恢复了亲切的语气。

"我们从来不大吼大叫。"洛根说道。他屏住了呼吸,谈论感情违背了默认的规矩。回来吧,再把你那幅丑爆的画挂到墙上。

长长的停顿。

"我们从没真正吵过架,"洛根说道,"是吧?"你为什么要离开?

你现在不能回家吗?

"现在说这个无济于事,"英迪拉说道,"我已经——"

洛根快速说道:"父亲节那天,妈妈瘫倒之前,她心烦意乱,你和我分手的事情,布鲁克和格兰特分手的事情——"

"摆脱他对布鲁克来说是好事。"英迪拉说道。英迪拉不喜欢格兰特,洛根一直无法真正明白是怎么回事。

洛根继续快速地说着:"总之,妈妈问我,是不是她和爸爸没给我们树立好榜样,婚姻的好榜样。"

"你妈妈和爸爸关系很好呀,"英迪拉说道,"他们在一起很可爱的。我今天会给你妈妈打电话。"洛根听出了痛苦的声音。她很喜欢洛根的父母。过去五年里,她与洛根父母说话的时间,比洛根自己与父母说话的时间都长。洛根把与父母交谈这事当作家务交给了英迪拉,因为英迪拉很擅长这个,就像英迪拉把打扫浴室的家务交给了洛根,因为洛根可以把淋浴房的水渍洗得干干净净。

"他们真的关系很好,"洛根同意道,"但说来也好笑,你打来电话前,我正在想我父亲以前——"他找不到恰当的词来形容父亲以前的所作所为,而且他突然不是很确定自己想要谈论这件事。

"你爸爸以前怎样?"英迪拉说道,仿佛她真的想知道一样。如果说了,英迪拉就不会挂电话,他就能够听到她正常的声音,洛根觉得也行。

"我们还小的时候,他常常那样……也许一年三四次。反正没那么多次,也不是什么大事。"但其实算得上是大事,"我肯定给你说过的。"洛根说道。

"你从没给我说过。"英迪拉说道。听起来她嗓门有点大,仿佛刚刚坐直了,于是洛根也把腰板挺了挺。

"哦,"洛根说道,"嗯,遇到事情,我爸爸非常生气的时候,他就……一走了之。"

"你的意思是说,他避免冲突。"英迪拉说道。英迪拉对有些单词的发音,洛根还能听出她遥远的被遗忘的英国口音。

"现在想来,"洛根说道,"感觉不像是避免冲突,像是惩罚。因为从来都不知道他什么时候回来。"

"但是——我不太懂呢。他去了哪儿呢?"

"完全不知道。"如果现在问一问,会怎么样?爸爸,你以前去哪儿了?为什么要那样做?

"不只是离开房间。他离开了家?"

"是,"洛根说道,"有一次,我们开车去打锦标赛,我和特洛伊在后座打架,爸爸把车停在六车道的公路上,下车走了,第二天晚上才回来。"

"第二天晚上!"英迪拉发出了刺耳的声音。

他想起大家坐在车里,看着父亲走开。父亲走得不紧不慢,仿佛有重要的约会,正好赶时间。车里感觉又热又闷,透不过气来,耳边只有过往车辆的嗖嗖声,还有指示灯单调的嗒嗒声,这标志着他们的父亲靠边停车离开了。

也就是在那天,布鲁克第一次偏头痛发作,或是洛根记得的第一次。二十分钟后,母亲直截了当地说:"他不会再回来了。"于是,母亲下了车,换到驾驶座,送他们去参加锦标赛,洛根以 2∶6 和 1∶6 输给了中央海岸来的一个毫无技巧的狗屁孩子。他不记得其他人的比赛打得怎么样。

现在想来,父亲肯定是搭了顺风车,显然如此。当时又没有优步,没有手机。父亲现在也还没有手机。

他肯定是伸出大拇指,搭了顺风车,在便宜旅店住了一夜。没什么好神秘的。只是因为他们当时还是小孩,觉得好可怕,才觉得好神秘,仿佛爸爸消失在空气中。

他现在就想给爸爸打个电话:"你当年是在旅店过了一夜吗?好呀,

大个子。真有你的,爸爸。"

"他离开时间最长的一次是五个晚上。"洛根说道。他还数了的。那次是特洛伊跳过拦网揍了哈里·哈达德,所以全家人都生特洛伊的气。

"五个晚上!你妈妈肯定很紧张!"英迪拉说道,"她没给警察打电话吗?"

"我觉得她从未打过。"洛根说道。他不知道母亲是否给警察打过电话。他猜是没有。"因为他每次都会回来。妈妈知道他会回来的。"

洛根记得布鲁克对着肉酱意大利面哭泣,母亲安慰她,当时好像没什么大事,不过是家里没了干乳酪。傻丫头,爸爸会回来的,别大惊小怪的!他只是需要清醒一下。

父亲不在的时候,母亲不会低声抱怨,只是反复安慰大家,说父亲会回来的,不用担心,他"随时"就会回来,这样他们就会忘了这件事。你只需要保持耐心。

"你从未问过他去了哪儿?"英迪拉问道。

"不让问的。你必须装作什么都没有发生的样子。那感觉就像是……规则。"

"我不敢相信,你母亲居然就这样忍了。"英迪拉说道。她顿了顿:"埃米肯定问了你父亲去了哪儿。"

一段痛苦的回忆突然闪现在洛根的脑海里:有一次,父亲回来的时候,埃米从门厅飞奔而下,冲到父亲怀里,一边用小拳头捶打他的胸口,一边尖叫:"爸爸坏,脑子坏,脾气坏,你到哪儿去了,到哪儿去了?"他们母亲紧随其后,猛冲过来,把埃米从斯坦身上拉下来,斯坦就站在那里,像一棵树一样,没有回应,面无表情。

父亲转身再次离开了?或者是另一次的事情?

"我九岁生日派对时他也那样,"洛根说道,"我们都还没有唱《生日快乐歌》。"

"太恶劣了,"英迪拉说道,"真的很恶劣。斯坦!可爱的斯坦!我还以为他只是一头大笨熊。"

"哦,"洛根说道,"也不算是最恶劣的事情,那天他离开的时间不长,晚上及时赶了回来,安顿我上床睡觉。"

那次,父亲给他带了一块脆奇巧克力棒。他还记得父亲把巧克力放到被子里,就在他旁边,包装金闪闪的。那算是父亲最接近道歉的行为。他已经刷了牙,还不用与其他孩子分享,就躺在床上吃巧克力,那是打破规矩的滋味。他客观地明白,父亲那天做得很不好,甚至是很残忍,但脆奇巧克力棒在他的回忆中闪着金光,证明了父亲的爱。

"后来,他就不再那样了,"洛根说道,"我不记得具体什么时候,可能是我十几岁的时候吧。我们都把这事都忘了。"

"但对成长还是有深远的影响,"英迪拉说道,"对你的成长。"

"没有。"洛根说道。

他突然就深感恼怒。英迪拉的父母都是心理学医生,每次英迪拉这样简单归因,用心理学分析他,他就很厌烦。英迪拉是平面设计师,所以知道什么呢,而且她父母作为心理学医生并不高明,不然他们就该分析一下他们自己,给自己下个有病的诊断书,否则他们这么美丽的女儿恨自己美丽的身体,他们怎么会没看到呢。

"没什么影响。只是我爸爸以前的怪癖已经改了,没有影响我。我有那样对你吗?我有从你面前消失过吗?"

英迪拉没有回答。

"英迪拉。你知道我没有。我从未有过。"他心里升腾起一股什么东西。

"你本人从未离开过,"英迪拉慢慢说道,"但无论何时,只要我们有争论,你肯定就会……退出。"

"我退出?"洛根说道,"这到底什么意思?"

他听到了这话有母亲的声音,只是他母亲会说:这该死的到底什么意思?

他没等英迪拉回答。现在还有什么意义呢？离开的人是英迪拉，她没解释就"退出了"。

"我得挂了。"他说道。

"嗯，"英迪拉冷静地说道，"我想也是。"

现在，这又是什么意思？他没等对方回答。他挂掉电话，手机一把砸在沙发的木头扶手上。他坐了片刻，心跳很快。他想起与英迪拉相处期间，他们或是有了分歧，或是英迪拉指责他，或是英迪拉似乎有了什么烦心事，他真想像父亲那样，站起来离开房间，出去绕着街区开一圈冷静下来，但从没那样做过。

他调动全部的克制力，强迫自己留下，而英迪拉往往突然双手朝空中一举，摔门走人。但看英迪拉刚才的表现，好像觉得克制是什么性格缺陷。他没像母亲那样大喊大叫。他也没像父亲那样一走了之。他肯定也没像祖父那样做出任何不可原谅的事情。祖父的暴力举动就像耻辱柱一样立在家门口。洛根还是个孩子的时候，在抽屉深处找到了一张小小的黑白照片，上面的男人头戴软呢帽，身着背带裤。他正在看着，被父亲发现了，一把抓过来，仿佛是逮到孩子看色情书。斯坦都不需要说照片上的人是他父亲。洛根感受到了父亲灼热的羞耻感，也有了与父亲一样的羞耻感，就像身高和头发一样，他视之为遗传的一部分。

无论何时，只要与女友有了冲突，他都一万个小心，不去重复祖父的错误。他全身绷紧，等待潜在的灾难情绪过去，最终情绪每次都消退了。他付出了这么高昂的代价才做到的，但没人认可、没人表扬或赞同。

无论你多努力，永远都不够好。

网球是这样的。所有事情都是这样的。他一直都是中等水平。每个钟形曲线图上，他铁定属于中间那部分。他可以好到与英迪拉这样的女孩相知相爱，但没有好到能留下她。

他的心跳慢了下来。他看得非常清楚。他与恋情做了了断。这个决定绝对正确，随之而来的那种轻松感让他想起当初放弃竞技网球的那一刻。不再努力。不再失败。我再也不会输，只是这么一想，都是绝对的快乐。

他就做个单身汉，他的冰箱再也见不到酸奶，墙上不会再有画，门口不会再有衣帽架，床上不会再有抱枕。

挺好的。比挺好还要好。

他的手机再次响起。

他拿起来一看，屏幕上有蜘蛛网状的裂痕，就像被微型子弹击中一样。如果是英迪拉就不理，但他看到是系主任，于是用专业口吻接了电话。

"嗨，洛根。"唐·特拉维斯说道。对方说话缓慢，声音低沉，就像洛根爸爸那样，但他是无拘无束的昆士兰州人。无拘无束这个词，怎么都用不到洛根父母身上。

"老兄，我就问一下，嗯，你现在是不是遇到了什么问题……前女友之类的？"

"前女友之类的？"洛根的脑袋猛地往后一扯，脖子都疼起来，"什么意思？怎么了？"

他疯狂环视自己的公寓。他被窃听了？对方怎么会知道英迪拉的事情？洛根是个人生活与工作完全分开的人，没有参加过同事派对或喝酒什么的，学校每年都有一次圣诞派对，但洛根从不参加。

"有人匿名打电话举报你。"

"什么样的举报？"洛根很受学生欢迎。从来没人举报他。他收到的都是感谢信。

"嗯，她有点暗示性骚扰什么的，但也不是很清楚到底暗示的是什么。"

"什么她——"洛根站了起来。

"我知道，洛根，我知道。你完全没有不良记录。所以我猜你最近

213

是不是分手了?"

"我刚分手不久,"洛根说道,"但对方绝不会。一百万年也做不出这事。"

"老兄,肯定吗?有些人分手后就失去了理智,有时候就是会那样。"

"我百分百肯定。"他可以赌上性命。

"嗯,我们给她解释流程,告诉她如果要正式举报,需要做什么,她就挂断了,"唐说道,"一周前打的电话,她没说名字,甚至没说选的是哪门课,这事就到此为止。我只是想给你提个醒,也许有人跟你有深仇大恨。"唐清了清嗓子:"没必要尴尬。我有个前任,给我带来过无尽的麻烦,我理解的。或者只是疯子随机打的电话,这也是常有的事情。"

洛根表示感谢,挂断了电话。

他想了想在英迪拉之前的前女友。

不可能。不可能。不可能。

他一路想到特蕾西。当时特洛伊约会的女孩也叫特蕾西,特洛伊的特蕾西可能会做出那种事,但洛根的特蕾西不会。

洛根交往的都是好女孩。他总是收到前女友的婚礼邀请函。有一天他会不会收到英迪拉开心的婚礼邀请函呢?他一想到英迪拉嫁给别人,就像想到心爱之人去世一样。

就像唐说的那样,肯定是"疯子随机打的电话",但他依然觉得不安。这一整天他都感到非常不安。

他拿起啤酒,又拿起遥控器,打开电视,按键搜索频道:《老友记》的某集,《宋飞正传》的某集,《古董巡回秀》的某集,这个时间段全是回放。

看到一个棕色卷发的漂亮女子接受采访时,他停止了按键。

镜头特写脸部,女子恳求地说道:"我不知道他们为什么一直在电视上播放那些。没用的,只能让事情更糟!"

他肯定看过这个报道。他觉得自己没见过这个人,但她说到"更糟"这两个字的时候,音调突然升高,听起来很熟悉的感觉。

女子继续说道:"那些新闻报道,总是让他情绪坏到极点。也许是新闻让他内疚,我也不知道。他总是说:'哦,全是男人的错,对不对?永远都不是女的有错!永远都是男人的错!'"

洛根站在父母的后院里,萨凡纳在讲述男友殴打她的事。洛根几乎可以肯定,萨凡纳说的话,有些与这番话不差分毫:"永远都不是女的有错!永远都是男人的错!"

他放下啤酒,调大音量。

那女子说道:"所以,我赶紧换频道,我就说:'哦,我想要看《单身汉》!'"

故事不是一模一样的。可萨凡纳不也说她赶紧换了频道?是《幸存者》?

这种巧合也太奇怪了。

"我放松下来。"卷发女孩说道。镜头推近泪水打转儿的眼睛。"我想,哦,事情过去了,接着,我就像个傻子,我真傻,我问他车辆登记的钱缴了吗。"

她问了对方是否缴纳了车辆登记费用,萨凡纳也是这样说的,洛根非常肯定她是这样说的。这肯定不是巧合,对吧?都因为询问车辆登记缴费引起的家暴?

"我并不是想要表达什么观点,但我显然是消极对抗。接着事情就开始急速恶化。他打坏了我的下巴,还有三根肋骨。我在医院的时间比他蹲监狱的时间都长。"

女子过去的一张照片占满了整个屏幕。洛根一看,吓了一跳,移开了目光。完全认不出来:全脸肿胀,就像擦伤发黑的水果。

萨凡纳不客气地用了别人的悲惨经历?

萨凡纳的确是经历了什么事情。她的伤口是真实的,是轻伤吧,完全不能与这个可怜女子遭受的严重创伤相提并论。

他再次望向电视。一个穿白大褂的女子坐在桌子后面，脖子上挂着听诊器，俨然专家的样子，谈论着她目睹过的家暴苦难。

洛根想起萨凡纳的前男友从床上坐起来，伸手去抓眼镜，感觉有点不对劲。那家伙看起来真是一脸迷惑。但洛根已经严厉告诫过自己：他的直觉不对，那样想很不好。他怎么能因为那人看起来不像"那种类型"，就质疑一个女子是否受到虐待呢？

他拿起手机，翻着联系人，想着应该给谁打电话。洛根不想打扰布鲁克，她在工作，而且现在她分居了，操心的事情已经够多了。他可以给特洛伊打电话，但特洛伊的第一反应就是花钱解决这个问题。他会说，给她钱，让她走人？或许也可以的，但萨凡纳似乎让父母挺开心的。

他要给埃米打电话。他发现自己总是给埃米打电话，不管现在如何，埃米依然是管事的人。埃米是他们疯狂的女王，他们依然发誓终生效忠的女王。

"你心里想什么呢？"埃米接了电话，大姐的口吻。

"萨凡纳。"洛根说道。

"哦，我也是，"埃米开心地说道，"我一点儿都不喜欢她。"

第二十七章

现在

"显然,这家的丈夫有个习惯,当家庭生活对他太沉重的时候,抬腿就走出家门,消失不见。"克里斯蒂娜对上司说道。

她在上级办公室里汇报乔伊·德莱尼调查的进展。

"聪明男人。"上司文斯·奥兹警司说道。他有四个孩子,全在五岁以下。他把红牛饮料当水喝。

"有些家庭成员认为这是报复,"克里斯蒂娜说道,"现在轮到妻子离开了。"

"你怎么想?"

"现在她已经失踪十六天了,她丈夫离开时间最长的一次是五个晚上,还是二十多年前。"

"我们可不能再来一起找不到尸体的杀人案。"文斯愁眉苦脸地说道。他捏住空空的红牛罐子,发出嘎嘎的声音。

"我知道。"克里斯蒂娜说道。他们才干砸了一件高曝光度的案子,有太多媒体关注了。但没有结果,所有相关人员都筋疲力尽。"我真的想要尸体,"克里斯蒂娜顿了顿说,"不是那个意思,肯定不想要。"

"如果她死了就会有。"

"是的,如果她死了就会有。"克里斯蒂娜同意道。

如果她爱打赌,就一百赔一,赌乔伊·德莱尼现在已经死了。

第二十八章

去年十月

埃米刚与洛根通完电话，正往楼下走，她身上只穿了一件T恤，一头撞上了西蒙·巴林顿。这个时候他应该在上班才对。在上班时间，这房子就是埃米一个人的。她的室友都是理性的年轻人，在公司做着年轻人的工作，埃米就喜欢他们这样的。

"抱歉！"西蒙戏剧性地贴在墙边，移开目光，仿佛他们上周末没怎样过一样。与室友发生关系就会有这个问题。一切都变了味，但现在埃米家里出了各种事，她只想保持原样。

"上周末我们才发生过关系的。"埃米提醒对方，想让他放轻松。

但埃米这句话完全没能让对方轻松。他突然脸红了，真是个小可爱。

"啊，那个我很抱歉。"他说道。停顿了一下继续说："我是想说，我并不是真的抱歉。"他清了清嗓子。"我应该抱歉吗？"

埃米叹了一口气："西蒙·巴林顿，你现在不是应该在上班吗？"

"我辞职了，"他说道，"正在人生大改变当中。"

"你以后不再做会计了？"

听到这话，他吃了一惊："哦，不，我还是要做会计的。只是不再给那个事务所工作了。我要休息几个月，厘清一下思绪。也许会去旅行吧。"

他暗暗地皱了一下眉头。

"你喜欢旅行？"埃米问道。

"不太喜欢，"他说道，"管它呢。"他深吸一口气，呆傻可爱地双手一合，"你这是去干吗？"

"我要去烘干机里取牛仔裤，然后去看我父母。现在有个奇怪的女孩和他们住在一起。我弟弟认为她别有企图。"

"什么，你觉得她是诈骗犯？"西蒙说道。

"嗯，到目前为止，她只是为他们做饭，做的菜确实非常可口。"埃米承认道。

"但你想知道她到底想干吗？"西蒙说道。

"的确如此，"埃米说道，"我父母非常天真。"

"所有父母都很天真，"西蒙说道，"那个最新的税务骗局，我父母差点就上当了，说来你都不信。"

"哦，天哪。"埃米说道，她自己都差点上当。当时她已经在去银行取钱的路上，准备支付未缴纳的税金，幸好给特洛伊打了个电话。特洛伊人在美国，大声喊道："那是骗子啊，你个白痴。"

"我可以开车送你去你父母家，"西蒙提议，"你不开车的，对吧？"

他问这话是好奇，不是暗中批评。有些人就是不明白，她居然没有驾照，这就像她爸爸不肯用手机一样。人们总是主观臆断。

"我从没开过车，"埃米说道，"上辈子我肯定是死于车祸。也许和大桥有关。"

埃米真的这样想。她脑子里有车祸的碎片记忆。玻璃。尖叫。不过很有可能是电影场景。

"你以前开车吗？"

"什么？"

"你上辈子呀,"西蒙说道,"上辈子开车吗?"

"哦,"埃米说道,"我觉得开过。"

"那就是开过车,"西蒙说道,"只不过不是这辈子。"

"没错,"埃米说道,"你非常……准确,对吗?"

即便喝醉了,他也是非常准确的。

"我很关注细节,"西蒙说道,"我很细致。"

"是的,"埃米一本正经地说道,"你无微不至地关注细节。"

他直视着埃米的眼睛,时间不长不短,正好表示他听懂了埃米的意思。接着,他说道:"关于这个潜在的诈骗犯,我可以给出我准确的意见。"

"你准确的会计意见?"埃米说道。

"没错,"西蒙说道,"我现在没事可做,接下来一两周,我的目标之一就是提高自发性。"

"为什么呢?"埃米饶有兴趣地问道。别人总是建议她控制自发性。

"你知道的,今年四月我本来是要结婚的?我未婚妻解释为什么要结束这段关系,她列了一张表……知道吧,就是我不适合她的东西。其中之一就是缺乏自发性。"

"她列了一张表,写了不适合她的东西?"埃米问道。

"她喜欢列表,"西蒙说道,"我们的共同之处。"

"她听起来蛮可爱的。"埃米说道。

"你说话的方式听起来像我姐姐。"西蒙说道。

埃米看着他。他浑身散发着健康的气息,就像跑步后刚刚冲了凉水澡出来。他的T恤干净而挺括。

"你要熨烫牛仔裤吗?"埃米问道。他是如此不一样。

"当然。"他说道。

"好吧。"埃米说道。

"那我可以去熨烫牛仔裤吗?"

"不,肯定不可以呀。我说可以,是说你可以跟我去见那个诈骗犯。潜在的诈骗犯。她也可能是倒霉的好女孩。到底是什么,我们来定夺吧。"

"我不会先入为主的。"他看起来挺高兴。

"我这就去穿上我没有熨烫的牛仔裤。"埃米说道。

"没问题。"他礼貌地挥手,让埃米走下楼梯。

埃米比他高一个头,站在下一层台阶上,两人正好对视上。他的眉毛浓密得像老人,一副依法纳税的诚实眼神。

"在我穿上牛仔裤之前。"埃米说道。她挪过去了一点儿。

"在你穿上牛仔裤之前。"西蒙重复道。听语气,是接住了球。

这感觉就像开局得分,很令人满足。埃米看到他目光一闪,是明白了的。

"我们可以锻炼一下你的自发性。"他说道。

"我们可以。"西蒙说道。

"只是要非常快。"埃米说道。

然后他们就去了。

* * *

一个小时后,埃米站在她父母家的前门口,摁了摁失灵的门铃,以防门铃已修好。半秒都没等,她就用指关节狠命敲门,门铃永远不会修好的。

她看了看身旁,可爱的室友站在那儿,戴着眼镜,配上他洁白的牙齿,还有寸头、宽阔的肩膀,就像上门服务的传教士,或是青少年吸血鬼电影里的呆瓜好朋友。她母亲会追根究底,问西蒙很多问题。西蒙会非常有礼貌地一一详细作答。等到埃米都忘了西蒙·巴林顿的存在,这些全面详尽的信息还会在她母亲的脑子里保存好多年。

此行的目的是不露声色地全面收集萨凡纳的个人信息,特别是有没有涉嫌袭击,而室友是一种干扰。

你带了室友?为什么呢?她仿佛听得到弟弟妹妹的声音,他们有时候那么耐心细致,仿佛她是随时都可能爆炸的爆炸装置。

"你是在这里长大的?"西蒙环视四周,问道。

"是的。"埃米说道。

"童年挺幸福的?"西蒙问道。他看到了精心呵护的花园里有大盆的花草、亮晶晶的陶瓷砖,还有石头小雕塑。"像是幸福童年的环境。"他抬起脚,用跑鞋尖轻轻碰了碰前门雕塑的底座。那是一个戴着软帽的小女孩拿着空篮子,眼睛处是空白。

"她的眼睛怎么了?"

"被乌鸦啄走了。"埃米说道。

"她看起来像恶魔小孩。"西蒙评价道。

"我知道,"埃米说道,"我一直都是这样想的!"也许她和这位会计真是灵魂伴侣呢。

门开了很细的一条缝。

一个低沉沙哑的声音说道:"请问有什么事?"

一瞬间,埃米都在嘀咕自己是不是走错门了,凡事都有可能。但就在这时,门打开了,拉到防盗链的最大限度,站着的人是萨凡纳,穿的不是埃米的旧衣服,而是一件佩斯利花纹衬衣,衬衣塞进七分裤里,埃米非常肯定那是她母亲的东西。看到萨凡纳穿着母亲不要的东西,比看到她穿自己不要的东西还要难受。

"哦,嗨,埃米,"她说道,"你好,你妈妈睡觉呢。"

父亲节那天,乔伊瘫倒的那一刻,萨凡纳一把扶住了她,小心翼翼地把她放在地板上。最后,乔伊的头枕在萨凡纳的腿上,但大家谁也说不出来这样的话:滚开,陌生人,那是我的母亲,她的头应该枕在我的腿上。

"很好。"自从母亲出院，埃米与母亲通过几次电话，知道她现在要睡午觉。"我不会叫醒她。爸爸在做什么？"她等着萨凡纳匆忙打开防盗链。

"他看电视睡着了。"萨凡纳说道。她下嘴唇努了出来，表达了一种"哇，是不是很可爱"的感觉。"上周你母亲住院，我觉得他被吓到了，两个人都得好好休养一下。"

"哦。"埃米说道。打瞌睡是她父亲的老习惯。他总是看电视打瞌睡。随时都可能醒来。"嗯，我还是得进去——"

"现在不太是时候。"萨凡纳说道。

现在不太是时候？这话真的从她嘴里说出来了？

埃米在一天当中会感受到很多种情绪：喜欢不着调的男人；怀念从未真正发生过的遥远过去；潮来潮退的幸福和悲伤感；一轮轮的高度恐慌和低度焦虑。但她并不熟悉愤怒这种情绪，所以片刻后，她才鉴定出这种在全身血管奔腾的感受是什么。

这是她从小长大的家，这人要拦着不让她进，真的假的？

"嗨，你好，"西蒙欠身往前，"我是埃米的男朋友。抱歉打扰，我得用一下洗手间。都睡着呢，我不会弄出动静的。"

他不会真认为自己是她的男朋友了吧？埃米看了他一眼。他眨巴了一下眼睛。

合拍。当然，萨凡纳知道埃米单身。她对埃米的家人了如指掌，但他们对她基本上一无所知。萨凡纳的手指尖碰了碰下嘴唇，几乎像在模仿乔伊，乔伊就是这样表示怀疑的。

埃米"男朋友"的请求是人之常情，萨凡纳要拒绝，埃米就要一脚踹门。

"进来吧。"萨凡纳翘起一根手指头，打开防盗链，继而再打开门，往后一站，仿佛她就住在这里一样。没错，从技术层面上她的确是住在这里，暂住在这里。暂住也只是推测。

她的行为举止可没半点儿客人的样子。

施特菲这条叛徒猎犬,坐在萨凡纳的脚边,仿佛是萨凡纳的爱犬,对着埃米礼貌地侧了一下脑袋,好像第一次见面一样。

就像父亲节那天一样,埃米再次感受到房子变得不一样了,有一种让人愉悦的变化。房子仿佛经过房产商的巧手设计,等待潜在的买主来看房。餐具柜上的花瓶是埃米从未见过的,里面插着花。家人的照片依然挂在墙上,或是挂正了,或是擦了灰尘,或是擦亮了,那些来自童年的熟悉照片突然变得如此醒目。

西蒙向萨凡纳伸出一只手。

"嗨,你好。我是西蒙·巴林顿,"他大声说道,语气夸张,完全不像他本人,"见到你很高兴。"

萨凡纳握住他的手:"嗨,我是萨凡纳。"

"萨凡纳……"他还握着萨凡纳的手,就像家里的长辈亲戚,等对方说出姓氏,让人下不了台。

"洗手间在这边。"萨凡纳说道。

"我来带你去洗手间。"埃米说道。她知道自己听起来像是十三岁。接着,她说道:"嗯,萨凡纳,话说你到底姓什么来着?"

如果连对方的姓氏都不知道,怎么私下调查呢?甚至埃米的父母都不知道吧?他们可能从来就没问过,甚至可能都懒得上网搜一下她,只是开开心心地相信她所说的每一个字。

"帕戈尼斯,"萨凡纳说道,"萨凡纳·帕戈尼斯。"

她眼睛上的伤口全好了,现在稍微化了妆,周身散发出一种柔软细腻的安定自信,仿佛在自己家里,穿着自己的衣服,而埃米和西蒙是不受欢迎的客人,她马上就要打发他们走人。她穿上埃米母亲的衣服,并没有穿别人衣服的感觉,看起来非常合适。她就是年轻版的乔伊。说她是乔伊的女儿也说得通。乔伊很有可能梦想有这样的女儿,小小的个头,漂漂亮亮,女性气质十足。埃米和布鲁克讨论这一点已经很多年了：妈妈让她们觉得自己个子很大，就像又大又笨的猩猩。

"哦，这个姓氏不常见呢，萨凡纳，怎么拼写的呢？"西蒙问道。这一幕，就像会计在社区业余剧团出演角色，演得好差劲，但又好可爱，好投入。

"帕-戈-尼-斯。"萨凡纳回答道，眉毛拱了起来。

"哈，"西蒙说道，"我来猜一猜，希腊姓氏？"

"显然不是。"萨凡纳不耐烦地说道。

"萨凡纳·帕戈尼斯，"西蒙重复道，"大家肯定要拼错的。中间名不会很难吧。比如说安妮？玛丽？"

埃米钦佩地看着他。他说话举止很用力、很戏剧化，但策略没有错。

"你猜到了，是玛丽，"萨凡纳说道，"还要我给拼出来吗？"

他真的那么快就猜到了？或者只是萨凡纳配合一下，让他闭嘴？

"我母亲就是这个名字，"西蒙说道，"玛丽作为中间名，非常常见。"他张嘴又要提问，埃米一把抓住他的胳膊。下一步，他就要询问对方的出生日期和税务号码了。如果萨凡纳有什么不良企图，就不能让她感觉时间紧迫，从而摁下快进键。

"卫生间在这边。"埃米说道。

"等等，这是你？"西蒙用他本来的声音说道。他站在一张照片前，照片里埃米以胜利者的姿态，双手举起一个小小的奖杯，球拍靠在大腿上，脸上是温布尔登冠军的露齿微笑，其实她只是在地区赛九岁以下组获胜。

"是的，是我。"埃米说道。

"你好可爱呀，"他依然站在那儿，端详着那张照片，"我都不知道你打网球！"

"嗯。"她说道。

"我也打网球，社交性质的，"西蒙说道，"我们应该找个时间打一下。你很有可能会赢。"

"我肯定会赢。"埃米说道。她指了指过道。"二楼，左边。"

西蒙茫然地看着她，忘记了自己进来的借口。

"洗手间？"埃米提醒他。

"哦，对呀！谢谢你，埃米！"他又开始大声说话，发音过于清楚。

他走开了，埃米和萨凡纳互相看着对方，感觉真是古怪极了。埃米是在自己从小长大的家里，两侧都有照片作证，但她依然感觉萨凡纳才是主人。面对眼前两个无可争议的事实，埃米似乎找不到恰当的平衡点：一是萨凡纳应该对埃米怀有感激之情，因为埃米的家人在她无助之际给了她安身之地；二是埃米应该对萨凡纳怀有感激之情，因为萨凡纳在照顾她的父母，而且做得很好，自家孩子都没做这么好，甚至也做不到这么好。

"我到房间门口瞅一瞅，看妈妈醒了没。"埃米说道。

萨凡纳的脸上划过复杂的表情："当然可以。我回厨房了，正在做蔬菜通心粉汤。乔伊需要什么，只管说一声。"

乔伊需要什么，只管说一声。

因为我才是那个可以给你母亲提供一切的人。

乔伊喜欢说"只管说一声"。这女孩就是年轻版的乔伊。

那只蠢狗屁颠屁颠地跟在萨凡纳的脚后。

埃米经过自己以前的房间，决然地扭头望向一边，现在萨凡纳住在她的房间。自私！孩子气！这家里的孩子谁还会觉得这所房子里有自己的卧室呢！她听到了冲水的声音，西蒙假装上了一趟卫生间。

她推开父母的房间门。还是以前的那股味儿：母亲的香水，父亲的除臭剂，还有家具老式抛光剂的气味，老好人巴尔布和母亲一起打扫卫生时就用这个。

她母亲侧身躺着，背对房门，被子盖到脖子处。母亲备受赞誉的头发凌乱地散落在枕头上。埃米踮着脚尖走到床头。母亲还睡着，呼吸平稳,一只手轻轻握着,靠在嘴唇旁边,仿佛要亲吻手指关节。她给孩子们说过,她小时候喜欢吮吸拇指,现在不能吸拇指了,但靠在嘴边依然是一种安慰。

乔伊脸上的皱纹就像一道道裂纹。那种熟悉的恐惧再次袭来,埃米呼吸加速。所有孩子都害怕父母死去。只是埃米害怕起来就不能自已,呼吸加速,她不得不用纸袋呼吸,保姆还得给乔伊和斯坦打电话,让他们回家,因为孩子的表现太奇怪。

埃米会想,如果自己还是孩子的时候母亲死了,事情会怎么样。埃米想得太用力,现实的悲伤怎么可能比她的想象还可怕呢?她父母终究会有一死,父母都会死去的,孩子必须长大成人,成熟对待此事,她现在又该如何应对呢?预料之中的生老病死,人们是怎么应对的呢?太难了,没办法办到……

"埃米?"

母亲睁开眼睛,坐起来,从床头柜拿起眼镜戴上,理了理头发,露出微笑。"埃米?你抓到我打盹了。"

"妈妈,你午睡一下挺好的。"埃米慢慢吸气呼气。她母亲还要活上几十年呢。"你刚出院,应该休息的。"

乔伊不屑地挥了挥手:"我今天早上吃了最后一剂抗生素。现在已经好了。只是到了中午觉得疲倦。过来。"她拍了拍床边:"抱一下。"

埃米走过去,坐在她身边,她母亲热烈地拥抱了她。

"宝贝,你今天看起来特别美。一开始我还不怎么喜欢你的蓝色头发,但现在我觉得蓝色头发显得你的眼睛很立体。"

"谢谢。妈妈,如果我是蓝色眼睛,会显得更立体。你也应该去染蓝色头发。"

"纳尔勒负责我的头发,她应该是不太喜欢蓝色。"她母亲忍住一个哈欠,"对了,你怎么来了?萨凡纳在哪儿?你爸爸在哪儿?"

萨凡纳排在爸爸之前。

"萨凡纳在给你做汤。爸爸看电视睡着了。"

"你爸爸还觉得他从不午睡,"她母亲说道,"'只是闭一闭眼睛。'请把梳子递给我。"

埃米站起来,把乔伊的银梳子递给了她。这梳子很重,饰有浮雕图案,自打埃米记事起就放在乔伊的梳妆台上。乔伊在十几岁的时候赢了地区锦标赛,这把梳子就是奖品,当年女选手常见的奖品是梳子之类,而男选手的奖品则是香烟盒。埃米依然想要这把梳子,它看起来就像公主的梳子。

"你到医院看过我了,不需要再来的。"母亲梳头的动作麻利,发型还原成了顺滑的白发波波头,虚弱的老太太消失不见,取而代之的是埃米整洁的老年母亲,身穿樱桃色的长袖套头衫。她揭开被子,露出了穿着运动裤的小细腿。"你看见布鲁克了吗?你觉得她分居适应得怎么样?她来的时候我看不出来。你觉得格兰特是不是因为有了别的女人才离开她的?"

"不是,"埃米说道,"但我觉得他会一刻不停,立刻就会找到新的女人。"

"你还记得布鲁克小时候吗?"她母亲说道,"每年她都会爱上班上的男孩子,一年一个,不重样。"

"记得,"埃米说道,"她非常可爱。"布鲁克以前还给男孩写情书。放到现在觉得很难想象。

"我还在想呢,"乔伊说道,"也不知道怎么回事,她以前很有激情的,感觉长大就……变得服服帖帖。讨厌的偏头痛。"她皱起眉头,一只手放到嘴边,轻声说道:"我感觉格兰特多少也让她变得服帖了。"

埃米也是一只手放到嘴边,轻声说道:"我也这样想的,妈妈。"

"我们也许可以让她恢复原样。"乔伊轻声说道。

"也许可以。"埃米轻声说道。

乔伊的眼睛亮闪闪的,再次以正常音量说话。"不管怎样,谢谢你来。我知道你很忙的，但你不用担心我，反正我这儿有萨凡纳！"

"是的，没错。"埃米泄气地说道。

"事情她都全包了！我一个指头也不需要动。我明天要带她去买东西，感谢她。"

"带她买东西，"想到这个，埃米不寒而栗，"你真是太好了。"

"不是我好！我也只能为她做这个了。你知道吗？我甚至都记不起上次做饭是什么时候。"

乔伊说得好像这是天大的事情。

埃米也记不起自己上次做饭是什么时候了，除非算上用微波炉加热外卖的剩菜。布鲁克说过，母亲真的很享受不用再做饭这一点。

"仿佛这么多年，她私下非常厌恶做饭这事，"布鲁克说道，"等到萨凡纳搬出去，我们还得给她找个钟点工。"布鲁克顿了顿说道："也不知道萨凡纳还会不会搬出去。"

"你觉得萨凡纳还要在这里住多久？"埃米问她母亲。

"哦，天哪，现在我们甚至都没有想过这个问题。我需要她，"母亲说道，"比如说吧，我住院的时候，没有她，谁给你父亲做吃的？"

这话说的——好像她父亲的饮食需求是她住院期间最重要的事情。

埃米说道："嗯，我们可以做。或者他可以点外卖，甚至他可以做饭。"

"说得好玩呢，"乔伊说道，"说起来呢，我肯定她很快就要走的。我不想利用她。她现在做这么多事情，我都觉得应该付她工钱的。"

"居家管家？"埃米说道。

"想想吧。"她母亲出神地说道。

"事情是这样的，要雇用居家管家，就要有推荐信，所以我想——"

"哦，我当然不会雇什么真正的居家管家！"乔伊说道。

"我只是说，我们真的不太了解萨凡纳。"埃米说道。她压低了嗓音，看着门口。

"其实我非常了解她,"乔伊说道,"这次休养期间,我们长聊了几次。你知道吗——真是好有意思,好神奇!"乔伊的面孔亮堂起来:"萨凡纳有什么超级自传体记忆综合征。"她手指一点一点地说出这几个字。"她生活中的每一天,她都记得细节,那种程度是你我这样的凡人达不到的。"

"真的?"埃米狐疑地说道。她就这样被随意归入了"凡人"的行列,有些生气。她觉得自己的人生经历也记得非常清楚,十分感谢。"她是确诊了吗?"

"嗯,我不知道,我不知道这东西要不要确诊,但我觉得不是病吧,不过她的确说了,这东西是福也是祸,记着美好的事情当然好,她说也记得不好的事情,而且,我们都知道,她没有正常的幸福生活——可怜的孩子。"

"嗯。"埃米说道。

她拿起母亲放在床上的梳子,小心翼翼地放在梳妆台上,然后走过去,轻轻关上门,再次坐了下来。

"怎么了?"母亲坐直了身体,往背后塞了个枕头,"发生了什么事?不好的事情?"她一脸恐慌。"见鬼,我还以为新咨询师挺好用的呢?我还以为你挺好的!"

"妈妈,我挺好的。"埃米不耐烦地说道。为什么她母亲总是想当然地觉得她生活中不是这儿出问题就是那儿着火呢?她注意到,母亲的恐慌伴有愤懑的"见鬼"两个字。埃米小时候,母亲会大吼大叫:"不要这么荒唐,埃米,振作起来!"但现在不会,精神健康的现代理论,该说什么来表示支持,她都知道。但埃米也知道,母亲潜意识当中,多少还是觉得,埃米只需要不这么做,不要这么荒唐,只需要振作起来就好。埃米就像是家里的电器出了故障,永远都不能被取代,但人人都知道她就是要在最棘手的时候坏掉。

"那是什么?"

"洛根今天给我打电话。他在电视上看了一部重播的纪录片，关于家庭暴力的，电视里的女子讲述的故事与萨凡纳说的男朋友的故事一模一样。洛根说，一字不差。"

她母亲皱起眉头，迷惑不解："你是什么意思呢？我不——"

"只是看起来过于巧合了。"埃米说道。

"但我还是没搞懂。你是说电视上的女子认识萨凡纳吗？"

"什么？不是！我说的是，也许萨凡纳本人看过那部纪录片，然后就想，这故事不错，如果她真有什么超级记忆，倒也说得通，所以才能记得那么清楚。"

"埃米，那可不是什么故事。"乔伊的语气冰冷愤怒，完全不像几分钟之前睡着的无助老太太，更像埃米小时候的母亲，什么"你一边去，闹个够""她无计可施了"的母亲。

乔伊说："她受伤了，伤口是我亲手包扎的。"

"我可没说她的伤口是假的，但受伤的原因——"

"你这是在指责女人捏造家庭暴力，"母亲目光炯炯，"太过分了。你还是女性主义者呢！你没听说过'我相信她'运动吗？"

天哪，她真是的，这么买账，还这么幼稚。

埃米说道："妈妈，真的是太巧合了——"

"那可怜的孩子在我的厨房里，给我做着我最爱的汤，"乔伊说道，"你知道蔬菜通心粉汤多费工夫吗？要切多少菜？累死个人！埃米，我来告诉你，我相信她！"

她这是要上街举牌游行呀。不知怎么的，她们互换了位置。埃米是怀疑一切的中年人，而母亲变成了满腔热血的理想主义青少年。

房间门一下子被推开了，她父亲站在那里，手里的马克杯冒着热气。

"嗨，宝贝，"他对埃米说道，"坐在厨房的年轻人，是和你一起的吗？"

第二十九章

现在

"你见过她母亲吗?"莉兹·巴林顿问道。她弟弟坐在她厨房的餐桌边,给她做纳税申报表。

西蒙看着那堆收据,没有抬头。

"失踪的母亲。"莉兹进一步解释道。

他看到一张褪色的收据,皱起眉头:"这张看不清楚。"

"你室友失踪的母亲,"莉兹说道,"埃米失踪的母亲。"

一开始,埃米搬进西蒙的合租房子,全是莉兹的功劳。有一次,埃米叫了优步,司机是莉兹。(现在,莉兹不再开优步了,她有了自己的皮肤喷雾美黑生意,叫"居家美黑,莉兹上门",更有成就感。)

那天晚上,莉兹接上埃米,两人在闲聊,莉兹听了埃米的话,停了车,与埃米的朋友一起喝酒,这倒还好,但埃米是随机交朋友的人,什么朋友都有。其中一人有六十岁,真的是六十岁。如果莉兹想与六十岁的人聊天,她就去看自己的母亲了,真是太感谢了。

那天晚上,埃米提起她要另找地方住,莉兹就告诉埃米,她弟弟的室友刚搬走。就这么着,她弟弟和她的乘客最后住在了一起。

"她叫乔伊。我见过她,"西蒙说道,"我也见过那位父亲。"

莉兹兴奋起来:"那你怎么想?你觉得他有罪吗?好像大家都觉得是父亲干的。"

"我不知道。"西蒙说道。

"你非常了解埃米?"莉兹问道,"她肯定心烦意乱。想想吧,如果我们的母亲失踪了,人人都在谴责爸爸。想想都觉得受不了。"她思忖片刻,"角色反过来,倒还是可以想一想。妈妈会把证据打扫得干干净净,对吧?她一直都删除搜索记录,真的是很可疑。"

西蒙什么都没说。

"你对她了解到什么程度了?我说的是埃米。"

"我非常了解她,"西蒙说道,眯起眼睛,看着下一张收据,"美睫用来减税,你是怎么想的呢?"

莉兹耸了耸肩:"我的工作需要漂亮睫毛。"

"不,你不需要。"

"嗯,那我们就保留不同意见吧。"

西蒙拿起下一张收据。

"这么说来,你们在一起玩儿了?"莉兹问道。

他再次埋头看收据。

"哦,天哪,西蒙。"她说道。弟弟这么不谙世事,她心中涌起一股怜爱之情。一开始,他的未婚妻伤了他的心。现在,古怪大龄室友的爪子又搭了上来。一个熟女打扮得像二十来岁,那就得小心了。男生是看不出肉毒素的。莉兹非常清楚埃米没有打肉毒杆菌,埃米很嬉皮士,很符合新纪元运动①,不会去打肉毒素,但她的穿着和行为可比脸上的皱纹年轻得多。

"埃米肯定得,嗯?比你大十五岁吧?"

"十二岁,"他说道,"十二岁,三个月,二十四天。"

---

① 新纪元运动:一种摒弃传统的西方文化现象,关注精神性、神秘主义、整体论和环境主义。

第三十章

去年十月

"我试试苹果酥皮吧。"在大卫·琼斯餐厅,乔伊对女服务生说道。乔伊对面坐着萨凡纳,她们脚边放了一圈硬邦邦亮闪闪的袋子,那是购物的胜利果实。

"配冰激凌还是奶油?"女服务生问道。

"都要。"乔伊坚定地说道。

这家人的传统便是如此,凡是菜单上有苹果酥皮就要试一试。斯坦母亲做的苹果酥皮超好吃,他们在绝望中希望某天能够吃到同样好吃的苹果酥皮。那是斯坦母亲的招牌菜,就像布朗尼是埃米的招牌菜一样。除了乔伊,这家人吃到苹果酥皮时,都会两眼含泪地说道:"没有祖母的好吃。"乔伊则会想,简直不敢相信,老巫婆居然没有分享她的秘密配方。也许某一天某人会琢磨出其中的神秘配料,但到时候她乔伊已经不在人世了。

"我也可以要苹果酥皮吗?"萨凡纳这样很可爱,就像规规矩矩的小孩子,"也是冰激凌和奶油都要。"

"那就是和你妈妈一样。"女服务生合上了她的便条本。在这一天里,这是她们第二次被错认为母女。第一次是买衣服时,她们在两个挨着的试衣间试衣服。乔伊当时穿了一件飘逸的长袖花裙子，一般情况下她绝不会穿那样的颜色，店员就对她说："要不要听一听你女儿的意见？"

乔伊听了萨凡纳的话，买了那条裙子。"你穿上真的好美，"萨凡纳眯着眼睛说道，"还打八折。看起来做工很好。"她跪在地板上，翻起裙边给乔伊看。"看这个内衬的针脚。质量真的很好。"

质量真的很好。

乔伊一下就捕捉到了这句话。这话听起来与萨凡纳这年龄的女孩很不相配，就像是《草原上的小屋》[①]里说的话。但就是这样的时刻，乔伊才觉得看到了真实的萨凡纳，仿佛萨凡纳对这条裙子的兴趣让她一时忘我，掀起了面纱。萨凡纳就像酒店的门房，总是乐于效劳的模样，对别人永远彬彬有礼、温暖热心。乔伊有时也得提醒自己，不要变成了自恋的酒店客人，沉浸在萨凡纳的热心当中。要让萨凡纳谈论自己，这很费劲，但乔伊在啃这块骨头。乔伊也发现，如果是夜晚的晚些时候，只有她们两个人在，乔伊再提议喝上一小杯白兰地，效果就比较好。也就是在那种情况下，萨凡纳给乔伊说了她有"超级自传体记忆"的事情。

她们当时在聊乔伊的自传写作课程，乔伊说人生有些阶段只留下模糊的记忆。

"我真希望自己的记忆能够模糊一点，"萨凡纳盯着自己的酒杯说道，"我事事都记得。细节也不会褪色。"

现在她们在餐厅里，乔伊把餐具推到一边，下巴枕在手上，仔细地看着萨凡纳。比起当初出现在他们门口的时候，萨凡纳看起来肯定是好多了。乔伊想说这是因为自己照顾得好，但事实恰好相反：这段时间，萨凡纳把她照顾得很好。

"你觉得累了？"萨凡纳问她。

[①]《草原上的小屋》：美国电视剧，讲述的是美国西部开发时期的故事。

"一点儿也不,"虽然感觉有点累,但乔伊说不累,"谢谢你劝我买下那条裙子。"

萨凡纳露出微笑:"我敢打赌,斯坦会喜欢那裙子的。"

"打折的力度他倒是会喜欢。"乔伊说道。

"裙子很好。"萨凡纳说道。

乔伊的母亲可能会很欣赏萨凡纳跪在地上检查裙子内衬的行为。她母亲要检查缝合处的针脚,扯一扯褶边,不合心意就鄙夷地哼一声。

乔伊非常喜欢与母亲慢悠悠地逛一天街。乔伊在孩子们还小的时候,加上网球那么花精力和时间,就很难悠闲地逛街,但每年她都要和母亲逛上那么一天。逛着一家又一家的店铺,寻找便宜的好货,给衣服搭配饰,发现蓝色的新衬衣与蓝色的裙子是绝配,找一家这样的餐厅休息一下,放松一下酸痛的脚,讨论一下还需要什么,感觉好满足、好快乐。

乔伊的两个女儿都很讨厌逛街。埃米一逛街,就要喃喃地说什么消费主义和都市繁华生活,说"感觉像耗子进了迷宫"。布鲁克则是专注于任务,跺着脚,把手放在乔伊的后腰上,催着她走:"赶紧,赶紧,妈妈,购物嘛,越快越好。"

布鲁克现在只在网上购物。"妈妈,你应该试一试,点点点,就买好了!"埃米显然是在慈善捐赠箱里翻拣衣服穿。乔伊也就不再提议一起去逛街。

但乔伊对萨凡纳说,要带她去时髦的购物中心购物一天,以感谢她在自己住院期间做的一切,萨凡纳的面孔亮堂起来,但还是马上说道:"哦,不用的。"

"我很乐意呀。"乔伊真诚地回答道,的确如此,今天就像重新找到了自己内心被遗忘的一部分,也许只有乔伊与母亲在一起时才存在的那部分。乔伊的母亲对她的网球没有兴趣,坦率而言,甚至对乔伊的孩子们也不感兴趣,但对什么颜色、什么款式的领口可以给乔伊增香添色兴致盎然。乔伊曾以为女儿们至少对时尚还是能看上一眼的,但女儿们觉得时尚浅薄无用,很不入眼,就像对待玩具娃娃的态度,说起来,她们也不喜欢玩偶。乔伊孩提时期,很多时候都在玩娃娃。

"我知道你那件宽松直筒连衣裙该配什么项链,"乔伊对萨凡纳说道,"一条有分量的长吊坠,正好到这儿。"她指了指锁骨的位置。"我看你一直都戴着那条钥匙项链,是有情感寄托的吧?"

一时间,萨凡纳年轻的面孔变得僵硬而疲惫,仿佛一下子老了三十岁。"它是我二十一岁生日的时候朋友送给我的。"她拉起脖子上的钥匙项链,碰了碰自己的下巴。"朋友说,钥匙代表'通向更美好未来的大门',"她朝着乔伊露出看破人世的微笑,"我还在等待大门开启呢。"

"肯定会有很多大门朝你敞开的!"乔伊说道。她意识到自己用了升调,以前埃米"感觉不好"的时候,她就这样对埃米说话,但没什么效果的。

"嗯,你对我敞开了你的大门,"萨凡纳表情柔和起来,"这是一个开端!也许我可以配上绿色的吊坠。"她弯下腰,从购物袋拉出裙子的一角,指了指面料。"选这种小格子的绿色,你觉得怎么样?"

"绝配。"乔伊说道。她想起自己的母亲,心中涌起一股淡淡的奇怪的悲伤之情,感觉鲜明、愉悦而又刺痛,妈妈应该会非常喜欢这一天的,像这样的外孙女,联络起感情来会容易很多吧。乔伊的母亲二十多年前去世了,乔伊当时的悲伤很复杂,也很奇怪。她母亲做母亲并不是特别好,做外祖母那就更糟了:她觉得外孙和外孙女们嗓门太大,个头太高,人数太多。乔伊怀上布鲁克的时候,她对乔伊说:"你怎么还想生呢?"

斯坦的母亲去世后三个月,乔伊的母亲也去世了,面对自己的悲伤,乔伊一直是疯狂逃避的。这份悲伤是她的,也只是她一个人的,乔伊没有兄弟姐妹,而且她的孩子们最喜欢的是祖母,祖母总是悄悄塞给他们钱花,还会做那讨厌的苹果酥皮点心。

四个孩子都在打竞技网球赛,一百多个学网球的学生需要自己关注,还有一个为他自己的母亲而悲伤的丈夫,这丈夫还在应对什么中年危机,再加上自己与母亲的关系总是在失望和爱中纠缠,要回避悲伤也是完全可能的事情,于是乔伊就不停地躲避,直到有一天避无可避。那天她在洗衣房,从洗衣机里拖出一件洗到变形的女士衬衣。母亲对她说过的,这样的衣服只能用冷水手洗。

在那一刻,乔伊的潜意识仿佛才跟上了她理智的认知:她再也见不到自己的母亲了。母亲再也不会在不方便的时候打来电话,提出不合理的要求。再也不会告诉乔伊,说她非常讨厌二月,或者非常讨厌八月,或者非常讨厌十一月。她只喜欢四月。珀尔·贝克尔再也找不到总与她擦肩而过的幸福,她们的母女关系将会是永远的未解谜团。那天,乔伊背靠洗衣机,深深埋下脑袋,洗坏的衬衣团成了一个球,滴答着水,打湿了她的裙子。她泣不成声,情绪来势凶猛,说来也惭愧,一个打网球的小孩无意中推开洗衣房的门看到了她那样,于是她冲小孩大吼大叫,但小孩的母亲居然没有投诉。

但她此刻的心情是一种自然而然的难过,并不复杂,仿佛这么多年后,终于得以有一种正常女儿哀悼母亲的心态。她希望自己的女儿们也能以这样的方式来哀悼她,而不是像她那样,在葬礼结束后没有一滴眼泪,甚至没有温情,冷冰冰地把母亲的衣服塞进大大的黑色垃圾袋,数周之后,才奇怪地突然发作,坐在洗衣房的地板上号啕大哭。如果乔伊的母亲知道她那样,会深感耻辱的。"起来!"珀尔会一边大声叫道,一边拉住乔伊的胳膊,拽她起来,"小心别人看见!"

"谢谢!"女服务生端来苹果酥皮点心,乔伊往后让了一下。她对萨凡纳说道:"我知道有家店有那样的项链。我们吃了东西就直接去那儿。"

"嗯,如果……如果可以的话,"萨凡纳突然就看起来不自在了,"你已经为我花了不少钱,你的孩子们应该会不高兴的。"

"宝贝,我应该付你薪水才对,"乔伊说道,"你简直就是全职的大厨、管家!我至少应该表示一下心意。"

"嗯,但我是免费住在你家里呀。"萨凡纳说道。

"那还是我赚了。"乔伊坚定地说道。她想起布鲁克今天早上打来电话:"妈妈,你如果是想雇这个女孩做管家,不管你称之为什么吧,就得正儿八经地雇她。"

乔伊当然不会雇萨凡纳做全职的大厨或管家。她认识的人当中,没有谁雇了管家,只有电影明星和美国人才干那事儿。也许还有东边郊区的那些人。像她和斯坦这样的普通人才不会这样干。虽然如此,昨天晚上她也想过,也许他们可以让萨凡纳留下,就像寄宿一样。为什么不呢?萨凡纳可以在附近某个地方找个工作,住在埃米的房间,象征性地付一点房租,如果她继续下厨,就完全不用付房租。

但斯坦一点儿也不热心这事。昨晚他们躺到床上后,门关着,他说已经六周多了,现在萨凡纳应该考虑自己找个地方搬出去了。

"为什么要着急呢?"乔伊吃了一惊。她以为斯坦和她一样喜欢萨凡纳待在家里呢。但自从她出院回来,有萨凡纳在的时候,斯坦就寡言少语了很多,再也没有那种说个不停的时候。吃饭的时候,他也找借口不和她们待在一起。他也不再和萨凡纳一起看电视连续剧了。真的很遗憾。

"我住院的时候出了什么事吗?"乔伊问了斯坦。

"比如说呢?"斯坦咬紧了牙关。

"我不知道,"乔伊说道,"有萨凡纳在的时候,你似乎不像一开始那么高兴了。"

"她在这里待得够久了,"斯坦说道,"我就是这个意思。"

真的好奇怪。

片刻后,乔伊说道:"孩子们和你谈过?"在萨凡纳这件事情上,孩子们真是孩子表现。她真的不敢相信,埃米居然指责萨凡纳编造了男朋友的故事，而原因只是洛根看了什么纪录片，说是两人经历太相似，仿佛不同的人就不能有相似经历一样。

斯坦什么都没有说，乔伊也不想再问一次，那太傻太天真了，二十岁的时候她会再问一次，四十岁的时候她会大声吼道："回答我！"

她肯定自己猜得没错，孩子们肯定是给他说了，也就解释了他为什么突然对萨凡纳冷冰冰的。他总是装作不受孩子影响的样子，其实不然。比如说某件事情，他与某个孩子激烈争论，大概过上一个月的样子，他就突然说出孩子的观点，仿佛那就是自己的看法，而且还斩钉截铁地否认自己说过或有过其他想法。

萨凡纳待了很久了，斯坦这样说当然是轻巧。每天下午五点要回到厨房的人可不是他，到时候可是乔伊站在冰箱前，绝望而厌倦地盯着冰箱里的东西，把蔬菜保鲜盒打开又关上，打开又关上，挖空心思琢磨该做什么菜。

厌恶做饭的情绪肯定还有别的含义，但已经过了这么多年，为什么现在才被激发出来呢？有那么一段时间，乔伊每天早上五点起床，做教练，上了一节又一节的课，洗衣服，喂狗遛狗，做会计工作，辅导功课，照顾她的母亲和斯坦的母亲，还每天给家里这六个人做晚饭（最少是六个人，总是有额外的人坐在餐桌边），她全都做了，也没感觉厌恶，也没觉得有抱怨。

现在家里只有她和斯坦，做饭就是小事一桩。现在她有整天的时间准备晚餐，如果她愿意，还可以像萨凡纳那样钻研烹饪书。萨凡纳喜欢钻研烹饪书，她这个年纪居然有那么多烹饪书，还看得津津有味，嘴巴稍稍张着，就像是在看言情小说。乔伊有大把的时间去逛精品超市，寻找罕见的配料，但一想到这，她就想尖叫。自己是不是有问题？她想起自己惊讶地听到布鲁克顺口就建议他们试一试送餐服务，还说如果想要管家，就雇一个！按照孩子们的说法，样样事情都可以上网搞定。他们总是用手机寻找答案，一有事情，五分钟都不到，就在网上查。妈妈,我查一查呢。我找到了。我订好了。我下单了。他们的拇指在手机上点点点,事情就搞定了,不需要她这个老年人大惊小怪。

"我一直想要感谢你的,我住院的时候多亏你照顾斯坦,"此刻,乔伊对萨凡纳说道,"他没有发脾气吧?他有时候会脾气火爆的。"

"没有的。"萨凡纳说道。乔伊看不透她的表情。斯坦对她发脾气了?或者只是脾气古怪?他有时是古怪,年轻人没那个耐心伺候他的古怪,他们什么事情都想要明确的解释,甚至为什么某人有某种行为也想要解释。他们还没明白,有时事情就是没有答案。

"我的两个女儿会说,斯坦不需要人照顾,"乔伊说道,"但他是老一代的人,和年轻人不一样。他从来不在厨房搭把手。"乔伊顿了顿,想了想,"但他开罐头是把好手。"

她心里嘀咕起来,黛比·克里斯托没了丹尼斯,怎么开罐头呢。黛比的手腕可纤细了。她应该给黛比说一声,如果需要帮忙开罐头,就给斯坦打电话,随时都可以。

"苹果酥皮怎么样?"萨凡纳问道。她知道这家人一直想要复刻祖母的苹果酥皮。

"挺不错的,"乔伊说道,"但还是缺点儿什么。"她舔了舔勺子。"说实在的,味道差得远呢。我不知道她怎么做得出那么好吃的酥皮点心。其他的点心她都做不出来。她老是喝醉,脾气坏得很。"

然而也不知道为什么,斯坦母亲做出的苹果酥皮有爱的味道,真是未解之谜。

"也许特殊配方是某种酒呢,"萨凡纳说道,"威士忌?"

乔伊用勺子对着她点了点:"听起来有点道理,好聪明。"

"我这个周末就试一试。"萨凡纳说道。乔伊看得出来,萨凡纳听到乔伊说她聪明,她挺高兴的。"我来破解德莱尼家苹果酥皮的秘密。"

乔伊看着萨凡纳用勺子碰了碰舌尖,又放下勺子。萨凡纳真的不怎么吃东西。她只是做饭而已。她太瘦了。乔伊想对她说,她太瘦了,但乔伊明白说话得谨慎的道理。埃米和布鲁克有一次无意中听到乔伊说"我两个女儿，都是大脚丫子"，此后这事就没完没了。但乔伊说那话，本来没有恶意的！她们的确是大脚丫子。

"你吃得不多，对吗？"她对萨凡纳说道。这话肯定没什么冒犯之处。"我的意思是说，你这么喜欢做饭。"

"我小时候胃口很大的。"萨凡纳把勺子塞进苹果酥皮里，转着勺子。她不怎么吃东西，还觉得乔伊看不出来？"以前我总是很饿。"

她直直地看着乔伊，几乎是敌对的表情，乔伊打退堂鼓了。也许无意之间，她犯了"身体羞辱"这一条。现在有好多新规矩，她并不是都能了解。她的孩子们来到这个世界，对文明一无所知，良好的行为举止都是她这个妈妈教的，但现在他们大声叫道："妈妈，那话可不能说！"她总是哈哈大笑，好像满不在乎的样子，但事实上，无意中越过边界也让她苦恼尴尬。

"你和那个男生在一起多久了？"她问萨凡纳，"就是那个——"她碰了碰自己的眉毛，就是萨凡纳受伤的同样位置。

"大概一年吧。"萨凡纳一脸冷漠。她用勺子从自己的卡布奇诺咖啡上舀了一勺奶泡。

"他之前伤害过你吗？"

她绝对不是在核实萨凡纳的故事，绝对不是。她只是提问，想了解对方。

萨凡纳放下勺子，说道："我可以问你一个问题吗？关于……你的婚姻？"

那种奇怪的感觉又来了，乔伊觉得此刻的萨凡纳才是真实的她，一时间放松下来，成了真正的自己，摘下了面具。

"尽管问。"乔伊友好大方地说道。

"有过……嗯，不忠的行为吗？"

"哦！"乔伊说道。她拿起餐巾擦了擦嘴，坐稳了。

"我知道这是非常私人的问题。"萨凡纳说道。

的确是私人问题,但乔伊也问了萨凡纳恋情的私人问题,所以为什么萨凡纳不可以反过来问乔伊呢?

"没有。"乔伊说道,没有任何困难地打消掉了脑海里另一个男人的嘴唇朝她嘴唇靠过来的耻辱的模糊印象。

"也只是据你所知。"萨凡纳说道。

乔伊眨巴了一下眼睛。

"我说这话没有别的暗示。"萨凡纳说道。

"你当然没有,"乔伊说道,"说得没错,只是据我所知。"

"你是幸运儿,"萨凡纳若有所思地说道,"那么年轻就遇到了灵魂伴侣。"

"灵魂伴侣,"乔伊重复道,"那可不好说。他也是孩子气。他不完美,我也不完美。年轻的时候很容易生气,遇到事情觉得永远不可原谅,比如说,我不知道……"

"生日?"萨凡纳捏起一点儿苹果酥皮的馅料,用指尖揉搓着,"比如说忘记生日?"

"那一类的事情,是的。"乔伊说道,其实她从不怎么在意生日或纪念日的。她想说的是:哦,宝贝,你可想不到的。

她想起那一天,他们正开车去参加中央海岸的诺森伯兰公开赛,两个儿子在后座一直打架,乔伊感觉得到,斯坦坐在驾驶座上变得僵硬不自然。她有所预料,胃里开始翻腾,转过身去,一边大声发出嘘声,一边默默地做着鬼脸想要他们停下来。那个时期,洛根和特洛伊打架打得厉害,每次争吵动手,仿佛都是生与死的较量。

接着斯坦就打开了转向灯,以前他们都是叫指示灯的。真是很有意思,词汇也会消失,也会变成老古董,变得好笑,与曾经视作珍宝的时尚和观点一样。他打开指示灯,停了车,解开安全带,下了车,关上门。乔伊心想,斯坦,你肯定是在开玩笑,我们这是在公路上。但他没有开玩笑,那天的比赛他没去,孩子们的比赛全输了。匪夷所思的行为。

但总有比这更糟的丈夫!乔伊总是这样对自己说。她知道有的丈夫打人、推人,或是大声辱骂。珍妮特·希格比如果双发失误,她丈夫就会拧她的鼻子,说:"蠢猪!"珍妮特总是笑呵呵的,但一点儿也不好笑。人人都看得出来她觉得受到了伤害,觉得受辱,可怜的珍妮特是有点烦,但就算她抛球太低,也不应该被拧鼻子。

乔伊想起多年前的另一个俱乐部成员波莉·珀金斯,她长得很漂亮,在球场上就像母老虎,敢于冲到网前,像男人一样好斗好胜,但她必须用小本子记下她花的每一分钱,以备丈夫查看。她丈夫是前途无量的大学教授。有一次,波莉告诉乔伊,前一天的晚上,她和丈夫激烈争吵,因为她丈夫"不允许"她买新熨斗。波莉说,旧熨斗老是在她的衣服上留下铁锈痕迹。她让乔伊看她白色网球裙子上的棕色小点。六个月后,波莉抛弃了丈夫,回了新西兰的娘家。乔伊熨烫衣服的时候,常常想起她,希望她找到了幸福,新熨斗不会喷铁锈。

有的丈夫会离开,比如斯坦。但有的丈夫再也不会回来,比如乔伊的父亲。斯坦起码总是会回来的。

其实大多数时候,相比于乔伊,斯坦更有耐心,更不容易发火。孩子们还小的时候,乔伊的情绪就一直处在低位,随时都咻咻冒着怒气。

难道斯坦就没有想过,乔伊愤怒的时候也想过一走了之?她经常幻想自己可以像多年前的父亲一样:出门"去见朋友",再也不回来。有时,她幻想着绑匪冲进房子,把她捆上扔进他们的车厢里,带她离开,把她丢到一个凉爽安静的地牢,好好休一个长假,终止一切责任。

但是,径直走出家门永远都不是现实的选择。她是不可或缺的人。只有她知道孩子们的日程表,知道东西放在哪儿,知道宠物的名字、医生的名字、老师的名字。

但斯坦可以想都不想,就那么走出门。有时他只是离开房间,那没什么,大家都那样。有时他在街区打转,也许大家也都那样。有时他开车出去透气,一个小时后回来,或者两个小时后、三个小时后、四个小时后。离开的时间越长,就越不是大家都会做的事情。他离开时间最长的一次是五天。

最后乔伊实在忍不住了,给母亲说了自己丈夫的怪癖,母亲说道:"你就这么办。他回来的时候,你要化好妆,穿着最漂亮的裙子。不要哭,不要叫。不要问他去了哪儿,一个字都不要问。高高扬起你的头,就像根本没有注意到他走了一样。"

她按照母亲的嘱咐,严格执行。如果她这样吩咐女儿们,她们可能会号叫起来。

她只有一次违背了母亲的规矩。那天晚上,夜很深了,她和斯坦躺在床上,房门关着。

"你为什么要那么做?"她对着斯坦的胸膛低声说道,"出走?消失?"

一开始她觉得斯坦不会回答她,但他还是开了口。

"我不能说,"斯坦说道,"我很抱歉。"

"好吧。"乔伊说道。好吧,但也不好呀。那些就是她心中一颗颗怨恨的小种子,最甜的苹果中间也有小小的苦涩种子。

他们再也没说过这事。乔伊说"好吧"的时候,就是接受了这桩交易。他每年只是出走一两次,总会回来的。随着头发花白,发际线渐渐往后,最后没有了发际线,身体也不再柔韧,斯坦出走的次数越来越少,有一天乔伊发现那已成了他们的过去,就像斯坦黑色的长卷发,就像她的经前紧张症。

"两人在一起,就得做出妥协,"她对萨凡纳说道,"糊里糊涂就一路走过来了呗。"她没有继续说下去,因为她看见萨凡纳在看着邻座的一个女人和一个小女孩。小女孩穿着淡粉色的紧身连衣裤和芭蕾舞短裙,头发往后梳成那种非常平整光洁的芭蕾舞圆发髻。

"很可爱。"乔伊对萨凡纳说道。

"我学过古典芭蕾。"萨凡纳的眼睛还看着那个孩子。

"是吗?"乔伊好奇地问道。萨凡纳给乔伊说过她有"超级自传体记忆",但并没怎么展示过她细致入微的记忆力,也许因为都不是什么愉快的记忆吧。有新的具体细节挺好的,而且也说得通,萨凡纳的姿态挺拔,动作也优雅。

"我妈妈挺想让我跳芭蕾的。是寄养家庭让你学的吗?"乔伊问道。

萨凡纳眼神涣散地看着乔伊:"嗯?"

"芭蕾,"乔伊说道,"你怎么学的芭蕾?"

在寄养家庭里辗转长大的孩子,学芭蕾当爱好的可不常见,尤其还是古典芭蕾。

"哦,"萨凡纳说道,"我只是学了几节入门课程。仅此而已。"她看着那个小女孩,噘起了嘴唇。"她要想跳芭蕾,就不应该吃纸杯蛋糕。那么多糖!"她抿起薄嘴唇,咬牙切齿地说出这句话,听起来又像另一个人。乔伊心里嘀咕,觉得萨凡纳是在无意识地模仿她生命中的某个可怕的权威人士。

萨凡纳不屑地推开面前的苹果酥皮点心,仿佛一直有人在强迫她吃。"我吃饱了。"

"嗯,我也是。"乔伊说道。她啜了一口茶,又看了一眼那个小小的芭蕾舞小孩。小女孩开心地啃着纸杯蛋糕,穿着棕黄色长袜的双腿一直在蹬着。

乔伊一下子觉得很悲凉,她知道萨凡纳说跳芭蕾是撒谎,她不明白萨凡纳为什么要撒谎。如果萨凡纳这件事在撒谎,也许孩子们的说法是对的,但事关萨凡纳,乔伊不想承认孩子们是对的。

"乔伊?"耳边响起一个熟悉的声音。乔伊迅速调整表情,关切地望着没了丈夫的朋友黛比·克里斯托,黛比刚走进餐厅。这还真是巧了,乔伊几分钟前还想到了黛比纤细的手腕,想到自己吻过黛比去世的丈夫。

第三十一章

现在

"我真的见过那女孩,就是警察想找她谈话的那个,"黛比·克里斯托对她朋友苏琳·霍说道,"去年在大卫·琼斯餐厅偶然碰到的。她们在逛街。我还记得当时觉得她们看起来像母女。"

"我当然听说过她,"苏琳说道,"但从未见过。"

苏琳在开车送黛比去打星期一晚上的网球,这一个月以来都是苏琳送的黛比。

人生的许多重要事件都能测试出友谊,失去丈夫也是其中之一。黛比失去了一些朋友,比如说黛比不想去看剧,一位朋友就盛气凌人地叫她不要"沉溺于自己的悲伤中"。但她也与一些朋友加深了友谊,比如说苏琳,对方并不是寡妇,但似乎出于本能地理解黛比失去丹尼斯六个月之后的感受:敏感刺痛,连空气碰上皮肤都感觉生疼。

苏琳并没有说:"黛比,有什么需要我做的,就给我说。"

她说的是:"我七点钟来接你。"

黛比的儿子在葬礼上致悼词时说:"爸爸深爱网球,去世的时候在打网球,刚刚赢得了星期一晚上的网球比赛。"

唉,儿子念稿前也没让她核实事实。丹尼斯比分领先,但连那一场都还没赢,更不要说整场比赛了。他们的对手是乔伊和斯坦,没人可以打败德莱尼一家。听了这番悼词的人,可能会有二十个在心里说:"做梦吧,丹尼斯。"

"她怎么样?"苏琳问道,"那女孩?"

"我也不清楚,"黛比承认道,"我没太关注她。可惜了。我一直在回忆,想着乔伊说了什么、做了什么,想她是否开心或抑郁,但她看起来很好呀!反正我觉得挺好的。"

"哦,乔伊在哪儿呢?"她们在红灯前停车,苏琳突然说道。她转头望着黛比:"这不像她的风格,对吧?"

"嗯,"黛比说道,"不像,完全不像。所以我才担心。"

现在已是第十七天了。

昨天,黛比和苏琳都参加了有组织的搜寻活动,地点是自行车道附近的树林。自行车道环绕圣海伦斯保护区,是距离德莱尼家最近的骑行区。乔伊的儿子特洛伊在圣诞节时送给母亲一辆新自行车,据说她非常喜欢,但没人见她骑过。

德莱尼家的四个成年孩子参加了搜寻,但斯坦·德莱尼没有。黛比不知道该怎么想,但很多人非常确定该怎么想。

"我一直在想那件事,"此刻,苏琳说道,她的眼睛盯着道路前方,"去年十月的事情。"

她看起来一脸愁云,仿佛是在坦白。

"那天晚上大概九点,读书俱乐部结束后,我开车回家,在博蒙特街上,看到一个男人坐在路边的排水沟里。我以为是年轻人喝醉了酒,接着前灯灯光照在他脸上,我认出来了,那是斯坦·德莱尼。"

"坐在排水沟里?"黛比觉得不可置信。斯坦·德莱尼可不是那种会坐在排水沟里的男人。他个子太高了。

"是呀!于是我靠边停车,他告诉我,他出来散步,绊倒时再次伤了膝盖。但看起来很奇怪,他穿着牛仔裤,穿着打扮就不像是出来散步的,更像是信步从家里走了出来。"

"天哪。"黛比说道。

"对吧,还有呢,"苏琳小心翼翼地说道,"我觉得……我也可能看错了,但我真的很肯定他在哭。"

"在哭?"黛比说道。她想不明白。"因为膝盖?"男人上了年纪,泪腺的确是会发达起来。

"有什么事情吧,"苏琳说道,"我知道是有事,因为我扶他上了车,开车送他回了家,四个孩子都在。我没觉得有什么庆祝活动,肯定没有。更像是他们刚听到了什么坏消息。发生了什么……那个氛围!你知道那种感觉吗?空气凝滞得可以用刀子划开。"

"当时那个女孩还在他们家吗?萨凡纳?"黛比问道。

"我没看见她,"苏琳说道,"我觉得肯定不在了吧。顺便说一句,这话我还没有给别人说过。"她本来看着前方道路,现在担心地瞥了一眼黛比,"我不知道该不该说呢。"

"我也不知道呢。"黛比说道。

黛比想起网球俱乐部盘旋不散的流言蜚语。乔伊和斯坦的婚姻成了大家的谈资。人人都有话要说。有人说,无论是在球场上还是球场外,他们就没见过比乔伊和斯坦更幸福的一对。这对夫妇双打的时候可以无声交流,不用说一个字就交换位置,仿佛可以心电感应。其他夫妇都是痛苦地大喊:"你来!""不,你接!""我说了我来接!"他们获胜的时候(他们总是获胜),斯坦就举起乔伊,就像乔伊是个小孩,抱着她转圈,然后啵啵啵地亲吻。

有人就急于解释这不过是表面现象。大家就开始说他们目睹到的事情,多年来婚姻的难事、暴力、痛苦、不忠和经济困难。去年年末的某个星期一晚上,乔伊开始一个人来打网球。据说是因为斯坦膝盖新近受伤,但至少乔伊还来,后来到了圣诞节前的某个时候,连乔伊也不来了。听到大家讨论斯坦和乔伊的婚姻,感觉就是大肆侵犯别人隐私,仿佛人们在乔伊和斯坦的卧室里乱翻乱检，其实大家都知道巴尔布·麦克马洪在他们夫妻的床下找到了乔伊的手机。黛比隐约觉得愤怒，她知道大家也是如此看待她本人的生活和选择的。丹尼斯还活着的时候，他们以克里斯托夫妇的身份存在，关系牢固，受人尊敬，无懈可击。丹尼斯去世的那一刻，她就脱离了这一存在，变成了独居的老太太。她儿子说她脆弱，不堪一击，她女儿说她好孤单。他们都是爱她才这么说的，但有时她真的想要尖叫。

感谢上帝，这世上还有苏琳，依然把她当人对待。

"我们今天晚上好好打，"苏琳说，"为了乔伊。不要再去想。"

"好的。"黛比说道。她看到德莱尼学校朴素的标识，上面有一枚在天际线上微笑的网球。乔伊和斯坦一年多前卖掉了网球学校，但大家说起这里的网球场和俱乐部，还是说德莱尼。也并不是说德莱尼夫妇拥有这里的场地，他们也是从当地政府租来的，但一开始的确是乔伊和斯坦带着大家说服政府修建了场地。

第一次与当地政府见面时，黛比和丹尼斯也在，但主要是乔伊在说话。他们四个是网球俱乐部的创建人，当时他们都好年轻，年轻而不自知，或者说美而不自知。

多年来，斯坦是负责人，丹尼斯是财务主管，乔伊和黛比做三明治。现在听起来似乎无法容忍。乔伊本应做负责人，黛比应该是财务主管（她是会计！），但当时她们根本就没想过这些。

丹尼斯去世后，黛比经常想起他们刚结婚的那些年。是因为女儿在葬礼上播放了幻灯片吗？幻灯片里有他们四人在俱乐部出席派对的一张照片，当时乔伊做了夏威夷潘趣酒，大家都快喝醉了。七十四岁的黛比穿着长丝袜，坐在凉悠悠的教堂里，看着幻灯片里的自己穿着橘黄色的迷你裙，感觉好奇怪。她仿佛尝到了甜腻的潘趣酒，感觉到了迷你裙贴在大腿上的感觉。仿佛一切都还在，他们人生的那一刻，形而上地存在于某处，除了可以通过记忆到达，还可以通过魔法到达。

照片上，乔伊端着一杯潘趣酒，侧脸微笑看着丹尼斯，丹尼斯留着大大的八字胡，挑逗地看着乔伊，黛比和斯坦则是毫无戒备地看着镜头。黛比都忘了，乔伊以前可是劲爆美女。（有一次，丹尼斯用这词形容过乔伊？德莱尼家的劲爆美女？）

黛比的女儿没有注意到，她选了父亲挑逗其他女人的照片来做怀念幻灯片。她着迷的是上个世纪七十年代的点心：奶酪和腌洋葱，串在牙签上，再插在橙子上，看上去就像刺猬。"哦，天哪，妈妈，这是什么呢？"

葬礼上看到那张照片一闪而过，觉得丹尼斯和乔伊之间有猫腻的人，仅仅只有黛比一个吗？

很有可能有过什么。

丹尼斯不是天使，黛比本人也有些狂野。他们结婚的头几年，孩子还没出生的时候，各自都有些风流韵事的，但算不上大事。她不会用"外遇"这两个字，因为那只是闹着玩儿。没有伤害感情，或者说没怎么伤害吧。等到他们五十多岁的时候，也曾感叹过"我们哪儿来那么多精力"。他们从未对孩子们说过。现在的年轻人很奇怪，虽然在网上噘嘴摇臀，但对性行为的态度真是非常古板。

他们最后几次去沙滩时，有一次丹尼斯沮丧地说："怎么没了裸体阳光浴？"黛比好心好意，指了指一群穿着丁字裤比基尼的女孩。丹尼斯说："不会吧，看起来好傻。"丹尼斯迷恋酥胸。那张照片里乔伊穿了一件低胸上衣。丹尼斯肯定不是在欣赏乔伊的美目。

即便是乔伊与丹尼斯有过什么，黛比也不会生乔伊的气。她自然不会给乔伊写感谢卡，但也不会因此责怪乔伊。

已经是很久以前的事情了。肯定与乔伊的失踪没关系。

除非乔伊是个惯犯？

她与情夫私奔了？

到了她们这个年龄，谁还愿意费劲那么做呢？也许乔伊愿意。她一直精力旺盛。

苏琳停好车，黛比从车里下来，听到自己背部咔的一声响，那只是提醒她，无论记忆多么清晰，事实上她早已不是三十岁了。

"准备好了，"苏琳一边锁车，一边说道，"马克·希格比来了。"

马克·希格比这个人每周一晚上打球时都煞有其事的：每发一个球，用拍子拍球得有四百下；每场比赛之间还得停下来用毛巾擦拭额头，仿佛在打澳大利亚网球公开赛。他就是那个恶人，捏他可怜妻子的鼻子，看得黛比都想一拳打在他的鼻子上。

"啊，这人就是个呆瓜。"苏琳压低声音说道。黛比惊讶地瞅了苏琳一眼，苏琳平时根本不说别人的坏话。

他朝她们走来，高高瘦瘦的，有着灰色的胡须，肩头晃荡着巨大的球拍包。"女士们，晚上好！"他脸上挂着消遣的微笑。在他眼里，女性就是可爱的低等小人儿。"你们有没有乔伊的最新消息？"他满脸洋溢着吃人血八卦的快乐之情。

"没有。"苏琳语气冰冷。

"你知道她失踪了吧？"马克问道。

"天哪，我们当然知道，"苏琳生气地说道，"我们两个昨天去帮忙搜寻了。"

"显然斯坦就是他们所谓的主要嫌疑人。"马克没有注意到苏琳的怒气。他伸出拇指和食指，抚摸着蓄有胡须的下巴，仿佛在模仿沉思的教授。"但没有尸体……他们真的就束手无策。"

"没有尸体？"黛比说道，"你是说乔伊的尸体？"

"当然了，"马克说道，仿佛他从未听过如此愚蠢的话，"黛比，我还能说谁的尸体呢？"

黛比的脑海里浮现出乔伊晒成棕色的美腿。乔伊就没有静静站着的时候。丹尼斯去世后，乔伊给黛比送来装在烤盘里的千层面，立刻就承认不是自己做的，而是从意大利熟食店买来的，她只是换到盘子里，装作自家做的。看到乔伊羞愧的样子，黛比忍不住大笑起来。

"你们得面对事实，"马克像父亲一样说道，"她活着的可能性不大。斯坦的脸上有抓痕。你们觉得那是怎么回事？"

"有很多种可能性。"苏琳说道，但想到其中的凶险，她的声音颤抖起来。

"警察嘴上说失踪人口调查，"马克说道，"但有脑子的人都知道，他们是当作谋杀案在调查的。"

"她给孩子们发了消息，说自己要离开一段时间。"黛比说道。

"用别人的手机发消息，又不是什么难事，"马克说道，"手机就在家里。巴尔布·麦克马洪在他们床底下找到了被藏匿的手机。"

"斯坦不知道怎么发消息，"黛比说道，"你是想说消息是斯坦发的吧。"

"只是他的一面之词。"马克说道。

"斯坦是我们的朋友。你不应该说这样的话。"黛比说道。

"我听说有婚外情。"马克说道。他的眼睛闪闪发光。黛比还没见过他如此开心过。"去年，他们家里住了一位二十来岁的漂亮女孩，据说是这家人的朋友。我猜呢，乔伊住院的时候，对于斯坦而言，诱惑太大了。你们知道的，没有不偷腥的猫，何况正主还不在！"

"够了，"黛比说道，"不要再说了。我一个字都不信。"

但想到苏琳刚才说的斯坦去年坐在排水沟里哭的事情，很难不去联想。

马克双手摊开，往上一抬。"黛比，我只是告知而已，不要迁怒于我！你们不要告诉别人，但我觉得我知道他把尸体埋在哪儿了。"

苏琳说："你知道就好，不要告诉我们，我们没兴趣，马克。"

"就在他们的网球场下面，"马克说道，"他们重新铺过球场，那是藏尸的完美之地。我对警察说：'你们真该挖一挖那个网球场。'我觉得警察可能会动手的。我话就先放这儿了。"

"但是，不对呀，他们重新铺设场地是一月——"黛比话还没说完。

马克就急忙说道："还有呢。我看见过斯坦一身的土，两眼充血，在黑斯廷斯街下面的便利店买巧克力牛奶，时间是在乔伊失踪两天后。我当时说：'斯坦，你怎么了？'他没理我。就像我不存在一样，真的是视而不见。这事我也给警察说了。"

"你觉得他把尸体埋了，然后出门给自己买一杯巧克力牛奶？"苏琳问道。

"我就是这么想的，"马克说道，"埋尸体很累人的，会口渴！"

"一点儿也不好笑。"黛比说道。

"不好笑，黛比，绝对是悲剧，"马克开开心心地说道，"我还给警察说了，他们应该查一查这家人的那个儿子，就是那个开各种豪车的，据说他在网上做生意赚钱。他卖过毒品。我知道那是真的，因为他卖给了我儿子。"

"特洛伊？"黛比说道。特洛伊与她女儿约会过。她知道特洛伊约会过很多女孩，但依然对特洛伊有好感。"当时他才十多岁，马克，我们都要往前走，要往前看的。"

"我给警察说了，他们应该查一查有没有洗钱行为，也许是国际白领犯罪集团，谁知道他那么多钱是哪儿来的。"

"打住，你现在是说，你觉得特洛伊与他母亲的失踪有关吗？"苏琳说道。

"女士们，一切皆有可能！"马克把网球拍包换到另一边肩膀上，慢悠悠地走开了，"球场见！"

"去你妈的，马克·希格比。"苏琳说道。黛比非常肯定，这是她第一次听到朋友说那个词。

255

第三十二章

"你觉得这位丈夫出轨了?"伊桑说道。

他和克里斯蒂娜下了车,走在一条漫长的砂砾私人车道上,前方是一座宏伟的宅子。他们这是要去给一桩学生纵火案取证,但依然在讨论对乔伊·德莱尼的调查。这些天来,他们通常都是这样。

"出轨那个叫萨凡纳的女孩?有这个可能,"克里斯蒂娜说道,"这家人有很多事情都没有告诉我们。"

"为了保护他们的父亲?"

"应该是吧,"克里斯蒂娜说道,"也有可能是保护他们自己。"

她在脑子里把德莱尼家的四个孩子按照潜在的嫌疑人排了个序。

埃米·德莱尼:惊慌如小罪犯。

洛根·德莱尼:平静如惯犯。

特洛伊·德莱尼:圆滑如奸猾的销售(只是克里斯蒂娜不知道他在兜售什么,她觉得特洛伊本人可能也不知道)。

布鲁克·德莱尼:慎重周到如间谍。

他们中的某人或某些人要对母亲的失踪负责吗?或者更有可能的是,他们中的某个人是父亲的帮凶?

"如果我父亲出轨年轻女子,然后我母亲失踪了,我会把他扔到公共汽车的轮子底下。"他们走进了拱形柱廊,摁下门铃,这地方完全可以配得上王子居住，但他们要找的是被人误解的小纵火犯。

"我也是。"克里斯蒂娜说道。她咬着残缺不全的拇指指甲，为了婚礼，她本不应该咬的。

那为什么德莱尼家的孩子们如此戒备呢？

"是不是母亲在某方面辜负了他们？"她说道。

"母亲们干得出来的。"伊桑说道。克里斯蒂娜不知道他这话是泛指还是特指，这时纵火犯的母亲打开了门，她儿子的罪行就明明白白地写在她那张精心修复的面孔上。

第三十三章

去年十月

特洛伊没那个心思，或者是静不下心来。市场很安静，但也没那么安静，只是他的心不在这儿。过去两个小时他只做了一单交易。按照他的规矩，这就是今天应该停工的信号。规则的第一条是遵守自己的规则。

他把目光从显示器上移开，望向落地窗，看到一只孤独的海鸥在空中盘旋，淡蓝色的天空中没有一丝云。港口泛着涟漪，在他面前展开，就像飞机起落跑道。三十岁生日那天，前妻送给他的生日礼物是模拟飞行体验营。他驾驶一架747飞机，降落在萨尔茨堡机场。教练说他的直觉很好。现在特洛伊觉得，如果飞行员遇到麻烦，美丽的空姐从驾驶舱惊恐地跑出来，请求有飞行经验的乘客站出来的时候，他有把握能降落飞机。

本可能成为客机飞行员。本可能赢得温布尔登的奖杯。本可能有妻子和孩子，住在郊区，孩子踢着足球。他母亲就能当上祖母，母亲本就应该当上祖母的。他也就不用把孩子捐给另一个男人，让另一个男人成为足球爸爸，站在边线旁给孩子呐喊助威。他的孩子肯定很会踢足球，德莱尼一家什么运动都擅长，可不只局限于网球。

他的孩子想从事什么运动，特洛伊就会让他从事什么运动。但不会是这个孩子，因为这不会是他的孩子。

他如此多愁善感，真是愚蠢。如果他真想要个孩子，他可以有孩子。他没问题，有问题的是克莱尔。特洛伊精子数量高，活力强。当时克莱尔依然爱着他，拿到他的精液分析报告，说："真是不出所料。"特洛伊松了一口气。他们去取他的检查结果的前一晚，他一夜未睡，害怕检测结果中有什么未知的隐藏缺陷。他父亲只消看他母亲一眼，就能让母亲怀孕。自当如此。

交出受精卵，这是仁慈大度的无私行为，但如果克莱尔背叛过他，他就犯不着做无私的人，就可以恶毒地报复，就可以说，那些小杂种，解冻算了，拿给人做实验，或者扔到垃圾箱里。

他现在付出了昂贵的代价，为的是一段并不特别满意的体验，而且他已经记不起那女孩的名字，但还记得女孩的工作和香水，医药代表和如风香水。他从未喜欢过那款香水，现在很厌恶。他还记得事后坐出租车回家，看着外面雨淋淋的城市街道，他打开车窗，徒劳地想要吹走对方的香水气味和他的悔意。

不要后悔。这是他做交易的另一规矩。永远不要花时间去想本来可以怎样。

他还没有给克莱尔答复。他拖着不说，就是希望到最后一分钟还能找到拒绝的理由。此刻美国得州是晚饭时间。他脑海里浮现出一个画面——克莱尔与她丈夫正坐下用晚餐："宝贝，还没有消息吗？"

他们梦想的未来取决于他，他们心里肯定是非常不舒服的。

得州的那位心脏病医生不会伤克莱尔的心。那家伙毕竟是心脏病专科医生。他本着医者仁心，温柔地对待克莱尔的那颗心，克莱尔值得。特洛伊希望他温柔对待克莱尔，但又奢望相反的情况。

他希望自己没有伤害过克莱尔。他也不明白自己为什么要那么做，只能说他这一辈子就在想着搞砸事情，而且愿望强烈，不受理智控制。

那个易碎的装饰品，妈妈说不要碰，可如果我用指尖碰一碰呢，不仅是碰一碰，如果推一下呢？地理课好无聊，上到一半，如果我站起来，一言不发地走出去，会怎么样呢？警告牌说禁止跳下，如果我从那座桥上跳下去呢？吃了那片药呢？绝无可能，试一试呢？按理说，我们都想要孩子，妻子在做试管婴儿，如果我去酒吧找个女孩玩玩呢？就像有一股看不见的力量攫住了他：做吧，去做吧，去做吧。

对他而言，那女孩什么都不是，只是在酒吧里坐在他身边而已，女孩的牙齿好大，笑声刺耳。克莱尔更聪明、更有趣、更漂亮，牙齿大小完美，笑声动听。

他的行为无法解释，就是随心所欲。

克莱尔面如死灰，说："你肯定是想找个借口解脱。"没错，他肯定是想找借口结束他们的关系，但他并不觉得自己想要那样，可他为什么还是做了呢？而且更关键的是，他一回家，甚至还没脱下衬衣，立马就交代了，为什么呢？当时克莱尔躺在他们的床上看着书，抬起头，露出微笑，他们未来的孩子正在悉尼的医院里分裂细胞发育，他为什么要那样呢？埃米说，那是自我糟践，家里只有埃米多少还懂他，因为埃米本人也有那个趋势。但即便这样，因为埃米很喜欢这个弟妹，特洛伊伤了克莱尔的心，埃米很久都没有原谅他。

够了！特洛伊双拳重重地砸在书桌上，震得三个超大的显示器嘎吱作响，他不能这样。往事不可追。他走到家里办公室的窗边，额头靠在玻璃上。只要有人来他家里，都说这里的景色好美，但他哥哥是个例外。洛根走进房间就哈哈大笑，手朝特洛伊的后脑勺一拍，说："天哪，老弟。"也许他就是用这种方式说景色很美，但他为什么不直接说呢？有什么好笑的呢？看在上帝的分儿上，向特洛伊承认吧，这里的景色很美。甚至他们的父亲都说："真好看。"但斯坦还接了一句："希望你负担得起。"有时候，特洛伊真想给父亲看看自己的银行结单，就像学龄前儿童给爸爸看手指画一样："爸爸，看呀，我的。爸爸，没有网球，我也有钱了。"但是,哈里·哈达德更有钱。特洛伊一直都在关注那个蠢货的净资产。

他回到书桌边,打开电子邮箱,输入克莱尔的名字,飞快地写了封信。亲爱的克莱尔,我已经想过了,可以,没问题,去做吧,你需要的文件我都会签字的。爱你,特洛伊。

他点击发送了邮件。他看着自己依然放在键盘上的双手。他刚刚做了什么?现在,那几句话已经出现在了得州的一台电脑屏幕上。这感觉也太现代主义了,很不适应。那么重要的内容,应该是手写信件,再花上数月的时间漂洋过海。但这两难的处境事关道德,一切都显得那么未来主义,又不可思议又好笑。冷冻保存下的试管婴儿等待着复苏。

现在,克莱尔是在读信吧。他想象前妻可能出现的表情。看到"爱你"这个词时,她会怎么想?

如果不是还爱着克莱尔,他是绝对不会同意的。

这想法就像一记重拳打在了他的鼻子上。这不仅关乎救赎,还关乎爱。他刚才发出的邮件是他第一次无条件表达爱吗?是他人生中最无私的一次行为吗?是要抵消最自私的那次?

他公寓的蜂鸣器响了。他迷迷瞪瞪地走到监控器前。

"哪位?"他粗声粗气地说道。

屏幕上逼近一张脸。他吓了一跳,立刻往后退了一步。

来的人是萨凡纳。她想干什么?父母肯定出了什么事。母亲又住进了医院?父亲又伤到了膝盖?

"哦,你好,特洛伊,我是,嗯,萨凡纳。"她靠镜头更近了。"我是……你母亲的朋友?"扬声器传过来她的声音,听起来有点噼啪声。

你母亲的朋友。这话怎么听起来怪怪的。特洛伊等着。

他按下扬声器,说道:"我父母没事吧?"

"他们没事。我能进去吗?"

特洛伊环视着自己的公寓。想到萨凡纳在自己家,兔子一样的眼睛东瞅瞅西瞅瞅，打量盘算，他全身都感到一种无名的抵触。他不知道萨凡纳是表示赞许还是否定，只知道她会对看到的一切过于感兴趣。

可是现在萨凡纳在照顾他的父母，给他们做吃的，甚至还给他们洗衣服，他就不怎么说得出拒绝的话。父亲节那天，她做的午餐非常美味，那是特洛伊在家里吃过的最好吃的东西。母亲晕倒的时候，也是她一把抓住母亲，安全地把母亲放在了地板上。她说"叫救护车"，那时全家人都呆住了，还没回过神来。真是反过来了，他们越来越觉得亏欠对方的不是萨凡纳，而是这家人，每个人都没了方寸。埃米、洛根和布鲁克最近都给特洛伊发来消息，说关于"萨凡纳问题"他们有重要的事情需要谈一谈，但他还没打电话过去。

但现在萨凡纳就在这里，就在他这里。她为什么不去找其他人呢？他想说：你不应该来找我。我现在很忙，我有其他事情要做。

"上来吧，顶楼。"他按下了蜂鸣器。

他环视四周，想要感受一下自己家在萨凡纳眼中的样子。特洛伊公寓设定的风格是简约而绚丽、奢华而低调，但有没有可能是……装模作样呢？

一时间，怀疑如响雷轰顶，震动了他的整个信念体系。他的心狂跳。天哪，振作点。他要变成他姐姐那样了，接下来就该去做心理治疗了。

他打开通往他公寓的那道门，拿出了最迷人的笑容。

"嗨，"萨凡纳从电梯里走出来，说道，"哇哦！整层楼都是你的？"

"算不上吧。"他迷人的笑容僵住了。这栋楼的顶层有两个公寓，他的公寓更好些。他的公寓朝北，面向海港，带有顶楼无边泳池，萨凡纳多少是想让他觉得不够好吗？

"进来吧，"他说道，"你来真是惊喜呢。"

"是吗？"萨凡纳说道。她看起来不一样了。有一种时尚的波西米亚感觉，仿佛是有钱的瑜伽老师。

"你看起来很不错。"特洛伊说道。他意料之外地感到了对方的吸引力。萨凡纳戴着长长的绿色石头吊坠项链,与她平时一直戴着的破钥匙项链相得益彰。她的头发一半扎起一半披着,看起来没那么像他母亲的风格,她的发量没有他母亲那么多。

"全都是你妈妈给我买的,"萨凡纳指了指她那套衣服,"你妈妈对我非常好。"

"你对她也挺好的,"特洛伊谨慎地说道,因为对方似乎在表明观点,"我给你拿点儿喝的?茶还是咖啡?"

"不用了,我还是直截了当说正事吧。"萨凡纳说道。

"好吧。"特洛伊说道,就像面对提前约好的商务会面。他指了指定制的白色皮革沙发。埃米上次来的时候,成功地在上面抹了巧克力。"坐吧。"

她坐在沙发的最边缘,双脚并拢,挺直后背,调整胸口的吊坠。

"风景很美。"她手臂飞快一挥,划出一个优雅的弧线,仿佛是例行的规矩,好谈正事,她甚至都没看一眼。

"萨凡纳,有什么事情需要我帮忙?"他坐在萨凡纳对面的伊姆斯椅子上,露出了微笑。她没有报以微笑,还真是扰人心绪呢。特洛伊微笑的时候,人们通常都会报以微笑。

非要猜一下呢,他觉得萨凡纳此行应该是想要他投资什么寒酸的小生意吧,比如美甲店或素食餐馆,毫无利润回报的可能性。但她厨艺很不错,也许素食餐馆会有利润吧。

她说:"你母亲在医院的时候,只有你父亲和我,他……"

她打住了,垂下眼帘,翻来覆去地摆弄着绿色吊坠,仿佛在考虑要不要买下一样。

"他怎么了?"

她放下吊坠,抬起眼睛,镇定地看着特洛伊。

特洛伊的心脏停跳了:"不会吧?"

她直视着特洛伊的眼睛,目光温柔,耐心而坚持,就像医生在强调,癌症就是不可治愈的——"抱歉,但的确如此。"

"他不会真的——"

"他提出了明确的要求,我拒绝了。"

"你肯定是误会了。"特洛伊说道。

"没有误会,"萨凡纳说道,"如果你想听,我可以复述他的原话。"

特洛伊退缩了,摊开手,举了起来,控制住恶心的感觉。

"当时我真的是心烦意乱,"萨凡纳说道,"你父母似乎……婚姻非常幸福,我真的很喜欢你母亲。我觉得她很了不起。真的。我之前觉得你父亲也很了不起。"她叹了一口气,做了一个鬼脸。"我心里七上八下的,一直不知道该怎么办。"她抬头看着天花板。"另一方面,我觉得她应该知道真相——"

"不,"特洛伊说道,"我不这样觉得。"

真难忍受。想想母亲的痛苦、惊讶和羞耻,他都觉得无法忍受。母亲会尴尬得要死。

他父亲怎么敢这样:特洛伊长这么大以来,那人就一直坐在裁判席的位置上,对特洛伊所有的行为评头论足。

"我搞不懂你怎么能那么失控。"那一次,哈里厚颜无耻地作弊,特洛伊怒火冲天,跳过球网揍了哈里一顿,斯坦就是这样说的。仿佛特洛伊在公众场合大便失禁一样。"我真是搞不懂你。"每次特洛伊有了什么不良行为,斯坦都是同样厌恶地说这句话,只是其中再也没了难以置信的成分,仿佛父亲已经明白了特洛伊就是这么让人厌恶,而且会一而再,再而三地验证他的判断。

特洛伊出轨做了对不起克莱尔的事的时候,他父亲说:"你就是个蠢货,配不上她。"

"我知道。"特洛伊当时回答道。所以我才那么做了,爸爸,免得她以后注意到这一点。

他觉得父亲的背叛就是他自己的背叛，仿佛是他本人对萨凡纳有所企图。就在片刻之前，特洛伊本人不也是内心稍稍一动，对这个女子有点意思吗？他的欲望可能和他父亲的一样，他也可能会做出和父亲一样的行为。因为他父母家年轻的暂住客人，年轻到可以做他父亲的女儿甚至孙女。他父亲会不会觉得萨凡纳应该那样呢？因为萨凡纳没有别的地方可去，他就多少可以掌控萨凡纳？因为萨凡纳已经挨过另一个男人的打？难道父亲忘了他是斯坦·德莱尼，他是穿着老人拖鞋的退休网球教练，并不是裹着浴袍的哈维·韦恩斯坦①。天哪。爸爸，你配不上妈妈。

或者他想的是，反正试一试没有坏处？值得一试？或者只是常规行为？他父亲以前劈过腿？特洛伊内心深处一直觉得，有可能是因为父亲有别的女人，甚至另有家庭，那些年才会时不时地从家里消失。

唯一一次他和埃米讨论这事，埃米说："但他出走完全是随机行为。绝对是随心所欲。"当时他们都醉得不轻，才说起父亲以前的习惯。

"没错，"特洛伊说道，"我们觉得是随心所欲，因为他需要理由去看他女朋友。我们小心翼翼、如履薄冰，不想惹他生气，但他已经提前决定了，他就是要找个蠢事或无聊的事情来生气。"

"那就太残忍了。"埃米如是说。

"嗯，是很残忍，"特洛伊说话的声音都破了，感觉惊讶又尴尬，"他的行为就是很残忍。"

但那已经是很久以前的事情了，当时一切都与现在不同，不同的衣服，不同的发型，不同的身体，不同的个性。看到自己以前的录像，他都不敢相信自己以前音调那么高，元音拖得那么长、那么粗俗。他父母也变了，个子变小了、变弱了，不再那么令人瞩目，不再掌控一切，甚至不再管理网球学校了。有一次，他去和父母见面吃饭，他迟到了，到餐厅后目光一扫，无视了坐在角落的那对老年夫妇，还一直在寻找他的

---

① 美国制片人、编剧、导演和演员。2020年，其因性侵被判入狱。

父母：父亲高大威猛，母亲小巧却精力充沛，然后他就看到那对老年夫妇朝他挥手，变幻成了他的父母，就像那种视幻效果的图片，要么看到的是巫婆，要么看到的是美丽女孩，一旦知道了诀窍，两个都能看见，只是取决于你怎么去看。

他可以选择怎么去看，要么就是混账老东西想对年轻女孩动手动脚，要么就是可怜的老年人想要重拾失去的青春。他可以选择他父亲的两个形象：一个是相信哈里·哈达德也不肯相信他；一个是他尖叫一声"爸爸"，父亲就会从床上一跃而起，穿着平角短裤，浑身是汗毛，个子高大还有魔法，立刻就能干掉怪物。

但后来晚上他不再做噩梦了，他父亲因为讨厌的哈里·哈达德放弃了他，每次来营救他的都是母亲。他在学校校长和警察那里惹下的麻烦，都是母亲施展魅力帮他解决的。母亲帮助他走回正轨，最终走到了今天令人羡慕的生活。

他必须确保母亲对父亲的所作所为一无所知。他必须拯救母亲，就像母亲以前一次次拯救他一样，为了这一点，虽然父亲从未宽恕过他，他也要宽恕父亲。

"你绝对不能告诉我母亲。"特洛伊说道。

"我已经说过了，"萨凡纳的双手放在膝盖上，"我还在考虑怎么办。"

此刻，他明白了。萨凡纳为什么来找他，而不是其他人，为什么她的行为举止就像在做生意。

她就是来做交易的。

第三十四章

"谁能解释一下主动倾听和被动倾听的区别？"星期三下午的课堂上，洛根在向学生提问。

被动倾听，又是这个词。就是他听英迪拉说话的方式吗？被动地？他周围是围成半圆的课桌，各式各样的学生都有：有刚从学校出来的青少年；有在家带大孩子后的女人，想要回到面目全非的就业环境中；还有一辈子就干一行的中老年人，但现在这一行已不复存在。

"主动倾听，就是我听我丈夫说话的方式，"明星学生拉妮说道，"被动倾听，就是他听我说话的方式。"

几个女人咯咯笑了起来。少年们本来埋头看着手机，一时间抬起头，扫了一眼，立刻又埋下头，仿佛额头上有磁铁。

拉妮只比洛根的母亲小几岁，她和丈夫遇到了一位魅力十足的骗子理财师，钱全没了，理财师正在吃牢饭，她现在接受再培训，准备重新工作。

这学期开始的时候，拉妮在自我介绍中说道："我们还以为他是很厉害很好的人呢，所以就抵押了房屋，跟着他投资，就像中了他的邪一样。"

拉妮活泼耀眼，让洛根想起自己的母亲，他心想，也许乔伊某一天描述萨凡纳时，也会说曾以为她是"很厉害很好的人"。母亲迷上了萨凡纳，至少是迷上了她的厨艺，但说到钱，乔伊是很精明的。她绝对不会为了萨凡纳抵押房子。或许她也会？为了一顿烤鸡午餐？

洛根的学生在头脑风暴主动倾听的技巧（有语言上的肯定，比如说"是的，我明白"。还有非语言上的肯定，比如说点头），他心里想着埃米给他说的，埃米给母亲说了他对萨凡纳的故事表示质疑，母亲非常生气。洛根有点生埃米的气。他并不打算告诉母亲的。

"你是去请萨凡纳出去喝一杯的。"洛根提醒她。

"我知道，"埃米说道，"但我看到她就坐立不安。她甚至都不想让我进门！好像她在照顾他们一样。"洛根忘记了，埃米是不会按计划执行的人。

"平心而论，她做的蔬菜通心粉汤真的非常好吃，"埃米说道，"我和西蒙每人吃了两碗。"

埃米进一步解释之后，洛根这才知道西蒙是埃米的室友，出于某种原因也去了他们父母家里。西蒙要帮着埃米"深入研究"萨凡纳。

"全面的背景调查，"埃米对洛根说，"就像 FBI 那样。"

"好的。"洛根说道。

"因为他是会计。"

"会计怎么能帮上忙呢？"洛根说道。

"他做事非常细致。"埃米说道，接着就暗戳戳地笑起来。洛根挂了电话，给布鲁克打了电话。布鲁克说不用在埃米那儿浪费时间，她数周前就开始准备萨凡纳的"档案"，很快就会有实质性的内容，到时候就给洛根说。她说"档案"这个词的时候，语气非常满意。

特洛伊根本没有回大家的电话，谁知道呢，他也许不在澳大利亚，所以也帮不上忙。与此同时，上周他们的母亲带着萨凡纳去逛街，买了一衣柜的新衣服，埃米和布鲁克觉得很不舒服，并不是她们想跟着母亲去逛街——那可是她们怎么都不愿意的事情，而是因为萨凡纳不停地下厨，再加上她小巧的双脚，显然是一门心思想要变成她们母亲"梦想中的女儿"。

"我们来角色扮演一下主动倾听和被动倾听。"洛根对学生说道。他没让学生主动举手。他选择了布莱恩和尤恩：前者是爱尔兰人，做了三十年的汽车工人，霍顿汽车关门大吉后就没了工作；尤恩是美发师，明媚开朗，想要取她的老板而代之，因为老板"真是婊子"。

"布莱恩，给尤恩讲个故事吧，"洛根说道，"讲什么都可以。尤恩，你被动倾听。"

布莱恩就讲开了，说了一件令人发指的违规停车罚单，尤恩觉得自己没法被动听，因为她在学院附近的同一地段也收到过罚单（洛根也收到过）。布莱恩的爱尔兰口音越来越明显，变得越来越激动，越来越心烦意乱，洛根想起了萨凡纳的男朋友，也是差不多的爱尔兰口音，坐在床上，一脸惊恐，伸手去拿眼镜。

洛根呆住了，手掌一拍，重重地落在白板笔上。

真相的源头。至少是另一个版本的真相。

他要去找那个爱尔兰小杂种谈一谈。

* * *

那天下午晚些时候，洛根站在萨凡纳与她男朋友曾经住过的公寓大楼前。他记得楼号，因为他的生日是24号，他一直都喜欢这个号码。

"谁呀？"爱尔兰口音的声音传了过来。

"你好？"洛根慌了。他还并没有想清楚！但那人立刻不耐烦地说道："上来吧，二楼。"

门禁开了，洛根松了一口气，用力推开玻璃门，太用力了，门撞在墙上，哐的一声响。

他走到门口，看到门已经打开了，门缝里抵着一只破旧的球鞋。

洛根试探性地推开门。

"有人吗?"

没有。他听得到里面某个地方传来音乐声,诺拉·琼斯。这家伙就像是竭尽所能让自己看起来人畜无害。

萨凡纳提到过他的名字,但洛根怎么也想不起来了。反正是挺普通的名字,两个字。

他看着靠在墙上的那幅抽象画,人见人厌。但英迪拉会喜欢吧。他记得他和特洛伊上次来的时候,萨凡纳说她男朋友是搞艺术的。他仔细看了看签名。写的是戴维?是这小子的名字?戴夫?戴夫。

"戴夫?"洛根大声叫道。

一个声音盖过音乐:"是的!谢谢!随便放个地方。"

洛根走进餐厅,尽管播放器里诺拉·琼斯在低声吟唱,但还是像走进了建筑工地。地毯上盖有一张巨大的防水帆布,上面是颜料的痕迹。搬家公司的盒子没有打开,堆在角落里;咖啡桌侧翻过来,靠在墙边。洛根觉得对方是叫戴夫。戴夫站在巨大的画架前,拿着一管颜料,往一块当作调色板的纸板上挤。他身穿机械师的蓝色工作服,眼镜上有一点颜料,耳垂上也有一点。他正在耕耘的画布主打一圈圈的黄色,颜色挺让人反胃的,就像洛根厨房的墙漆。房间里洋溢着勤奋和快乐的氛围。那人完全沉浸在热爱中,洛根感到了妒忌。他也曾沉浸在网球中,后来就只有性和电视。现在只剩下电视了。

英迪拉想要画画。也许就像这样吧,洛根不是很确定。大约一年前她给洛根说过这话,仿佛是在吐露深埋在心里的隐私。洛根对她说:"那就画呀。"英迪拉说她需要大一点的地方画画,也许他们应该考虑搬到大一点的住所,那样就能有个画室。"就在这里画好了。"洛根说道,接着就把咖啡桌推到了墙边。并不是被动听,而是主动聆听。非常主动!那张咖啡桌很重的。女人想要画画,男人给她腾出了画画的空间。但她悲伤地说道:"不,这不行的。"然后就闭口不再提。

如果她真的想要画画就会去画的。看这家伙的公寓只有洛根和英迪拉住所的一半大。

"嗯，嗨，谢谢，你……有什么事吗？"戴夫说道。他给颜料管盖上了盖子。

"我是洛根。"他心里还想着英迪拉。

洛根是全力支持英迪拉画画的。他只是不想卖掉房子。万一两人不能走下去呢。不，绝对不是，不是这个原因。他是全心投入的。但有时，人的确是想赢的，不过最后还是输了。房子在他的名下。如果两人走不下去了，就不需要改变什么，女孩走人，洛根留下。现在看吧，事情不就是这样吗？女孩离开了。又走了一个。他的策略很好。

"嗯，谢谢，洛根，"戴夫有点不耐烦，"比萨是在……"他的目光越过了洛根的肩头。

"哦，"洛根充满歉意地说道，"我不是送比萨的。我是，嗯——希望你能给我说一说你的女朋友。你的前女友。萨凡纳。很快说几句。"他想起了自己的策略：请求帮助，就看对方乐不乐意。"我需要你的帮助。"

戴夫往后退了一步。"天哪。"他放下颜料管。"那天她带来的两个人，怒气冲冲的，其中一个就是你。"洛根感觉不妙，觉得这可怜的家伙眼睛满屋子乱转，是要找什么东西当作防卫武器。他看起来比洛根记忆中还要年轻，个子还要小。

洛根举起双手。"我是和平使者。"怎么冒出这样一句话？洛根弯下腰，耷拉肩膀，显得个子小一些，没那么吓人。"我只是想谈谈。萨凡纳住在我父母家里。"

"你父母？"戴夫捡起画笔，抓在手里，仿佛要用尖的一头戳向洛根。"她待在你父母家？不是你家？她还好吧？"

"不错。"洛根说道。他想起萨凡纳顶着他母亲的发型，在他母亲的厨房里恣意走动。"很好。"

"她是怎么认识你家人的？"戴夫问道。

"她不认识。"

"我不明白。"

"有一天晚上很晚了,她流着血出现在他们的门口。她说是你打的。"

"我打的?"戴夫张大了嘴巴,惊讶得一脸蠢相,"她真那样说了?说我打了她?"

"所以我才和我弟弟一起陪她来拿东西。但某天我在电视上看到一个节目。一个女孩在讲述她的经历,和萨凡纳给我说的一模一样。就是关于你的经历,几乎是一字不差。我就想也许是她编了故事,嗯,如果是编的,也没什么。"

如果是编的,那就有什么,但洛根想营造出一种随和接纳的形象。他想要的只是对方提供的信息。

"她现在住在我父母家,我母亲挺喜欢她的,我们只是想要搞清楚。我们只是……"他突然觉得这一幕很奇怪。他走进了陌生人的公寓,就像萨凡纳走进了他父母的生活。人就不该有这样的行为。"我们只是想知道,是否有担心的必要。我们只是……不太搞得明白她是什么样的。"

那小子垂下了肩膀。"好吧,"他说道,"嗯,好吧。"他摘下眼镜,从兜里掏出一块旧布片,擦掉了上面的颜料。"嗯,首先,我没打过她。我从未打过人,"他抬头看着洛根,"男人,女人,都没有打过。"

"嗯,"洛根说道,"我相信你。"

"怪不得那天你们俩看起来就像要杀了我一样,"戴夫戴上眼镜,盯着洛根,"因为你们认为我——"

"我们没想杀你。"洛根不自在地说道。

"你的兄弟看起来像。你们就像入室抢劫,噩梦一样。"

"当时你在给萨凡纳道歉,你一直在说抱歉。"洛根想起来了。他多少是想找点借口给自己开脱。就像做了什么很不好的事情,一直在道歉。

"我是在道歉,但不是因为打她呀!"戴夫说道,"我忘了她的生日。我们本来应该去餐厅庆祝她的生日,我却没去。她精心打扮了一番,找了个挺不错的餐厅,等呀等,等呀等,我手机电池又没电了。"

"哇哦。"洛根说道。

"我知道,"戴夫懊悔地摇了摇头,"我现在也不敢相信,我居然就那样了。"

"她给我说的经历……"

"她很有可能是重复电视上看到的内容。她就是那样的。比如说电影里的独白、别人给她说的经历,或者我告诉她的。她就像只鹦鹉,她很擅长此道。"

"嗯。"洛根说道。擅长此道,装作是家暴受害者。

"据说她有什么超级自传体记忆综合征,诸如此类的说法吧。她说她人生中每一天的事情都记得。到底是不是真的,我也不知道,或者也是她从电视上看来的,"对方看起来有些不安,"在事实方面,她多少有点……随便。"

"她习惯撒谎,"洛根说道,"你是在说这个吧。"

公寓的蜂鸣器响了,两人都吓了一跳。

"我的比萨到了,"戴夫说道,"我还以为你是送比萨的。"

"嗯,我知道的。"洛根说道。

"我让他上来,你不介意吧?"戴夫小心翼翼地说道,仿佛他是人质一样。

洛根往后退了一步,再次傻模傻样地举起双手:"我不会占用你太多时间的。"

戴夫打开门禁,让送比萨的上来,接着他们就尴尬地看着对方,等着。

"什么口味的比萨?"洛根问道。

"本地比萨,我的最爱,"戴夫说道,"叫劲爆鸡。鸡肉条,甜辣酱。你饿了吗?反正我也吃不完的。"

"饿得很，"洛根如实说道，"但没关系，我——"

"戴夫吗？家庭装劲爆鸡比萨。"门口传来一个深沉的声音。洛根和戴夫无意识地相视一笑，氛围一下子轻松起来。于是洛根就坐在萨凡纳前男友的公寓地板上，喝着啤酒，吃着美味的比萨，反倒觉得很开心。

"我女朋友想要画……这种东西……这种艺术，"洛根指了指画板，"前女友。"他环视周围。"我说她可以在我们起居室画画，就像你现在这样。她说她需要一个画室。"

洛根想听到对方说：她要求太高了。

"是呀，嗯，我在这里画画也是因为萨凡纳搬走了，"戴夫说道，"否则我也需要自己的空间。她离开的好处是，我在这儿突然就有了自己的画室。你盯着你女朋友，她是没法画画的。"

"我不会那样的。"洛根说道。

"她会觉得在你面前画画是件尴尬的事情。"戴夫一嘴的比萨，用手把自己那块比萨上的鸡肉剥了下来。"如果她才刚起步就更是如此。艺术就是这样的，明摆在眼前呢。"

"哦，"洛根说道，"她没说过。我可以出去呀，让她自己画。"

"是可以，"戴夫说道，"但她觉得，可能有个画室就能克服自己的恐惧。她想要画画，但她又害怕画画。"

"为什么会害怕画画呢？"

"万一她画不好呢，"戴夫说道，"万一她没法把脑子里和心里的东西画在画布上呢。也许她害怕自己会害怕。她担心她什么都干不了，只是拿着画笔站在那里，就像个骗子，想到这个，完全就没了勇气，瘫掉了。"

洛根顿觉伤心，放下了手里的比萨。他本以为英迪拉只是一时兴起，每次她说起画画的时候总沉默寡言的，仿佛并不真正放在心上。她说起这事，又立刻后退，绝不刻意推进。原来这份沉默也有可能是因为害怕？

他本应该理解英迪拉对艺术的那份复杂激情，就像他对网球一样。对于英迪拉而言，艺术不是爱好，就像网球不可能是他的爱好一样。英迪拉走在艺术馆里的感觉，就像洛根看到大满贯的情感，痛并快乐着，就像是单恋。

他就是个傻瓜。他们可以负担得起更大的房子。他为什么要坚持不搬走呢？因为他从不喜欢改变：工作、地址、银行、健身房，都不喜欢改变。天哪。本来很简单的事情，搬到有两个卧室的住所，拿出一个房间做她的画室。她就能关上门面对自己的恐惧，她很有可能会做得很好，也许比这家伙好，也许还能很了不起呢。

"她伤了你的心？"戴夫问道。

"没有，"洛根说道，"只是走到了分手那一步。"他改变了话题，转向此行的目的。"你和萨凡纳在一起多久了？"

"还在早期阶段，"戴夫说道，"大概三个月。"

"就住在一起了，还挺快的。"洛根评价道。

"也许吧，太快了，"戴夫赞同道，"我们最开始约会的时候，有一次我就给她说想搬到悉尼来，她说她也有这个想法，但到了悉尼就贵得多，阿德莱德——"

"等等——她对我们说，你们俩是从戈尔德科斯特一起搬过来的。"

"阿德莱德。"戴夫说道。

"那她为什么要说戈尔德科斯特？"

也许是因为从戈尔德科斯特搬过来，听起来更有悲剧和戏剧色彩吧？也许吧。

戴夫耸了耸肩："她就是那样的。她的习惯就是无缘无故地说谎，在一些无关紧要的事情上，很容易被发现的，比如说，她午餐吃的是什么。我说：'萨凡纳，我知道你没吃那个。'她就会说：'有什么关系呢？小事一桩，谁在意我午餐吃的是什么呢？'然后我就想，是呀，小事一桩，我也不在意的，但还是感觉有点迷惑不解。"

"肯定呀。"洛根说道。

戴夫又拿起一块比萨,说道:"知道吧,我做了点调查。萨凡纳还真的符合病态撒谎者的定义,就是指那种虽然撒谎没好处也要撒谎的人。她真的就是那么做的。为了撒谎而撒谎。"

洛根代入了他母亲的角色,表现出同情。"可能是与她寄养长大的经历有关?"他进一步推进这一话题。"她也许是习惯了,说她认为别人想听的话——"

"啊,不是的,兄弟,"戴夫说道,"她不是寄养长大的。"

洛根心里一沉:"她不是?"同情消失得无影无踪。

"不是,"戴夫说道,"她还很小的时候父亲就去世了。我觉得他们家不是很有钱,但她绝对不是寄养长大的。她从七岁起就住在同一所房子里。她跳过芭蕾。她说她得过的奖杯她母亲都还展示在家里,就像是她芭蕾生涯的神龛。我知道这部分是真的,我见过她表演的照片。"

洛根感到厌恶。全都是没必要的谎言。她童年寄养的细节都是偷来的,是选秀节目参赛者讲述的"人生经历"吗?她根本不需要用这些东西去激起洛根母亲的同情。她完全可以说出来,她是来自阿德莱德的普通女孩,生日那天被男朋友放了鸽子,洛根的母亲依然会留她过夜的,但也许洛根的父亲第二天就会让她走人。

"所以那天你忘记了她生日,就是她离开的那晚?"洛根心里又冒出了另一个问题,"那她是怎么伤到自己的呢?她到我父母门口的时候在流血。"

"那天我下班晚。我刚刚入职,所以想留个好印象。"他把啤酒瓶举到嘴边,喝了好大一口。瓶子里的酒快喝光了,他也放松下来,话就多了。"我们一搬过来立刻就找到了新工作,所以都挺忙的。我是平面设计师,全职工作。萨凡纳有两份工作,都是零工。我们都累得很。"

萨凡纳有两份工作?那这两份工作怎么样了呢?上一次洛根听萨凡纳说的是"现在外面工作也不好找"。

"我记错了,以为离生日晚餐还有一周的时间。于是我就回了家,电池没电了,我又找不到该死的充电器。我们刚搬到这里,有些箱子还没有打开。我肚子也饿了,因为做饭的人是萨凡纳。"戴夫悲哀地打量着手里的比萨。"她厨艺很棒的。"

"我知道。"洛根说道,但他来是调查萨凡纳的,感觉不应该认可萨凡纳的厨艺才对。

"后来她终于到家了。我就想,好啦,晚餐!但我看到她精心打扮了,就说:'天哪,不是今天吧?'显然,那是我们第一次为她庆祝生日,所以真是太糟糕了。"

他显然还是觉得过意不去。

"挺奇怪的,因为一开始她似乎并没有生气。她只是心烦意乱,并没有发飙。她说没关系,我们可以换个时间庆祝。她做了意大利面!我们就看电视,喝着葡萄酒,一切都挺好的,然后完全没有任何征兆,她就疯了。她从沙发上站起来,说:'我再也受不了了。'她手里端着葡萄酒杯走来走去,就像发病了一样,我们家里又到处都是盒子和乱七八糟的东西。然后她就绊到了我的吉他盒子摔倒了。她给我说过移开它,但我没管。"他看着洛根,"我真的是这个故事里的恶人。"

洛根咂了咂嘴,发出了同情的声音,这是主动聆听的非语言典范。

"她摔下去的时候,葡萄酒杯碎了,所以她划伤了。"他回忆的过程中,一只手举起来,放到自己的一只眼睛上,"一时间,我还以为她失去了一只眼睛。全是血。我想帮她,但她不肯让我看。她就在那儿喃喃地自言自语、转圈儿。接下来她就……离开了。光着脚。那晚挺冷的。她没有带钱和电话就离开了。"

"你觉得她去了哪儿?"

"我不知道呀。我说:'你要去哪儿?'她就说:'我要回那儿去。'"

"回哪儿去?"洛根说道。

"我也是那样问的,'回哪儿去'。我还以为她要回阿德莱德。我就说:'这么晚了,你也搭不上飞机。'"

洛根仔细看着对方,想着他的姐姐和妹妹可以在这段话里发现什么样的漏洞。"你肯定很担心。"

"我不知道该怎么办,是报警呢,还是什么。我都没睡觉。但第二天,我还是去上班了。我刚找到新工作,我必须得工作,然后她就给我的语音信箱发了一条奇怪的消息,低声耳语的声音,就像是在图书馆发的消息。她说她待在老朋友家里,我就想,什么朋友?我们在这里谁也不认识呀。她说她'祝我一切安康'。我理解就是我们之间结束了。"

洛根心里一颤:"她祝你一切安康。"

"是吧,"戴夫说道,"她有时候就是那么说话的,听起来就像个老太太,或者她是在角色扮演吧。我觉得我就像从未了解过她一样。你知道吧,之后我也和别人谈论过这事,我就想,天哪,就像那种短暂的恋情,回头看时,心里就想到底是怎么一回事呢?她人有趣温和,但也很奇怪。我觉得自己可能躲过了一发子弹吧。"

"也许是吧。"洛根说道。但你躲过的这枚子弹正射向我的父母呢?

"我觉得她不是危险人物,"戴夫沉思道,"她只是非常奇怪。那天晚上,她举止非常古怪,完全没有任何征兆。我记得当时就想,其实这与我忘了她的生日没有关系吧?或许是电视上的内容让她烦恼吧?但也不应该呀。我们甚至都没怎么留心电视的内容。只是无意间看到网球的新闻。"

"网球?"洛根的声音一下子高了八度。他本来拿着瓶子想喝上一口啤酒,瓶口哐的一声撞在他牙齿上。"网球的什么消息?"

"萨凡纳对运动毫无兴趣,不可能是那个了。"

"但你说电视上在说网球的事情。什么事情呢?"

戴夫坚定地摇了摇头,想要告诉洛根搞错了。

"什么都不是,"他说道,"不过是个球员要重回球场。他叫什么呢?"戴夫皱起眉头,打了个响指。"哈里·哈达德。"

第三十五章

现在

"我只是觉得,我们如果把萨凡纳的事情都告诉警察,警察可能会分心,耽搁他们找到妈妈,"客户在马歇尔和史密斯刑事辩护律师所接待区,"他们会觉得爸爸有可能——"她压低了声音。"有可能的动机。"

接待员在该律师所干了十来年,习惯于有意无意间听到这样私密甚至色情的对话,这就是这份工作的好处之一。

女性客户头发剪得很短,但个头非常高,似乎是普通女性的两倍,仿佛她阔步走进田径场就能拿到跳高金牌。她来是与资深合伙人克里斯·马歇尔第一次见面的。她拿着手机,轻声说话,但接待员的耳朵就那么好用,这也是没有办法的事情。

"警察他们发现了也挺好的,我的意思是说,我们不也是自己发现的吗?他们调查起来肯定比我们效率高。我只是觉得我们没必要和盘托出。两件事情不相干。只会给爸爸脸上抹黑。"

一段很长的停顿之后,她突然说道:"嗯,特洛伊,你看着办吧。我也阻拦不了你。但我还是给你说一声,我在给爸爸找律师。以防万一。"

又是停顿。

"是的,我站在他这边。"

又是停顿。

"不,我可没说无论如何我都站在他这边。"她声音中全是压抑的情绪,"我只是想做正确的事情。哦,见鬼去吧!"

她松开手机,任其掉在双腿上,眼睛直愣愣地看着前方。接待员垂下眼帘,看着键盘,目睹别人失控挺尴尬的。

"布鲁克·德莱尼?"克里斯·马歇尔站在他办公室门口,露出了有钱人的微笑。

"我在。"那女子一跃而起,鼻孔呼气,抬起下巴,仿佛要创建新的跳高纪录,阔步走进了律师的办公室。

第三十六章

去年十月

布鲁克在网上询问，有可疑人与父母住在一起，如何调查此人的背景，网友说，来个反向图片搜索，很简单！

布鲁克回答说，我没她的照片，简单不起来。她双手扣在一起，高高举过头顶。

她坐在家里书房的台式电脑前，总感觉自己好像坐在格兰特家里的书房里，用的是格兰特的电脑。从技术层面而言，这书房是两人共用的，但布鲁克总是在餐桌上用她的笔记本电脑，仿佛只有格兰特的事业才重要。格兰特是政府地球科学部门的地质工作者，布鲁克是理疗师，但布鲁克真不知道为什么前者就要比后者更重要。

她为什么会想这个呢？格兰特从未暗示过他的工作更重要，一次都没有。而且他坐姿有问题，更需要有腰部支撑的椅子。那完全是布鲁克自己的选择，事实上，是她坚持如此的。

她的婚姻是现代的平等合作关系，完全不像她父母那种老式的一边倒婚姻。母亲听到布鲁克说讨厌做饭，吓了一跳。难怪乔伊觉得格兰特好呢，格兰特厨艺精湛。什么家务该谁来做，他们一次架也没吵过。对于他们而言，这些根本就不是问题。一切都公平地分担。

布鲁克与她母亲不一样，完全不一样。

她调整椅子，让自己坐得更舒服些。椅子挺不错的。格兰特的后腰可能会想念这把椅子。

她放着泰勒·斯威夫特的歌，调高了音量，想要获得灵感。她喜欢泰勒·斯威夫特。格兰特说她不可能喜欢泰勒·斯威夫特，因为她又不是十三岁，但她的确非常喜欢。坐下来，不用听格兰特刚刚发现的最新另类摇滚专辑，算是松了口气。他还非得按照专辑的顺序来听，因为艺术家就是这么安排的。布鲁克只喜欢循环播放她最喜欢的歌。

几周前，布鲁克一拿到萨凡纳的全名，就在网上搜索过。最开始她母亲说不知道萨凡纳的全名。"我没问！我为什么要问呢？"是的，真是的。有人搬进你家里住着，你为什么要问这人的全名呢？后来她母亲说，全名是萨凡纳·波兰斯基，"就是那个可怕的电影导演的姓氏"。布鲁克搜了萨凡纳·波兰斯基，什么都没有，只有一个讣告。然后数日后，"哦，其实我搞错了，不是波兰斯基，是帕戈尼斯。"布鲁克再次搜索，什么都没有，只有一个拜伦湾寿司店的三星评价。

现在，她眼神空洞，郁闷地盯着电脑屏幕。她已经习惯了网络上的有求必应。

等等，布鲁克的确有一张萨凡纳的照片。

她妈妈带萨凡纳去购物的时候，给她发来一张她们的照片，是两人的自拍照，在试衣间，她们穿着新裙子，裙子上还挂着吊牌，开心得发光。照片对焦，拍照的人肯定是萨凡纳，因为手机拿得稳。据说她们在购物中心逛了六个小时！待的时间太久了，本来需要支付超时停车费，但萨凡纳很不简单，她发现了停车确认的漏洞，节省了七澳元！她们还吃了苹果酥皮点心！味道还不错！

照片和逛街的事情让布鲁克很不高兴。

现在，她从手机里找出照片，剪切下萨凡纳的面孔，第一次来个反向图片搜索。

她从网上得知,萨凡纳并不是萨凡纳·帕戈尼斯,而是萨凡纳·史密斯。

两年前,一位名厨新出版了烹饪书,在书店首发仪式上拍到了萨凡纳·史密斯。虽然风格变化很大,但肯定是萨凡纳。当时她的头发要长一些、卷一些,涂了明艳的红色口红,戴着大耳环。

但是布鲁克从中得到了什么信息呢?这个萨凡纳有过不一样的姓氏,有过不一样的发型?有过婚姻?萨凡纳出现在烹饪书的首发仪式上,并没有什么好惊讶的。

布鲁克叹了一口气。她不应该失望的,这人与她父母同住,她并不想发现这人是个连环诈骗犯,对吧?也许她想呢。也许她希望找到借口,直接开车到父母家,对着萨凡纳大喊一句:"你别在我父母面前装模作样!"

她看了看时间,朋友伊内斯马上就要到了,她总是忘记。最近她分居的消息传开了(这功劳可不能记在她名下,她除了家人之外,跟谁也没说过),大家给她发消息表示慰问,仿佛格兰特死了一样。伊内斯的消息很简短:刚听说,我今晚过来。

布鲁克回复说,我可能没时间!

伊内斯发消息说,你有时间!

好吧。没错,她有时间的,今晚她只是要调查一下萨凡纳,再写一篇文章《解决背部疼痛的十大妙招》,希望能放到女性健康网站上。她要建立自我形象。她的照片墙也需要更新,要"迷人"。

她不停地在网上搜索"萨凡纳·史密斯",刷过全世界很多个不一样的萨凡纳·史密斯,最后看到一张像素很低的黑白照片,来自报纸文章,日期是十五年前。报纸的标题是《十一岁的萨凡纳——未来的舞蹈之星》。

文章只有一段话,来自阿德莱德当地的一家报纸,写的是萨凡纳·史密斯在地区最大的芭蕾舞竞赛中获得了第一名,这个安静害羞的天才女孩惊喜不已，因为她的梦想就是有一天能够成为专业芭蕾舞者。

在布鲁克的电脑屏幕上，照片里的小女孩穿着芭蕾舞短裙，踮着脚尖，双臂举在头顶，一个古典芭蕾舞女的姿势。小女孩很瘦，可以说皮包骨头，表情专注严肃，头发紧紧挽成发髻，梳在脑后，看起来就很疼的样子。两只精灵耳支棱出来，对于芭蕾舞者来说，这耳朵不太合适。

很多年前，报纸上也有类似的夸张报道，说布鲁克和她家另外三个孩子有网球潜力。经常会有这样的事情，有天赋的孩子最后变成了普通的成年人：蝴蝶变成了飞蛾。

她爸爸还小心翼翼地把他们古老的剪报拿出来，一张张地覆膜，要传给后人，这让布鲁克觉得很伤感。这要浪费多少时间呀。

那张照片牵扯动了布鲁克的回忆，她有一种恼人的感觉。那个小女孩让她想起过去的某个人或是某件事。与偏头痛有关，她的视线变得模糊起来，好像闻到了新割的草坪的气味，还有人在大喊大叫。

门铃响了，她吓了一跳，从遐想中惊醒过来。

伊内斯到了，带来一瓶香槟酒，一侧肩膀上挂着可回收的购物袋，里面装满了东西。

"太重了！"布鲁克一边说话，一边麻利地接过购物袋，领着伊内斯来到厨房，心里满是对老朋友的温暖情感。她从未忘记过她的朋友们，但很奇怪，现在的确感觉像是重新想起他们来了。

"工装服不错哦。"伊内斯说的是布鲁克身上的牛仔工装服，这是布鲁克一时兴起从抽屉深处掏出来穿上的，"很复古。"

"穿着很舒服，"布鲁克说道，"格兰特说我穿上这个，看上去就像动物管理员。"

她们打开香槟，布鲁克把萨凡纳所有的事情都告诉了伊内斯。"我父母家做饭的事情她全包了。"

"真够卑微的。"伊内斯递给布鲁克一杯嘶嘶冒泡的香槟。

布鲁克咯咯笑起来，一下又打住了，她意识到这样放纵的笑声既熟悉又陌生，就像是与旧教材和旧校服一起打包的永远不会再用的东西。日子一天天过去，格兰特的存在感越来越弱，这样的感觉就越来越多。布鲁克找回了原来的习惯、原来的衣服、原来的音乐，现在又找回了她原来的笑声。但说十年来她从没笑过就荒唐了。她肯定大笑过，格兰特是一个很有趣的人。他为自己的幽默自豪。在他们的关系中，格兰特"有趣的人"的身份一直要得到承认，这对他很重要。

伊内斯突然说道："看到你真的很好。"

"是吧，我诊所的事情太忙——"

伊内斯打断她说："我的意思是，看到你一个人，没有格兰特，很好。"

"你什么意思呀？你喜欢格兰特的，对吧？大家都喜欢格兰特！"布鲁克看着那瓶香槟酒，"等等，这香槟是庆祝的意思？"

"我没有不喜欢他，"伊内斯说道，"他就是那种，你觉得应该要喜欢……"她顿了顿，"应该要关注的人。"

"关注？"

"就是说，总是感觉得到他的存在。"

"这不就是好配偶吗？总是感觉得到另一方？"

"没错，但似乎只是单向的。我从未感觉到他关注你。他就像CEO，你就像他忠心耿耿的助手。"

"不是的。"布鲁克说道。她这个女人有力量、脑子好用、受过教育，遇到蜘蛛、轮胎没气、换灯泡、要价过高的修理工或是言辞犀利的房地产经纪人，她都不在话下的。所以听到这句话，她觉得受到了很大的伤害。"不是那样的，绝对不是。"

"的确不是呢，"伊内斯镇定地说道，"我又知道什么呢？"

她们默默地喝着香槟酒。

"抱歉，"伊内斯说道，"我刚才那样说话挺傻的。来看看我给你带了什么吧。"她把购物袋提到操作台上。"这些东西都能改善心情：三文鱼、香蕉。我好像记得在学校的时候,你一直都吃香蕉的。"

"我以前的确非常喜欢香蕉,"布鲁克说道,"后来有个医生对我说,不要再吃香蕉了,香蕉有可能触发偏头痛,我也就不再吃了。"

她从伊内斯手里把那串明黄的香蕉拿过来。"甜香蕉。"她含糊地说道,童年的记忆在脑海里慢慢呈现出来,越来越清晰,就像照片显像一样。

她穿着学校的冬季校服,把书包扔在后门廊上,跑过去从狗嘴里夺网球,他们那条黑色的拉布拉多犬真是非常淘气。等她回来拿书包时,一个陌生的孩子站在后门廊,这倒没什么新鲜的。他们后院里总有陌生的孩子,还要偷走他们父母的关注,但那个孩子在翻布鲁克的书包,拿着香蕉就要吃,她的甜香蕉没有一点淤痕,她一直想吃的,但在学校没来得及吃。布鲁克目光炯炯,并不明白自己为什么会这样,每次她想跟母亲说那些孩子,母亲总是太忙,忙于关照其他这样的孩子,但那个蠢货居然敢翻布鲁克的书包、偷她的香蕉?布鲁克觉得怒火中烧,觉得受到了侵犯,不舒服到恶心。

她大吼道:"嗨!你!放下我的书包!我的香蕉!"

布鲁克从来不吼人,她更多的是生闷气。她发现自己可以义正词严地大声吼出来,真是很兴奋的感觉。那个小女孩抬起头来,女孩的头发从前往后梳,扎得很紧,眼睛都被拉成了猫眼,还有着精灵耳。真是令人憎恨的面孔。她放下那根香蕉跑掉了。

布鲁克认出了文章中那个小女孩的面孔。她见过小时候的萨凡纳。萨凡纳出现在她家门口不是巧合,她以前来过。

第三十七章

现在

"对,就是香蕉激发出了那段记忆。"伊内斯·朗对自己的母亲说道。两人站在男装柜台前等着结账,她给爸爸买了一条新领带作为生日礼物。"就在她和格兰特,我的天哪,说瘟神,瘟神到。"伊内斯真是不敢相信。"别转头。"她收回凝望的眼神,但太晚了。对方穿过一排排的衣服,朝她们走来。

"伊内斯!我就觉得是你。"布鲁克的前夫格兰特·威利斯长相普通,发际线后移,有着一对大耳朵,但举手投足中自我感觉是男神。他相信自己好看,似乎真的就变得好看了。女人看到自信的人总会多打几分。男人打分就没有这么慷慨。

"嗨,格兰特。"伊内斯说道。语气并不粗鲁,但冷若冰霜。"妈妈,这是布鲁克的前夫。"

"你别着急哦,我们还没离婚。"格兰特说道。

"但你们会离的。"伊内斯说道。她又对母亲说道:"他们会离的。"

"现在我们的关注点不在那上面,"格兰特说道,"布鲁克的母亲失踪了。"一时间,他看起来不太确定的样子。"我真的非常喜欢乔伊。我们关系很好。"

"格兰特,你现在不是住在墨尔本吗?"伊内斯问道。布鲁克告诉过伊内斯,今年早些时候,格兰特被借调到另一个州。伊内斯和布鲁克都觉得这是好消息。前夫嘛,如果不能离开这个国家,不能离开这个星球,那离开这个州也是挺好的。可他为什么还在悉尼游荡呢?

"回来有点工作的事情,"格朗特朝伊内斯走进一步,"布鲁克都不回我电话了。"

"她心里有很多事情。"

"我知道的!只是……我觉得警察现在也该联系我了。"

"他们为什么要联系你?"伊内斯问道。

"我也是他们家中的一员呀,很长时间里都是呢。"

"没错……但那已经是过去了。"

"也没有过去很久呀!"格兰特说道,"我知道一些事情的。"

"哦,得了吧,"一阵怒气袭来,伊内斯懒得跟他礼貌了,"格兰特,你真知道什么可以帮助警察找到乔伊,就给警察打电话呀。"

"我可能要打电话的,"格兰特说道,"我只是觉得有这份责任,就该有人给警察说乔伊曾经……"他舔了舔嘴唇。"有过不检点的行为。"

伊内斯看着她母亲睁大的眼睛:"不检点的行为?"

"是的。很多年前了,但如果斯坦发现了,可能就有了作案动机。"

作案动机。这家伙是地质工作者,不是律师。

"警察需要知道的事情,他们一家人肯定都告诉警察了。"伊内斯说道。

"他们家里只有布鲁克知道那件事,她一直都是爸爸的乖女儿。我猜她不会告诉警察的。"

"嗯。"伊内斯说道。她觉得恶心。这男人怎么敢这样?

"我的意思是说,布鲁克会支持她爸爸,我懂的,"格兰特说道,"但我是乔伊党。如果斯坦伤害了乔伊,我就要尽一份力,让他去吃牢饭。"

第三十八章

去年十月

"原来你认为的潜在的骗子是真正的骗子，"西蒙·巴林顿对埃米说道。此刻，埃米坐在餐厅桌子边，给一款新口味的奶酪薄脆饼干的奶酪味评级。

西蒙坐在她对面，拿起一块薄脆饼干。

"奶酪味。"他说道。

"过头了？"埃米问道。

"我觉得是纯正的奶酪味。"

他的话很有穿透力。埃米这才回过神来："萨凡纳是骗子？真的吗？"

她发现自己心跳加速，超过了限速，但还是可控范围，还沿着车道行驶。她的心理治疗师罗杰喜欢用很多与车子相关的比喻。

西蒙打开了马尼拉纸的文件夹。"我在 ASIC 做了调查。"

"真聪明！"埃米努力地回忆着 ASIC 代表的是什么。

"ASIC，澳大利亚证券与投资委员会。她在不合格董事名单上。三年前，她是一家出售网球纪念赝品公司的董事。"

"等等，网球纪念赝品，"埃米说道，"似乎——"

"似乎太过巧合。"西蒙神情严肃地表示同意。

他们四目相对。埃米想起了她父亲收集的珍贵的签名版网球。她一直都怀疑那些球是不是球员亲自签的。

"你觉得她是有意找到我父母的?"埃米说道。

"是的。"西蒙说道。

"我觉得我们应该过去一趟。"他拿起文件夹挥舞了一下,"拿这个直接面对萨凡纳。看她怎么说。"

"嗯,"埃米说道,"我真的很感激,但是——"

她犹豫起来。如果去,那就是西蒙第二次到她家里。他就像是个男朋友,年轻可爱的男朋友,他应该有个同样年轻可爱的女朋友。而她只会伤他的心,他已经伤过了心。

"好的。"她说道,只因为望向他清澈的棕色眼睛时,感觉灵魂得到了洗涤,心跳也平静下来,仿佛就着半杯葡萄酒服下了半颗劳拉西泮[①]。

[①] 用于口服治疗焦虑障碍或缓解焦虑症状,亦可以用于与抑郁相关的焦虑的短期治疗。

第三十九章

现在

"这个萨凡纳·帕戈尼斯,之前用过萨凡纳·史密斯这个名字,可能还有其他的别名,三年前在网上兜售网球纪念赝品。"伊桑对克里斯蒂娜说道。

"好的。"克里斯蒂娜说道。她往椅背上一靠,用笔敲打着牙齿。"网球纪念品。她说就是随便选了一家人,但肯定不是的。"

"她是想骗这家人?"伊桑猜道,"与网球学校有关?"

"也许吧,"克里斯蒂娜说道,"也许她办到了?这家人无论什么时候,只要提及萨凡纳这个名字,就感觉到某种情绪冲击力。"

"好像他们对她有怒气?"伊桑问道。

克里斯蒂娜在思忖这个问题。

"不是,"她最后说道,"更像是他们觉得难过,有可能是……内疚?"

第四十章

去年十月

乔伊站在萨凡纳卧室外面,试探性地推了推半开着的门。

在埃米还是个孩子的时候,这是她的房间,趁着埃米在学校的时候,乔伊毫不犹豫就进去侦察,想要找找线索,解决她女儿的难题。她也没找到多少东西:一盒普通的香烟;一根"奇怪"的香烟;一瓶埃米从祖母家中偷来的薄荷甜酒。(这些东西远远比不上她从特洛伊床下找到的。)

乔伊更为苦恼的是埃米的日记,里面完全不知道写的是什么,埃米写到关键内容,就潦草到无法辨认:我真的是很担心,因为乱写乱画,乱写乱画,乱写乱画。我好希望再也不要乱写乱画,乱写乱画。

但萨凡纳是客人,乔伊没有为人父母的权利,这样做就没有正当的理由。唯一的解释就是那天洛根在电视上看到的纪录片被当作了奇葩罪状,还有就是她自己心里也轻轻敲响了警钟。

萨凡纳现在不在家。她今天早些时候宣布她要"出去"。

"你要去哪儿?"乔伊问道,"需要我送你吗?"据说,萨凡纳是要与"一个朋友"共进晚餐,不需要送,她走着去车站,搭乘进城的火车。

乔伊克制住了自己,没问她什么时候回家。

萨凡纳说乔伊和斯坦可以吃昨晚剩下的土豆泥肉饼,她甚至还在出发前准备好了豌豆、茴香和羊乳酪的沙拉,用保鲜膜封好,还放了一对沙拉叉匙在保鲜膜上,仿佛乔伊和斯坦是她的孩子,在自己家里找不到合适的餐具。她真是太贴心了。

她不在家的感觉很奇怪。萨凡纳小小的个子,说话安安静静的,存在感居然非常强。乔伊感觉仿佛打破了魔咒。她耳朵里嗡嗡直响,好像刚看完热闹的电影或刚从喧闹的派对中走出来。

她并不真的相信萨凡纳出去见朋友。她的脑海中甚至无法浮现出萨凡纳有朋友的场景。问题是,会是什么样的朋友呢?她真的非常喜欢萨凡纳,但搞不明白这个人。她也真的不了解萨凡纳。她所知道的也就是萨凡纳喜欢做饭,不喜欢吃东西,跳过古典芭蕾,在寄养家庭长大,有着祖母辈的礼貌举止和绿藤的刺青,都是一点点支离破碎的个人信息,没办法拼凑在一起。

乔伊并不生气,也不害怕,但她的确想知道真相,免得孩子趾高气扬地把真相送到她面前,她猜测孩子们一心就要这样干。乔伊一开始说萨凡纳的姓氏是波兰斯基,后来又说是帕戈尼斯,这本来是常事,但布鲁克就是那么小题大做。看布鲁克这架势,仿佛觉得乔伊是个优柔寡断的老太太。乔伊提醒布鲁克,说她十六岁前,觉得菠萝包是用菠萝做的。布鲁克说道:"那是简单逻辑推理,妈妈。"乔伊说道:"那菠萝包是用什么做的呢,布鲁克?"

很妙的是,说到这里,两人都咯咯笑起来。听到布鲁克笑真好呀。她的笑声很可爱。格兰特很风趣、很聪明,但似乎从未让布鲁克那样笑过。

乔伊抱了一床薄被子,如果萨凡纳意外现身,抓到她到处窥探,那被子就是借口。到时候她就说:"晚上越来越热了。"当然也是预防斯坦抓住她。在萨凡纳的事情上,她心里也打鼓,但不想让斯坦知道。他对萨凡纳似乎已经有了敌意。

她迈步走进房间时,家里的座机响了,她猛吸一口气,仿佛听到了爆炸声一样。天哪。

"你接一下电话?"她刚大叫了一声,就听到铃声中断了,还听到了斯坦低沉的声音。很好。他也不会来碍事。座机电话要么是找斯坦的,要么就是电话销售员,反正不会是打给乔伊的。大家都打她手机,因为她与时俱进。

萨凡纳的房间一尘不染,非常整洁,与埃米住在这里时形成鲜明的对比。埃米无论是孩子的时候,还是成年后间或搬回来住,房间都像飓风拆了家。萨凡纳铺床是医院和军队的水平,豆腐块一样,对叠整齐。连窗台和踢脚线都擦得亮堂堂的,这让乔伊和巴尔布也望尘莫及。

埃米的旧书桌上只有一本硬皮的大页日记本,就放在书桌中间,旁边一支笔。好吧,如果是日记,乔伊肯定不会看的,绝对不会。这种严重侵犯隐私的行为,就算对自己的孩子也说不过去。还有,萨凡纳不是说过吗?她的问题就是百分百地记得住过去?如果全都记在脑海中了,那就没必要记录在本子上。

乔伊扭头往后看了一眼,朝着书桌走去。她不会看的,她没必要看。那肯定不是日记,如果是什么需要隐藏的东西,萨凡纳不会就这样明摆着放在书桌上。

她在逗谁玩儿呢?她当然要看看。

她打开了那本笔记。一页页的字又小又刚硬。她用手指摸了摸。纸张凹凸不平。乔伊的母亲以前就这么写字的,下笔很重,纸张上都留下了印迹,仿佛要把字一个个地永远刻在上面一样。

乔伊眯缝起眼睛,看来是需要老花镜,真是要命呀。如果离开房间去找眼镜,未免显得太处心积虑了。但如果拿出速度来呢?从房间里冲出来,跑下去。乔伊听得到斯坦讲电话的声音,他提高了嗓门,真希望他不是在教训别人,可怜的电话销售员不过是讨生活而已。

她在厨房桌子上找到了眼镜，又从过道跑回去。斯坦现在是在大喊大叫了。乔伊犹豫了，她要不要过去干预一下呢？

但斯坦的声音低了下来，变成了安抚的调子。斯坦就是那样的。电话销售员可能还在试着进行销售。

她回到了萨凡纳的房间，戴上眼镜，拿起笔记本。好了，来吧。她看到的是：

星期天

四分之一个苹果

五个小葡萄干

一片烤面包。切皮。没有黄油。

肉酱意大利面。十一口。

半个橙子。

一天又一天全是这样，详细地列出了点点滴滴的食物。乔伊翻到最后一页，看到了那一天开始的内容。全部如下：八勺奇亚籽酸奶布丁。萨凡纳昨天晚上做了这款布丁。很美味。乔伊至少吃了一百勺。

她合上笔记本，小心翼翼地放回原来的位置。

萨凡纳花那么多时间，做那么多美食，然后回到房间，冷漠刻板地记录下自己吃的每一口食物。她的厨艺给了乔伊和斯坦快乐。乔伊从中得到了很多的快乐，可现在与这种自律的记录相比较，真是有些丢人。

她坐在萨凡纳整理得毫无瑕疵的床边，手掌放在拉得平平整整的床单上。哦，宝贝，你脑袋里想的是什么呢？

她并不惊讶。她都看在眼里，萨凡纳捏着勺子，勺子在盘子里转来转去，拿起又放下。饮食失调达到了极点？还是有难以克制的怪癖要记录一切，这样才觉得掌控了生活？

乔伊的第一本能反应是想带萨凡纳去看专业人士，好像这就是灵丹妙药一样。在埃米长大成人的过程中，乔伊就是这个感觉。他们等呀等，有时要等上数月才能挂上号去见下一个医生。医生给出各式各样的诊断,或多或少都有不确定性在里面,乔伊还记得那位人很好但一脸疲惫的心理医生。乔伊说:"你们这些人怎么变来变去的,没个定论!"对方回答说:"乔伊,我们这个可不是精密科学。她得的又不是头痛。"乔伊心里怨恨地想,哼,也没人能治得了头痛啊!

"你在哪儿?"斯坦大声叫道。乔伊听得到斯坦重重的脚步声。

"在萨凡纳的房间!"她大声回复道。

"你是说埃米的房间吧。"斯坦怒气冲冲地出现在门口。

"埃米现在不住在这儿。"乔伊说道。她抬头看着斯坦。斯坦脸色苍白,两眼通红,浑身散发着怒气。

"什么事?"乔伊问道,"谁打来的电话?"

"特洛伊。他好心好意地来告诉我,他刚刚付给萨凡纳一大笔封口费,让她不要告诉你,我骚扰了她。"

"你骚扰了她?"乔伊茫然地看着斯坦,还没回过味来。乔伊稀里糊涂的第一反应是斯坦非要萨凡纳练网球,就像他以前非要孩子们练网球一样。

"性骚扰了她,"斯坦说道,"你的白痴儿子信了。他竟然真的信了。"

乔伊站了起来,她抱着双臂:"怎么回事?"

"去他妈的,我才没有骚扰她,你不是在问这个吧!"

"哦,你肯定是没有的。"乔伊叹了一口气。

他们两个人都不是完美无缺。毕竟有那么多派对,又是在上个世纪七十年代。他们也不是完全接受自由恋爱运动,但总会有调情的事情。乔伊记得非常清楚,有一次在德莱尼学校的圣诞派对上,她喝了好多杯潘趣酒,布鲁克就撞上丹尼斯·克里斯托在俱乐部的厨房亲吻乔伊。丹尼斯发球不行,但那男人真的很会接吻。多年后,乔伊也对斯坦承认了这事,斯坦当然不高兴,但也没大惊小怪,只不过从那之后,可怜的老丹尼斯就开始被斯坦发球的速度震惊了。

斯坦可能也有过的。那年艰难到他们真的觉得要分手的时候，他可能还真考虑过的。很多女人觉得斯坦有魅力。乔伊从未问过，因为她不在乎答案。她知道她有可能会吻别的男人，那并不意味着什么，只不过是她在潘趣酒里放了太多杜松子酒，而且丹尼斯虽然很爱调情，但她从未怀疑过丹尼斯对黛比的爱。

还有更离谱的背叛。

但就算说破天，斯坦也不会对萨凡纳有什么不规矩的行为。在对待儿童和年轻女子方面，斯坦一直非常注意言行得体。他是怎么与萨凡纳互动的，乔伊都看在眼里。斯坦对待萨凡纳就像对待女儿或学生。

"萨凡纳误解了你说的话？"乔伊问斯坦。这也是有可能的，她丈夫说话没头没脑的，乔伊又不在场，无从缓和气氛或是给萨凡纳解释。"你本来是想要开玩笑吗？现在开玩笑得小心——"

"天哪，我没有想开玩笑，"斯坦说道，"如果你非要知道，我就说了吧，你在医院的时候，她给我发出了一些信号——"

"什么？"乔伊扑哧笑了出来，"亲爱的，她肯定没有，她不会的。你误解了。"

"我可不觉得是误解。"斯坦紧闭嘴唇，就像乔伊端上了金枪鱼炖菜时的反应，那味道让斯坦反胃，乔伊只在对斯坦不满意的时候才做那道菜。"我不觉得自己有误解。她现在又做了这件事。她拿了特洛伊的钱。"

乔伊环视这整洁的房间，看着埃米书桌上的笔记本，上面小小的字迹，记下的全是吃下的食物。她不知道这人是谁。她心跳加速。她竟然打开家门，让一个陌生人进来了。

"说吧，"她清了清嗓子，"到底怎么回事。"

"很微妙的，"斯坦说道，"非常微妙，一开始我还以为自己想多了。你知道的……目光接触，手放在我的胳膊上。有一天，她冲完澡就直接进了厨房，什么都没穿，只裹了浴巾，她一直对着我说话，我都不知道眼睛该往哪儿看。然后我就想，嗯，以前家里的女儿们也是裹着浴巾到处走的……"

"但她们是女儿呀！"

"嗯，是呀，"斯坦申辩道，"我就赶紧走出了房间。我感觉非常……不自在。"

"你为什么不告诉我？"乔伊问道。

"我觉得你会笑话我。"斯坦说道。乔伊胃里翻腾，一半是爱，一半是内疚，斯坦说得对，她就是会笑话他的。那简直无法想象，现在依然感觉难以想象。假设斯坦有回应，萨凡纳会做到哪一步呢？

"所以你才想要她走人。"乔伊说道。

"我觉得很不舒服。"

"哦，斯坦。"乔伊说道。她走过去，伸开胳膊抱住斯坦，脸贴在他的胸膛上。

他立了片刻，也张开双臂抱住了乔伊。

"对特洛伊，我真是没法相信，"斯坦说道，"他甚至都没问我是不是真的，就把钱给了她。他觉得我会感谢他。我说：'小子，你是真白痴啊。'"

乔伊往后了一步，离开了斯坦的怀抱。斯坦从来不给特洛伊质疑的机会。真白痴。自家儿子只是想做点好事，他怎么能说这种话呢。

乔伊说道："斯坦，他显然觉得是在保护你、保护我。"

特洛伊觉得自己是送给了他们一件礼物。乔伊脑海中浮现出特洛伊期待的面孔，每次他看着家庭成员打开他精心准备的礼物时都是那个表情。

"特洛伊给了她多少钱？"乔伊说道。她坐回萨凡纳的床边。

"他说不是很多，"斯坦说道，"也不应该太多。又不是遮掩杀人放火的事情。"

"他给的是支票吗？"乔伊问道，"不能撤销吗？"

"他应该没有支票簿吧。现在谁还写支票呀。"斯坦挨着乔伊,也坐到了床边,"我觉得是直接转账吧。蠢到家了。我终于说服了他,说他被骗了,你猜特洛伊说了什么?他说他不在乎。他负担得起。"

"他只是想给你留下好印象。"乔伊叹了一口气。

"嗯,好吧,我可不会那么想。这很蠢,也是对你我、对我们婚姻的不尊重。他怎么想的呀,我会……在我们自己家里……"

他的声音颤抖起来,乔伊的心软了。特洛伊和斯坦总是这样。她夹在中间,一会儿同情这个,一会儿同情那个,就像球一样飞来飞去。

她的一只手放在斯坦的大腿上,两人沉默地坐了片刻。

"那么……现在的情况呢?萨凡纳在哪儿?"乔伊问道。

"我不知道萨凡纳在哪儿,"斯坦说道,"但我叫特洛伊给其他三个人打电话,让他们马上过来,我们好讨论下一步怎么办。"

讨论下一步。他像一个受了委屈的男人那样自以为是。他确实很少受委屈。

"我们得确保其他人不会再受骗,不会交出辛苦挣来的钱,"斯坦继续说道,"我们显然应该报警。"

"哦,我不知道是不是有必要。"

"你得检查一下我们的账户。你不在房间的时候,她有大把的机会来翻你的钱包,拿走你所有的信用卡信息。"

萨凡纳的确有大把的机会那样干,而且乔伊还多次把信用卡交给了她,但乔伊还是决定不提这件事。

"她所有的东西都在这儿。"乔伊环视周围,房间很整洁,"她肯定不会都不要了吧。"乔伊拿起萨凡纳的枕头,抱在怀里。"我觉得她可能有饮食失调症。"

"饮食失调症?"这几个字从斯坦嘴里吐出来,就像是什么新奇的时尚潮流。"谁管她有没有饮食失调?她刚刚敲诈了我们的儿子!"

"哦,好吧。"乔伊说道,脑子里想着他们会怎么说她。与其说是愤怒，不如说她感到更多的是出乎意料，仿佛这件事还能有其他的解释。

"哦，乔伊，你刚才说的真的是，'哦，好吧'？"

"她显然是有麻烦，"乔伊说道，"发发善心吧。"乔伊感觉到，面对萨凡纳的行为，她和斯坦又进入了他们以前做父母的那种角色模式。斯坦越是对孩子生气，乔伊就越可能袒护他们。孩子们犯的错越是离谱，乔伊的反应越是平静。如果有两件事：一件是脏衣服没扔进洗衣筐，而是被扔在地板上；另一件是学校校长严肃地打来电话。前者更容易让乔伊喊叫起来。如果她本人没有目睹罪行，她就会想要证据，至少先听听孩子自己是怎么说的。而斯坦总是急于在没有掌握全部证据之前对孩子严厉叱责。乔伊需要和萨凡纳谈一谈，也需要和特洛伊谈一谈。她相信特洛伊说的全是实话，但她内心深处依然觉得肯定有什么东西搅在一起，只有她能理清楚。

"乔伊，看在上帝的分儿上，你知道这件事情有多严重吧？如果她公开这样指责呢？现在这个世道？"

"嗯，我肯定她无意公开，"乔伊不安地说道，"当然，这事让人很心烦，可是——"

"可是什么？"

"你不准叫我白痴。"乔伊把枕头一扔，站了起来。她的目光落在萨凡纳的宝贝箱子上。那天两个儿子帮萨凡纳去收拾东西，抬进来的时候很费力。

她拉起了重重的铰链箱盖。里面没多少东西：一摞硬皮日记本，与放在埃米书桌上的那本差不多；几个老式的破相册。现在没人做这种相册了。现在照片都是打印出来，做成精装书的样子。

乔伊拿起第一本螺旋装订的相册，顺手翻开。那显然是孩子的相册，照片贴得歪歪扭扭的，有些照片没聚焦，只有孩子才觉得值得保留。照片贴在相册上，边缘都卷了起来。乔伊看着有一张照片里两个孩子坐在圣诞树下。那场景仿佛出自她本人的相册：过时的夏日睡衣，乱糟糟的头发，扔了一地的包装纸。

"斯坦。"她静静地说道。

"什么？"

她坐到斯坦身边，把打开的相册扔到了他腿上。

"什么？"斯坦再次问道。

"看这是谁？"她说道。

"她呀，"斯坦说道，"萨凡纳。显然是她小时候。"

"是的，但看看这男孩是谁。"乔伊的手指滑到萨凡纳身边的小孩身上：大大的眼睛，胖嘟嘟的脸颊，浓密的头发。

斯坦浑身僵硬："这不是……不可能呀，怎么回事？"

"是的，"乔伊说道，"就是哈里·哈达德。"

"但萨凡纳怎么会跟哈里在一起？"斯坦问道。

"她是哈里的妹妹。"乔伊说道。

"我不记得他有妹妹。"斯坦说道。

"你只见过我一次。"一个声音说道，他们抬起头来，看到萨凡纳站在卧室门边。

第四十一章

男人和女人在萨凡纳的房间里,肩并肩坐在床边,抬头看见萨凡纳,一时间似乎都缩成了一团,长了皱纹的脸因为惊吓而显得平展松弛,但显然这已不再是萨凡纳的床,也不再是她的卧室。这不再是她的房间、她的家。她在期待什么呢?她要一锤子砸向美好的生活,然后发现生活依然魔法般地完好无损吗?这本来就是暂时的。一切都是暂时的。

特洛伊转给萨凡纳钱后(哪怕只有一半的数额,她也会笑纳的),萨凡纳想过放弃自己的东西,不再回来,但她疯狂地想再待一个晚上,做乔伊眼中的萨凡纳,最后一次把食物放在乔伊面前,感受乔伊的狂热感激。对于萨凡纳而言,食物不仅仅是食物,在乔伊看来,显然也不仅仅是食物。

乔伊最先恢复常态,挺直了背。

"你是哈里的妹妹,"她说道,"我都忘了他有妹妹。"

乔伊看着萨凡纳,带着警惕的探寻眼神,仿佛想要彻底看清萨凡纳。萨凡纳感觉没了个性,站在万丈悬崖边上,下面是无尽的深渊。

她什么都不是。

没有感情。

没有想法。

没有名字。

只是一个女孩的塑料人体模型。

但就在她要消失在深渊当中之前,在她像干冰一样挥发殆尽之前,一个崭新的个性应运而生了。

她看过数千个小时的电视,对数百个人物信手拈来,有现成的台词对白,有现成的表情和姿势,还有十几种大笑的方式,十几种哭泣的方式。

"啊,没什么不好意思的,"她说道,"没人记得他有个妹妹。"

乔伊看到了一个新的萨凡纳。这个萨凡纳的姓氏待定,这个萨凡纳不露感情,轻慢冷静。可以是女主或混蛋,也可以是恶棍。这个萨凡纳可以挽救危局,也可以抢劫银行。观众并不清楚她心中的盘算。

乔伊几乎是自言自语地说道:"我就知道,我之前在哪儿见过你!第一晚见到你时就知道!"她垂下眼帘看着斯坦腿上的相册,然后又抬起眼帘,"我们只见过那位母亲几次,"乔伊更正道,"我是说……你的母亲。"

乔伊仔细看着萨凡纳的面孔:"你父母离婚了,是不是?你跟她走了。哈里留在了他爸爸身边。"

也是我的爸爸。

一时间,她就是萨凡纳·哈达德,有妈妈、爸爸和哥哥,但下一秒哥哥第一次拿起了网球拍,一切都改变了。仿佛是一把利剑挥下,哈达德家被一劈为二。

乔伊脸上挂着困惑的浅笑,说:"我猜你那晚敲我家的门,并不是因为你对这房子有好感?"

"那天是我的生日。"萨凡纳说道。

"是吗?"乔伊一只手放在左胸上,好像如果知道就会订一个蛋糕一样。萨凡纳想起餐具柜上摆满了生日照片,仿佛每个生日都值得庆祝。

萨凡纳看到了精心打扮的女孩白痴一样坐在悉尼的高档餐厅里,等着男朋友来庆祝生日,男朋友没有出现,也没接电话。女孩知道男朋友忘了这事。他心不在焉。他更爱的是他的艺术,而不是她,就像她哥哥更爱的是他的网球,而不是她;她父亲更爱的是哈里的网球,而不是她;她母亲更爱的是耿耿于怀,而不是她。没有什么东西可以填补她的饥饿感。她会一直这么饿着,一直。

她回到公寓,脱掉漂亮衣服,换上了最旧最脏的衣服,给戴夫做了意大利面。她没事,她原谅了戴夫,她说"我今天早上应该提醒一下你的",但前一天晚上她的确是提醒了的。

她喝了葡萄酒,为了这特别的外出用餐,她一天都没吃东西,酒立刻就上了头,她感觉摆脱了自己的肉体,她经常有这样的感觉,心里就想,和那个男生坐在一起的女生是谁呀?

接着,电视上的新闻出现了,她看着她哥哥的脸占满了整个屏幕,意大利面如鲠在喉。

哈里·哈达德在她生日这天宣布复出。

三年前,电视上满是他的身影,一打开电视就能看到他的脸。她坐在车里,打开收音机就能听到他的声音。有一次,她看到一组镜头,哥哥在给粉丝签名,签在网球上。我给他设计的签名。他们还是孩子的时候,想出哈里·哈达德花样签名的人是她,从本质上来说,那就是她的签名。她有权使用这个签名。她办了一个公司,售卖有哈里·哈达德签名的网球、T恤和帽子,卖得很好,最后不知怎么,哈里的管理团队听到风声,一切就崩了。

哥哥退役后就慢慢淡出了公众的视线,也慢慢淡出了她的视线。除非是她刻意去找寻(而她已经学会了不这样做),否则哥哥就不存在,但如果哥哥又开始打职业赛,那就会再次无处不在:在她的手机里、她的电视里、她的电脑屏幕上。她一次次重重地关上门,要把过去关在门外,就像她一次次以头撞墙,以脚踢门一样。

你失败了,他成功了,你父亲抓到一手好牌,你母亲抓到一手烂牌,我们是穷人,他们是富人,我们困在地上,他们飞在天上。

她太傻了，觉得自己还能做个正常的女孩，约上爱尔兰艺术家男朋友，在生日那天到高档餐厅庆祝一番。

疼痛的感觉起于胃部，然后发散到全身。她只想摆脱那种疼痛感，却绊倒在讨厌的吉他盒子上，头砸在地上很疼，眼睛里有血，哪儿都疼。回忆不肯乖乖待在牢笼里，像毒药一样逃散出来，侵占了她的身体和大脑。她满心只想离开那个公寓，离开那些搬家用的箱子和那个男孩。她脑子里冒出一个想法，她要回到一切开始的地方，仿佛她能够穿越时光，阻止哈里去上第一次网球课；如果不能，至少也要明白那是怎么回事；如果还不能，就要让那个家庭付出代价，他们是始作俑者。

她到了楼下，看到一辆出租车，一对醉醺醺、开开心心的情侣从里面摇摇摆摆地走下来。她钻进出租车，叫司机送她到德莱尼网球学校，她知道学校在那条路上，往下走就是哥哥上私教课的房子。她一看到那个笑脸网球的招牌，就毫不犹豫地指挥司机朝那栋房子开去。

关于她在牛仔裤里找到现金的那部分几乎都是真的。但不是现金，而是信用卡。当然也不是她的信用卡，是之前某件事情的纪念品。她并不确定信用卡是否能用，但信用卡贴上出租车司机的机器，就像魔法显灵一样，显示屏上出现了"通过"两个字。

"我当时在想，也许应该扔一块砖头砸烂你家窗户。"她对乔伊说道。她觉得低级的破坏行为对宣泄情绪可能会有用。以前是有用的。"但我没能找到砖头，甚至没能找到石头。"

"什么？"乔伊说道。

"嗯，并没有精密地筹划。"萨凡纳说道。

乔伊看起来就像要哭出来了一样。

"你得离开了。"斯坦说道。他站了起来，依然是高大的个子，很具有威慑力。"你得离开我们家。"

"我没砸，"萨凡纳说道，"我只是想了想，但大街上好冷，我在流血，我真的觉得头晕目眩，于是我就想，见鬼去吧，我敲了你们家的门,我觉得非常眩晕,接着……你们俩都对我非常好,非常非常好。太奇怪了。"

他们非常友好、非常有爱心、非常热情,对她就像对待回家的女儿。他们给她吃的,让她洗澡,让她上床睡觉。他们对待她就像对待一个需要帮助的女孩,她也就变成了需要帮助的女孩,她脑海中冒出纪录片里另一个女孩遭受家庭暴力的经历,于是那便成了她的经历。

"但为什么呢?"乔伊说道,"你为什么想用砖头砸我们的窗户?我们对你做过什么吗?我不明白。"

自从萨凡纳开始做饭,乔伊的体重增加了。萨凡纳增加了他们热量的摄入量,看着他们的脸圆润起来,也是感到了快乐。她就像《韩塞尔与格雷特》里的邪恶女巫,养肥他们,然后吃了他们。

"我就是恨这栋房子,"萨凡纳说道,"我非常恨你们,恨你们所有人。"

听到这话,乔伊惊讶地抽了一口凉气,仿佛烫到了自己一样。

"我们没必要听你说这些。"斯坦说道。

"保持安静,斯坦,我们真的需要听一听。"乔伊语气强烈。

乔伊那么娇小,可她厉声快速地说上几句话,就能让那个大个头男人安分下来。萨凡纳觉得自己受到了启发。她明白乔伊的一些语言模式以后可以留作他用:到底怎么了?我的天哪!见你个大头鬼!

"解释给我听,"乔伊对她说道,"从最开始讲。"

萨凡纳吸了一口气。错综复杂的回忆那么多,还有可能理清楚吗?还有可能理清那些复杂的记忆吗?那些导致这间卧室里特殊的时刻出现的记忆?

"买下奖券的人是我。"她说道。如果要一路梳理到最开始,那就是开始的地方。

"奖券?"乔伊皱起眉头,"你是说免费私教课的奖券?哈里父亲,你父亲赢得的那张?"

"我把奖券当作父亲节礼物送给了他,"萨凡纳说,"那是我用自己的钱在购物中心买的。我哥哥说:'这礼物好傻。'按理说,奖券中奖,父亲应该送我去上网球私教课,而不是我哥哥。想想吧,如果我没有买下那张奖券,哈里可能永远都不会拿起球拍。"

"你把父母离婚的事情怪在了我们头上?"乔伊说道,"你想说这个?"

"够了,我们已经听得够多了。请你离开,"斯坦说道,"你对特洛伊撒了谎,编造了关于我的谎言。"

人们指责别人撒谎时总是趾高气扬,仿佛指出了谎言就赢得了比赛,仿佛能够用撒谎的耻辱震碎对方,仿佛他们一辈子没撒过谎,其实他们也在一直撒谎,对自己撒谎,对所有人撒谎。

"是吗?"萨凡纳狡猾地说道。她总是让人们产生怀疑。大多数男人都带有男性的罪恶感,只需要稍微做点煽风点火的事情。她什么都不穿,只是裹着浴巾在房子里走来走去的时候,就看到了斯坦脸上掠过了恐惧。望向她的那一刻,斯坦感受到了抵抗力不足。

"够了!"斯坦叫道。女人的谎言让人害怕,男人的叫喊也让人害怕。萨凡纳想要蹲下来捂住耳朵。

她继续发力:"你记得你对我说了什么吗?"

斯坦一个不得体的字都没说过,始终如一地友好,乔伊表现得像个母亲,那斯坦差不多也就像个父亲。但斯坦身上父亲的那一面是脆弱的,萨凡纳轻易就能击碎,不消用什么砖头,只消撒一个谎,这就是她为什么要这样去证明那不是真的。看吧,她轻轻松松就让斯坦从温情走到了仇恨。爱从来都不是真的,不管它看起来多么真实。

她说:"你记得你要我做什么吗?"

(这个"你"不是斯坦,而是另一个男人。这个"我"也不是萨凡纳,而是另一个女孩。她恶毒的谎言中,是另一个女孩痛心的真实。)

斯坦愤怒不已,凶狠地逼近萨凡纳:"够了,够了,够了!"

第四十二章

现在

"够了,够了,够了!"

什么够了?卡罗·阿齐诺维奇百分百肯定,那是个男人的声音,听起来像斯坦·德莱尼,叫了一次又一次,时间是去年春天的一个晚上,天气凉幽幽的。当时,卡罗正拖着写着"玻璃和塑料"的黄色垃圾箱往街边走,垃圾箱发出哐啷哐啷的声音。叫声盖过了垃圾箱的声音,传到了她耳边,她有点吃惊地停下来。

现在,事情已经过了那么多个月,她手里拿着一瓶枯萎的郁金香,从餐厅走进厨房,也不知道为什么一下想起了那个晚上。

她应该给警察说一下那个晚上吗?警察来询问情况的时候,她对警察说,邻居是一对普普通通、婚姻幸福的夫妇。这话绝对是真的,也绝对不是真的。这世界上就没有普普通通、婚姻幸福的夫妇。但警察看起来面带稚气,实在是太年轻了,脑子转不过弯,不懂得这一点。

德莱尼家传来噪声,的确是不常见的。当然,数年前他们家那些大个头孩子还住在家里的时候,这条街上就他们家最吵。有一次,卡罗给乔伊打电话,说听到了疯狂的尖叫声,像是有人遭到了谋杀,但结果只是他们家在玩棋盘游戏,场面失控了。他们都非常争强好胜。德莱尼家的孩子到卡罗家的泳池游泳,到了最后,卡罗自己的孩子就会进屋看电视。卡罗的女儿会对她说:"他们好吓人呀。"

卡罗仔细地看着垂在花瓶口的黄色郁金香花头,这些花仿佛被绝望压垮了一样。

那天晚上,她朝着德莱尼家望去,欣慰地看到了洛根和布鲁克熟悉的身影出现在他们前门的门廊灯下。她赶紧走进房门,免得他们看到自己,免得他们觉得尴尬,毕竟他们父母吵得整条街都听到了。

她以为那只是一场争吵。卡罗知道退休带来的压力。没有了每天的例行事务,只剩下两个人,困在家里,困在衰老的身躯里。只是因为把潮湿的浴巾扔在床上,也能吵上数日,往往还会发现根本就不是因为湿浴巾而争吵,而是三十年前说了什么伤人的话,还有对公婆和岳父母的情绪。

报纸上的文章在含沙射影。"没有家暴历史。"迄今为止。这就是暗示。

卡罗需要朋友的时候,乔伊一直都在,难道是乔伊需要朋友的时候,卡罗没有像乔伊那样出现吗?

卡罗的儿子雅各布过来帮忙修剪草坪,此刻他正与当地报纸的一位年轻女记者聊天,女记者的车就停在德莱尼家的房子前。

"我去看看有没有新发现。"他是这样许诺卡罗的。

卡罗敢打赌,如果乔伊年轻美丽,记者就会蜂拥而至,挤满整条街。

很多年前,卡罗搬到德莱尼家的街对面,乔伊当时非常年轻美丽。卡罗还记得第一眼看到她邻居时的情景。她当时正在前厅整理搬家的箱子,突然听到了很大的动静,她拉开窗帘一看,一家人鱼贯而出,就在街上。(德莱尼一家把这条死胡同当作他们的私人财产一样。)一个高大的男人(当然后来知道是斯坦),正在与一个年轻的女子说话。年轻女子的短裤非常短,长头发扎成马尾。一个胖胖的小孩挂在她腰上,又是跳又是笑，另外三个大一点的孩子在玩游戏，搞得像是在参加奥林匹克比赛。直到斯坦亲吻乔伊之前，卡罗都真的觉得乔伊是这家的未成年人保姆。卡罗还记得斯坦亲吻乔伊的时候，往下拉着乔伊的马尾辫，让她的头往后仰。一个男人在街中央那样亲吻妻子，卡罗觉得很别致，但也许她是对虐待关系有什么误解。私底下，卡罗非常喜欢《五十度灰》，但她女儿给她解释说，书里描写的是虐待关系。卡罗觉得自己很蠢，因为女儿当时才开始学习阅读，现在已有了英语文学的学位，女儿肯定是对的，她是错的，她不应该喜欢那本书的，真尴尬。

选择从不同的角度看，过往就会呈现出不同的面貌。挂在乔伊腰上的那个胖小孩是布鲁克，如今在治疗卡罗的坐骨神经痛。

"够了！"她的猫撕咬着她的裤腿，卡罗厉声叫道。奥蒂斯深受伤害，阔步走开了。毫无疑问，待会儿它就会叼着不知哪儿来的衣物出现。据说，猫咪偷别人晾晒的衣服是为了得到关注。卡罗记得，奥蒂斯偷过乔伊晾衣绳上的花边钢圈胸衣，她还回去的时候，她和乔伊好一顿大笑。

"这是一件非常性感的内衣，乔伊。"卡罗说道。乔伊回敬道："卡罗，你知道的，我本来就是一个非常性感的女人。"

没有了乔伊在街对面，卡罗该怎么活呢？她怎么才能上完她们的回忆录课程呢？她怎么才能应对每年的邻里派对呢？

"他们找到了一具尸体。"雅各布的声音从她身后传来。

装着郁金香的花瓶从卡罗手中直接滑落，跌碎在厨房的地板上。

第四十三章

"我们得到消息,说悉尼北边的森林地带发现了一具尸体。"新闻广播员说道。

苏琳·霍猛地一踩刹车。她后面的车子愤怒地鸣起喇叭。

"昨天晚些时候,一位丛林徒步者发现了死尸,警察觉得死者死因可疑。"

苏琳举起手,向后面车子里的人致歉,然后靠边停车,打开应急灯。

"已经圈定了犯罪现场,法医在收集证据。到目前为止还没有进一步的消息。"

"刚刚爆出的消息真是太悲伤了。"节目主持人拿出了那种非常沉重的语气,用以表明他现在非常严肃,听众们,注意听了。"现在我们都在担心,不知道这是不是那位可怜的失踪老奶奶,目前还没人知道具体情况,但无论是与否,这消息背后都有一个可怜的家庭。"

"你个蠢猪,她才不是老奶奶!"苏琳对着收音机叫喊起来。接下来,她就哭开了,如果那是乔伊的尸体,那乔伊就再也当不上祖母了。

第四十四章

去年十月

父亲说要开家庭会议讨论萨凡纳,洛根第一个到了,他从后视镜里看到布鲁克在他后面靠边停车。

"我们所有人都需要达成共识。"斯坦在电话里是这么说的,当时洛根刚从戴夫的公寓出来,肚子里是美味的比萨,脑子里是有用的消息,满载而归。他爸爸的声音听起来心烦意乱的,但显然是处在坚决要处理危机的模式,当家做主的那个人要处理这件事了。(人怎么才能有一家之主的自信呢?是当了父亲自然就有了吗?)

洛根等着布鲁克下车。这一次她一反常态匆忙就下了车,重重地关上车门,说道:"萨凡纳并不是偶然来这儿的。"

"我知道,"洛根说道,"我刚才就在她前男友的公寓。她与网球有些关联。"

"你在哪儿?你问了那个男朋友?你发现了什么?"她没等洛根回答就开始发问,语速很快,声音刺耳,听起来像是埃米。"真是好奇怪。爸爸打来电话的时候,我真的就是刚刚想起来,我当时看着伊内斯带来的香蕉——先不说这个,特洛伊呢?他居然相信爸爸会对萨凡纳动手动脚!真是太恶心了。萨凡纳比我还小。"

他们朝父母家的前门走去。洛根听得到街对面的卡罗在往外拖垃圾桶。

"她很有可能说得有鼻子有眼的。"洛根说道。特洛伊掉进了萨凡纳的坑里，他不会因此去嘲笑和为难弟弟。

布鲁克在敲门，洛根扭过头往后看："我应该过去帮卡罗——"

"够了，够了，够了！"

他们俩都吓了一跳。那是父亲的声音，嗓门很大，是一种惊恐的愤怒，洛根觉得他之前没有听过。

布鲁克从包里拿出钥匙，麻利地打开前门，大声叫道："妈妈！爸爸！"

"在这儿！"乔伊的声音从埃米以前的房间里传来。

等到洛根和布鲁克挤进卧室，吼叫声已经停止了，没人说话了。

洛根的父亲和萨凡纳面对面站着，他母亲站在他们中间，以一种经典的阻止两个孩子吵架的姿势。她一只手放在斯坦的胸口上，另一只手放在萨凡纳的肩膀上。洛根的父亲呼吸急促，怒气冲冲，仿佛刚刚输掉了一次很长的对打。他们母亲的表情则是那种克制的不耐烦，以前孩子们打架，而她有事情要做，没时间好好发脾气的时候，就是这种表情。

只有萨凡纳一脸平静。她嘴角一动，露出了乐在其中的微笑。她往后退了一步，双手从上到下撸了撸胳膊，拉平袖口。

"看看是谁来了呀，"她说道，"你们还没吃晚餐吧？匀一匀还是够吃的。"

"怎么回事？"布鲁克说道。

"对，怎么回事？"来者是特洛伊。前门没有关，他走了进来，看上去像参加鸡尾酒派对的客人，而不是上当受骗的人。也许洛根应该为难一下他。

"她是哈里·哈达德的妹妹。"斯坦说道。

一时间一片沉默，三个孩子都没回过神来。

"我不知道他还有个妹妹。"洛根茫然地说道。

"等等,有妹妹吗?"布鲁克说道。

"撒谎,"特洛伊嗤之以鼻,"又是一个谎言。"

"我们非常确定是真的。但你说得对,谎言很难分辨。"斯坦重重地坐在了埃米以前的床上。

"也许我们应该到起居室坐下,"乔伊说道,"说清楚。"

萨凡纳说道:"我可以热一点——"

"够了!"乔伊大声叫道。她像是引线很长的炸药桶,突然之间,就会轰隆一声巨响。"你不能一边污蔑我们,一边突然又要为我们做饭。你有什么毛病?你在说谎!你知道你在说谎!如果你这么恨我们,为什么要一直为我们做饭?我不明白你为什么要做!"她的胳膊挥舞得像风车打转,还重重地跺脚。她的孩子们都自动往后退。"为什么?我们甚至都不记得有你这个人!"

"我记得你们所有人。"萨凡纳说道。她埋下头,用手摆弄着脖子上沉重的绿色吊坠。"我只来过这里一次,我和妈妈来接哈里。平时都是我爸爸来接,网球是他的领域。"洛根感觉她是在无意识地模仿她记忆中的某个人:网球是他的领域。

"但那天,我爸爸的车发动不了。于是我和妈妈来接哈里。妈妈待在车里。她一点儿也不想和哈里的网球产生联系。她觉得网球很无聊。"

她漫不经心地诋毁了这世界上最了不起的运动,洛根看到父母同时一怔。

"那天所有的事情我都记得,"萨凡纳说道。她抬起了头。"乔伊,你那天也冲我嚷嚷,就像你刚才那样。"

乔伊往后一缩:"什么?我为什么要冲你嚷嚷?"

"你穿着一件牛仔裙,佩斯利羽状图案的泡泡袖衬衣,羽毛状的耳环,颜色与衬衣里的红色很配。你看起来非常漂亮。"

洛根看到母亲的脸色变了:"你就是那个想要进房子的小孩?进了

洗衣房的那个？"

"你就是那个翻我书包的孩子。"布鲁克插了一句。

"是的，"萨凡纳转向布鲁克，"你也冲我嚷了。就在同一天。"

"好吧，你当时在偷我的香蕉。"布鲁克辩护道。

"我饿坏了。"萨凡纳说道。

"但是，饿坏了并不代表你有权——"

"你不明白，"萨凡纳说道，"我真的是饿坏了。"

她咬牙切齿的声音让他们都安静了下来。她周围的世界仿佛裂开了。

"你什么意思？"乔伊有点结巴。

"就是那个意思。"

"但我还是不懂，"乔伊说道，"你不可能吃不饱。我知道你哥哥吃得很好。他肯定要吃得好，否则打不出那个水平。"

"我哥哥和我爸爸住在一起，"萨凡纳说道，"我和妈妈住在一起。哈里每天都吃肋眼牛排和土豆。他以后如果要在温布尔登打比赛，我就得在皇家芭蕾舞团表演。那是我母亲说的。我哥哥需要长得强壮，我需要优雅轻盈。"

她说到"优雅轻盈"的时候，扬了扬嘴角。

"但是……你父亲怎么说？"乔伊问道，"你没告诉他……你很饿？"

"我试过，"萨凡纳说道，"我也试过给哥哥说这事。但我妈妈对他们说，那都是我编的。我是夸大其词。我一周只有一个晚上在我爸爸那儿。还必须是周一到周五的晚上，因为到了周末，哈里要投入网球训练。"

她说"投入网球训练"这几个字时，就像人们提到前任新欢的名字。

"每周一次在我爸爸家里的那个晚上，我就胡吃海塞。我在爸爸的

315

家里完美练就了暴饮暴食的技巧。"她咧嘴一笑,让人感觉毛骨悚然,"就是这么回事。"

"哦,萨凡纳。"乔伊的手指从上到下在脸上划下。刚才那份火热的愤怒来得突然,去得也突然。她看起来难过疲惫、老态龙钟。洛根想起来,他母亲在父亲节那天瘫倒在地,他仿佛是目睹了一场自然灾害。他往前凑了凑。这一次,他准备好了出手。

乔伊说道:"我只记得你和你母亲住在南澳大利亚。"

"哈里在你们这儿上了第一次课,一年后我们就搬到了那儿。"萨凡纳说道。这时她看起来就像前来赴宴的客人,非常健谈,几句话就总结了人生故事。"我就不再去见爸爸和哥哥了。他们就像忘记了我的存在。爸爸会寄钱来。我就是他必须支付的烦人账单,就像电费吧。"

"我真的很抱歉。"乔伊的双手无助地挥动着。

"哦,没什么,没事。"萨凡纳说道,仿佛乔伊只是排队时加塞到了她前面,"我的意思是说,在阿德莱德的日子,有些年真是不好过……"她停下了。不再是那个健谈的客人。

她深呼吸,展开肩膀,前后拉伸,仿佛在等着音乐响起一样。

她说道:"但后来我放弃了芭蕾。我是这个社区最好的舞者之一,这个州最好的舞者之一,但我并不是出类拔萃的那种,不像哈里作为网球运动员那样出类拔萃。我母亲终于认清现实了,我作为芭蕾舞者,并不像哈里作为网球运动员那么出色,她没了兴趣,就不再限制我的饮食——真好啊!"

洛根和布鲁克交换了一下眼神。洛根在布鲁克眼中看到了自己的疑惑。这么离奇的故事有属实的部分吗?

洛根知道,萨凡纳之前给他讲述的经历来自纪录片。他也知道,萨凡纳向特洛伊撒谎,编造了他们父亲的谎言。她这个挨饿的故事是不是也取材于别处呢?是不是真的现在还重要吗?事实就像沙子,从他握紧的拳头中溜走。想要看清萨凡纳,就像在镜中迷宫里找到真实的影像。

她声音的节奏、她的手势、她的站姿全都在变化，她不停地出现，不停地变化成不一样的人。这一刻，她是温文尔雅的中年女士，下一个瞬间，就成了爆粗口的粗鄙少女。

洛根收集到了事实，那些事实都是真的，他想以此掌控局面："萨凡纳，我去见了你男朋友——戴夫。你说他打了你，但根本没有这回事。"

萨凡纳扬起下巴："好吧，他当然会那样说，不是吗？"

"你对我们撒了谎。"洛根坚持道。他需要萨凡纳承认这个事实，这样他才能找到立足点，他们才能往前推进。"我知道你撒了谎。"

"不，你不知道。"萨凡纳愉快地说道。

"不，兄弟，出界了。"每次打球有争议的时候，萨凡纳的哥哥总是一脸无辜，信誓旦旦非常平静地如是说道。哈里·哈达德是天生的球员，也是天生的骗子。他明目张胆地欺瞒作弊，气得特洛伊发狂，但洛根感到的是迷惑。他看到球在界内，但哈里说球出了界。一切都可以质疑：是与非，物理定律。

显然撒谎是刻在那家人的基因里的。

斯坦看着洛根的眼睛，无助地抬起了双手。洛根觉得从没见过父亲如此毫无招架之势，即便是在医院做膝盖手术时也没有。

"洛根，你那天也在。"萨凡纳冷静地看着他，他的心脏猛地一跳。

"我从未见过你。"洛根说道。他是百分百地确定。

"你朝我扔了球拍，"萨凡纳说道，"好像我是一条流浪狗一样。"

"我没有，"洛根说道，"我为什么要那么做？"

特洛伊才会扔球拍。这又是一个谎言。

"我从来不——"

他停下了。他看见自己从球场上走下来，那天是他第一次输给特洛伊，也是在那天，父亲叫他观察哈里的上旋发球，那一天他明白了，他会输给弟弟，而且世界上还有像哈里这样的球员，也许再坚持下去没多大意义了,但他还是坚持了下去,又坚持了五年。

"等等,我不是朝你扔球拍。"他弱弱地对萨凡纳说道。他已经失去了优势。他记得那个小女孩躲过了他的球拍,但他总是觉得自己很不应该。

"那你的确是记得我。"萨凡纳甜甜地说道。

她和她哥哥一样讨厌,喜欢步步紧逼对手。

她转而对付特洛伊:"特洛伊,你呢?你还记得我吗?"

"有没有见过你,我才不在乎呢。"特洛伊直截了当地说道。

"后院的推拉门没有关。"萨凡纳精神恍惚地说道。

没关门的应该是洛根。推拉门有点卡,他总是关不好。

"我从你们家的后门走进来,进了厨房,"萨凡纳说道,"我想也许……也许我能喝上一杯牛奶。不管什么都行。我好饿。我有二十四个小时没吃东西了,什么都没吃。我只有九岁。我觉得恶心头晕,满脑子想的只有吃的。我眼里只有吃的,到处都是吃的,在我周围,到处都有人在吃东西,他们走在街上吃着冰激凌,坐在公交车站吃馅饼,往嘴里塞吃的东西,但我没有钱。我找不到吃的。"

乔伊以手掩口:"哦,天哪,萨凡纳。"

洛根心想,这最好是别人的故事,因为他们家的人都没有坏心眼,他们不会让挨饿的孩子饿着的。他们为世界另一边饥饿的孩子捐过款。以前,他们不肯吃蔬菜的时候,母亲就说:"想想非洲那些挨饿的可怜孩子吧。"然后埃米就为非洲挨饿的可怜孩子抽泣,伤心到无法安慰,无法吃东西。父亲就叹上一口气,伸出手,用叉子戳起埃米盘子里的西兰花。

萨凡纳对特洛伊说:"你把我从厨房里赶了出去,仿佛我是个乞丐。你刚刚洗了澡出来,浑身都是湿的,腰间围了一张蓝色的浴巾。你叫我抢劫犯。"说到"抢劫犯"这个词,她抬了抬嘴唇。

"如果我说了那话,那我说得对,你就是个抢劫犯。"特洛伊说道。

他从来不打防守球。别人进攻,他就反攻,力度还要加一倍。"你不久前才偷走了我一大笔钱。"

"我什么都没有偷,"萨凡纳说道,"是你自愿给的。"

"是你欺诈!"

"萨凡纳,那我做了什么?"斯坦说道,"我的角色是什么?"

"什么都不是,"萨凡纳说道,"你就当我是空气。你只看得到哈里。我对你而言就不存在,因为我不打网球。"

"那这就是报复了?"特洛伊说道,"因为我父亲让你哥哥成了网球明星?因为我们都没给你吃的?但我就不明白了,你为什么不张口要呢?"

"她张口要了,"埃米的声音从门口传来,"她走进餐厅,叫我给她做一块三明治。"

接着,埃米做出了最奇怪的举动,只有埃米才做得出来,也只有她才想得出来。

她直接走到萨凡纳面前,伸出胳膊抱住了萨凡纳。

"我很抱歉,"埃米说道,"非常抱歉,那天我们大家都对你不好,我们都没有帮助那个挨饿的小女孩。我们应该帮助你的。"

一时间,萨凡纳僵硬地站在那里,胳膊垂在身体两侧,接着她的额头靠在了埃米的胸前,就像是孩子得到了母亲的安慰。

"那真是很糟糕的一天。"她的声音低沉起来。

"哦,天哪,糟糕呀,真是糟糕。"乔伊的手指搭在鼻尖上。布鲁克转过身去,一只手放在额头上。特洛伊看着天花板,他们的父亲看着地板。一个身着雪白T恤的陌生年轻男子站在门边,清了清嗓子。他看着洛根的眼睛,伸出一只手。

他轻轻说道:"西蒙·巴林顿。埃米的新男友。"

"他不是。"埃米说道,萨凡纳的脑袋还靠在埃米胸前。但洛根看到了一丝鬼魅的微笑。

他们的父亲站了起来,双臂重重地垂在身体两侧:"让她从我家出去,"他头一扬,下巴对着萨凡纳,"现在就走。"

"爸爸,"埃米说道,"我们是没有善待她。"

萨凡纳从埃米身边往后一退:"没关系。"

"你的童年很糟糕,那天很糟糕,我们没给你三明治,但我真的不在乎。"斯坦说道,他用手指戳着萨凡纳的脸,"很多人的童年都很糟糕,他们都挺过来了。"

"爸爸,"埃米说道,"不要说这种话了!够了!"

斯坦不理她:"如果你这么嫉妒你哥哥的成功,就去诈骗他呀,去散播他的谣言呀,去他家外面扔石头呀。我们没有靠他赚过钱!你们家什么都没为我们做过!哈里才刚刚有点成绩,你父亲就把我们给踹开了——"

"但是,哈里离开德莱尼学校,并不是我父亲的决定。"萨凡纳插嘴道。洛根看了看母亲的脸,恐惧让她面如死灰。

他的胃里一阵翻腾。

萨凡纳就像站在聚光灯下,脚跟并拢,脚趾张开。

她的兜里一直都装着手榴弹,现在终于扔了出来。

"那是你妻子的决定。"

第四十五章

现在

"猜猜我终于找到了什么？"克里斯蒂娜说道。她得意扬扬地把手机拍在了大腿上。

她和伊桑正在驱车前往找到尸体的森林小道。那里距离乔伊和斯坦·德莱尼夫妇的住所只有十分钟的车程。所有的拼图都在各就各位。

"什么？"伊桑问道。

"动机。"

第四十六章

去年十月

萨凡纳说出了这个惊天秘密,斯坦没有倒抽凉气,也没有咒骂。他没有进一步询问,也没有问证据,也没有说她是骗子。他似乎立刻就明白了,萨凡纳这一次说的是实话。也许他一直都有怀疑,但的确是从未问过乔伊,也没有指责过乔伊。

他对埃米带来的年轻人说"借过一下",对方乖乖地闪到一边,让斯坦默默地庄严地离开了。年轻人一头雾水,一直盘旋在埃米以前房间的门口,看着这戏剧性的一幕幕。

他们听到了前门关上的声音。

这么几十年了,这一幕让乔伊感觉既奇怪又熟悉。时间的车轮无声地倒了回去,她的孩子们还是她的孩子,依然指望她来解释父亲的行为,要显得正常,要说得通。她可以感到以前那些说辞自动涌到了嘴边。不用担心。他会回来的。你们知道他就是这样。你们的爸爸生气的时候,就需要出去走走,清醒一下。没什么好担心的。我们来吃冰激凌吧。

"妈妈,是真的吗?"洛根先说话了,"你叫他们离开的?"

"哦。"乔伊心不在焉地说了一声。她在想着斯坦的事情。斯坦三十岁、四十岁甚至五十岁的时候，这样都还好，但他七十了，年龄大到不能在大晚上就这么突然出去了。他还没吃药呢。"是的，嗯，这部分的确是真的。不用担心，他会想通的。你们的车停在车道上吗？你爸爸的车子恐怕没法开出去呀。"夜晚凉飕飕的，他穿的衣服不够暖和，只穿了牛仔裤和拖鞋。

"你为什么要那样对爸爸呢？"布鲁克问乔伊。因为她深爱的父亲遭到了背叛，她目光如炬。"是爸爸发现了哈里。他应该当哈里的教练。你怎么能把哈里从他身边赶走呢？"

"那谁来训练你们呢？到时候你爸爸就会带着哈里满世界参加巡回赛。"

"你可以训练我们呀。"布鲁克不确定地说道。

"什么时候？怎么办得到？"那些年挺难的，各种责任压过来，乔伊应付得战战兢兢。如果她的孩子们也为人父母了，至少能对此稍有体会。

"但那是爸爸的梦想呀，"布鲁克说道，"你剥夺了他的梦想。"

"那你们的梦想呢？"乔伊双手一摊，指的是她的四个孩子。

"没关系的，我们反正也到不了那一步。"布鲁克说道。

"但当时你们并不知道呀！"乔伊大声说道，"你们都忘了你们都想要的。你们喜欢摆出为我们而做的样子，但见鬼呀，你们当时根本不是。"乔伊觉得怒从中来。她比她的孩子们更了解他们自己、他们的童年，她看得远远比他们清楚。"你们都想要的，我知道你们想要。你们都做出了牺牲。"

她的声音变小了。她记得埃米右手手掌上疼得钻心的水泡，乔伊的母亲厌恶地说过："她像干粗活的。"她记得洛根告诉希恩，他没法参加希恩十八岁的生日派对，因为他得去爱丽斯普林斯，有锦标赛要打时，洛根那一脸复杂难过的认命表情。她记得特洛伊十二岁时，等饭后甜点的工夫，脸靠在餐桌的餐垫上就睡着了。她记得早餐前，个子小小的布鲁克穿着睡衣、睡裤和球鞋，毅然决然地在球场上练习。

疼痛，疲惫，没有休息的旅途。每个人都错过了很多派对、舞会和学校的活动。如果她的孩子们熬过了这一切，到了最后，另一个选手赢得了他们梦寐以求的大满贯，而他们的父亲就站在那个选手旁边？

那是绝对不能忍受的。

当年，她就是在孩子们的幸福和丈夫的梦想中做选择，她是母亲，所以别无他选。也不是真的没有选择，她选择了孩子们。

回忆起她行动的那一天，就像是回忆她犯罪的那一天，不必动用武器，小罪一桩，就像是用拇指和食指熄灭蜡烛的火焰，很快，很简单，一时间有剧烈的灼烧感，但马上就消失了。

没人在家，她拿起电话，给哈里的爸爸伊利亚斯·哈达德打去电话。伊利亚斯把宝全押在儿子的网球上。他放弃了工作，做儿子的经纪人，靠着积蓄生活。

乔伊就没有考虑过哈里的母亲和妹妹。对于乔伊而言，她们根本就不存在。

"伊利亚斯，我要告诉你一件事，绝对要保密，这事我丈夫是绝对不会对你说的。"她语速很快，不给对方说话的机会。她的眼睛盯着桌子上两个儿子的一张照片，照片很好笑，两个儿子鼻子靠鼻子，就像拳击运动员一样彼此怒目而视。

她与伊利亚斯关系一直不错。他有欧洲派头的那种健谈和迷人风度。特洛伊打了哈里，乔伊还能说服伊利亚斯不报警。她说报警没意思，还占用哈里的训练时间。她代表特洛伊毫不吝啬地表示了歉意。乔伊假称那是妒忌，伊利亚斯似乎也认为是那么一回事。

当时她说的是："如果你和哈里真的看重他的网球事业，我知道你们是看重的，你们就得离开德莱尼学校。"

"离开你们？"伊利亚斯说道。听到对方惊讶惶感的语气，乔伊一时语塞，但还是继续强力推进。

"是的,离开,搬到墨尔本去。我介绍澳大利亚网球协会的一个人给你认识。你一放下电话就立刻给她打电话。她见过哈里打比赛。哈里会受到重视的,他会得到公开赛的外卡入场券。他会成为种子选手,成为天选之子。伊利亚斯,全都是运作。"

乔伊和斯坦总是对孩子们说,没有什么"天选之子",球场上没有偏爱,无论你住在哪儿,无论你认识谁,无论你的父母认识谁,唯一重要的就是你的球打得怎么样。但网球是有运作的,一切都是有运作的。

"更重要的是,哈里能够得到他需要但我们无法给他的培养。当然,我们非常想留他在学校里,请不要给斯坦说这事,因为我担心我丈夫不能客观地看待这事。他满心想要哈里好,但他也满心想对自己好,那就是留下哈里。事实是德莱尼学校限制了哈里的发展。伊利亚斯,我不能坐视不管,让这种事发生在你儿子身上。现在是时候迈出下一步了。"

乔伊知道,伊利亚斯天生就是审时度势之人,就像他儿子在球场上诡计百出一样。即便没有她出头提议这事,伊利亚斯本人也可能做出让哈里离开德莱尼学校的决定。

乔伊的提议伊利亚斯一一照办了,做得天衣无缝。关于乔伊的背叛他一个字都没有对斯坦说过。每次见到乔伊,他都冲乔伊眨巴眼睛,仿佛他们有过秘密幽会一样,弄得乔伊觉得像和他有过什么一样。

后来,乔伊了解到伊利亚斯很受女性欢迎,游刃有余地穿梭在多位美女当中,所以保密对他来说是小事一桩。

有很长一段时间,乔伊都觉得斯坦会发现真相,她为此做好了准备,准备好为自己辩护,但斯坦并没有发现真相。一段时间后,她的内疚(没有后悔,她从没后悔过此事)就慢慢消散了,就像熄灭蜡烛升起的那一小股黑色的烟。

她曾经担心过哈里的回忆录会披露这个秘密,但她从没想到,住在她家里的客人会披露出真相,而这位客人还装作根本不知道有哈里这个人,伪装得可真好。

"你是怎么知道这事的?"她对萨凡纳说道。

"我妈妈告诉我的,"萨凡纳说道,"有大约六个月的时间,爸爸没钱给抚养费。爸爸说,搬到墨尔本花了太多钱,我母亲就问:'你为什么要搬呢?'他说:'乔伊·德莱尼说应该这样做。'我记得一字不差。妈妈只能再做一份工作,才能支付我上芭蕾课的费用。"

"'乔伊·德莱尼说应该这样做。'"埃米重复道,"哇哦,妈妈。这……"她摇了摇脑袋。"哇哦。"

这么多年之后,责备地看着她的不是斯坦,而是他们的两个女儿。乔伊想要大叫一声,我是为了你们呀!她想要有理有据地说话,但语气中有控制不住的情绪。"我可不能坐等你们的爸爸带着别人的小孩走向顶峰!"

"有别人的小孩,总胜过一个都没有,"洛根说道,"哈里如果一直跟着爸爸,他应该会有更多的大满贯头衔。可他从来没有赢得过法网公开赛冠军。"

"哈里没有那份耐心,到不了那个份儿上。"乔伊吹毛求疵地说道。

"爸爸会给他那份耐心的。哈里本来应该更坚持一点的,"洛根说道,"他需要的是爸爸。"

"可你需要他呀,"乔伊说道,"你们都需要他的。"

"不,"洛根说道,"我不需要。"

万能的上帝呀,他怎么就听不明白呢。他现在三十七岁,网球事业已成了过去,而当时他才十七岁,网球事业依然未来可期,视角是不一样的。

"那好吧,我需要他,"乔伊说道,"我有四个孩子,他们都在打竞技网球,还有学校要管理。我一个人办不到。你们不能忘了当时是什么样的局面。"

但看着孩子们的脸,她看出来了,孩子们真是够幸福的,他们并不记得当时是什么样子的。

她想起一个夜晚，当时特洛伊远在霍姆布什参加锦标赛，比赛打到很晚，到了半夜，特洛伊才进了球场。斯坦陪着特洛伊，乔伊在家陪着另外三个孩子。洛根发着高烧，病得让人发愁，那晚她就没合过眼。照顾洛根之余，她做了三十个纸杯蛋糕，第二天是布鲁克的生日；洗了三桶衣服；做了报账的工作；还给特洛伊完成了关于中国长城的历史作业。作业满分是十分，她得了七分（到现在她还一肚子气，觉得她应该得九分才对）。回忆起那个漫长的夜晚，就像是回忆一次艰难获胜的比赛。只是没有奖杯，也没有掌声。顺利熬过那样的夜晚，只能从其他母亲那儿得到认可。这样微不足道的成就，只有她们才能明白其中史诗般的本质。

这一切的意义又是什么呢？

不那样做，她又能怎样做呢？

孩子们的网球打到了那个水平，要么继续，要么放弃，孩子们想要继续。如果孩子们的天赋再少一点，他们的好胜心再弱一点，如果他们只是打到了地区第一名就止步不前了，那做决定就容易得多。

"好吧，需要我提醒一下你们都恨哈里·哈达德吗？"乔伊说道，"咬牙切齿地恨。"乔伊瞟了一眼萨凡纳，她盖上了装满秘密的木头箱子，坐在箱子盖儿上，就像在等公共汽车一样。"抱歉，萨凡纳，但他们的确恨你哥哥。"

"哦，没事，我也恨他，"萨凡纳说道，"很多年了，只要他的脸出现在电视上，我就尖叫。"

"你真的会尖叫吗？"埃米饶有兴致地问道。

"我真的会。"萨凡纳说道。

"我并不恨哈里，"洛根说道，"我嫉妒他，但我从未恨过他。我倒是愿意看到爸爸一直做他的教练。"

"洛根，你只是现在这样想，"乔伊不耐烦地说道，"你十几岁的时候，想法是非常不一样的。"

"我恨过他。"特洛伊说道。他靠在墙边,脑袋旁边就是画框的尖角,挺危险的。画框里是一幅美人鱼哭泣的印刷画,一直挂在埃米的房间里。乔伊觉得这幅画很压抑,但埃米非常喜欢。特洛伊一脸愤怒和怨恨,目光炯炯地直视着萨凡纳:"妈妈,我觉得你做得对,因为这些迷人的人在作弊、撒谎、诈骗方面毫无阻碍——"

"好了,不要说了。"乔伊说道。

"什么?我们还需要对她礼貌吗?"

特洛伊在公正和道德方面,观点激烈且多变。他十几岁的时候,放肆地干过大麻交易,他觉得完全没问题,但萨凡纳骗他的钱就不行;打网球作弊是不可饶恕的罪恶,可他却肆无忌惮地背叛了他可爱的妻子。

"这样吧,这事你这么不依不饶,我会把钱转回给你的,"萨凡纳对特洛伊说道,"我只是需要点儿现金重新开始。"她说话的语气,仿佛只是向哪个兄弟姐妹借了钱没还一样。这是她承认自己编造了关于斯坦的弥天大谎,对特洛伊撒了谎吗?如果当时特洛伊不肯给她钱呢?她下一步又会做出什么举动呢?

萨凡纳刚才揭露了乔伊的秘密,她知道这个秘密的分量吗?如果她借此勒索乔伊,乔伊会付钱吗?可能会吧。

乔伊感觉晕头转向。萨凡纳狡诈地勒索了他们,却也细心地照顾过刚出院的乔伊,现在她真是无法将这两个人等同起来。

"你留着吧,"特洛伊恶狠狠地说道,"我们只想让你从我们的生活中消失。"

"正合我意。"萨凡纳说道。她站起来,拿起交叉背带的手提袋,那是乔伊给她买的。"我的意思是说,从你们的生活中消失。本来我们也只是萍水相逢。"

她听起来像是忍住不哭,但乔伊非常清楚,这是虚情假意,或是别人的情谊她顺手拿来用用,只为了达到自己的目的而已。虽然如此,乔伊还是为她伤心。

只是萍水相逢。这孩子一辈子都是这么过来的吗？她走到他们中间，一直挨饿，而他们冲她嚷嚷、忽视她、拒绝帮助她。乔伊记得自己是怎么一脚踹过去，重重关上洗衣房的门的。她在记忆中看不到这孩子的面孔，只记得一个小女孩的轮廓，五官一团模糊，但她清清楚楚地记得，自己当着孩子的面摔上门的那种残忍。

他们不知道她饿着。他们怎么可能知道呢？但乔伊一直以自己善于观察为傲。她想回到那一刻，做她觉得应该做的事情：给那孩子吃的，听她说话，拯救她可怕的童年。

"嗯，"乔伊说道，"你不必马上就走——"

"妈妈，"布鲁克说道，"我觉得她可能还是马上走为好。"

"没错，"萨凡纳看着乔伊的孩子们，"简直是大爆炸，对吧。"

"你去哪儿呢？"埃米问道。

"她没事的，"特洛伊硬生生地说道，"她手里有钱。"

"我没事，"萨凡纳说道，"我找个时间回来拿我的东西。"她对乔伊露出了明媚的微笑，现在她成了要说再见的参加晚宴的客人。"感谢你的热情款待。"

"我的荣幸。"乔伊自动作答，但也是实话实说，在今晚之前的确是她的荣幸。她绝对的荣幸。

这一刻很煎熬，他们都站着不动，仿佛他们都是一场糟糕的戏剧演出中的演员，有人忘记了台词。现在如果有观众咳嗽出来，乔伊也不会惊讶的。

"我非常抱歉。"萨凡纳突然说道，眼睛里噙满了亮晶晶的泪水。乔伊永远也搞不清楚她的眼泪是真的还是装的，也搞不清楚萨凡纳是真的感到抱歉还是假的，因为萨凡纳突然决然地拍了拍手提包，挺直身板，离开了房间，离开了这座房子，离开了舞台，就像斯坦一样。她消失在了黑夜里，就像她从黑夜里走来时一样。

第四十七章

现在

"那是我最后一次见到萨凡纳。"特洛伊·德莱尼说道。

"她退还那笔钱了吗?"克里斯蒂娜问道。

高级警探克里斯蒂娜·库利的情绪,用她母亲的话来说就是"一碰就炸"。

前天找到的尸体并不是她想要的。电话几乎立刻就接通了:不是你的。是骨骼残骸。

那女人至少死了有三十年,那时克里斯蒂娜还是个孩子,想着长大了是当警察呢,还是当海洋生物学家。当年自己为什么没有坚持学海洋生物呢?那她现在就可以满世界飘荡着看海星呢。

还有,乔伊·德莱尼网球俱乐部的成员,一个叫菲奥纳·里德的女人刚刚打来电话,报告好消息说她看见了乔伊,时间是昨天下午,乔伊在中央车站下了车,健康硬朗得不行,但遗憾的是她叫乔伊的时候,对方似乎没有听见。

克里斯蒂娜心想:因为那就不是她,你个傻瓜。

与此同时,有个通灵者刚公布了消息,说她感觉到乔伊还活着,只是被当作人质了,在某处靠近水源的地方,也有可能是在沙漠里。

克里斯蒂娜手里依然握有她认为合理的作案动机。乔伊·德莱尼的美发师纳尔勒·朗福德昨天听说发现尸体的那一刻,联系了警方,把以前乔伊告诉她的事情都告知了警方,其中还有一桩几十年的陈年秘密,是去年到乔伊家住下的年轻客人揭露出来的,其实这客人根本不是撞上门的陌生人。

这些内容斯坦的孩子们都没给克里斯蒂娜谈起过,他们知道这些事情会让他们的父亲处境不妙,所以之前选择了闭口不谈。

克里斯蒂娜仔细看着乔伊·德莱尼的小儿子,他在金钱和成功的滋养下长得挺养眼的,毫无疑问是母亲的宠儿,但这个人那么轻易荒诞地就被年轻女人勒索了。

她和伊桑在特洛伊的豪华公寓里与他交谈。巨大的窗户外那炫目的美景真是惹人烦,就像闹腾的音乐声。她感觉自己忍不住想要说:"你能把声音关小一点儿吗?"

"她还真的退了钱,"特洛伊说道,"她寄来一张支票,我给撕了。没有兑现。"他坐在椅子上,稍稍挪了挪屁股。在克里斯蒂娜看来,那把椅子细长廉价,就像二十世纪五十年代的办公椅,但在伊桑看来,这椅子显然价格不菲,他问特洛伊是不是真的什么东西,特洛伊说是真的。为什么要费神打听呢?特洛伊就是那种喜欢出高价买东西的人,并且以此为傲,甚至连勒索也不例外。"我怀疑那张支票是无法兑现的,但也不是很确定。"

"你为什么不去银行兑现试一下呢?"克里斯蒂娜问道。

"她走后,我就开始觉得她挺可怜的。"特洛伊说道。他伸出修剪得很漂亮的拇指指甲弹了弹牙齿。"她显然是童年不幸,她那天到我们家时还是个孩子,我们都对她很不好,我们当然也不是有意为之的,但确实是这样,的确如此。我越是想,越觉得我们有很多共同之处。"

"你们有什么共同之处?"

"我们的父亲都选择了哈里·哈达德,而不是我们。"特洛伊说道。

他冷漠地笑了笑，仿佛想要表现出"现在这也无所谓"的态度。但他还没能真正做到，依然可以看得出孩子气的痛苦来。"她说哈里上电视的时候，她觉得很痛苦，我也是同样的感受：只要我看到那家伙自命不凡的脸，我就会换台。"

"只是想问一下：你们家里有人和哈里·哈达德有联系吗？"克里斯蒂娜问道。

"据我所知没有。"特洛伊说道，脸上分明流露出反感的表情。

"这个萨凡纳与她哥哥关系疏远吗？据你所知。"

"据我所知，我觉得如果她与她哥哥有瓜葛，那应该是冲着钱去的。"

这也没有必然的联系。克里斯蒂娜写道：问询哈里·哈达德。

很有可能会毫无收获，名人回电话都不及时的，但这条线索也得敲一敲。

"所以萨凡纳离开了……你父母就再也没有听到过她的消息？"

"萨凡纳离开一个月后，有两个年轻人开着货车出现在家门口，说萨凡纳打发他们过来拿东西。妈妈说那两人是'嬉皮风'。她说两个人几乎不说话，似乎害怕她的样子，天知道萨凡纳给他们讲过什么古怪的故事。"

"就这么回事？没有再与她联系？"

"据我所知。"特洛伊说道。他的膝盖左右摇晃。他用手按住大腿，不让膝盖摆动，仿佛膝盖不是他自己的。

"你母亲的所作所为被揭穿后，肯定有后续余波吧。你父亲大概会觉得……"她停顿了一下，希望特洛伊补全她的话。特洛伊什么都没说，于是她给出了选择。"愤怒？伤心？"

特洛伊没有选择。他小心翼翼地说道："也许吧。"

"他刚听到消息的时候，"克里斯蒂娜说道，"做了什么？有没有发脾气？喊叫？咒骂？"

"我父亲真正生气的时候,从来不大喊大叫,"特洛伊说道,"他会离开。他只是会走出去。那是他的……啊,应对机制吧我猜。"

"他去哪儿了呢?"

"嗯,这一次不算太远。他走路出去的,离家大概走路十分钟的路程。他摔倒了。路上有一个坑洞,他的膝盖骨错位,半月板拉伤。幸好有我们认识的人开车路过,送他回了家。他的膝盖本来就有问题,所以……就很糟糕了。"

"不能打网球了?"伊桑问道。

"医生告诉他,至少六个月不能打网球,"特洛伊的一只手无意识地放到了自己的膝盖上,"但他总是不遵医嘱。"

"肯定心烦意乱。"克里斯蒂娜说道。

"网球是他的生命。"特洛伊动情地说道。

"那么说来,你母亲也不能打网球了。"克里斯蒂娜想起人们经常说起德莱尼夫妻美妙的婚姻,因为他们会双打。

"好吧,其实我母亲已经开始打单人赛了。"特洛伊说道。

"不带你父亲。"克里斯蒂娜说道。

"我母亲十多岁的时候是顶级的单打运动员。"特洛伊不知不觉地说道。他似乎没有注意到其中的象征意义。"她十四岁时第一次参加澳大利亚全国比赛就打败了玛格丽特——"

"懂了,懂了。"克里斯蒂娜说道,她没听完这位女子的完整简历。"就是说,你母亲出去打网球,而你的父亲只能蹲在家里,什么都做不了,没法打他深爱的网球,感觉妻子背叛了他。我猜他们过得不是特别快乐吧。"

"有可能吧,"特洛伊说道,"我不知道,我也是忙于自己的生活。"有那么片刻的时间,他抬头看着天花板,然后又看着克里斯蒂娜。"我本以为一切都回归了正常,但我还是要承认——"

他打住了,克里斯蒂娜看到他有吞咽的动作:不由自主的吞咽。

"圣诞节那天,我真的觉得有点震惊到我了,我觉得这个——"

他再次打住,克里斯蒂娜咬紧了牙关。这一刻之前,特洛伊回答她的问题时,都是一种自在文雅的态度,就像成功人士接受杂志专访,但现在他的外壳松动了。克里斯蒂娜想一把抓住他时髦的亚麻衬衣,大声叫道:你就直说吧!就是你爸爸干的!我们都知道是他干的!

他双手紧握,仿佛在祈祷一样:"我人生中第一次,我觉得……"

他祈求地望着克里斯蒂娜,仿佛想要得到宽恕一样。

"你觉得什么?"克里斯蒂娜加重了语气的权威感。

"我父母有可能真的恨着彼此,"他转过头,凝望着窗外明晃晃的港口景色,"顺便补充一句,是相互的。仇恨是相互的。"

第四十八章

"我给警察说了圣诞节那天的事。"

"你什么意思?圣诞节那天什么事情都没发生呀。"

"得了吧,布鲁克。"

"并没有发生任何有意义的事情。"

雅各布·阿齐诺维奇正端着一锅慢火烹制的羊肉炖菜,走到德莱尼家的侧面,他听到他们在说话,声音很大很清楚。

他母亲让他回家一趟,说开车的时候车子一直发出奇怪的哔哔声,但雅各布开的时候,车子安静得可疑。他母亲对他说:"你帮我把这个端给斯坦·德莱尼。"

"为什么非要我拿过去?"雅各布不干了。这才是他被叫回来的真正原因:走到街对面,送一锅炖菜。

"雅各布,"卡罗说道,"那个男人有可能谋杀了他的妻子。"

"那你为什么还要给他做吃的?"

"无罪推定,"卡罗说道,"你父亲去世后,斯坦一直对我很好的。乔伊可能也想让我给他送点吃的。"

"如果是斯坦干的,她就不会这么想了。"雅各布说道。但母亲眼里涌起了泪水,于是他叹了一口气,拿起炖锅,朝门口走去。

"我把它炖得过头了,"他走出去的时候母亲叫了一句,"以防万一。"

他敲了敲德莱尼家的前门,没人应声,但他看到车道上停满了车,于是就转到房子的另一侧。

德莱尼家的四个孩子都在,他们坐在后门廊的桌子边说话,嗓门又大,谈得又激烈。这家的孩子们还小的时候,雅各布每次看到他们在一起就是又惊又惧,现在那种熟悉的感觉又回来了。这四个兄弟姐妹有一种暴力美学感,随时都能爆发惊天动地的战斗。

"他们现在都知道萨凡纳的事情了。"特洛伊说道。他浓密的黑色卷发看上去就像用手抓挠过一样。特洛伊是雅各布爱过的第一个男孩,他第一次接触到调情的直男。"他们知道妈妈和爸爸在吵什么。他们知道爸爸有动机。"

雅各布清了清嗓子,表明自己的存在,挪了挪炖锅,锅靠在前臂上很烫。

"不要用'动机'这个词,"布鲁克说道,"并不是什么动机!萨凡纳的事情,是你给他们说的吗?我们不是说好了吗?都不要提哈里·哈达德。"

"我可没同意过什么,而且也不是我说的,是妈妈的美发师,"特洛伊说道,"他们要去联系哈里。"

"我觉得哈里也没什么可说的,"洛根用手指关节揉了揉眼睛,"萨凡纳和他关系很疏远。"

"当时你觉得是妈妈吗?"埃米的声音有点像是在做梦,"新闻里说找到尸体的时候。"

哦,天哪,无意中听到这么可怕的对话。依然没人注意到雅各布。

"嗨,你们好。"他的声音有点嘶哑,不算响亮。他已经忘了,与德莱尼一家人在一起的时候,必须要提高嗓门说话。

"不,我不觉得是她,"洛根说道,"一分钟的怀疑都没有。她肯定没事的。"

"时间太长了，"特洛伊说道，"她走了太长时间了。我们就不要再想'妈妈是想表达什么观点'的事情了。"

"我们能做的，就是支持爸爸。"布鲁克说道。

"如果他杀了我们的妈妈，那我们肯定就不能了。"特洛伊说道。

布鲁克说："嘘！"她指了指后门，斯坦应该是在里面。"不要说那样的话。人们看得出来你有怀疑，反正就是你有小心思。他们会在网上分析我们的身体语言。上次开媒体发布会时，你和埃米从爸爸身边挪开了。那看上去就很不好。"

"我不是要从爸爸身边挪开，"埃米说道，"我感觉头晕，还以为自己要晕倒了。"

"你这么在乎看起来怎么样，就应该让爸爸去参与搜寻。"特洛伊对布鲁克说道。

"爸爸认为那是浪费时间，"布鲁克说道，"他说，就算说破天，妈妈也绝对不可能到保护区里骑行，因为她给市政写过信，说那地方就不应该设置自行车道，市政没有听她的话，她还生气呢。"

"市政不采纳她的建议，她的确火气很大。"埃米评价道。

"你到底在不在意妈妈呀？"特洛伊一脸愤怒地突然转向布鲁克，雅各布看见他的表情都害怕了，"你到底有没有在担心呀？"

"她当然在意的，"埃米说道，"不要对她这么刻薄。"

"妈妈的事情我都要疯了。"布鲁克咬牙切齿地对她哥哥说道。面对特洛伊的愤怒，她似乎没有半点畏惧。

"但看起来，你更关心给爸爸找什么破律师。"

"只是以防万一，"洛根对特洛伊说道，"爸爸甚至都不想要律师。"

"以防什么呢？"特洛伊大声叫道，"以防他犯下了谋杀罪？"

雅各布立在那里，呆若木鸡，托着炖锅的手滑腻腻的。

"她也是我的妈妈。"布鲁克咬着牙齿说道。她一拳重重地砸在桌子上，桌子一边翘起来，洛根赶紧抓住另一边，免得桌子翻过去。"你一半时间都住在美国，连续几周都不会给她打一次电话！"

"我一直在给她打电话！"

"你没有！"

"好了，事实就是，最近我们都没怎么给她打电话。"埃米喃喃地说道。此刻洛根重重地叹了一口气说："这样无济于事呀。"

特洛伊一下站了起来。他看到雅各布呆若木鸡地站在草坪上，愣了一下才反应过来："嗨，雅各布。"

"抱歉，"雅各布傻乎乎地说道，"我不是想打断你们的谈话。妈妈让我给你们的爸爸送来这个炖菜。"他端起炖菜作为证据，玻璃盖子摇摇欲坠。我妈妈特意做得不好吃，以防万一你们的爸爸是凶手。

"哇哦。"特洛伊从回廊走下来，一把从他手里抓过炖锅，"你妈妈真好，谢谢她老人家。"

"我去叫爸爸，"埃米说道，"我们都在等他清理干净。他在里面，呃，粉刷卫生间。"

"大家都这么干。"特洛伊说道。他轻轻松松地用一只胳膊夹着炖锅，就像夹着一个足球，"妻子失踪的时候正是重新翻新的大好时机。"

"天哪，特洛伊。"洛根压低声音说道。

"不用打扰你们的爸爸了，你们继续忙吧，"雅各布飞快地往后退，"希望，希望很快能有好消息。"他举起两根指头，紧紧靠在一起，比了个十字，就像个傻子。

德莱尼家的四个孩子沉重地看着他。他们看起来可不像是期待好消息的人，而更像在等待葬礼开始。

雅各布朝母亲家走去，心里想着，上个圣诞节发生了什么，对于警察而言是有意义还是没意义呢。

那个圣诞节他也在母亲家，并没有看到也没有听到街对面有什么异样呀。

他的思绪回到了多年前的一个圣诞节，当时他大概只有十岁或十一岁，不知怎么到了德莱尼家，当时已经是下午晚些时候了，他去给他们家四个孩子的双打比赛当裁判。那天他们家的孩子收到的都是各种各样的网球装备的礼物，他们都想试一试。

"我家的孩子都讨厌着呢，别让他们欺负你，雅各布！"乔伊大声叫道。但雅各布想给德莱尼家的比赛当裁判。他清楚所有的规则，他爸爸是个体育迷，他也是个体育迷。坐在高高的裁判席上俯瞰球场，将所有的错误都收入眼中，感觉自己像上帝一样有权力。他模仿电视上的裁判，拿出响亮庄重的声音，德莱尼家的人甚至不会嘲笑他。他们欣赏这种付出。

洛根与布鲁克一组，特洛伊和埃米一组，当时他们势均力敌，布鲁克显然有天赋，但她还是个小孩子。埃米已经十几岁了，打得相当好，但埃米受到了特洛伊的牵制，特洛伊时不时出手很精彩，但总会犯下愚蠢的错误。他们的对手是洛根，洛根十四岁，有男人的力量和速度，球场因他都显得小了。

比赛一直打，一直打，直到最后晚餐端上了桌子，雅各布的爸爸都来接他了，但他爸爸也被比赛吸引了。

乔伊和斯坦拿出了野餐椅。两位祖母穿着高跟鞋，手里拿着金汤利鸡尾酒，点着香烟，颤悠悠地走来走去。斯坦给雅各布的爸爸拿来啤酒。天空变成了粉红色。四个孩子打呀打，仿佛比赛是性命攸关的事情。

雅各布记不清最后谁赢了，只记得他们的激情和天赋。无论是哪种尝试，体育或音乐剧，他都喜欢看到激情和天赋的结合。每次往返对打，在场的成年人都得体而安静，然后像看大满贯比赛一样鼓掌。德莱尼家的孩子从掌声中萃取能量。他们对着空气挥拳，兴高采烈地欢呼，跪在地上。雅各布感觉像是参与了重大事件。

"这家人真不简单。"穿过街往回走时，雅各布的爸爸感叹道。家里等待他们的是放冷的晚餐和非常生气的母亲。"雅各布，你当裁判是一流的。"

回忆到这里,雅各布脑子里冒出个想法,一个男人那么喜欢看别人家的孩子在后院打网球比赛,很有可能会想要一个擅长体育的孩子吧,但他的两个孩子动作都不协调,更擅长学术。

雅各布,你当裁判是一流的。

这句话透露了他爸爸的心思,但雅各布花了三十四年才想到。

就在他想到这一点的时候,他理解了那种悲伤,就像他刚刚听说消息时一样,悲伤迎面袭来。他把手背按在嘴巴上,手上还有羊肉炖菜的气味,一只白色的小蝴蝶翩翩飞来,靠得很近,他仿佛可以感到蝴蝶翅膀掠过了他的脸颊。

他母亲认为,每只飞过的蝴蝶都是他爸爸停下来在打招呼。这里是郊区,树木多,有很多蝴蝶,倒是很方便。

嗨,爸爸,雅各布心想。他并不认为蝴蝶是自己的爸爸。但万一呢。他看着那只蝴蝶轻盈地飞上去,飞到母亲前门的上方,在屋檐下徘徊,上面是一个小金属支架,支架上挂着母亲的安全摄像头。两周前,暴雨和冰雹打坏了摄像头。

是的,我知道了,爸爸,谢谢提醒,我这就给修好。我这就去——

他突然停下脚步,转身看了看德莱尼家的房子,心想摄像头挂在上面,俯瞰的话,有可能见证了什么违规的举动。

第四十九章

圣诞节

"从没见过这么恐怖的圣诞老人。"特洛伊对埃米说道。

他们并肩坐在父母家起居室的黑棕色三人皮沙发上,一边喝着香槟,一边看一个小圣诞老人站在咖啡桌上,伴着《圣诞老人摇滚乐》的歌曲,扭动着腰肢。

"他色眯眯地看着我呢。"埃米说道。

"别关掉,"洛根一边说话,一边在灯下安放四脚梯,要上去换灯泡,"我说,圣诞老人可能也想休息一下,妈妈说我是格林奇[①]。"

自从十月那次与萨凡纳面对面大闹一场后,他们还是第一次全部聚在一起,这也是很多年来没有姻亲、没有男女朋友、没有其他朋友或叔表亲,只有德莱尼家的亲骨肉在一起庆祝圣诞节。

也没有不是陌生人的陌生人。

埃米往空空如也的肚子里倒了第二杯香槟酒,心想,也许这是他们德莱尼家的六个人第一次单独庆祝圣诞节,小时候圣诞节午餐有祖母和外祖母在场,她们坐在桌边,轻言细语,有一句没一句地含沙射影地互

---

① 童话故事人物,心胸狭隘,看不惯快乐的圣诞气氛,想要偷走大家的圣诞礼物。

相恭维。

没了其他人,感觉庆祝就没了意义,仿佛庆祝是为了给别人表演出欢乐的氛围。现在为什么还要劳神费力呢?没人信教,也没人有孩子,那就不必鼓吹有圣诞老人,也不必可爱爱地兴奋了。

但乔伊似乎一门心思要把这一年圣诞节搞成德莱尼家最有圣诞氛围的。家里本来就塞满了东西,她又大量购买了圣诞装饰品加以布置。亮闪闪的装饰彩带随意地扔在窗台上。一套一模一样的傻笑雪人装饰品,蹲在收集来的签名网球上摇摇欲坠。耶稣诞生的圣诞场景与奖杯挤在一起,交相辉映,埃米看到班德堡老年人混合双打锦标赛的奖杯照出了婴儿耶稣的面孔。门把手上全挂上了圣诞彩球。洗手间里有一块驯鹿形状的肥皂。施特菲迫不得已在项圈上挂了叮叮响的金色铃铛,显然因此觉得羞愧难当。现在它就坐在咖啡桌下,脑袋放在爪子之间,愁眉苦脸地嚼着一张圣诞包装纸,上面的礼物标签还清晰可见,写的是——送给:特洛伊!来自:妈妈和爸爸,爱你!

乔伊身穿一条红色的新裙子,戴着亮闪闪的圣诞树耳环,在厨房里忙得团团转,给家人准备热气腾腾的精致大餐,但显然是力不从心。她不准任何人去帮她,什么都不准干。他们被告知什么都不准带,只能带他们本人和酒。他们"都很忙,有他们自己的生活"。"我过着自己的日子,并不忙。"埃米表示抗议,但乔伊都不允许她做布朗尼。

他们三个小时之前就到了,被告知待在起居室里,随便坐,只要放松就行,真是压力大。

"你今天为什么不带上你的小男友?"特洛伊从埃米的头发里拈出一根红色的装饰带,他本人的颧骨上沾了吸睛的金粉,但埃米没告诉他,埃米觉得金粉挺适合他的。他看上去就像摇滚明星。

"他只是朋友。"埃米说道。

"对,没错。"特洛伊说道。

西蒙的父母住在乡下的一个养牛场,一个吓人的地方,西蒙回去和他们一起过圣诞了。他邀请埃米一同去，但在圣诞节见他家人，显然会让西蒙觉得她是一个正常的女朋友，埃米一想到农场无边无际的空间，差点吓得惊恐发作。

"我感觉像是缺了谁一样。"特洛伊捏着香槟酒杯，不满地环顾四周"这感觉不像圣诞节，虽然有这么多……吓人的东西。"他指了指那些装饰品。

"我懂，"埃米说道，"我们俩想到一块儿去了。我也是一直在看，缺了谁呢？"

"我觉得是缺了英迪拉，"特洛伊说道，"我想她了。"

"我也是。"埃米说道。英迪拉是非常受欢迎的圣诞客人，她小时候没有庆祝过圣诞节，因此无拘无束，没有期待，也没有成见。她总是在喝到微醺时就唱起赞美歌，声音很美。德莱尼家的人唱歌都不在调上，于是就兴高采烈地满堂喝彩。而且，她总找得到法子说服乔伊，得以进厨房帮忙。

"你听到没？"特洛伊朝房间另一头的洛根嚷嚷，"我们想你的女朋友了！"

洛根无视他们，拧下旧灯泡。

"把英迪拉找回来！"埃米叫道，"农民，这是我的命令！"

他们小时候最喜欢的游戏之一就是埃米的弟弟妹妹同意做她的"农民"。是的，那是她最喜欢的游戏之一。他们必须服从她的命令，替她跑腿拿东西，埃米自己都不相信居然可以行得通。她还记得看着布鲁克顺从地帮她整理床铺时那种甜腻的权力感。

洛根甚至懒得回应。埃米早就没了那种权力。

特洛伊压低了声音："我不怎么想格兰特。"

"我想念他的烤土豆。"埃米说道。

"他真是非常引以为傲。"特洛伊说道。

"倒也是值得骄傲，"埃米说道，"嗨，你注意到没，布鲁克——"

"我听得到你们说话。"布鲁克的声音从沙发旁边的地板上传来。她正仰面躺在紫花地毯上,做着什么奇怪的拉伸运动,身体扭得就像椒盐卷饼。布鲁克想让母亲高兴,所以穿了一件夏装裙子,乔伊说的是:"哦!裙子不错,不过我还以为你会穿那条漂亮的绿裙子呢。"埃米还是花了点心思的,她选了圣诞配色,穿的是复古绿色迷你裙和红色背心上衣。可母亲说的是:"我的天哪,你看起来就像黑帮的女朋友!"而儿子们平时穿什么这天还穿什么,母亲却会对他们说看起来好帅。

"听墙角的农民。"埃米伸出一只脚,踢了妹妹一下。

"早革命了,你都忘了。"布鲁克先拉伸一条腿,然后再拉伸另一条腿,"我们不再是你的农民了。"

她又变成布鲁克了。埃米本来想说的是:你注意到没,布鲁克又变成布鲁克了?她又开始做随意的瑜伽姿势,又开始在地板上拉伸,笑的时候鼻子哼哼作响,会谈论俗气的《单身汉》,看起来个子都要高了些。也许潜意识中,她一直为了迁就格兰特而弓腰驼背。"女儿们,你们可不能为了男人弓腰驼背!"她们母亲这样大声说过,母亲当然是不用了。

布鲁克坐了起来,裙子缠在膝盖周围。

"屁股鬼步舞,来一个,"埃米命令道,"可爱点儿,就像你以前那样。"

"她现在还是很可爱。"特洛伊说道。

布鲁克挪动屁股在地毯上试了试,没办到。她说:"地毯都要烧起来了。"她双手平放在丑得要命的地毯上。"如果爸爸去世了,你们觉得妈妈会等多久拆了这东西?"

"尸体都还没放凉吧。"特洛伊说道。

埃米打了个寒战:"那也太可怕了。"

"妈妈会让别人来做这事的,"特洛伊说道,"想想吧,房间里只有漂亮的地板会好看多少呀。"

"爸爸一直说,他也很想拆走这地毯,"洛根说道,"我给爸爸说过我来拆,但每次到了最后,他又改变了心意。"

"因为祖母以此为傲,"埃米说道,"他们以前管这里叫'上等房'。祖父离开后,这是祖母加班加点工作才存钱买来的地毯,她觉得这颜色好时尚。"

"祖母选的这个颜色,"布鲁克惊叹道,"想想吧,居然是选出来的。"

布鲁克的双腿摆成 V 字形,头往下垂,额头搁在丑得伤心的地毯上。

"哎哟,"埃米打了个寒战,"别做这个。"

"你们三个都应该多做拉伸运动,"布鲁克头也不抬地说道,"嗨,我给你们说了没?我参加了篮球队。"

"真的?"洛根在梯子上说道。

"我觉得自己该试一试新的运动。"布鲁克说道,头还埋在地毯上。

埃米和两个弟弟交换了一下眼神。对他们来说,这世界上除了网球就没别的运动了。

"我一直都在想,参加团队运动是怎么回事,"特洛伊说道,"网球孤孤单单的。"

"你挺适合团队运动的。"洛根说道。

"我篮球打得挺好的。"布鲁克说道。

"那是当然。"埃米说道。

厨房传来不和谐的乒乒乓乓声。

"妈妈,需要我们帮忙吗?"布鲁克的头压得更低了,声音都变得模糊了,"我饿坏了。"

"就是,我脑袋都晕了。"特洛伊的手背放在额头上。

"我进过厨房,她冲我嚷嚷,"洛根从梯子上跳了下来,"我们点个比萨她应该不会注意到吧?"

"我打开烤箱看了看火鸡,她一巴掌打在我背上,"布鲁克坐直

345

了，脸色绯红,"真是一巴掌招呼过来。"她指了指特洛伊。"你脸上有金粉。"

"不用管,挺好看的。"埃米说道。

"爸爸在做什么?"布鲁克插了一句。

"在他办公室,"埃米说道,"看哈里比赛的回放。"埃米之前还站在门口看了看,斯坦埋着头,耸着宽厚的肩膀,喃喃地自言自语,还记着笔记,天知道那笔记拿来干什么。

"与深爱的家人共度圣诞节,真是喜出望外呀。"特洛伊说道。

"哈里要复出,他魔怔了。"埃米说道。

"看来魔怔到了新高度,"洛根说道,"毕竟知道了妈妈的所作所为。"

"是呀。他永远都不会原谅妈妈赶走了他的黄金男孩。"特洛伊满不在乎地说道。他再次斟满香槟酒,举起酒杯,对着光看。

"他们都不说话,"布鲁克说道,"甚至都不看对方一眼。"

"真是让人心烦。"埃米说道。她觉得自己是懒懒地说了一句,圣诞节父母不说话,谁都会这么来一句吧,但她看到弟弟妹妹挺直身板,紧张起来。他们互换着眼神,进行着无声的交流,个个都警觉起来。自从那年埃米有过自杀的想法后,大家就是这样了。那年她十四岁。十四岁时谁都有过自杀的念头。很不幸的是,埃米给家里每个人都写了一封感人至深的长信,而且被发现了,被全方位地嘲笑了一番,每个人都刻骨铭心。布鲁克说,她那封信还"存档"着呢,真是丢人呀。(埃米还写了错别字,把"忧郁"写成了"优愈"。)兄弟姐妹之间的关系就是这样自相矛盾:他们可以嘲笑她多愁善感,嘲笑她的诀别书里有错别字,但同时也非常害怕她捣腾出新的诀别信。

"你完全没必要为此心烦。"布鲁克小心翼翼地说道,仿佛埃米站在桥边摇摇欲坠。

"我又不想死,只是心烦!"埃米气呼呼地说道。

布鲁克举起双手:"明白。"

"我又不是十岁小孩!他们如果要离婚,那就离婚好了!"她甚至想都不敢想。父母住在不同的家里,尝试新发型、新爱好、新恋情?说实在的,如果父母离婚,到时候她的感觉可能和十岁的时候没有什么区别。

"他们都一把年纪了,还离什么婚呢?"布鲁克说道,"有什么意义呢?"

"他们年龄也没那么大,"洛根说道,"而且也是常有的事。"

"我应该给他们买婚姻心理咨询作为圣诞礼物的。"特洛伊若有所思地说道。

他给母亲买了一辆自行车。自行车全部用金色包装纸裹着,但还是看得出来是自行车。"自行车!"特洛伊把礼物抬进来,他母亲大声叫道,双手放在胸前,"你怎么知道我想要自行车?"

真是玄学,特洛伊总是知道大家想要什么。

"我必须吃点东西,"埃米说道,"布鲁克,去跟妈妈说,我们必须吃点儿东西了,因为你偏头痛要犯了。"

"你自己说去,就说你要惊恐发作了,必须吃点儿东西。"布鲁克反驳道。

"给她说洛根饿了,"特洛伊说道,"她舍不得洛根挨饿。"

"一个小时前,我就给她说过我饿了。"洛根说道。

施特菲从咖啡桌下走出来,脑袋放在埃米膝盖上。

"克莱尔最近怎么样?"埃米一边抚弄着施特菲软塌塌的耳朵,一边问特洛伊。特洛伊的前妻回到了澳大利亚,用冷冻胚胎备孕,已经试过一轮了,运气不好。

"目前在休养,等来年再试,"特洛伊说道,"还剩下四颗。"

"你希望她怀上?"埃米问道,"还是怀不上?"

"站在她的角度,希望她怀上。站在我的角度,不希望。我不想那家伙养大我生物学上的孩子。真的不想,"他顿了顿,"我有没有说过?我见到了他。"

"那个心脏病专家?"布鲁克问道,"他什么样?"

他们都看着特洛伊,等着他说话。虽然他们对特洛伊冷嘲热讽,虽然特洛伊过去犯了错,但很奇怪,此刻他们一下就是最亲密的兄弟姐妹,坚定地站在特洛伊这边。埃米想起不堪回首的那一天,父亲在马路上走下车。前一秒他们还打得不可开交,对兄弟姐妹恨到无以复加,突然车里就陷入沉默了,特洛伊抓住布鲁克的手,他们望着彼此,在恐惧中团结在一起,等着母亲的反应。

"自以为是的白痴。"特洛伊说道。

"外科医生在你眼里都这样。"布鲁克说道。

"他就不适合克莱尔,"特洛伊说道,"他叫克莱尔小宝贝。克莱尔就想怀个小宝贝,他还叫克莱尔小宝贝。"

布鲁克说道:"可能只是正常的称呼——"

厨房的烟雾警报器发出了哔哔的声音。房子里充满了一种呛鼻的味道,他们的父亲瘸着腿,脚步沉重地走来,板着一张臭脸。架子上一个傻笑的雪人晃荡了一下,跌落到地毯上。

"怎么回事?"斯坦质问道。他看着他们,仿佛他们还是小孩子。

"没事!"乔伊在厨房尖声说道,"完全没事!放心好了!都坐着,不要动!"

* * *

乔伊朝着厨房天花板的警报器扔了一块抹布,免得警报器继续哔哔响。真是的,洛根为什么要安装这讨厌的东西。它太灵敏了,总是对她的厨艺指手画脚。

"没有着火。"她对烟雾警报器说道。她抓住抹布,又往上扔了一次。这次没扔好,啪一下落在她脸上。她把抹布揉成团,再次扔过去。"只是冒了点烟,你个蠢货!反应这么大干什么。"

她在做父亲节萨凡纳做过的奶油焦糖核桃(萨凡纳对乔伊说过,这东西"有手就能做"),调味汁结块了,她在搅拌的时候分了心,核桃仁瞬间就成了冒烟的黑色核废料。没有任何征兆,没有任何中间过程!

午餐眼看着越来越远。孩子们不停地来打扰,问是否可以搭把手,她不想孩子们搭手,他们只要参与进来,就会提各种建议,开始各种使唤她,太烦了。妈妈,别管核桃仁了,是不是该放土豆了?

她感觉就像再次陷入反复出现的噩梦中,她现在都还会做这样的噩梦:忙着送哪个孩子准时参加比赛,但车子行驶得好慢,等到惊醒过来,右脚还在拼命地踩着想象中的油门。

她直接把平底锅扔进了垃圾桶。彻底毁了,一切都彻底毁了。她这么大费周章地准备午餐,做这些妖艳配菜干什么?她家里人都不喜欢火鸡,也没人喜欢核桃仁。她在脑海里创造了一幅红红火火、金光闪闪的圣诞节画面,想着圣诞魔法一现,他们又是一家人了。

"今天还吃不吃东西了?"

斯坦在厨房里对她怒目而视。数周过去,这是他第一次直接对她说话,而这就是他选择要说的话。

"呵,喜闻乐见呀,"她说道,"不说'我来帮忙',而是'今天还吃不吃东西了?'"

"每个人都想要帮忙,可你拒绝接受。"斯坦说道。

"每个人都没有要帮忙,你也没有要帮忙。"她说道。

"只要能吃上午餐,我非常乐意效劳。悉听尊便。"

悉听尊便。

天哪,就像看到他母亲活了过来一样。以前,只要乔伊下厨,他母亲就会坐在这个厨房里,抽着香烟,喷出长长的烟雾,满眼是乐滋滋的恶意、愚蠢、迂腐而唠叨。

349

乔伊也没想到自己会那么做，做了之后才意识到的。

她拿起斯坦母亲第一只嘲笑脸的瓷猫，用第一次发球的力度，朝墙上扔过去，利落地摔断了猫的脑袋。她又拿起第二只，也扔了。瓷猫砸在橱柜的边缘，手绘瓷器碎片亮闪闪地落下，落满了整个平台。

寂静无声。

"感觉好点了？"斯坦用他母亲残忍的鄙夷语气，拖上了声调说道，"要不要我再递给你一个？"

烟雾警报器再次发出了哔哔声，单薄而刺耳，一直响个不停，警告着前方的危险。

第五十章

现在

"我父亲就重重地走出了厨房——嗯,他因为膝盖受伤,所以走路一瘸一拐的,然后他回到了自己的办公室,重重地关上了门。妈妈摔的两个装饰品是我祖母的。"

"哦,亲爱的。那两个装饰品对你父亲有情感寄托的价值吗?"罗杰·斯特劳特问道。

"你说对了,罗杰。"埃米说道。

有时,罗杰觉得埃米有点调侃他的味道。罗杰·斯特劳特以前是汽车车队的销售主管,两年前接受了裁员计划,拿到了心理咨询证书,现在每天工作六天,提供谈话治疗。他的前妻觉得骇人听闻,天哪,哪个心理正常的人会从罗杰那儿接受帮助呢?难怪这个国家有精神健康危机。事实上,正是因为这个国家有精神健康危机,各行各业的人都急于得到帮助,很多头脑不正常的人才会选择向罗杰寻求帮助。他提前三个月的档期都满了。他非常清楚自己资历有限,坚决不肯称呼前来咨询的人为病人,因为他们之间不是医患关系,而是合作关系。

现在,罗杰和埃米面对面坐在翼状的布艺扶手椅上,椅子很大,扶手上有铜饰钉,凡是客户有重要事情要告诉他的时候,手指都会放在上面。

罗杰看到埃米的蓝色头发往后梳成马尾,她从来没有扎得这么紧,梳得这么整齐过,仿佛这是她生活中还能保持控制力的地方。

他们上一次见面的时候,埃米提到她母亲发来出人意料的信息,说要"离网"一段时间。在整个谈话期间,埃米都在说她也多么想要离网,可能要搬到人人都认识她的乡下小镇上,只不过她真的很讨厌乡下。从那之后,埃米没有现身,然后上周罗杰无比震惊地看到埃米和她的弟弟妹妹出现在当地的晚间新闻上,请求大家提供线索寻找他们失踪的母亲。

"于是我父亲拒绝与我们一同吃圣诞午餐,说是午餐,其实我母亲下午四点才端上来,我们都快饿死了,而且都喝醉了,嗯……那个圣诞节完全失控了。但你知道的,很多家庭都有这么一出,对吧?"

"圣诞节可能会造成很大压力。"罗杰说道。圣诞节那天早上,因为讨论两个孩子的交接时间,他与前妻一大早就开始尖叫。真是节日啊。

"整个一月,我们谁都不急于再次与家人见面,而且事多人烦。我并不是说我们没有与父母联系。我的意思是说,嗯,罗杰,你多长时间去见你父母一次?"

罗杰含糊地嘟囔了一声。埃米倾向于不遵守治疗规则,而是装作他们是老朋友,互相问候闲聊。她冷不丁地就会询问罗杰的私人情况,想要抓住他的破绽,一般情况下他都躲开为妙。其实他每个星期天晚上都会和父母一起吃饭,从不间断。

"但你是独生子。"她说道。

罗杰觉得自己没有跟埃米说过这话。

"你知道吧,我们兄弟姐妹一共四人,总觉得有人会去的。布鲁克和洛根经常过去,但也有几周没去了,他们应该说一声的。"

她说这话的时候很孩子气,带着一种乐滋滋的鄙视,就是大家谈及兄弟姐妹时的那种鄙视。罗杰有个客户在大学里做讲师,谈吐文雅,但说到姐姐的时候，就会变成那个扎着马尾、满脸雀斑的小孩："罗杰，什么都归我姐姐呢。"

"一般情况下，都是妈妈组织家庭聚会，她会顺便来看一看，或是建议喝杯咖啡，所以我们还真是过了一段时间才注意到她没联系了，"埃米继续说道，"而且，妈妈和爸爸也不是生活不能自理。他们活跃得很，比我还活跃。"埃米扯了扯裤子的布料。"妈妈还不到七十。他们一直在报纸上说'老年'女性。她还没到那个份儿上！他们应该试一试我妈妈脾气不好的时候打出的第一次发球，看他们能不能接住。"

想到她母亲的发球，埃米腼腆紧张地笑了笑。

"收到妈妈信息的时候，我们兄弟姐妹四个才发现，已经一周没和她联系了，似乎不对劲。我的意思是说，她还是上了点儿年纪的。"

埃米伸出手指按摩脸颊："我牙关酸痛。自从报警说了失踪，我就一直咬紧牙关。"她的嘴巴张合了几次，"我一直在想我的兔子梦。"埃米期待地看着罗杰。

"你的兔子梦？"罗杰说道。与埃米在一起随时都要保持警觉。

"你知道的。我经常做的兔子梦？"

"哦，是的，我记得，"罗杰说道，"你忘记喂兔子的那个梦。"

"我忘了我有兔子，梦里突然就想起来了，哦，天哪，我还有一只兔子！我就朝后院的兔笼走去，我知道肯定会看到兔子死了。"埃米打了个寒战，仿佛真的有这么一段回忆一样。

她压低嗓门，看着罗杰的眼睛："有时候，梦里也不是兔子，是小狗，那就更难受了，但我也不知道为什么。这样好像对兔子很不公平。"

她伸出一只手放在锁骨上，胸口快速起伏。

"埃米，你不需要给你父母喂食的，"罗杰说道，"他们既不是兔子，也不是小狗，也不是孩子。他们是成年人。你母亲有权离网的。"

如果她没有发那条信息呢。罗杰也看了新闻报道。他知道有人在埃米父母家里发现了埃米母亲的手机，也就是说，可能是别人发的那条

353

信息。

他觉得自己的能力会遭到超过极限的挑战，埃米的父亲杀了她母亲，这种可能性还是存在的。即便是心理最健康的人也承受不了这样的精神创伤。

"顺便说一句，我和室友闹掰了，你应该觉得是件好事吧，"她冷不丁地就岔开了话题，"我们也没有真正在一起，只是发生了关系而已。"她瞟了罗杰一眼，像是希望看到他一脸震惊。

"我应该觉得是件好事？你为什么这样想呢？"罗杰问道。

"他人太好了，我配不上他，"埃米说道，"我母亲失踪了，他一直帮着我。我感觉自己要欠下无法偿还的债务了，就像房贷一样。而我绝对不会贷款买房。"

"嗯，你知道的，"罗杰说道，"恋情事关——"

埃米说道："一开始没联系的时候，我并不担心妈妈，我还挺高兴的！我想的是，好呀。现在轮到你了。"

罗杰迟疑了一下。他没听懂。

"'现在轮到你了'，这话是指？"

"就像我爸爸以前那样。我小时候总是想，妈妈为什么不出走呢？"

罗杰给写了下来：父亲，出走？

但他没说话。他感觉得到，埃米心里堵了很多话。

"爸爸每次离开，我都很生气，"她按摩着自己的牙龈，"但妈妈就那么忍了，我甚至更生气了。"

罗杰等着。

"但我也不清楚。不过如果爸爸真的……大家怎么说来着？"她求助地看着罗杰，"如果是无心呢？因为我祖父对我祖母干过的事情可能会遗传！妈妈干的事情也很恶劣。哈里是我爸爸一生仅有一次的机会。真的只有那么一次机会呀！我一直都明白，哈里离开这件事深深地伤害了爸爸，我知道他一直都过不了那个坎儿，我看得出来，无论什么时候，只要提到哈里，他就那样。后来我们发现居然是妈妈！一直都是妈妈！"

罗杰记下：祖父？哈里？一次机会？

他没能厘清这番话的线索，也没有听明白。

"但如果爸爸真那样了——我的意思是说，我不能原谅他。但如果他请求我原谅呢？我怎么才能原谅他？他毕竟是我爸爸呀！我怎么能抛弃他？如果他要我做品格证人呢？在法庭上？"

一个个潜在的灾难组成陡峭的斜坡，埃米翻滚而下。"我该做谁的证人呢？我该选哪一边呢？我要去探监吗？一个人怎么能去探望杀害自己母亲的凶手呢？不可以的！"

语言消失了。他能听到的是刺耳和绝望的恐慌。埃米看着罗杰的眼睛，她的眼中是无声的恐惧。看着一个人惊恐发作，就像是你直直地看着一个被困在玻璃后面的人的眼睛，看着他就在你面前溺水。

"跟我一起呼吸。"罗杰放下记事本，拿起纸巾盒旁边的木制雕刻大象。

"注意力放在这儿。感受一下弯曲的象牙，注意力放在平滑度、粗糙度上。"罗杰看着埃米的双手抚摸着大象质地不平的表面。

"老虎。"埃米轻声说道，罗杰一时间没听明白。他心想，这是大象，不是老虎。是与兔子梦有关系吗？但接着，他就想起他们第一次治疗的时候，埃米取笑他，说起她见过的心理治疗师描述"战斗或逃跑反应"时，无一例外都要说起老虎。

剑齿虎。埃米想要告诉他，剑齿虎来了，它正跳起来咬她的喉咙。

第五十一章

"没有犯罪记录,"克里斯蒂娜说道,"没有暴力或暴力威胁证据。没有人寿保险。"

"但还是有经济上的好处的,"伊桑指出,"他们卖了网球学校,拿到了大笔现金。离了婚,钱就少些。"

"我说的不是德莱尼夫妇。你刚才说的话,都可以放到这家伙身上。"克里斯蒂娜用手指戳了戳桌上的报纸。

森林里找到的那具尸体已经被确认为波莉·珀金斯。波莉生前所住的郊区,就在乔伊·德莱尼家附近。三十年前,波莉的丈夫给所有人说,妻子离开他,回了新西兰。妻子留下了一张"冰冷伤人"的便条。邻里的女人都为这个男人难过,给他送去了炖菜和胡萝卜蛋糕。

真相是安德鲁·珀金斯教授用新买的阳光牌蒸汽熨斗,击打了他第一任妻子的脑袋,原因是他明确禁止妻子买熨斗,他"当时经济压力非常大"。他全部坦白交代了,其中还懊悔地供认说他"真没打算那么用力打她"。他开车到了离家不远的地方,在林子里埋葬了妻子。如果不是因为暴雨引发了山体滑坡,波莉还躺在那地方。波莉原生家庭不和睦,家人们四散在各地,她和家人本来就疏远,不过她在新西兰最好的朋友到警局报告过波莉失踪。这么多年里,她的朋友英勇奋战,想让澳大利亚警方注意到她失踪的朋友,但都是白费工夫。记录显示,警方仅到珀金斯家问询过一次，那是在波莉离开三年后。两位警察享用了友善的邻居送来的美味胡萝卜蛋糕，后来这位邻居成了安德鲁·珀金斯的第二任妻子。

第二任妻子用丈夫的杀人凶器给丈夫熨烫了整整二十年的衬衣，才得到允许买新的。

这一周，她都在向警察叙述她所经历的经济、语言和身体上的虐待，她就是待在家里的囚犯。

"这男人杀害了他的妻子，还享受了三十年的自由，本还可能轻轻松松逍遥法外一直到死。"克里斯蒂娜的拇指压在波莉丈夫的那张脸上，那是一张好吃好喝、凶狠残暴的脸，"我们还没有找到乔伊·德莱尼的尸体，但是——"

她的电话响了。这也挺好的，刚才她说话的声音已经过于情绪化。这是地面搜索协调员——巡警皮特·诺瓦克打来的电话："我们在德莱尼家房子后面的林子保护区里发现了一件衣服，你看看呢。我给你发了照片。"

克里斯蒂娜打开邮件，点击附件的照片。照片上是一件T恤，衣服上印有清晰的图案，橘色、红色和黄色的三朵花。非洲菊。

"这是——？"

"是的，"皮特说道，"上面有血。"

第五十二章

"德莱尼先生,感谢你今天过来。"克里斯蒂娜说道。

伊桑注意到她的态度很公事公办,一点儿都不咄咄逼人。就像有病人前来复诊,医学专家说话时一样不带感情,权威而友好。"当然,这位你认识,利姆巡警。"

她指了指伊桑。斯坦望了一眼伊桑,点了点头,双臂抱在厚实的胸膛前。"是的。"

现在,斯坦·德莱尼的妻子已经失踪十九天了。他脸上的抓痕也已经完全愈合。伊桑注意到他这次特地刮了脸,穿了商务衬衣,衬衣熨烫过,没系领带。他看上去像是社会中的体面人。他没有法律代理人。很难想象这个男人与一件染满血迹的 T 恤有什么关系。

他们在警局的 ERISP 小房间里,房间没有窗户。ERISP 的意思是嫌疑人询问电子录像,也就是问询过程需要全程录像录音。伊桑坐在角落,监视着录像设备。

"你真的想干警察这一行?"他最开始说要进警队,他哥哥问道,"去指挥交通?"

伊桑的哥哥是精算师,此刻坐在城里的办公室里解决着数学难题,而伊桑在参与解决的可能是谋杀案。他哥哥觉得自己的职业选择更好一些。

克里斯蒂娜手法复杂,手速很快地把头发更为服帖地弄到了脑后。

她说:"德莱尼先生,我想再过一次时间线。"

"好的。"斯坦点了点头。他坐直后松开双臂,两手握拳放在大腿上。他似乎在说,放马过来吧。"你想知道什么?"

"斯坦·德莱尼在球场上气势如虹。"有人与斯坦同在一个俱乐部,这么跟克里斯蒂娜和伊桑说。那人很想让他们知道,他本人相信斯坦会把妻子的尸体埋在网球场下面。"他无情而算计,凶狠残暴。他脸上有让人一看到就浑身发凉的那种表情。"

克里斯蒂娜垂下眼帘看着笔记,仿佛要核对时间线一样,但伊桑知道实际上她已经倒背如流了。

"你在情人节那天早上醒来时看到你妻子了吗?"

伊桑刚工作那会儿很害怕克里斯蒂娜·库利警探,他觉得自己在对方眼里就是个白痴。克里斯蒂娜看他的那种方式,仿佛在掂量他,觉得他缺斤少两。但他现在习惯了那种眼神。她每天盯着她上午的咖啡时也是那个眼神,但她喜欢她的咖啡。

伊桑的姑妈说,伊桑和他哥哥都害怕女人,潜意识里害怕惹女人不高兴,因为他们还小的时候,母亲就离家出走了。伊桑和哥哥觉得姑妈是胡说八道,但他们不敢当着姑妈的面说这话。

"我们睡在不同的房间。"斯坦目光平静地回答了克里斯蒂娜的问题。

"分房睡是才开始不久的事情?"克里斯蒂娜问道。

"是的,相对而言时间不长。"

她看着笔记:"你早上第一件事情是出去买牛奶?"

"是的,"斯坦说道,"我们家没牛奶了。我还买了报纸。"

"嗯,"克里斯蒂娜说道,"你回到家,还是没看见德莱尼太太?"

"没有马上见到。我在我办公室读……读点东西。"

这是以前没有的信息。读什么呢?

伊桑身体前倾,克里斯蒂娜也是。"你读的是什么?"

"只是文件而已。"

"什么文件？"

斯坦耸了耸肩："无关紧要的东西。"

伊桑看出来这是撒谎，他知道克里斯蒂娜也看出来了。克里斯蒂娜在等待着，她一动不动。伊桑心想，也许她的心也一样在狂跳。斯坦什么都没说。也许在这个小房间里，斯坦的心跳是最快的。

"嗯，"片刻后，克里斯蒂娜说道，"你在读'文件'，然后听到了前门有动静。"

"是的，"斯坦说道，"我不知道她去了哪儿。但我听到她进了门。接着，我到了厨房和她说话。她拿着一杯水在喝。她似乎……有什么事情很不高兴。"

"然后你们就争吵起来。"

"是的。"

"争吵什么呢？"

他双臂又抱在了胸前，这是防御姿势："只是夫妻之间的普通争吵。"

"德莱尼先生，考虑到你妻子离开了家，到现在已经失踪了近三周的时间，我想那应该不是夫妻之间的普通争吵。"

伊桑第一次从她声音中听出了进攻的意味：就像鲨鱼的鳍飞快地在水面闪现了一下，预示着下面有更大更危险的东西。

但斯坦甚至眼睛都没眨一下。

克里斯蒂娜说道："所以那天早上，一番'普通'的争吵之后，你离开了家，是什么时候才回去的呢？"

"大概晚上十点左右。我已经给你说过了。说过很多次了。"

"你那天去了哪些地方？"

"我只是一直开车。我已经给你说过很多次了。"

"你只是开车。"

"我心烦意乱。"

"什么事情心烦意乱？"

伊桑可以看到斯坦恼怒起来，就像水烧开了一样，这正是克里斯蒂娜想要的效果。她在慢慢升高温度。

"我心烦意乱，因为我与妻子发生了争吵。"

"但是你不记得你们争吵的内容。"

他再次松开双臂，身体前倾，靠近克里斯蒂娜。斯坦纳个子很高大："不，不对。我从未说过这句话。我记得我们争吵的内容，但那是私事。我的婚姻是我的隐私，不关你们的事，与你们的调查无关。"

不是所有人都能这样与警探说话——"不关你们的事。"

克里斯蒂娜说道："如果你担心妻子的安危，也许你可以说出来，让我们来判断是否相关。"

斯坦耸了耸肩，什么都没说。他大儿子也是那样耸肩的。

"所以你回来了，她不见了。"

"是的。"

"但你没有给任何人打电话。没有给任何一个孩子打电话，也没有给任何一个朋友打电话。你也没有给她打电话。"

他微微抬了抬下巴："我们吵架了，我给你说了的。我知道她在生我的气，我想的是她到别人家去了，第二天就会回来的。"

"但是她没有。"

"是的，她没有。"斯坦说道。

"你在婚姻中有过不忠行为吗？"克里斯蒂娜问道。

他鼻孔张了张："没有。"

克里斯蒂娜翻了一页笔记，其实只是做做样子而已："我知道的是，在一次派对上，你小女儿撞上你妻子和另一个男人在一起。"

"那是很久以前的事情了。乔伊潘趣酒喝多了，吻了丹尼斯·克里斯托，那算不上什么情事。老家伙现在反正也死了。按照我妻子的说法，人还是我杀的呢。"话出了口，斯坦才回过味来，皱起眉头，"只是一种说法,我没杀他,他死于心脏病发作。"斯坦吸了一口气。"顺便说一句,他当年也不应该吻我的妻子,但我已经说过了,那是很久以前的事情了。"

伊桑心想,怨恨在心里也可以埋很久。

斯坦的下巴朝克里斯蒂娜的笔记本点了一下:"是我女儿给你说的?乔伊在派对上吻了丹尼斯的事情?"

"你的前女婿,格兰特·威利斯。"

他的眉头舒展开了:"嗯,这还说得通些。"

"你的意思是说,你女儿想要保护你?"

他什么都没说。

克里斯蒂娜说道:"我猜你的孩子们都想保护你。"

"我不需要保护,"斯坦说道,"因为我什么错事都没干过。"

"去年和你们待在一起的年轻女孩,"克里斯蒂娜说道,"她是你以前学生的妹妹?你最著名的学生的妹妹。"

他的表情僵硬起来:"你是暗示我有外遇吧?我没有。我知道大家一直在说闲话,真可笑。"

"嗯,我们也是最近才了解到,萨凡纳和你们住在一起的时候披露了某个消息。我的理解是,你对此很震惊。"

斯坦用拇指和食指捏起下嘴唇:"谁给你说的?"

克里斯蒂娜没有回答。伊桑看着斯坦,斯坦是在琢磨哪个孩子交出了这一谋杀的可能动机吗?

"你的妻子背叛了你,不是吗?她告诉哈里·哈达德的父亲最好另找教练。"

"我不赞同'背叛'这个词。"斯坦说道。

"你不赞同?我理解的是,你就是用了这个词。"他们凝视着对方的眼睛,感觉强硬而亲密,仿佛要亲吻一样。

斯坦·德莱尼有着棕色的眸子、黑色的眼睫毛,目光警觉。这是一

362

双年轻人的眼睛,却长在老年人的脸上。还是说年轻人一样的盛怒让这个老年人做出了难以想象的行为?

"你什么意思?"他的声音颤抖起来。他终于开始崩溃了。

"你对你妻子说,你感受到了前所未有的背叛。"

"谁给你说的?"斯坦的下巴前后移动,仿佛在磨牙齿。伊桑看到,那个年轻的身影不在了,只剩下老人。这个老人心里在嘀咕,到底是哪个孩子觉得他能干出杀人的事情。

"我听说你妻子可能不忠。我听说她在事业上背叛了你。"克里斯蒂娜开始玩真格的了,"你发脾气也是情理之中。哈里·哈达德本来可以,也应该成为你事业上最大的成功。但你妻子偷走了你的机会,而且一直保密。"

她把拍立得照片从桌上推了过去,照片上是那件沾满血迹的T恤。"德莱尼先生,我们在你家后面附近的林子里找到了这件埋在地里的T恤,"她说道,"你之前见过吗?"

他顿时脸色惨白。

"埋在地里,"斯坦·德莱尼说道,"你觉得我埋了乔伊的T恤?"

"你埋了吗?"

"没有。"

"你认识这件T恤?"

"这是我妻子的T恤,你肯定是知道的。"斯坦说道。他轻蔑地把照片推开,仿佛这照片对他毫无意义。"上面是我妻子的血。这一点,你可能也知道。"

现在,克里斯蒂娜说话时几乎是快乐的调子了:"德莱尼先生,这看起来对你不太妙哦。我真的觉得你还是再想一想和妻子最后一次互动的情况,这对你最有好处。"

斯坦叹了一口气。他的头往后仰,两根拇指塞进裤子口袋里,盯着天花板。"我认为自己应该闭嘴,找个律师可能对我最有好处。"

363

第五十三章

情人节

早上七点,乔伊找不到起床的意义,今天没什么要紧的事情要做,这将又是一个与昨天一样、与前天也一样的一天。窗外有烟霾,灰蒙蒙的,就像隆冬的天空,但血红的夏日太阳就像烟屁股一样红彤彤的。

乔伊从未有过气喘的毛病,但最近总觉得呼吸短浅,有了几分娇气。是烟霾的原因还是婚姻的缘故呢?

萨凡纳已经离开数月了,可事情还没有缓和松动的迹象,甚至恰恰相反:他们的愤怒越来越强烈了。

以前她和斯坦也有过糟糕的日子。但现在不一样了,现在他们没有需要分心的事情,没有工作要做,也没有孩子要带。年轻的时候,他们没时间去生闷气,也没时间去斤斤计较对方如何伤害自己。他们太累了,没精力一直揪着受伤的情绪不放。

现在他们困在这空荡沉寂的房子里,没有办法逃避他们之间看不见却真实存在的矛盾。乔伊感觉,仿佛一伸手就可以在空气中触摸到它的轮廓。

因为澳大利亚公开赛,一月尤其难熬。哈里·哈达德复出后,第一回合的对手是一个十九岁的加拿大人,非种子选手。哈里"意外败北"

（有些人甚至说出了"丢人现眼"这几个字），输得一塌糊涂。十次双发失误，八十多次非受迫性失误！哈里和他的新教练尼科尔·勒努瓦-左登也要分道扬镳了。乔伊没看比赛，但从起居室走过的时候，看到斯坦紧紧抓着椅子边，她仿佛听得到他胸中的气愤郁闷噼啪直响，就像通电的电线，假如乔伊去碰他一下，就会触电飞起来。

现在，他们中有谁走进房间，看到对方在，就会扭头走掉。他们非必要不说话。自从萨凡纳离开后，他们就没在一个卧室睡过觉。

斯坦去了洛根以前的房间，铺了个床垫睡在地板上。埃米的卧室要舒服得多，但也许斯坦不想睡在萨凡纳睡过的房间，他这么做肯定是给她看的。乔伊打赌斯坦睡得背疼，她真的希望他背疼。这局面意味着爱情终于消失了吗？看上去可能一点爱都没有了。她就像他们亟待下雨的前屋草坪一样干枯了。

她听到房子里有水流的声音。圣诞节之后，她就不再做饭了，想看看斯坦会不会主动准备点什么，把面包放进多士炉里烤一下，或是点个外卖，但斯坦一个字都不说。

他们就像合租室友，安安静静地各自吃东西，从厨房里溜进溜出，擦干净台面，冲洗好盘子，尽量不留下他们存在的痕迹，仿佛这场竞赛比的就是这个。斯坦是在消耗食品柜里的意大利面和甜豆罐头。乔伊大多数时候吃烤面包，有时煮个鸡蛋。

她觉得脆弱，觉得轻飘飘的，觉得筋疲力尽，经常想要哭出来，仿佛回到了刚生孩子或者失去了所爱之人的那几周。

乔伊不知道斯坦是怎么度过每一天的。他似乎在办公室里做着什么事。她从办公室门口走过的时候，瞥见他戴着眼镜，郑重其事地翻看着什么文件，天知道有什么文件呀。文件都是乔伊负责处理的。离婚文件？她为什么要称之为斯坦的办公室呢？孩子们小的时候，总是说"爸爸的办公室"，但其实各种商务都是乔伊在处理。

但他们得维持假象，因为斯坦是男人，无论他做什么，都自带重要性和优先权,超过了家里小女人的任何贡献。

哼,去你的,斯坦。

她在心里咒骂是最近才有的新习惯,而且感觉很好。她在三十岁的时候,想当然地认为,到了老年就什么都不太重要了,心情应该是心如止水的,脾气会像老太太的脸,软塌塌的。但现在,她想法的激烈程度会让她大吃一惊,突然惊醒。她想当然地认为,这样的话不会从她嘴里说出来,但世事难料。

想象一下吧,如果孩子们听到她这样大声咒骂。那才开他们的眼界呢。

她正在做一个实验。她不再给孩子们打电话,她厌倦了孩子们接她电话时的那种疲惫和烦躁。她已经厌倦了,不想再组织家庭聚会。她已经七天没和孩子们说过话了。她本以为最孝顺的孩子是洛根和布鲁克,不说这两个人吧,至少布鲁克会来电话吧,但也没有。

假设:我的孩子们不在乎。

结论:我的孩子们不在乎。

她的朋友们安安静静、忙忙碌碌地过着自己的生活。卡罗的女儿佩特拉带着孩子们从哥本哈根来看外祖母。孩子们的笑声从卡罗的花园飘荡过来,飘进乔伊的窗户。这样的烟霾天里,卡罗就不应该让孩子们在户外玩。还有另外两个朋友第一次升级到祖辈,新生儿一个是男孩,一个是女孩。乔伊寄去了贺卡:"祝贺你的外孙(外孙女)!"她抽屉里有一摞这样的卡片,每次收到好消息,她就黯然神伤地按性别选出男孩卡或女孩卡。

她想琢磨一下今天怎么过。她看到卧室天花板上有一块恶心的棕色污痕,之前都没看到过。看上去像是血迹,但她知道应该是很久之前的暴雨留下的雨渍。从那之后再也没下过雨了。

她必须起床了。但她还是没有动弹。她双手紧紧抓住定制的床单。加油,乔伊。她有两根指甲断了,老是挂住床单,很烦。她找不到指甲刀，但她知道自己两周前刚买了一个新的。现在她的指甲很容易断，就像老骨头、老心脏一样。可她还没有老啊，她还不到七十岁。圣诞节前，她以6∶4和6∶2的比分打败了一位五十岁的优秀选手，但今年她还没去过俱乐部，好像没有那个劲头了。

她并没有想自杀，绝对没有，但她人生第一次觉得也许活够了。够了，不再值得这么费心费力。她好想她的外祖父母，她好想她的母亲。

她的脑海中浮现出一个画面，她死后到了入口处，他们的面孔一亮。再次看到他们，那该有多好呀。她要冲进他们的怀抱。要见母亲了，她得穿得漂亮点儿。

今天是情人节，庆祝爱情的日子。她和斯坦从来就不太关注情人节。这是美国人的节日，但每年到了这个时候，大家似乎越来越大惊小怪：红玫瑰，巧克力，还有泰迪熊。西装革履的男人抱着大把的花束。乔伊不想要玫瑰，但她想要一个依然睡在身边的丈夫。

她翻了个身，面朝下趴着，头深深地埋在枕头里。如果一旦哭了起来，可能就再也停不下来了。

"起床，"她把头埋在枕头里说道，"现在就起床。"

她想起母亲说起过一个清晨。那时乔伊还小呢，有一天早上，美丽而理性的珀尔·贝克尔醒过来，感觉没法起床。她甚至连头都抬不起来。她对乔伊说："我浑身上下像被浇灌了水泥。"她听到了前门送奶工的动静（那时还有人送牛奶！），就大声呼救，请送奶工去叫人。于是医生来了，给她做了检查。医生以前真的会上门问诊的。医生说她很有可能是"缺少某种维生素"，对她说她需要"起床，为了自己孩子，坚强点"。

当年就是那样，如今现代知识普及，门外汉都能做出她母亲抑郁的诊断，但珀尔并不觉得自己抑郁了。"哦，不是的，乔伊，是身体上的，我没什么难过的事情！"乔伊的母亲说道，"我有你！有个漂亮的小宝贝！只不过你的脑袋又大又圆，就像台球的主球，不然还会漂亮些，但已经很可爱了。"她母亲擅长此道，一边温柔表扬，一边暗戳戳地用针猛扎一下，如果不是看到针孔流血，都不会注意到。

"我还有英俊的丈夫！"当时英俊的丈夫还没出门去"见朋友"，还没有再也不回来。

乔伊感觉四肢沉重，也许就像她母亲当年的那个清晨一样，但她心跳飞快。这是抑郁加焦虑吗？这就是埃米经历的痛苦吗？她的额头开始隐隐作痛。她从未头痛过。老天肯定是做出了决定，到时候了，她也应该经历一下两个女儿所忍受的痛苦了。

为什么她的两个女儿就不得不忍受这些似乎无人理解的无形疾病呢？

"也许你们应该强硬一点，"他们的家庭全科医生伸出一根手指，在乔伊面前滑稽可笑地摆动了一下，"这也许有点疑心病？家里的老小都喜欢得到关注吗？"布鲁克面色苍白，一脸痛苦，医生的目光越过布鲁克的头顶，朝着乔伊眨着眼睛。另一个女儿则看着乔伊，乞求着她给不了的安慰。

带儿子们去看病就简单了。儿子们的病都是身体上的，看得见，能治疗：咳嗽、鼻塞、皮疹、骨折。

那位全科医生并不知道他在精神健康和偏头痛方面一无所知。专科医生知道的似乎也不太多，但他们收费甚至更高，态度更居高临下。但是，面对他们的无知，乔伊为什么如此礼貌呢？为什么要谦恭而感激呢？谢谢你，医生，你肯定是对的。接着，她就带着惨兮兮的女儿回到车上，乔伊为自己的无能而愤怒，女儿们误解成妈妈在生自己的气，她们也像乔伊责备自己一样自我责备。

现在那位全科医生已经死了。就乔伊所知，那些专科医生当中，至少有一位也死了。

无用的愤怒指向死了很久的人，在情绪推动之下，乔伊起了床，走进浴室冲澡。她一边冲澡，一边聚集愤怒，怒火越烧越旺。现在淋浴间里只有她的洗发水和沐浴露，没有丈夫存在的痕迹。斯坦用的是另一个浴室。

也许终于到时候了,该接受婚姻的失败了,该走到中间的拦网边握握手,尊重地拍打彼此的肩膀,对粉丝挥挥手,然后走开了。

她使劲儿挠头,断指甲盖挠破了头皮。

她想起她和斯坦传输给孩子和学生的陈词滥调。

到了赛点,也能一分分地争回来。

如果你扳回了连败的局面,就能重占主导。

她是斗士。她是赢家。她是乔伊·德莱尼。她不会就这样放弃婚姻。她今天要发起积极的决定性的行动。

她要做苹果酥皮点心,这就是她要做的。斯坦有时反应迟钝,但乔伊做他母亲的招牌菜,他会明白其中的象征意义。她要试一试萨凡纳的意见,食品柜的最里面有一瓶威士忌。

她吃了两片扑热息痛对抗头疼,她多花了一倍的时间刷牙。她吹干头发,按照纳尔勒的建议,用的是大圆梳子,平时她不用这个梳子,因为用了手腕疼。她穿上斯坦喜欢的裙子,斯坦曾经大加赞赏过,说这条裙子"非常漂亮"。还有口红。

她走出卧室,感觉特别忸怩。房子里寂静无声。他在吗?

"斯坦?"她大声叫道。她的声音有点高。斯坦当然会回应的。"斯坦?"

没有回应。她走进前厅,拉开窗帘。车子不见了。他今天出去得早。她心想他去哪儿了呢。他没有说一声就出去了,乔伊觉得很伤心。他们现在的生活方式就是这样,她不应该伤心,但心里依然感到了新的伤痛,就像被擦伤的水果,柔软到一碰就痛。

她走进厨房,放上水壶,烧水准备喝茶,再打开冰箱拿苹果准备做酥皮点心。

星期四那天,她去商店买了五个圆滚滚的史密斯奶奶青苹果[1],但

---

[1] 原产于澳大利亚的苹果种类。

现在只剩下一个在保鲜储藏格里忧伤地滚来滚去。

两天之内,斯坦就吃掉了四个苹果。

一时间,她准备回到床上,终止这项任务。

不行,她再次打起精神。她要赶紧到火车站旁边的便利店买一些苹果回来,他们开门都很早的。

但斯坦开走了车,走路过去就太远了。

她愤懑地低声咆哮了一声。

施特菲躺在它喜欢的后门背后的老地方,尾巴抵在地板上,抬起头来,一脸询问的表情。

"施特菲,我想做来着,"乔伊说道,"但是他把苹果都吃了,还开走了车。"

她突然就有了灵感。她要换上短裤,骑上新自行车去便利店!之前她只是在死胡同里骑了一圈。她喜欢自行车,但说实在的,骑在路上还是有点紧张。她要直面自己的恐惧!直面恐惧让人兴奋。反正大家都这样说。

半个小时后,她双腿哆嗦地站在便利店里,掏出钱砸在柜台上,买了四个特别贵的史密斯奶奶青苹果。便利店的那人一如既往对她皱着眉头(那人为什么如此讨厌她?),她还是一如既往地友好相待。她把苹果放在柳条篮子里,开始往家骑。上坡时她必须得用力蹬才行。这么多年,她一直住在这一带,从未注意过这条街陡得就像珠穆朗玛峰。

有人摁响喇叭,吓得她心脏猛地一跳。自行车一个转向,前轮冲向排水沟。她调整车把,转危为安,往下一看,前车胎完全没气了。

"天哪,接下来会是什么?"

她像个孩子一样狠狠地把自行车扔到地上。她站在那里,双手叉腰,看着自行车和苹果,呼吸沉重。她就像踢球一样,对着一个苹果就是一脚。苹果无精打采地滚了一小段距离。今天她是不会做苹果酥皮点心了。或者说,再也不会做了。

所以，就这么着吧。

选择了正确的击球机会，挥拍正确，技巧正确，一切都正确，但还是可能会出错。无论多好的运动员，都不能做到百分百地击中球。

总有输球的时候。他们把这个观点也敲打进了孩子们的脑袋里。你可以成为世界第一，赢球，赢球，赢球，但不可避免的是，总有一天会输球。

接下来的一段路，她就这样拎着头盔走回家了。车子停在车道上。等平静下来，她就回去取自行车。房子里寂静无声，但她感觉得到丈夫潜伏的愠怒的存在。她浑身是汗，衬衣贴在身体上，她感觉自己情绪暴躁得嘶嘶作响，就像卡罗那只讨厌的贼猫。她走进厨房，倒了一杯水，大口喝起来。

"你也许应该读一读这个。"

斯坦的声音突然从她身后响起，非常深沉，非常响亮，吓了她一跳。玻璃杯磕到牙齿很疼。她转过头看着斯坦，他扔了什么装订好的文件在桌子上。

"什么东西？"她说道。

"哈里·哈达德的回忆录，"斯坦说道，"试读本吧。他寄给我们看看。里面有我，我们都在里面。"

"好的。"她说道。

她几乎就要像十几岁的孩子一样说"关我屁事"了。她完全忘了还有这讨厌的回忆录。现在无所谓了。那件小丑事已经公之于众了。

"他承认小时候比赛作弊。"斯坦说道。他伸出一根手指，敲着那摞纸。乔伊读了读标题：《哈里的比赛》。

"他承认了？"乔伊放下水杯，慢慢坐到桌边的椅子上，伸手把稿子拖到了面前。如果哈里公开承认他作弊过，肯定有好多次错误判罚。

"是的，"斯坦说道，"也不是那么惊讶——"

"你说什么？"乔伊抬头看着他，不敢相信他说出了那种话，"不惊讶,你什么意思?你不相信特洛伊,你指责他撒谎。"

"我没有,"斯坦说道,"我从未说过他撒谎。我告诉他说,很不幸,那就是比赛的一大现状。我告诉他,有时他就是得面对作弊的孩子,他不应该关注对手,而是关注自己的比赛。"

"垃圾!"乔伊想要抓住斯坦的后脑勺,让他看清楚他当年的行为,"你站在了哈里那边!你没有支持你自己的儿子!"

"我的儿子动手打了另一个球员!我当然不支持他。你疯了吗?"

"你居然敢说我疯了。"她火冒三丈,去他的丈夫,去他的医生们,多年前面对着女儿们的病痛,他们看得屁都不是;去他的便利店店员,屁礼貌都没有。此刻她的头发可不好看,汗渍渍地贴在头皮上,双腿还在发抖,妈的,她简直就是骑上了珠穆朗玛峰去买苹果,要给这讨厌的丈夫做什么苹果酥皮点心。"特洛伊发脾气是因为他没有得到你的支持!"

"特洛伊得到了所有的机会。他们都得到了所有的机会。他们不知道自己有多幸运。"

丈夫这样批评孩子们,就像是给了她一拳。"他们都在全心全意地打球!"

斯坦没有听,他还在想着哈里,他一直在想着哈里:哈里的天赋,哈里的潜力。哈里,哈里,哈里。

"你知道为什么那个可怜的孩子作弊吗?"他咆哮道。他拿起那本装订好的稿子,在乔伊面前用力摇晃。"因为他父亲告诉他,妹妹得了癌症。"

乔伊大吃一惊,仿佛突然转向,跟腱都要断裂了一样。她以为她已经知道这场争吵中斯坦所说的一切了。

她虚弱地说道:"他说萨凡纳得了癌症?"

"有其父,必有其女。"他阴沉满足地笑了笑,仿佛准确地预料到了这一奇葩的结果,然后把稿子推到了她面前。"他对哈里说,哈里必须赢得奖金，否则妹妹就买不起救命药。傻孩子觉得他打球是在救妹妹的命。难怪他作弊。如果他还待在我身边，我就会发现的，就会制止的，但我没能有那个机会，你单方面做出决定，打发他走人！"

斯坦的双手像爪子一样张开，就像要勒死她一样。

乔伊现在没心思去想什么哈里，而是抓住了反攻点。

"你的孩子需要你的支持！"她大声反击道，"我需要你的支持！"

"你没有那个权利！我的职业就是教练！"斯坦矗立在她跟前，她并不害怕，她觉得兴奋，他们有了裂痕的婚姻，就像椰子一样，终于裂开了。她想全都说出来，那些从未说过的话，把它们全都说出来。

"那我的职业呢？"她用拳头敲打着自己的胸口，"我呢？我的事业呢？我的牺牲呢？"

"你的牺牲？"他难以置信的语气就像是公开羞辱，仿佛乔伊没有什么可牺牲的东西。她什么都配不上：配不上便利店店员的微笑，配不上孩子们给她打个电话。

"为了你，我放弃了网球。"她说道。她终于大声说了出来。这么多年，这话一直都在，从未到过她嘴边，也不在她脑海深处，而是在她心尖上，就在她胸口正中央，就在她一次次用拳头捶打的胸口那儿。

我呢？我呢？我呢？

她从未想要斯坦的感激，只想要他的承认，只需要一次就行。否则她整个人生的意义何在呢？是她烤的那么多羊排吗？是她做的那么多肉酱意面吗？上帝呀，肉酱意面，她真是看不上眼。一晚又一晚，一晚又一晚，一盘盘的肉酱意面。洗衣服，熨衣服，拖地，扫地，开车。当时她从未怨恨过，但此时此刻她怨恨过去的每一分钟，怨恨每一块血淋淋的羊排。

他安静地说道："乔伊，我从未要求过你放弃任何东西。"

但问题就在这儿。他不需要要求她。

"如果你想打网球，你是可以打的。"他说道。他的声音里没了愤怒。乔伊看得出来,那种熟悉的致命的沉寂淹没了他。他正让自己摆脱这种境况:先是精神上,然后是肉体上。

她知道接下来会是什么,总是那样。下一秒她就会一个人孤孤单单地待在这寂静无声的大房子里,只剩下她的思绪和悔意。

斯坦说道:"如果你真的想要,没有任何东西可以阻拦你。"

她说不出话来。难道斯坦看不出来,唯一能够阻拦她的,就是她对他的爱吗?

接着,他扔出了致命的最终判决:"乔伊,你绝对成不了前十的选手。如果我觉得你可以做到,我绝不会允许你停下来。"

她就像肚子上挨了一拳,呼呼喘气。他绝不会让自己停下来。仿佛她的牺牲是斯坦考虑之后的抉择。

如果受伤的不是斯坦,而是乔伊,斯坦是不会放弃自己的事业的,想都不会想。

斯坦错了,这世上没有重来一次,没有办法穿越时空向他或者向自己证明这一点。

乔伊本能地做出了反击:"你没有好到可以做哈里的教练。没有你,他会发展得更好。你会限制他!他需要比你更好的教练!"

其实并非如此。她相信斯坦是澳大利亚最好的教练之一,也许是全世界最好的教练之一。她知道,没有家庭的羁绊,斯坦是可以做到的;但她也可以做到,她本可以飞得多远,斯坦不知道吗?

斯坦把哈里的回忆录放到桌上。他拍了拍牛仔裤的口袋,掏出了车钥匙。

乔伊掏出了最尖酸刻薄的一句话:"我才是让德莱尼学校成功的那个人。人人都知道,如果不是我,你什么都没有,你什么都不是,一穷二白,一无是处……什么都不是!"

这话没起作用,他转身就要离开,乔伊受不了了。这不公平,凭什么是他离开。从来就没公平过,从来都不对。然而她都忍了,忍了一次又一次。她的孩子们也都忍了。这种行为不可接受、不可原谅，她再也不要这样，再也找不出接受的借口。这一次，留下的人是斯坦。

她追了上去，这样做的同时，她内心某种程度上感受到了这种行为的羞耻和不体面。她感觉自己飞到了上空，在看着自己的一举一动：小小的个子，上了年纪，浑身汗渍渍的，从漂亮的厨房里跑出来，穿过过道，朝着前门跑去，追赶着自己的丈夫，语无伦次地叫喊着，旁边一条老狗迷惑地叫着，试图找到危险所在，因为这房子里并没有陌生人，那有什么可害怕的呢？

乔伊抓住了丈夫蓝白格子的衬衣，衬衣是她熨烫过的，她抓住丈夫，拉他回来，要让丈夫留下。施特菲疯狂地跑着，喘着粗气，围着两人打转。斯坦转过身来，狗绊了他一下。他往前一个趔趄，差点摔倒在地。一只手朝墙上一抓，碰到了一个相框——布鲁克参加八岁以下年龄组比赛时手捧地区冠军杯的照片，相框摇晃着，又撞在墙上，有了裂纹。乔伊伸出手去抓他的衬衣，却从斯坦脸颊上抓下，她断了的指甲很锋利，斯坦的脸立刻见血。

他一把抓住乔伊的肩膀，乔伊感觉很疼。

乔伊僵住了，因为斯坦的脸变了，不再是他本人的脸，暴怒给这张脸戴上了陌生的丑恶面具。

她的心跳仿佛都停止了。世界也停止了。

她活了六十九年，第一次感到了那种恐惧，每个女人都知道那种恐惧的存在，哪怕一辈子都受到好男人的珍爱呵护，那种恐惧也会偷偷摸摸地潜伏在脑海深处。

第五十四章

现在

"最后再看一次。"克里斯蒂娜说道。

伊桑摁下播放键,他们肩并肩坐在他的书桌前,聚精会神地看着一段彩色监控录像,画面有些跳帧,但很清晰。提供者是德莱尼家的邻居,和他们同住在死胡同里,就在德莱尼家隔壁的隔壁。卡罗·阿齐诺维奇的儿子给寡居的母亲安装了摄像头,乔伊失踪两天后,一场暴雨夹杂着冰雹降临,砸坏了摄像头。卡罗的儿子修好了监控,给警方送来了这段可怕的录像,拍摄角度是他母亲的前门,鱼眼视图,意外地圈进了德莱尼家车道的一角。

克里斯蒂娜和伊桑看到,就在斯坦·德莱尼妻子失踪的那天晚上,零点刚过去两分钟,斯坦出现在自家前门,费劲地扛着一大块用毯子裹好的笨重的软趴趴的物体。

他打开车子后备箱,把那东西扔进去,他弯腰埋头整理了一下,然后伸出双手拉下后备箱门,重重地关上。接着,他站在那里,准确地说是站了三分钟四十秒,他双手平放在车上,埋着脑袋,就像在虔诚庄重地祈祷的男人,然后抬起头,走出了摄像头的范围。

很怪异,很有冲击力。

"天哪,"伊桑说道,"他站在那里的样子,自始至终,非常……我的天哪。"

"我知道。"克里斯蒂娜说道。她今天就能让对方认罪。她感觉得到。她要播放这段录像给斯坦·德莱尼看,整个播放过程中她都不会说一个字,不会发出一点儿声音,就那样看着他。那个男人会看到自己朝着妻子的尸体鞠躬。克里斯蒂娜知道他不去教堂,但知道他与自己一样,也是天主教徒家庭长大的。克里斯蒂娜认得出来,那是男人祈祷的姿势,一个渴望忏悔自己罪恶的男人。

今天晚上,她和尼科要去见他们的教区牧师,讨论婚礼的誓词,到时候她尽量不去想,来年春天她和尼科就要像乔伊和斯坦·德莱尼夫妇那样发下誓愿。她不能去想,年轻的乔伊·德莱尼或波莉·珀金斯对着各自的丈夫承诺:无论是好是坏,是富裕或贫穷,疾病还是健康,都彼此相爱、珍惜,直到死亡将我们分开。直到你在死寂的夜晚扛着我的尸体走向车子,抛尸在永远不会被发现的地方,直到我说话太大声,直到我花了太多钱买了新熨斗,直到我为了我们的家庭限制了你的事业,直到我在派对上吻了另一个男人,直到我以自己都无法想象的方式让你感到了不悦。

"克里斯蒂娜?"伊桑说道。

"抱歉,"克里斯蒂娜说道,"你说什么来着?"

他说道:"也没什么。只是我就不懂了。我们第一天问询他的时候,我就知道他有所隐瞒,但当他看着妻子那张照片的时候,我就在想,他干不出来。他爱他的妻子。"

"我从未觉得他不爱他的妻子。"克里斯蒂娜调整了一下订婚戒指,让钻石摆在手指中间。

但克里斯蒂娜一直都知道,他杀了他妻子。

到了自己婚礼的一天,她都会带着这一残酷的认知,手拿白玫瑰和深粉石竹花的新娘花束,从通道走下:爱她杀她,都有可能是真的。

第五十五章

情人节

　　斯坦·德莱尼一直都明白，女人能够用语言杀人诛心。他母亲最爱做的就是一刀刀地凌迟她的丈夫和儿子那愚蠢柔软且无助的自尊。
　　别给那孩子说他有一天能站在温布尔登的赛场，他傻到会信。你们俩都傻得像狗屎。
　　不是每天都这样，只是大多数日子都这样。喝醉时不这样，清醒时就这样，清醒的时候就是她恶毒的时候。
　　她会用一根手指头戳着自己脑袋的一侧，对丈夫露出她美丽的微笑，然后说："灯都亮着，但没人在家，这样是不对的，对吧，亲爱的？"
　　斯坦的父亲嘴笨，没法反唇相讥。他畏畏缩缩，露出愚蠢的笑容，仿佛妻子讲了聪明的笑话，但他听不懂。他开始自我封闭，变得沉默，照单全收。
　　就这样一直照单全收着，直到有一天他再也无法忍受。
　　十四岁的斯坦跑到母亲身边，母亲缩成一团，躺在地板上，他幸好这样做了。他可以对自己说，自己的本能反应是跑向母亲，隔开母亲和父亲，但他永远忘不了脑海里冒出的那个可怕的小小叛逆念头：

她活该。

那个念头很小、很微弱，有时他会装作那是臆想出来的，他没有那样想过。事情发生得很快，也发生得很慢，那是很久以前的事情了，谁知道那一刻他到底是怎么想的呢？不能相信记忆。记忆并不可靠。

* * *

斯坦和他父亲一样，他一直都很清楚这一点，他不像他母亲那样聪明敏捷，也不像他妻子那样聪明敏捷。他学习不好，笨得像块砖头，不是工具棚里最锋利的那个工具。

* * *

到了七十岁的年纪，他感觉他妻子的身体就在他的手掌之下，就像他父亲滔天的愤怒、屈辱、痛苦和伤害都在他的胸中膨胀，在他的眼前炸开了一样。

第五十六章

现在

"现在他们随时都会逮捕我爸爸的。"克莱尔·吉尔的前夫盯着清晨闪闪发光的悉尼港口。他的下唇沾着一片牛角面包屑,说"我爸爸"的时候,听起来很孩子气、很痛苦。

他们买了外卖咖啡和白色纸袋装的杏仁牛角面包,肩并肩坐在公园的长椅上,远眺轮渡口,这里是特洛伊第一次吻克莱尔的地方。克莱尔不清楚特洛伊是否还记得这一点,也不清楚他是不是因为这个才故意提议到这里来。肯定不是的,他现在心事重重。

克莱尔伸出手,用指尖拿掉特洛伊嘴唇上的面包屑:"你为什么那样想?"

"我们听说警方从街对面的邻居那儿拿到了一段监控视频。"他停了一下,"据说视频有内容……非常糟糕。我甚至不敢去想。"

他的声音在颤抖。

"天哪。"克莱尔说道。咖啡喝到嘴里一股酸味。她把外卖杯放在身边的长椅上,看着他们裸露的、并排伸在面前的双腿。他们两个穿的都是短裤,这样并排伸着腿,看起来就像一对正准备共度阳光明媚的周末的情侣,而不是已经因不堪的出轨而离了婚、面前一片悲剧的夫妇,更不用说摆在他们眼前的还有尴尬的生殖计划。

克莱尔·吉尔三十四岁，有着人见人爱的红色长鬈发，还有世界史的学位。她这个学位没有雇主感兴趣，或者说没人真正感兴趣，但她父亲喜欢（他是历史老师）。她出人意料地在医疗管理行业干得很好，但也许并不出人意料，毕竟她是那种任何事情都要尽力而为的女孩，学校成绩报告单和工作推荐信上总是说她"态度积极"。她的现任丈夫第一次见到她时就说："我敢打赌你是啦啦队的队长。"当然这在澳大利亚也不是什么厉害的事，其实克莱尔甚至不会侧手翻，但她就听任对方把自己归为阳光友好的澳洲女孩。她几乎就是他相信她是的那种女孩。与人相处时她喜欢让对方感到舒服，她就像澳大利亚的夏天一样明媚，不需要提起潮湿的天气或蚊子、丛林大火或冰雹。她深深地爱着杰夫，但不是以前对特洛伊那种无助而无望的爱。历史的意义在于以史为鉴，而不是重蹈覆辙。

如果再也不用见到特洛伊·德莱尼，或者再也不回澳大利亚，她会满心高兴。伤口愈合得很好，没有明显的伤疤，她找到了新的生活、新的爱情，看浪漫喜剧也不会再嗤之以鼻了。

她明白，特洛伊同意她用受精卵是出于忏悔。去年在纽约，她向特洛伊提及此事时，立刻就看到他本能地一脸恐惧。

她也明白，丈夫杰夫不想她怀上前夫的孩子。他没有那么想要家庭。克莱尔给杰夫提及此事的时候，也看到了丈夫脸上本能的恐惧表情，与特洛伊的表情一样。

两个男人都是为了她：一个出于内疚，一个出于爱。这是她人生中第一次强人所难，也许有点痴心妄想了，但事实上，当她明白这是她唯一的选择的时候，根本就没犹豫。如果她想有自己生物学上的孩子，就不可能眼睁睁地看着五个可能性永远冰封在医院里。

从去年十一月开始，她就一直待在澳大利亚备孕，杰夫则待在美国得州，只有圣诞节过来两周。这段时间很奇怪，有种超现实的感觉：自从她毕业后，这是她人生中没有全职工作的最长一段时间。她经常看书，也经常散步。她见了前夫几次，都是商务洽谈式地喝杯咖啡，他们似乎找到了一种可接受的朋友节奏。十一月杰夫来澳大利亚的时候，她甚至介绍特洛伊给丈夫认识。既然在备孕，那这似乎是礼貌成熟的行为，但见面真的很怪、很尴尬，感觉很不好。她看得出来，两个男人都恨对方。两人都表现出了最糟糕的一面：又显摆，又没有安全感。

可现在特洛伊的母亲失踪了，这些都变得不再重要了。

"我真的不敢相信，"她说道，"我的确好些年没见过你父母了，但我还是觉得不可能。"

她想起斯坦在她和特洛伊婚礼上的敬酒词。

"在我干的这一行，爱①等于零。"斯坦手里拿着香槟酒杯，稍等了片刻，确保每个人都听懂了这个笑话，客人们起哄了，他开心地对大家点点头。他接着往下说："但在生活中，爱就是一切。爱，战无不胜。我不是工具棚里最锋利的工具，但我娶了特洛伊的母亲，做出了我这一生最聪明的决定。我觉得，特洛伊娶了这位美丽的女孩，也做出了他人生最聪明的决定。小伙子，你要永远牵着她的手。宝贝，欢迎你来到我们家。"

接着，他举杯向克莱尔致意，坐下来吻了乔伊，手放在乔伊头上，把她拉到身边，好像他们是年轻的新娘和新郎。

简直无法想象那个男人会伤害他的妻子——他可以为了他的妻子去死。但话又说回来，之前她也无法想象这个人的儿子——她爱得死去活来的男人会毫无理由地背叛她。

正是因为毫无理由，才会那么痛苦。他们的生活并不乏味，他们的生活也没有"问题"。他也没有爱上别人，他没有喝醉，也没有嗑嗨。但特洛伊就那么随心所欲、毫无道理、像个傻子一样地伤了她的心。

---

① 网球计分的方式，零读作"love"。

每天都有难以想象的事情发生，并非总有充足的理由。

"布鲁克给爸爸找了一个不错的刑事律师。我们非常清楚下一步会是什么，"特洛伊说道，"布鲁克站在爸爸那边。她说，即便是爸爸干的，她也会站在爸爸那边。布鲁克说一时的疯狂不能抹杀掉一生的爱，但我觉得抹杀了就是抹杀了，你不觉得吗？"

克莱尔抬起双手："特洛伊，你现在的处境很艰难。"

"我和布鲁克现在不说话了。"特洛伊痛苦地说道。

"你们总会度过这一关的，"克莱尔说道，"现在，这一切都太痛了。"

"爸爸从来不对我退让半步。"他发出了刺耳的一声，有点像是大笑，"他杀了我妈妈，别想让我原谅他。"

"想来他也不会期待你的原谅，"克莱尔说道，"如果真是那么一回事，如果真有疯狂的那么一刻，那他永远都不会原谅自己。"

特洛伊瞟了她一眼："他当时很生我的气，因为我对你做的事情。"

"远古历史了。"克莱尔说道。并不是远古历史，从技术层面而言，那是"当代史"，现代史的分支。她把空空的牛角面包袋揉成一团。

笨重的渡轮慢慢驶过水面，朝他们的方向开来，发出响亮的鸣笛声。

"我在那儿第一次吻了你。"特洛伊眼睛看着轮渡口。

"别。"克莱尔厉声说道。

"抱歉，"特洛伊说，"我只是想让你知道我还记得。"

他们看着那艘渡轮笨拙地驶进渡口。乘客从跳板上走下来。一只海鸥眼露凶光，朝他们大步走来，想吃的可不是牛角面包屑。

"这个可以了。"克莱尔安静地说道。

他什么都没说，克莱尔还以为他没听懂。

"我知道可以了，"特洛伊没有看她，终于说话了，"祝贺你。我真的为你开心。"

"你知道？"她猛然转过头看着特洛伊，"你怎么知道的？"

"我就是知道。我从看到你的那一刻就知道，从你脸上的表情吧。而且你没喝咖啡。"

"不是那个原因。今天咖啡的味道真的很奇怪。"

"因为你怀孕了，所以才觉得味道奇怪，"特洛伊说道，"那是很好的咖啡。"

她惊讶地看着外卖咖啡杯："真不敢相信，你居然想到了这一点，我都没想到。"

"我了解你。"特洛伊安静地说道。他马上举起一只手，仿佛是接受了裁判的公正判决。"抱歉。我的意思是说，我以前了解你，我曾经了解你。"

他们默不作声地坐在那里，看着渡轮开出渡口，朝着天际驶去。想到本来可能是什么样，现在却再也不可能那样了，他们悲从中来，都埋下了头。

"我好希望可以给我妈妈说这件事。"特洛伊说道。

"我也好希望可以告诉你妈妈这件事。"克莱尔说道。

这一刻，她的很多希望都与现实不一样，但这个孩子除外，这个孩子会被珍爱的，这个孩子是现代医学和爱的产物，这份爱中有勉强，有内疚，很复杂，但依然是爱。

一切都会好起来的，她会努力做到的。

第五十七章

"特洛伊觉得爸爸今天就会被捕。"洛根说道。

"特洛伊知道什么?"英迪拉·马利克说道。洛根与弟弟之间一直都在竞争,但公开表示自己想赢的只有特洛伊。英迪拉话一出口,就意识到自己自动进入了支持洛根的角色当中。

英迪拉和洛根坐在玻璃桌面的桌子旁,以前他们每晚都在这儿吃晚餐。

她告诉洛根,她是来悉尼参加朋友的迎婴派对的。参加派对是真的,但她绝不会为了什么讨厌的迎婴派对大老远飞过来,她来是为了洛根。准妈妈朋友每打开一份礼物,就骄傲地挺着孕肚,举起礼物来展示,大家都柔声说道:"好可爱呀!"这时一个朋友指责英迪拉:"你还爱着那个人。"英迪拉则正色告诉对方,她前男友的母亲失踪了。她作为朋友才来的。

"埃米应对得怎么样?"她问洛根。

"还好。她此刻就在见心理医生、咨询师,反正这一类的名字吧。"洛根说道。

"很好,"英迪拉说道,"她应该会——"

她没再往下说。她不再是德莱尼家的一分子,无权对埃米如何管理她的精神健康发表意见。

埃米对英迪拉说过,因为她小时候很小气,大家现在还是认为她小气,还强行给她贴了标签,真是气人。英迪拉感同身受,她家里人也给她贴标签,觉得她笨手笨脚,但她早就没有那么笨手笨脚了。

她拿起洛根桌子上的寻人启事,版式繁杂,用了太多不一样的字体。想到自己不是设计它的那个人,她感到很伤心。照片上的乔伊穿着英迪拉送给她的T恤,上面印有三朵大大的非洲菊。她和乔伊都喜欢非洲菊。她们都给对方买过带有非洲菊元素的礼物。

"需要帮忙贴寻人启事吗?"她问洛根。

"还好,"洛根说道,"到处都贴了。该做的我们都做了,消息是传开了的。但她就是……消失得无影无踪。"

英迪拉看着乔伊的笑脸。洛根的母亲不会有意这样长期失联的。她就是那种不露痕迹地和所有人都保持联系的人。即便英迪拉与洛根分手了,乔伊还会时不时地发消息或邮件给她,还会用很多感叹号和表情包,但并不惹人烦。

洛根其他方面似乎一点儿也不像他母亲,但善于与人保持联系这一点倒还挺像的。他总是到朋友家里去帮忙修建屋后平台,或是帮忙修理下水道。朋友被锁在家外面,或者什么设备突然坏了,就会给洛根打电话。她不该指责洛根被动的,被动的人不会花整个周末的时间帮朋友搭建屋后平台。

他是个好人。

英迪拉感受到了其中的真实,就像实实在在的伤口。她的心真的抽搐了一下。

"你还好吧?"洛根问道。

"不用担心我,"英迪拉说道,"我还挺担心你的。"

她的手放在了洛根的手上。他看上去状态很不好。他总是不修边幅,不修边幅就是他身份的一部分,他以此区别于他的弟弟(这是英迪拉的看法,洛根并不赞同),但他现在的不修边幅到了一个新境界。他眼睛通红，皮肤到处都是斑点，牛仔裤的裤腰松松垮垮的，就像穿着老年裤。他肯定是瘦了。

七个月前，她和洛根分手了，因为她觉得自己被困住了，被困在了一种完美的生活中：住在那个"完美"的一居室里，每周五晚上去同样"完美"的墨西哥餐馆。这并不是说她喜欢改变。洛根让她最不喜欢的一点，也是她最不喜欢自己的一点。她自己也非常喜欢日常生活的诱惑。

洛根没有像电影里那样到机场追她，他自然也不会那样做。

但接下来什么都没有发生。她的生活并没有神奇地变得不一样。她还是英迪拉，只是变得孤孤单单的。她想念洛根。

她开始意识到，她困在生活中并不是因为洛根，她是困在了自身中，每个人都陷在自己的局限中。

"特洛伊和布鲁克呢？他们怎么样？"每个人都在问那个讨厌的问题，她感觉自己也想问：你觉得是你爸爸干的吗？

"特洛伊和布鲁克彼此都不说话了，"洛根说道，"特洛伊觉得他这样是在证明他对妈妈的忠诚，布鲁克觉得她是在证明她对爸爸的忠诚。"

"你呢？"英迪拉说道，"那你呢？还好吧？"

"我会熬过去的。"他突然翻过手来，握住了英迪拉的手。英迪拉看着他的脸。他下巴有块肌肉在颤抖。他用力捏了捏英迪拉的手，把英迪拉的手小心翼翼地温柔地从桌面推了回去。

英迪拉的另一只手握住了这只被松开被拒绝的手，仿佛是要安慰这只手一样。

洛根使劲拉了拉自己的一边耳垂："你过得开心吗？"

"我挺好的，"英迪拉说道，"不必谈论我，你现在有这么大一件事压着呢。"

"你在画画吗？"

"我，画画？"英迪拉做了一个似笑非笑的表情，"你知道的，说到画画，我只是说说而已，并没有行动的。"

"那是因为你还没有画室。"洛根急切地说道。

"没错，洛根，"英迪拉说道，"我是需要个画室。"

"你需要这样的地方，"洛根说道，"只是举个例子。"

他打开笔记本电脑，点开了一个房地产网站。

"这是什么？"英迪拉伸手去拽笔记本，胳膊肘撞上了茶杯。洛根眼疾手快，轻轻松松一把抓住，仿佛他知道英迪拉要撞上杯子一样，水没有洒出来。

"有三个卧室的房子，"洛根说道，"后面还有个老人房。光线很好。"

英迪拉盯着屏幕，不明白是怎么回事。

"抱歉，洛根，我不太明白——"

"妈妈失踪前，我就看到这栋房子了，"洛根用手指敲着屏幕，"离城区更远一些，但有更多的空间，很值。"

他因为担心母亲焦虑到神志不清了吗？

"我还给你买了戒指，"他说道，"在我的袜子抽屉里。"

她瞪大眼睛，看着洛根。

"显然我不是在求婚，不是现在。现在我父亲因为谋杀了我母亲就要被捕，不是现在。只是你在这里，看起来……"

他用手上下指了指英迪拉的身体，仿佛不言而喻。她不解地埋头看着自己。她穿着一条宽松直筒连衣裙，洛根肯定见过不止一百次。上周她感冒了，鼻孔周围还是红的。

"看起来太漂亮了。"洛根说道，他说到"漂亮"的时候声音破了。英迪拉目瞪口呆，她从未见过洛根哭，连哭的迹象都没有过。

他们最开始约会那会儿，洛根总是说她漂亮，说个不停，她就冲洛根发脾气，因为她觉得尴尬，她觉得有必要大声对嘲弄的观众说，别笑了，我知道我不漂亮！到了后来，洛根就不再说她漂亮。

她成功驯服了自己英俊的男朋友,让他不再说自己漂亮。

洛根双手撑头,闷声闷气地说道:"抱歉,我不知道为什么要说这个,就不由自主地冒了出来。我真是筋疲力尽了。"

"没事的。"她伸出手,放在洛根的脖子后面,人靠近他的耳朵,"一切都会好起来的。"

当然,她不能确定一切都会好起来。她只知道现在要让洛根吃点东西,然后让他睡下,她要留下来,待在洛根身边,共同面对前路,也许是灾难,也许是奇迹。

第五十八章

"天气很好。"伊桑说道。伊桑和克里斯蒂娜开车前往斯坦·德莱尼家,要以谋杀妻子的罪名逮捕他。

"是呀。"克里斯蒂娜看着车窗外万里无云的蓝天。

"你觉得他会如何反应?"伊桑问道。今天伊桑衬衣的颜色是精致的水鸭蓝,伴娘裙的颜色。克里斯蒂娜埋头一看,发现自己的衬衣上有一小点像血一样的旧污渍。当她不想吵醒伴侣而在黑暗中穿衣服的时候就会这样,那污渍很有可能是番茄汁。

"我打赌他很平静,"克里斯蒂娜说道,"应该会有律师告诉他,一个字也不要说。"

这时她的手机响了,是陌生号码。"这里是库利警探。"她接通电话,语气粗鲁地先发制人。尼科对她说,她讲电话时总是有种很生气的感觉。他说并非人人都是潜在的罪犯,他错了,人人都是潜在的罪犯或潜在的受害人。

"嗨,库利警探,你好吗?"这人的语调如天鹅绒般富贵丝滑,显然平日里自觉高人一等。

克里斯蒂娜怒了:"谁呀?"

"我是亨利·埃奇沃斯医生。据我所知,你一直想要联系我。我刚从国外回来。"大多数人听到警察找上门来,回电话时都会紧张,但这白痴显然没有。

"是的，没错。"克里斯蒂娜说道。慢慢来，伙计。"我们找你是和一桩失踪案有关。乔伊·德莱尼。"

"德莱尼。"他重复了一句，声音不再那么丝滑。

"今年2月14日，你公寓的电话拨到了她的手机上。"

克里斯蒂娜感觉得到，伊桑在关注着她的谈话。他应该想到了，整形医生终于回了电话。

"我恐怕帮不了你，"他说道，"我认识的人中，没有叫这个名字的。"

"那你能不能解释一下，为什么我们的电话记录显示，你公寓的座机电话给这人打了四十分钟的电话？"

"也许是另外一位埃奇沃斯医生？"

"有可能，"克里斯蒂娜说道，"但也有可能是别人从你的公寓打了电话？你家人？你妻子？"

现在，他戒备起来："我妻子和孩子从不住公寓。我们在东边郊区有家。公寓只有一个小卧室，在医院附近，我工作很晚的时候用用，那里更方便。"

是呀，肯定更方便，克里斯蒂娜心想。

"我们确定电话是从你公寓拨出的。我们也相信，电话很有可能是打给了惨遭暴行的乔伊·德莱尼，"克里斯蒂娜说道，"所以我真的需要你好好想想。"

又停顿了一下。"就是那位老太太？我在新闻上看到了她丈夫。"

"正是。"克里斯蒂娜说道。

"嗯，"他清了清喉咙，"嗯，好吧。我可以告诉你，几周前的确有人住在我公寓。一位……家里的朋友。"

女朋友，肯定是女朋友。

"我猜应该是她给那位女士打了电话。"埃奇沃斯医生说道，他的声音越来越自信,"事实上,我可以这样说,肯定是她打的,我觉得她们是亲戚。"

克里斯蒂娜说道:"你为什么会这样想?"

"嗯,巧的是,那个女孩名叫萨凡纳·德莱尼。"

"萨凡纳·德莱尼。"克里斯蒂娜看着伊桑,重复了一句。伊桑的眉毛一下扬了起来。

从一开始,克里斯蒂娜就知道萨凡纳是调查的关键,但他们还没找到这讨厌的女人。

"也许是侄女什么的?她说她母亲已经去世了。"

"你最后一次与她联系是什么时候?"

"有一段时间没联系了,"埃奇沃斯医生说道,"其实我们最后一次说话,可能……让我想想……是情人节。"

第五十九章

西蒙·巴林顿盯着笔记本电脑的屏幕，呼吸加快。是巧合吗？或者他记错了埃米母亲发的信息？这有意义，还是毫无意义？难道他刚刚碰巧解开了乔伊·德莱尼的失踪案？

他坐在餐厅的桌子边。他知道埃米在家，她刚刚进了门，默默地朝西蒙僵硬地挥了挥手，就跑上楼梯回自己房间了。

此刻埃米非常脆弱，仿佛她是玻璃制品，一碰就碎。

"你之前就知道，这根本就不是事，对吧？"几天前他们"分手"的时候，埃米这么对他说，虽然西蒙并不确定他们有什么要分手的。埃米这话听起来仿佛他们显然是冒天下之大不韪，他们不能在一起，仿佛他们是敌对党派的政治家，其实他们只是室友，只是年龄差大得稍微有别于传统。他们本来可以试一试的。

但西蒙当时说的是："没错，我知道。"他不想让埃米的处境更艰难，当时埃米是那样绝望恳切地看着他。

"我就是个麻烦，"埃米对他说，"我母亲还没失踪的时候，我就是个麻烦。"

西蒙爸爸最喜欢克里斯·克里斯托佛森[①]的歌，西蒙本来可以引用

---

① 美国歌手。

他的歌告诉埃米,不再爱你,以后一切事情都会更难。他本来可以说:"让我来帮你渡过这道难关。"他本来可以说很多,但他只是温和地说道:"我喜欢麻烦,我就是解决麻烦的人。"接着,他感觉很不好,因为埃米看起来像要哭出来了。于是他说道:"没事,埃米。不用担心我。关注你母亲的事吧。"

楼梯上又传来脚步声。她是要出去了吗?

"埃米?"他大声叫道。

埃米走进餐厅。

"嗨。"埃米说道。她看起来苍白疲惫,但还算平静。"我正要出去,我弟弟来接我,他觉得我爸爸今天可能要被逮捕了。"她笑了笑,但眼里没有笑意。"我今天见了心理医生,进行了时间很短的咨询。我马上就要走了。"

"你母亲发的那条信息,"西蒙说道,"提到了数字21吗?"

埃米像是吓了一跳:"我觉得是的。但她只是胡乱发的,没什么意义的。她没戴眼镜发信息的时候就那样。"

埃米在手机上敲了敲,给他看那条信息。他记得一字不差。

"嗯,也许没有什么,"西蒙说道,"但我刚才在想萨凡纳,她又是哈里·哈达德的妹妹,于是我就在谷歌搜索哈里,看到他的慈善工作,然后就注意到这个。"

他转过电脑,好让埃米看到那几个字。

埃米看着屏幕,然后看看她母亲发的信息,又看了看屏幕。

西蒙看到她屏住了呼吸。

第六十章

"乔伊失踪那天和萨凡纳通过电话,"伊桑皱起眉头,"结论会因此不一样?而且那也是埃奇沃斯与萨凡纳有联系的最后一天?"

他们停在十字路口,伊桑双手放在方向盘上,看着克里斯蒂娜,眼睛里是信任和尊敬,仿佛这个问题有明确的对错答案,而克里斯蒂娜有多年经验,就是知道答案的,他只需要张开嘴问就行了。他觉得克里斯蒂娜有什么特别的学问,而某一天他也会掌握那门学问。克里斯蒂娜一时间脑袋一阵眩晕,她觉得自己像个孩子,不过是摆出了资深警探的样子。我不过是小克里斯·库利,伊桑,我又能知道什么?

"你怎么想的?"她说道。该好好培养一下后辈了。

"嗯,"伊桑说道,"乔伊和萨凡纳有可能在一起,待在什么地方?"

"有可能,"克里斯蒂娜说道,"没有尸体,什么情况都有可能。"

"等你们找到尸体,再给我们打电话。"重案组的同事说。

什么都不接受。什么都不相信。检查一切。他们应该掉头吗?

"证据并没有因此改变,"她说道,"抓痕,染血的T恤,监控视频,动机。我们有很多证据。"

他们见到了萨凡纳大名鼎鼎的哥哥,但是一无所获。哈里·哈达德带着喜爱和敬意谈起以前的教练乔伊和斯坦·德莱尼夫妇,但他说很多年都没有和妹妹说过话了。他觉得他父亲可能有妹妹的电子邮箱,但他也不确定。哈里与母亲关系疏远,也没有母亲具体的联系方式。"我母亲再婚了很多次,"他说道,"我都不清楚她现在用什么姓氏。"他一开始说话的时候语气温暖友好,但谈及复杂的家庭过往就变得烦躁起来。

萨凡纳是幻影,是干扰。她与此案唯一的关联就是,给了斯坦谋杀妻子的动机。

"那我们还是要去逮捕他。"伊桑说道。

"我们还是要去逮捕他,"克里斯蒂娜说道,"然后,我们就要追踪到这个萨凡纳,管她是谁,都要逮捕她。"

"什么罪名?"

"惹怒我。"克里斯蒂娜说道。

伊桑咧嘴一笑:"那很合理。"

第六十一章

卡罗·阿齐诺维奇坐在房子的前厅里,一边喝茶,一边与在丹麦的女儿通着迟来很久的电话。

她看到一辆白色的车停在德莱尼家门外,一男一女从车里走出来。两个人都穿着制服,他们朝前门走去的姿势让人感觉明确坚定,还有点不祥之感。

她想起了她和她儿子交给警察的监控录像。

"哦,天哪。"他们一起看录像的时候,她儿子如此说道。

"其实看不出来他拿的是什么。"当时卡罗这样说道。

"晚上这个时候还能是什么?"雅各布说道,"妈妈,看起来可不妙。"

上个月女儿离开悉尼后,卡罗和女儿仅仅发过几封简短的电子邮件,没有通过电话,没怎么互通消息。佩特拉在世界的另一边,很晚了还没有睡,因为儿子在学校遇到一件复杂的问题,她很不安,卡罗则耐心倾听。卡罗本以为丹麦人在社交方面要进步得多,本以为丹麦没有校园政治这一说,但看来没有哪个地方能够免俗。

"现在警察到乔伊家里去了。"女儿终于说完了她的事情,卡罗就这么说了一句。

"警察为什么要去她家?"

卡罗把事情一股脑儿地告诉了女儿。

她女儿听起来惊慌失措:"但是妈妈,你之前为什么没给我说这件事呢?"

"好吧,你回去后,这还是我们第一次好好聊聊呢,我就根本没想到要给你说。说实话,这事吧,我真是非常生气,我——"

"妈妈,你得把负责调查的警官的名字给我。马上。"

"可是为什么呢?"

"因为我在情人节那天看到了乔伊·德莱尼。"

第六十二章

街道死一般寂静,他们的车停在车道上,甚至都听不到远处有落叶清扫机的声音。

他们朝着房子走去,克里斯蒂娜的手机响了,声音在寂静中听起来很刺耳。她手指一动,给转到了语音信箱。

"早上好。"斯坦·德莱尼给他们打开门,叹了一口气,仿佛他们的来访不受欢迎,但又是意料之中,克里斯蒂娜对此心知肚明。斯坦·德莱尼今天没刮胡子,光着脚,穿着短裤,上身是黑色T恤。"进来吧。"

他带着他们走下过道,路过照片墙。墙上有一小块褪色的空白处,他们被查封的相框原来就挂在那儿的。房子里有一股烤面包的味道。

他们走进起居室,之前所有的谈话都是在这里进行的。斯坦指了指沙发。

"你们还没找到她,对吗?"他突然说道。

之后,克里斯蒂娜回想起这一刻,觉得当时她该反应过来事情不对劲的,对方脸上肯定是表现出了恐惧,那在她意料之中,但那张脸上也有期待,为什么他会期待呢?

但即便当时她停下来再想一想,肯定还是会觉得逮捕的证据确凿。一件件的证据很有说服力,验证了她的直觉。

现在就不是再想一想的时候了。

她清清楚楚地说道:"斯坦·德莱尼,你被捕了,罪名是谋杀乔伊·玛格丽特·德莱尼。"

他没有畏缩。他的面孔硬朗而光滑,仿佛他在缓慢而明显地变成石头。

"你有权保持沉默,有权不做任何事情,但你所说的一切、所做的一切都将成为——"

伊桑说道:"克里斯蒂娜。"他偏着头,仿佛在仔细听什么动静,"我觉得可能有——"

克里斯蒂娜无视他,继续对斯坦说:"你所说的一切、所做的一切,将都被记录在案,成为呈堂证供。你明白了吗?"

"是的,"斯坦说道,"我明白了。"

"库利警探。"伊桑郑重其事地说道,提高了声音。

"什么?"她感到一股怒气。

伊桑抬了抬下巴,示意她转过身,去看身后的过道。

克里斯蒂娜转过身,与此同时一位小个子女人走进了房间,她一头齐肩的白色头发,摘下肩上的背包。一串钥匙挂在手指上叮当作响。

克里斯蒂娜一直在思考这个女人,思考了很多,她的人生,她的选择,突然看到本人,就像看到了耀眼的明星本尊,脑子一片混乱。

斯坦·德莱尼就像在梦中一样,朝着妻子走过去,一把抱起她。她的钥匙落在了地板上。

斯坦的手抚摸着妻子的后脑勺,他哭了起来,好像这辈子从没哭过一样,没有眼泪,只是抽泣,浑身都在颤抖。

这是克里斯蒂娜第一次看到斯坦·德莱尼表现出一点点情绪,而她本想以谋杀妻子的罪名将他缉捕归案。

"到底怎么了?"乔伊·德莱尼说道。

第六十三章

情人节

斯坦·德莱尼感到滔天的愤怒、屈辱、痛苦和伤害在胸中膨胀,在他的眼前爆炸。但他不是他父亲,他只是像他父亲,但并不是他父亲,在遥远的那天,他父亲终于对日复一日的"残忍屠杀"做出了反应。

那一行为界定了他父亲的余生,也界定了斯坦接下来的人生。

他可能像他父亲一样笨,就像一块不开窍的砖头,但绝不会犯下他父亲的错误。他绝不会伤害女人,任何女人都不会伤害,更何况是这个女人——多年前的派对就像奇迹一样发生,那个金发的小个子女孩活力十足地朝他走来,仰头微笑看着他,流光溢彩的眼睛里是好胜的眼神。那首破歌哼哼唧唧还没唱完,他就知道这是他命中注定的女孩。

五十多年后,他放下疯狂抖动的双手,转身离开。

他没有摔门,只是轻轻拉上,咔嗒一声响。

第六十四章

现在

"德莱尼太太,你的家人非常担心你。"

想到自己在证明这个女人被谋杀上所花的时间和资源,克里斯蒂娜努力保持着语气平静。她还想到了上司的脸色。

什么都不接受。什么都不相信。检查一切。

她没有遵守自己的规则。接到整形医生的电话,得知萨凡纳在乔伊失踪那天与乔伊通过电话,他们就应该掉头的。

"但我就不明白了。"乔伊·德莱尼说道。她站在丈夫身边,握着丈夫的手,心不在焉地拍着。她看起来休息得很好,皮肤被晒成了棕色。"斯坦,你为什么要叫警察呢?你知道我在哪儿呀,我给你留了一封信。"

"可我没看见啊。"斯坦颤抖地说道。在克里斯蒂娜眼中,他就像活过来的植物:背挺直了,肩膀放松了。"乔伊,没有信,"他吐了一口气,"一开始,我以为你只是要证明什么,但上个星期我真的开始怀疑你遭遇了什么不幸。"

"我留了一封信的!"乔伊坚持道,"我还贴在了冰箱门上,你怎么可能看不到。"

"冰箱上没有，"斯坦说道，"你到哪儿去了？"

"但我明明放那儿了呀！我花了很多心思写的，写得可好了！"

斯坦说道："乔伊，你是不是用了伦敦眼冰箱贴？"

"哦，"乔伊做了个鬼脸，"天哪，我太笨了。"

"那个冰箱贴太重了。"斯坦对克里斯蒂娜说道。他现在对克里斯蒂娜很和气。"设计得不好，老是掉下来。"

"挺可惜，冰箱贴本身挺可爱的，"乔伊说道，"上面有我们在伦敦眼的照片。"

"你没在地上看到信？"克里斯蒂娜对斯坦说道。她依然觉得这人有所隐瞒。

"我没有。"斯坦说道。

"但你肯定给孩子们打电话了呀，斯坦！我给他们发了信息！"乔伊说道。

"乔伊，谁都读不懂呀，"斯坦说道，"胡言乱语的。"

乔伊看着克里斯蒂娜和伊桑："他都没给你们倒茶？"

"我们就没想喝茶，"克里斯蒂娜说道，"我们是来逮捕他的。"

狗啪嗒啪嗒地跑进房间，开心地舔着乔伊的鞋子。克里斯蒂娜赶紧挪开。她见过施特菲几次，这家伙似乎挺温驯可爱的，但她不喜欢宠物，而且她有种奇怪的感觉，这只狗明显很不喜欢她。

乔伊抚摸着狗的耳朵："嗨，施特菲，想我了没？"

斯坦说道："好吧，我应该知道那封信的下落了。"

"哦，施特菲，都怪你。"乔伊说道。

"这狗吃纸。"斯坦对克里斯蒂娜解释道。这时乔伊弯腰去捡钥匙，突然看到了地板上什么东西，一下就愣住了。

"斯坦。"她说道。

她双手平放在地板上，抬起眼睛，看着斯坦。

"喜欢吗？"他一脸喜气洋洋。

403

"好漂亮，"乔伊兴高采烈地说道，"天哪，真的好漂亮。"

乔伊站了起来，眼睛还盯着地板。"以前这里放了一块巨丑的地毯，"她马上更正道，"也不是巨丑，只能说——真不是我的风格。"

斯坦说道："没关系，确实是巨丑。"

"反正就是，我不在家的时候，斯坦拆了地毯，擦亮了地板！是不是很漂亮！"

"我自己用砂纸打磨的。"斯坦说道。

克里斯蒂娜看着伊桑，知道对方的脑子里也在回放那段监控录像，原来并不是一个男人扛着妻子的尸体出来，而是一个男人费力在搬走旧地毯，一个男人终于做了妻子可能说了很多年的事情。克里斯蒂娜想起那个证人，说看见斯坦两眼通红，满身尘土，也并不是他掩埋了妻子，而是一直在打磨硬木地板。

乔伊的微笑慢慢消失了："抱歉，你刚才说什么来着，要逮捕斯坦？什么罪名？"

一时的寂静。现在斯坦·德莱尼看起来真是和蔼可亲、清清白白的样子，装都装不出来。他发亮的眼睛一直在看着妻子。

克里斯蒂娜提醒自己，换作其他同事，手里掌握了她已有的证据，也会前来逮捕这人。

"超速？"乔伊猜道，"他的脚的确是没轻没重。"

"不，不是超速。"克里斯蒂娜镇定地说道。她闭上双眼，伸出一根指头敲了敲自己的额头。她母亲最近就喜欢这样敲敲来释放压力。"罪名是谋杀了你。"

"谋杀？"乔伊两眼圆瞪，"你们认为他谋杀了我？"

"证据确凿。"克里斯蒂娜几乎在对自己说这话。

"但怎么可能证据确凿呢？"乔伊张开双臂，"我还活着呢！"

"是的，"克里斯蒂娜说道，"但的确如此。"

"你肯定和我们的孩子们谈过吧，"乔伊对克里斯蒂娜说道，"他们会告诉你不可能的，斯坦没有把他们的电话给你？"

"他们找到了那件T恤。"斯坦对乔伊说道，仿佛周围没有旁人，"就是那天在沙滩，你脚踩在牡蛎壳上，我们用来包扎你的脚的。还记得吧？他们在后面把T恤挖了出来，觉得是我埋的。"

"当然记得，"乔伊说道，"我记得我给扔到垃圾桶了呀，肯定是卡罗那只讨厌的猫给叼出来了。奥蒂斯满大街偷衣服。"乔伊拖长了声音。"我就不明白了。你们是说，你们觉得那是……"她很不愉快地看着克里斯蒂娜，"你们觉得那是我的血？"

"嗯，本来就是你的血。"斯坦通情达理地说道。

"但是，老天呀，斯坦，你肯定解释了吧！一句话的事情！"

"当然，我本来是想解释的，但等到他们找到那件T恤，我显然是惹上了麻烦。我就决定闭口不谈，等我的律师来了再说。"斯坦说道。

"你的律师？"乔伊揶揄道，"什么律师？你没有律师的！"

"布鲁克给我找了个刑事律师，一个挺不错的小伙子。原来他父亲是那个罗斯·马歇尔，就是八十年代在俱乐部打过球的，记得吗？"

看着斯坦说话，克里斯蒂娜很奇怪地想到了自己。她不健谈，尼科很健谈。但他们有一段时间没见面之后，克里斯蒂娜就成了喋喋不休的那个人，攒了一肚子的话要告诉对方。

"低手发球的那个？"乔伊含糊地说道。

"就是那个！"斯坦说道，"他现在玩草地掷球了，可能更适合他一些。"

"你们不会真以为他杀了我吧。"乔伊对克里斯蒂娜说道。

"我脸上有抓痕，"斯坦说道，"看起来就像是你给我抓的。"

"的确是我给你抓的！"乔伊说道。她张开右手，亮出指甲。"真是对不起。"

"所以不是树篱剐的。"克里斯蒂娜对斯坦说。至少这一点，她的直觉是正确的。

斯坦看着克里斯蒂娜的眼睛："我知道你可能是怎么想的。"

斯坦在刑事调查中撒了谎，她可以起诉斯坦妨碍司法。鉴于乔伊的行为，她可以起诉乔伊公众妨害罪，她今天非得起诉某个人不可。

乔伊一屁股坐在沙发上："真是烦人呢。"

"是的，这段时间都很烦呢。"斯坦乏味地说道。他在乔伊身边坐下，挨得很近，腿都碰到了一起。狗坐在他俩中间的地板上，尾巴来回摇着。

乔伊从身后拉出一个靠枕，放在膝盖上。"希望大家还没听说这事。"狗翻身亮出肚子，乔伊就用脚揉它的肚子。

"宝贝，大家都听说了。我们开了记者招待会，"斯坦说道，"你是失踪人口，上了新闻。大家还出动了直升机找你，把保护区都踏平了。"

"找我？我又没躲在树丛下？我的天哪。"

"我来明确一下。按照你的说法，是你的狗吃了你留下的信，"克里斯蒂娜说道，"你邻居的猫叼走了染血的T恤。"

"库利警探，这桩案子涉及很多宠物。"伊桑严肃地评价道。

"看起来是这么回事，利姆巡警。"克里斯蒂娜盯了他一眼。他眼神躲闪。克里斯蒂娜低下头，用手捏了捏鼻梁，心想这案子太荒唐了。

也许在回去的路上，她和伊桑会从树上救下一只小猫咪，所有市民都会为之欢呼。

"德莱尼先生，你为什么要清洗你的车呢？"克里斯蒂娜说道，"就在你妻子失踪两天之后。"

你为什么非要去做一件件让你看起来有罪的事情呢？

"乔伊已经说了几个月了，车里有股变质牛奶的气味。"斯坦说道。

"我打翻了香蕉奶昔。"乔伊说道。

"我就想给她一个惊喜，"他一脸欢喜地看着乔伊，"现在完全就是新车的气味了。"

"哦，斯坦。"乔伊双手捂嘴，就是男朋友单膝下跪后女孩会有的经典姿势,"你付钱让人清洗了车子?花了一大笔钱?"

"简直就是拦路抢劫,"斯坦说道,"我还买了个手机,也是拦路抢劫。"

"真的假的?"乔伊说道。她的脚不再揉搓狗肚子,狗抬起头,眼巴巴地望着她。

"我把手机号码给你。"斯坦说道。

他俩望着彼此的眼睛。

"你随时都可以联系到我了,"斯坦说道,"我任何时候都不关机,随时接电话。"

乔伊抓起斯坦的一只手。"好的,"她说,"好的。"

这些话并没有什么惊人之处,但不知怎的,他们好像听到了一场令人震惊的私密谈话。克里斯蒂娜发现自己礼貌地移开目光,看着地板。尼科说他们刚买下的房子地毯很丑,但下面的地板很不错。简直想不到,那么丑的地毯下面居然有漂亮东西,只要卷起地毯就行。

她感到怒气渐渐消退,愉快的情绪慢慢涌了上来。乔伊·德莱尼不再是失踪人口,不再是假定已经死亡的人。她还活着,健健康康的。克里斯蒂娜不用一晚又一晚地准备证据材料,还得因为检察官可能让他们重新采集哪条证人证词而郁闷,毕竟检察官的工作就是怀疑所有的证据。

她本来也应该这样的。

今晚她和尼科要喝上一瓶葡萄酒,明天睡个懒觉。他们今晚要待在一起,还有明天早上,可能还有明天下午。

这并不是可以让她登上报纸头条的高光案件,倒像是餐桌上的有趣故事,她会讲给尼科听,而尼科的胳膊就放在她的椅子后背上。或者更有可能的是尼科讲给她听,她在细节上做一些小小的纠正。

她瞟了一眼伊桑,小伙子正面带微笑、满目柔情地看着乔伊和斯坦,好像他是新娘的父亲。他一看到克里斯蒂娜盯着他,立刻调整了表情。

"德莱尼太太,也许我们可以私下谈谈,"她对乔伊说道,"你给我们说说到底是怎么回事,这段时间你到底在哪儿。"

第六十五章

情人节

斯坦走了，他们刚才扔出来中伤对方的恶毒话还在空气中回荡。乔伊迷迷瞪瞪地穿过过道，回到厨房，环顾四周。她的空水杯在水池里。她拿起来放进洗碗机，关上洗碗机，擦掉了水池上的一滴水。

就这样吧。

以前斯坦离开的时候，乔伊忙得不可开交，忙着忙着就过去了，然后斯坦就回了家，但现在没有孩子来分心，没了孩子的安慰，也没有要重新安排的课程，也没有学校要管理。她不知道下一步做什么。她不知道这一天天该怎么过，不知道该怎么充实自己的日子。

布满灰尘的威士忌瓶子还放在餐桌上。她双手颤抖，给自己倒上了一小杯，就像电影里的人，夸张地一仰脖子喝掉了。她打了个寒战。威士忌不好喝，但她很喜欢威士忌带来的那种缓慢的暖意，就像电热毯加热了冰冷的床铺。

餐具柜上有一个碗，里面装满了乱七八糟的东西，指甲刀就被无辜地放在里面，好像一直都待在那儿一样。于是她坐在桌边，用指甲刀修好了刚才抓破斯坦脸的两片指甲，心里想着他们是否还能缓和过来，他们是否耗尽了彼此的宽恕、爱和耐心。

她突然有了想法,她要在斯坦回来之前离开。

就这么一次,她想要斯坦在家里等她。但是,她又能去哪儿呢?

她漫不经心地在网上搜索各种问题,这时手机响了,她就像收到了一个礼物一样为之一振,都没看来电显示就接了电话。肯定是孩子们吧,他们终于想起自己还有个母亲,她打赌是布鲁克。

"你好?"

"乔伊吗?"

她立刻听出了这个声音:"萨凡纳。"她的眼睛落在了哈里·哈达德的回忆录上。稿子就放在她的面前。

她应该挂断电话吗?

有一次,乔伊接到深夜电话,打电话的是个年轻人,乔伊知道对方是骗子,因为对方说乔伊中了大奖,只需要付"一点运费",乔伊让他说了好久,她只想有人和自己说话。他们最后说到了气候变化,谈话挺愉快的,乔伊告诉对方应该考虑选择一份更体面的工作,说到这里,对方挂断了。

此刻,她对萨凡纳的感觉也是一样的。她知道自己应该小心,她的确很小心了,但她更孤单。

"萨凡纳,你怎么样?"乔伊问道,语气冷静,但并不冷漠,"你在哪儿呢?"

"很好,乔伊,"萨凡纳说道,"非常好!好到不能再好!你今天上午怎么样?"

哦,天哪。萨凡纳仿佛是上门的推销员附体,说话很快,推销员们都知道只有几秒钟的推销时间,如果不快点的话,接下来就是闭门羹。

乔伊突然觉得怒从中来:"你知道的,我不太好,萨凡纳。事实上,今天很不愉快,上午我就喝上了威士忌,所以你打电话来,是为了再次勒索——"

"不是的。"萨凡纳说道。

"我希望你知道，你对我们做的事情是不可接受的，"乔伊说，"你指责斯坦的事如果传出去，可能会永远毁了我们的生活——"

"我把钱退回去了，"萨凡纳说道，"我绝对做不出到处散播的事。"

"嗯，我也不知道你做得出什么事，对吧？"

没有回答。她们沉默了一会儿，乔伊想起自己从医院回来的时候，萨凡纳用盘子端了一杯茶，还有小三角形的肉桂面包，给她送到床边。天哪，那面包真好吃。

"好吧。"乔伊拿出了既往不咎的安抚语气。以前孩子们做出了不可接受的事情，但已经无话可说的情况下，她就会用这种语气对孩子们说话。"嗯，你最近在忙些什么？"

"我算是有了新恋情，"萨凡纳说道，"他是医生，很有钱的整形医生。我在他的公寓给你打电话。现在算住在这儿。"

"真是好消息呢！"乔伊热情地说道。她恢复了！她扭转了生活！"很高兴——"

"他有妻子，"萨凡纳打断了乔伊的话，"所以算是外遇吧，不算恋情。"

"哦。"乔伊难过地说道。

"乔伊。"

这是萨凡纳本人在说话，没有伪装。她的声音听起来就像是乔伊的孩子打电话过来，一听就知道遇到大事了：输了比赛，被伤了心。

乔伊打起精神，和以前听孩子们的坏消息时一样做好准备，等着胃上被来一拳的感觉。"什么事？说吧。"

"我哥哥写了一本回忆录，"萨凡纳说道，"我父亲用电子邮件给我发了过来。对于回忆录中提到的人，出版社都给发了一份核对事实。"

"我知道，"乔伊说道，"我们也收到了一份。"她把回忆录拉过来，用拇指翻了翻。"斯坦已经读过了，我还没有。"

"我本来不打算读的，"萨凡纳说道，"我的想法是，关我屁事，我

411

可不想看你幸福成功的人生。但后来……我就好奇了。"

"好吧,那是当然。"乔伊说道。

"我爸爸告诉我哥哥,说我病了,"萨凡纳说道,语气冷冰冰的,"以此来激励他。他觉得他是为了救我而打球的。"

"是的,斯坦给我说了这事,"乔伊说道,"他知道后心烦意乱的。"乔伊小心翼翼地说道:"这么说来,你以前不知道?"

"我当然不知道!我以为他过得很好。他吃牛排,我饿肚子。我恨过他。"

"哦,萨凡纳,"乔伊说道,"你应该明白吧,你不需要为你父亲的行为负责。"

"你知道这事怎么开始的吗?我真的是住院了,"萨凡纳说道,"我在学校吃了一个纸杯蛋糕,于是我母亲让我喝盐水,一直喝到呕吐。我照着做了之后就脱水晕倒了。"

她说话的语气仿佛被迫喝盐水催吐是常事,当妈的都那么干。乔伊伸出两根手指头摁住额头。老天呀。

"于是我妈妈就给爸爸发了一张我在医院打点滴的照片,就是要让他难受,多寄钱过来。我爸爸把照片给哈里看了,让他难受,从那时起,他就开始了……表演。"

"我明白了,"乔伊说道,"那他什么时候才意识到你没生病的呢?"

"似乎并没有什么大的揭秘。他只是慢慢意识到自己被骗了,但当时他的网球事业已经顺利起飞了。讽刺的是,后来他的孩子真的病得很重。我侄女。"

乔伊听到萨凡纳吸了吸鼻子。

"我听说他女儿病了,但我什么都没做。我没有感觉,真的没有感觉。我与那些忽视了我的人没什么两样。乔伊,我是个可怕的人。"

"不,你不是。"

"哦,我是,"萨凡纳说道,"真的是。"

乔伊从桌边站起来。她拿起孩子的一个相框。那是埃米十三岁生日时拍的。他们面带微笑地站成一排,手臂挽着手臂。

"你应该给你哥哥打电话。"乔伊说道。

长长的停顿。萨凡纳又吸了吸鼻子。

"我和我爸爸谈了谈。他说,如果他早期没有给哈里那么强的动力,哈里不可能走到今天。我爸爸觉得很好玩。是不是很病态?我的家庭这么病态。"

"是的,"乔伊说道,"很可怕,网球父母是会那么……可怕。"

"就那样吧。我想给你说一声,我要走了。"萨凡纳说道。

她的语气再次变了,开始变得粗鲁。

"我报名参加了哈里的癌症慈善活动。我知道这很傻,并不能改变什么,但我想为他做点什么弥补吧。当感觉不好的时候,我想要……采取点行动。"

"当然,"乔伊说道,"我理解。"她多少是理解的。她不是那种沉迷的人。

"今晚就开始,二十一天离网挑战,终结儿童癌症。去一个荒无人烟的地方,住在小小的太阳能小屋里,没有手机,没有Wi-Fi。我觉得吧,也不仅仅是支持哈里的慈善活动,也能让自己的脑子清醒一下。就像是……断路器。"

"我没搞懂。做这个怎么终结儿童癌症。"

"哦,显然不能。但参与的人要付一大笔钱,其中一部分就用于癌症研究,"萨凡纳说道,"就是别人资助你。这也是给有钱人玩的。他们在照片墙平台上发布了消息。"萨凡纳模仿有钱人的腔调。"我荣幸之至,能够为如此重要的事业贡献自己的微薄之力。你知道这一类的话。当然,我不是有钱人,但我现在有很多钱。"她顿了顿,"别问怎么来的。"

"我不会问的,"乔伊说道,"但不是要去有森林大火的方向吧。"

413

"正好相反,"萨凡纳说道,"距离这里五个小时车程的地方,有个叫奥罗鲁的溪谷。奥罗鲁的意思是'风吹过树林',听起来很不错,对吧?有瀑布、湖泊、野生动植物,诸如此类的。"

"萨凡纳,这听起来很不错呢。"乔伊说道。

"是的,"萨凡纳说道,"但……我也不知道,我在犹豫。我可能会觉得孤单,可能会疯掉。真的疯掉那种。"

乔伊放下相框。她环视四周,看着困住她的四壁,想到了瀑布、湖泊和野生动植物。

"我和你一起去呢?"

"好啊,"萨凡纳说道,"好啊,求你了,乔伊。"

* * *

一旦做了决定,乔伊感到又紧张又兴奋。她想在斯坦回来之前离开。她想让斯坦回到空荡荡的家中。她以前做重大决定前,总要先和斯坦商量的。现在这个决定既令人兴奋,又有点儿吓人。她要让他看看,也让孩子们看看,所有人都会非常惊讶。她的朋友也会大惊失色。就这么来一次惊人之举也挺好的。

就像断路器。她迷上了萨凡纳这句话,在准备的过程中一次次对自己念叨。现在她需要的就是这个,应该断一次了。

斯坦会想她的,或者不会想她。如果他们彼此都不想念,那就该做决定了。

她找不到手机了,刚才还用着呢。她找不到眼镜了,几分钟前还戴着呢。她也找不到她的钱包。

她找到了电话,没戴眼镜就给孩子们发了信息,屏幕模糊一片。没人立刻回消息,也没人立刻打电话,仿佛对他们的母亲要离网三周的消息毫无兴趣。

她找到了钱包，找到了眼镜。她从壁柜最下面拖出来一个老旧的促销背包，塞进去几件休闲的服装、晚上穿的厚衣服，短裤和T恤，泳衣和跑鞋，内衣和睡衣，还有一个没开封的新牙刷。萨凡纳说她们会每天游泳，在林子里散步，休息看书，没必要拿漂亮衣服，很多东西都不用带。显然是要通过极简主义重新找到真实的自己。也许完全是胡说八道，但如果无聊了，乔伊就可以提前回家。

她坐下来，给斯坦写了一封信。

亲爱的斯坦：

抱歉说了那么多伤人的话。

没有你，就没有德莱尼学校。我经营了学校，但你就是这个学校，斯坦！你是"天才"，你是最好的教练，你最能激发出球员身上最好的东西，甚至是那些毫无希望的球员，特别是那些没有希望的球员。你上课从来不会三心二意。（我有的！我承认！）我更喜欢看你做教练的样子，甚至超过看你打球，看你打球就像看艺术家工作。我之前可能从未告诉过你这些话。但我应该说的。

我为自己的所作所为道歉。抱歉，我不应该打发哈里走人。我想要自己的孩子们有澳大利亚最好的教练，而那人就是你。我选择了他们，对你来说不公平，但对我们的孩子有好处。你说得没错，如果我真的想要继续打网球，我肯定会继续的。但我不够优秀，斯坦。我的确不够优秀。我知道的，你也知道。我从来没有后悔过自己的决定，想来我只是想得到承认，但是现在真的无关紧要了。

有件事情很重要，我得说说。那些年你随时都可以抬腿走人，但对我来说真的很艰难。

每次你走，我的心就冻上一点，最后我都以为自己的心冻得坚硬了。

所以，现在轮到我出走了。

我和萨凡纳一起出去。我知道你还在生她的气，她的确是做了不应该的事情，但她只是个糊涂孩子，我觉得我们多少还是有点责任的。

我们参加的是哈里的活动：二十一天离网挑战，终结儿童癌症。我们完全不需要花钱。她已经付了费用。慈善活动挺好的。接下来我就要和她一起，住在一个"小小的、可持续的太阳能发电的"房子里。（你说我打呼厉害，你肯定是夸张吧，可别是真的。）如果有急事，你可以打这个电话，没有急事，我真的就是"离网"状态了。

等我回家后，也许我们可以想出什么新的策略，在我们人生这个新阶段过上幸福的生活。我们擅长想策略，我觉得我们能办到的。

我猜球在你这边了，亲爱的，轮到你想办法了。是个好球，对吧？

爱你的乔伊

附言：我的自行车车胎被扎破了，我扔在了奥布莱恩家老房子的那棵树下。你去帮我拿回来吧。

再附言：抱歉抓伤了你。我的指甲总断。我该多补一点钙了。

乔伊小心翼翼地用伦敦眼冰箱贴把信贴在了冰箱门上，贴得高高的，一个斯坦肯定能看到的地方。斯坦多次一走了之，那样的事情乔伊是不会做的。她的行踪会明明白白的。

她的手机呢，五分钟之前还在用，现在又不见了。她花了宝贵的几分钟时间找手机，很快就放弃了。她不需要手机。不用手机就是"挑战"的意义。她是在断电。她要"离网"。

她把狗的狗粮碗和水碗都添满了，给狗说了她要去哪儿，让狗好好照顾斯坦。施特菲低低地号叫了一声，表示不赞同。

"不，施特菲，我觉得这办法挺好的。"乔伊说道，接着把背包往肩膀上一扔，感觉自己年轻了起来，充满了冒险的劲头，仿佛她要背包环游欧洲。

* * *

她刚刚关上前门，手机就开始嗡嗡响，开始振动，孩子们发来令人迷惑的信息：嗯？妈妈，你在说什么呢，看不懂！她拉起背包的时候，手机被撞到了地板上。

她本打算走到公共汽车站，坐401路车到城里。萨凡纳从她的已婚男友那儿借了一辆豪车来接她。

乔伊离开家的时候，卡罗的女儿正好开车从车道出来。佩特拉摇下车窗打招呼，得知乔伊要坐公共汽车进城，就主动说送乔伊，她正好要到公立图书馆去听文学讲座。乔伊的运气真是太好了，这天气外出可不好受。去城里的路上，两人说起佩特拉现居的城市哥本哈根，聊得很开心，佩特拉第二天就要带着两个孩子飞回去。两个孩子在最后一天跟着他们喜爱的外婆外出游玩，现在正在看电影。她们说起人们在丹麦怎么骑自行车，怎么穿舒适的平底鞋。乔伊问佩特拉有没有见过玛丽公主，佩特拉说没有。乔伊对佩特拉说，欧洲女人们骑着自行车的时候可爱又休闲，她今天早上实践了一次，可惜结果不太好。

与此同时，家里的伦敦眼冰箱贴不可避免地慢慢滑落，滑向地板，乔伊的那封信也随之落下。

施特菲放在爪子上的头抬了起来，它一路小跑过去，不慌不忙地吞了那张纸，真美味呀。

卡罗的女儿放下乔伊才五分钟，就接到母亲发狂的电话，说她的儿子在进电影院的时候摔了一跤,正带他去医院,他好像胳膊断了。

佩特拉没去听讲座,直接开车去了医院。好在儿子胳膊没摔断,只是擦伤了,他们第二天还可以搭乘飞机。但是在这一片慌乱和巧合下,她就完全忘了给她母亲说自己捎了邻居一程到城里的事情。等说起这事,已是三周之后了,佩特拉在丹麦,她母亲说乔伊·德莱尼已经失踪三周的时候。

第六十六章

现在

埃米在语言上没有天赋，但她在高中时学过法语，还记得看着一段没有意义的话就像被施了魔法，变成有意义的句子。现在她盯着母亲无意义的消息，就是这种感觉。

准备离网一段时间！我要去藏家咖喱的21条调账，结束额头挨着！只吃屋！爱你，妈妈。

准备离网一段时间！我要去参加哈里的21天挑战，终结儿童癌症。支持我！爱你，妈妈。

她把消息大声读出来，一遍，两遍。

"她会不会是在那儿？"西蒙说道。他穿着干爽的白色T恤，焦急地抬头看着埃米。"有可能吗？"

埃米点点头："有可能。"说得通，完全说得通。

就在这一刻，一切都说得通了，完美无缺。

"我也有可能爱你。"她轻声说道，没有看对方的眼睛，也没有动嘴唇，仿佛她在说腹语，仿佛她没有好好说这句话就不算数一样。只消片刻,这份清澈美丽就会消失。

别的男人可能会说:"你刚才说什么?"埃米就不会再说了。别的男人可能会想抱她或吻她,埃米被拥在怀里时可能会像个木头人,因为这个时候不能碰她。

但西蒙·巴林顿不是别的男人。

他没有动,也没有微笑,也没有想看埃米的眼睛。他只是坐在那里,对着电脑屏幕郑重其事地说了一句,声音清晰响亮,仿佛面对政府官员在发表一份具有法律效应的声明:"我也爱你,埃米。"

这不是她第一次听到男人对她说这些话,但这是她第一次相信这些话。

* * *

几分钟后,分布在悉尼不同地方的德莱尼家孩子的四部手机,同时发出叮的一声,每个孩子都在惊恐中哆哆嗦嗦地抓起手机,看到了一个未知号码发来了十个字:

你们的妈妈回家了。爸爸。

斯坦新手机的第一条信息,就是他最值得纪念的一条。

第六十七章

乔伊的孩子们再次见到乔伊时都拥抱了她,自从他们长大后就再也没那样抱过她了。那是噩梦之后激烈而绝望的拥抱,他们靠在她身上时,乔伊可以感受到他们脆弱的心脏在狂跳。

她的两个儿子都把她抱了起来,就像他们的父亲那样。

两个儿子也都哭了,就像他们的父亲那样。

两个女儿一滴眼泪都没落。她们斥责了乔伊,就像受到惊吓的母亲在丢失的孩子回来时骂孩子那样:"妈妈,你必须保证再也不这样了!发消息的时候必须戴眼镜!离开家的时候必须带上手机!"

女儿们的斥责乔伊挺受用的。她从中可以听出自己说话的节奏、她母亲的节奏、她外祖母的节奏,从开天辟地起,所有暴躁女人放松后的节奏。

* * *

停止拥抱之后,牢牢记住这些激烈而绝望的拥抱也是美好的。

第六十八章

一月末,乔伊记得大家在讨论什么悄悄席卷全球的病毒,但她太过于操心自己摇摇欲坠的婚姻,所以没在意这个,而且她免疫系统强大,从不感冒。

等到她"回网"之后,发现世界已经偏离了轨道,难免有了自责的感觉,仿佛她不再管事,结果就是混乱。就像特洛伊刚刚会走路后,乔伊如果不紧盯着他,结果就是到处搞破坏!

突然之间,每个人都在保持"社交距离",特别是与斯坦和乔伊保持距离,因为他们被认作"老年人"和"有风险"。他们出去散步时,年轻一些的就会刻意避让,跳离人行道,跳进排水沟。

"如果该我死,那我就死了呗。"斯坦对孩子们如是说。孩子们听到就发出抱怨的声音,说他们朋友的父母也是说这些固执的话。乔伊和斯坦就面带微笑,交换眼神,郑重其事地说要乖乖听话。

乔伊刚回家的那几个星期,就像是在大灾难里度蜜月。

他们总是你碰碰我,我碰碰你,总是在看新闻。那是乔伊人生中第一次感到新闻的全球性和重要性,同时又与个人息息相关,不可能耸耸肩就不予理睬。你不能说"生活的确很难,但生活还要继续",因为生活并没有继续。

他们总是忍不住说,简直不敢相信。

查尔斯王子也感染了！没人是安全的，连王室都不能幸免。

"隔离"缓解了退休的压力。现在，他们的唯一任务就是安安全全地待在家里，不要去参加日常各种有益身心的健康活动。现在停下来的不仅是他们的生活，所有人的生活都停了下来。如今变得安静的不仅是她曾经闹腾的家，而是全世界曾经忙忙碌碌、熙熙攘攘的城市。以前只能听到车水马龙之声的地方，现在也听得到鸟叫声了。天放晴了。如果没有无情的痛苦，世界如此美丽地暂停一下也不是坏事吧。

乔伊一直在想她外祖母的第一任丈夫，他一百年前死于1918年大流感，只因为他"脑袋进了水，要去码头见朋友"。乔伊一直觉得那故事像是童话，但也是她存在的必要部分。第一任丈夫必须脑袋进水去码头见朋友，之后乔伊的外祖母才会嫁给乔伊帅气的外祖父，才会有乔伊。

乔伊也是第一次想到，外祖母的第一任丈夫也不想死于1918年大流感，但真是多谢了，就像乔伊也不想在这次流行病中送命。她还想看看未来会怎样。她的外祖父母和母亲只能在终点的门口多等一段时间了。

***

过了一段时间，乔伊才完全搞明白她不在的这段时间，家人们经历了什么。

斯坦告诉乔伊，四个孩子一开始对警察都有所保留，他们觉得说出来可能会增加斯坦的嫌疑。时间一天天过去了，母亲还没回来，斯坦看到孩子们的怀疑和恐惧呈指数级增加。他们的问题也变得越来越尖锐。

"我开始觉得自己有罪，"斯坦说道，"我开始觉得自己好像伤害了你。我还做梦，梦到……"他没往下说，"很不好的梦。"

孩子们间接或直接地谈到过他们不知道该对谁忠诚。

有一次布鲁克正在教父母怎么清洁双手和戴口罩时，突然没有来由地说道："妈妈，我给爸爸找了刑事律师，因为我知道他是无辜的。不是因为我觉得他有罪。我希望你俩都明白这一点。"

哦，我的宝贝，乔伊心想，你永远都不会撒谎。

有一次，特洛伊来送 24 卷装的大袋卫生纸，他自然能在匪夷所思的恐慌抢购中斩获这些东西。他和乔伊独自坐在后门廊上，保持着社交距离。他说："妈妈，我以为爸爸有可能真的做了。我真的那样想。因为布鲁克支持他，我还生布鲁克的气。"

他听起来就像小时候的样子，老实交代做了什么说不出口的事情，乔伊说："宝贝，没关系的，忘了就行了。"忘了就行了，不是现代人的做法，但不忘了还能怎样呢？

感谢老天，特洛伊和布鲁克冰释前嫌，兄弟姐妹或配偶之间修补嫌隙就是这样的，不是靠说话，而是靠行动。

布鲁克给特洛伊买了一盒巧克力。

特洛伊给布鲁克买了一辆车。

***

乔伊和斯坦压根儿没有谈论过哈里·哈达德，直到一天他俩在看电视新闻，新闻说因为疫情，温布尔登网球赛取消了，这还是"二战"之后第一次取消赛事。

"我理解你为什么要那样做。"斯坦安静地说道。

斯坦没有说原谅她，但她就把这句话当作原谅了。

年轻的夫妇可能会花上数月的时间进行婚姻咨询，把事情说清楚，但乔伊知道，他们已经了结此事了。继续往前走吧。一旦击了球，盯着球往哪儿去就没了意义。此刻，你已经不能改变球的轨迹，你必须去想下一步的行动。不是本来应该如何，而是你现在要做什么。

她背叛了他。他依然选择爱她。

不需要再多说什么。

***

晚上，想到有可能发生的灾祸，她睡不着了。

比如说，如果她和萨凡纳遇到事故，她们的车永远消失在浑浊的湖底，那斯坦就会被逮捕，被指控谋杀了她吗？如果他余生就要蹲在监狱，只有布鲁克去看他呢？

最初几天，她给那个不爱笑、没耐心的漂亮警探克里斯蒂娜·库利打了很多电话。

乔伊对她有点着迷。斯坦说："别理那个女人。"只要提到警探的名字，斯坦就一副受到精神创伤的样子，正因为如此，乔伊才有了一种奇特的愿望：虽然铁证如山，斯坦就是无辜的，但乔伊想让克里斯蒂娜相信斯坦是无辜的。

她想要警探知道她丈夫是百分百无辜的。斯坦绝对不会谋杀她。

"德莱尼太太，这案子的间接证据的确非常充分。"克里斯蒂娜沉闷地说道。

但后来克里斯蒂娜的态度缓和起来，她告诉乔伊为什么乔伊的担心最终都不会变成现实。她不带感情地说，首先，乔伊和萨凡纳开车的路线不经过湖泊，她们不会沉到湖底。再说，萨凡纳的已婚情人，或者说男友，或者说性伙伴，想怎么叫他都可以，也就是亨利·埃奇沃斯医生，警方通过这条线索最终总会找到萨凡纳，随即就会发现哈里的离网挑战。最重要的是，他们还会拿到卡罗女儿的重要证词，虽然迟到，但总比没有好。案子并非建立在事实上，所以最终会崩塌的。

"你的丈夫绝不会被定罪。"克里斯蒂娜对她说道。

接着，乔伊就问克里斯蒂娜，疫情会不会影响她的婚礼计划。克里斯蒂娜说，婚礼会继续，但会比原计划的规模小很多。

"好遗憾！"乔伊同情地说道。

"就是呢。"克里斯蒂娜说道，但听起来仿佛是要露出微笑一样。

***

"离开那么久，你和萨凡纳在一起干些什么呢？"埃米问乔伊，"待在一起很久呢。不觉得无聊吗？"

"打比赛吗？"布鲁克问道。换成这家人，就会打比赛。必须有竞争，必须有人赢，必须有人输，一贯如此。"你们……吵架吗？"

乔伊明白，她与萨凡纳待了一段时间，她的两个女儿对此感觉很矛盾，因为乔伊从未单独与她们中的哪一个待过这么长时间。但她们三人都知道，如果真的那样，她们会把彼此逼疯。

"嗯，是的，时不时很无聊，"乔伊对女儿们说道，"有时也让彼此生气。"

其实并非如此。她和萨凡纳很合得来。

也许因为萨凡纳不是她女儿。但她的确对萨凡纳有种母爱的感觉，萨凡纳也算不上是她朋友，但她们之间又感觉像友谊。她觉得挺喜欢萨凡纳的，但又没有对女儿那种激烈复杂的宠爱，这也许就矛盾地说明，她可以与萨凡纳非常和睦地相处三周，两位小个子女人待在一栋小小的房子里。

现在，她回忆那二十一天的时光，一开始感觉羞愧，毕竟引发了这么一场可怕的混乱，可一旦从羞愧中走出来，那段时间在她记忆中就像一个阳光斑驳的梦，就像一个远离她的人生、远离她本人或者说远离她自我的假期。

她们住在木头房子里，周围是四百年的雨林，还有瀑布，还有步行小道。房子的窗户很大，经常有袋鼠和沙袋鼠从窗边一闪而过，就像郊区安静街道上路过的车辆。

乔伊睡在单人床上，睡得很沉，没有做梦。房子里没有镜子，她看不到自己的脸是什么样子的，没有丈夫或孩子，感觉很奇怪，仿佛自己又变成了乔伊·贝克尔，还有很长的人生路要走，而不是已经走过了很长的人生路。

每隔两天，到了晚上就会有人送一篮食物到她们门口。简简单单的新鲜食物：水果、鸡蛋、面包和蔬菜。没有多少肉。全都是搭配好的，让有钱的客人有一种淳朴的"回归本质"经历，但如果知道那都是精心安排的，也就么回事了。

她和萨凡纳各自散步很长时间，有时也会一起去。她们长时间阅读。房子里有一个书架，全是二十世纪七十年代前出版的平装书。时间变得很慢，变得柔软，就像童年漫长炎热的夏天。

她注意到萨凡纳似乎定格在一种个性上，不再变来变去。似乎是一个喜欢沉思、安安静静的小女孩。再也没有那些变来变去的奇怪说话方式。有时她们一起讲自己童年的故事，只讲快乐的事情。萨凡纳说起她和哈里还是兄妹的时候，那时还没有网球，没有芭蕾，他们的父母还没有离婚，他们用床单搭城堡，就像是度了一次假。乔伊谈起她的外祖父母。有一天，她告诉萨凡纳，她外祖母说到内衣裤，总是用"不可言说之物"来替代，萨凡纳咯咯笑起来，她从未如此开心过。

也有些时候，她和萨凡纳一天也说不上几句话。

乔伊喜欢这种沉默。她知道自己的个性，这种沉默她一个人是办不到、坚持不下去的，但有萨凡纳相伴，不算是陌生人，也不算是朋友，刚刚好。

这么几十年了，她第一次停了下来。

她以为她和斯坦退休了，她就停下来了，但她根本没有。她一直在无望地朝着某个并不明确也不可及的目标奔跑。

她发现自己思考得越少，越能看到摆在眼前的事实。

比如说，她放弃了职业网球生涯之梦，那是她明明白白的决定。没人能够说服她做不想做的事情，即便是她本人穿越时空，拍拍当年的自己，说"嗨，他就是个没长大的男孩"，也不行。

他从不是没长大的男孩，他是斯坦。她想要得到斯坦，想要给他生孩子。她觉得斯坦可能无法忍受妻子的成功。她的判断可能是错的，因为那是在斯坦成为教练之前。她并不知道这个男人会助力其他球员成功，并从中得到快乐。她是她那个时代的女孩，她父亲就那么一走了之，再也没回来。她认为男人的自尊都如鸡蛋一样易碎。她认为女人应该尽其所能，保证自己的男人回家。

作为当时的女人，她做出了正确的选择。

以后乔伊可能会有打网球的孙女或外孙女，她所有的孙辈都要打网球，她没法想象他们不打网球。那个未来的宝贝女孩就不会有那样的想法，什么为了男孩放弃竞技网球的梦想，或是别的什么。

即便有，乔伊也不会答应的。

***

一天清晨，萨凡纳还没醒，乔伊坐在走廊上，一边喝茶，一边看日出。太阳还是那个太阳，但与在家里看相比，似乎升起得更为缓慢、更为优雅。乔伊心想：我并不只是为了孩子们而打发走了哈里，我打发走哈里，还因为我生斯坦的气，他一次次地抬腿就走。我不开心，因为我很累，因为我觉得事事都是我的错：从特洛伊卖大麻，到布鲁克的头痛，到今天晚上的晚餐和明天要洗的衣服。但这是婚姻里的秘密小得分点，她是不会对斯坦承认的，如果斯坦要原谅她，斯坦就得相信她的动机只是出于母亲的一颗心，但自己承认了挺好的，有一种轻松感。

当然了，乔伊聪明的孙女或外孙女会明白这一切，但明白一切，不一定要做到一切。

***

"有那么多人，为什么非要选她一起出去玩？"乔伊的家人问道，"她都做了那些事了。你怎么能原谅她？"

乔伊说道："她打来电话的时机刚刚好。"

这句话是实话，但事实上乔伊不仅喜欢萨凡纳的厨艺，还喜欢和她在一起。萨凡纳敲响前门的那天晚上，动机也许不纯，但之后大部分行为都挺好的。当然她恶意敲诈可怜的特洛伊除外。但乔伊考虑到萨凡纳的童年，还有很多年前的那天他们家人对无助的萨凡纳无意的伤害。她觉得自己虽然做不到忘记，但可以做到原谅。

乔伊解释说，上了年纪，有了智慧和优雅的加成，会容易原谅，但孩子们报以嘲笑，及时列出了乔伊依然没有原谅的很多人，而且事情都过去几十年了。比如说那个粗鲁的当地议员，还有那位老师，乔伊为特洛伊做了关于中国长城的作业，满分是十分，乔伊只得到了七分。唯一的区别就是这些人都没给乔伊做过蔬菜通心粉汤或肉桂面包。

在二十一天中，只有一次乔伊突然质疑为什么要与这人共处，当时萨凡纳承认了她对乔伊家人做的其他小小的报复行为。

比如说，她给洛根的学院打了电话，投诉洛根。

"我并没有明确指控他性骚扰。"她说道。她说她非常肯定，学院并没怎么在意这事。她还多次在布鲁克的诊所线上预约，布鲁克就有了很多次病人不去就诊的记录。

想到她的这两个孩子，乔伊愤怒了。

"你这是要坏了他们的生计！"她大叫道。

"我本来还可以做出更恶劣的事情，"萨凡纳说道，"我也干过。"

"哦，萨凡纳，你干得好呢！"乔伊厉声道，"我是不是还应该感谢你没有做得更过分？"

萨凡纳埋下了头，乔伊继续说道："你还敲诈了特洛伊。那埃米呢?你对她做了什么?"

"没什么大不了的。只是在父亲节做了布朗尼蛋糕。"萨凡纳说道,仿佛这是明摆着的事情。

"但你怎么知道那样会让她不高兴呢?"

"你告诉我说,布朗尼是她的招牌菜。"萨凡纳说道。

乔伊不记得她说过。她就像个白痴一样呱呱地说个不停,而萨凡纳都记在了心里。她发现自己无法直视萨凡纳,因为就在那一刻,她觉得自己想要给萨凡纳一巴掌。

"我呢?"乔伊突然想起自己,那天得罪萨凡纳最甚的不就是她吗?她是其中唯一的成年人。

"我想要勾引你丈夫,"萨凡纳说道,"在你生病住院的时候。"

"哦,"乔伊说道,"那个呀。但你不会真的……"

"是的,我本来可以,"萨凡纳说道,"我说过了,乔伊,我干过更甚的事情,很不堪的事情。我不是好人。"时至黄昏,她们坐在阳台上,橙色的浩瀚天空中,成百上千的黑色蝙蝠横冲直撞。乔伊吸气呼气,感觉愤怒起伏,等到再次平静时,她说:"我觉得你是好人,只是好人做了不太好的事情。我们都是这样的人。"

"我有可能破坏掉你的婚姻。"萨凡纳说道。

"嗯,是的,"乔伊,"这是很可怕的事情。你一定要保证再也不要做那样的事情,有些婚姻受不了那样的折腾,但你知道吧,我压根就没有怀疑过,斯坦绝不会骚扰你的。"

"我不是说的那个,"萨凡纳说道,"我说的是告诉他你打发走了哈里那件事。"

没错,萨凡纳爆了那个料,很有可能会结束她的婚姻。"嗯,是的,但没人要求过你保守那个秘密,"乔伊对她说,"那全是我一个人的行为。说实话,我从未想过秘密还能保守到那一天。"

萨凡纳叹了一口气,仿佛乔伊没有真正听懂她的话。"好吧,但我真不是好人。"

感觉她是有深意，话中有话，如果乔伊足够专注，就能解读出来，但乔伊看到的只是拿了一手坏牌、被生活摧毁的年轻女孩，这个女孩来到她家里，为她做饭、打扫卫生。

乔伊不催促，萨凡纳想说什么，她就听什么。她感觉得到萨凡纳想倾诉的愿望，就像她以前感觉到孩子们想要交代干了什么坏事，或者有什么不好的想法，大多数时候她会做到保持耐心，给他们充足的空间，最终就能听到他们想说的话。

但萨凡纳坐在那里，一只手紧紧握住脖子项链上挂着的钥匙，看着天空渐渐黑下去，最后蝙蝠消失在了墨一样的黑暗中，这时她终于张开嘴，但只是说了一句："晚餐我就做番茄罗勒煎蛋饼吧。"

乔伊多少有解脱的感觉。萨凡纳不是她的孩子。她不想知道她的秘密。她也不需要知道。

二十一天过去了，她们对荒野中的小房子说再见，萨凡纳开车，她们回到了悉尼。

"现在，你打算做什么呢？"乔伊问道。

"我可能会给哥哥打个电话，"萨凡纳说道，"告诉他，不管怎样，我完成了他的挑战项目，接下来我就不知道干什么了。在某个地方开始新的生活？你呢？"

"哦，"乔伊说道，"我回家。"

她第一次明白，能够这样说，也是一种特权。

***

"我不在家，谁给你做吃的呢？"有一次，他们吃着东西的时候，乔伊问斯坦。

"卡罗送来一锅咬不动的羊肉炖菜。布鲁克送来过几顿，"斯坦说道,"但我给她说,我自己能做。真不知道他们怎么会觉得我不会煮鸡蛋。还是我教你煮的鸡蛋呢。"

"哪有的事。"乔伊说道。

"我就是教你了。"斯坦说道。

那段记忆飘浮上来,完好无损,就像一件古老的艺术品。

的确如此,就是斯坦教会她如何煮出嫩嫩的完美的鸡蛋的,当时他还对乔伊说,在自己小时候,父亲离开后,母亲"小睡不醒",他经常得给自己做吃的。当时,乔伊满心都是女孩心思,觉得做饭很性感,就想给自己的男人做吃的,像一个真正的母亲那样养他,像母亲那样去宝贝他,让他得到从未有过的那种母亲般的关爱,她不让斯坦进厨房,都是嘘着赶走他,最后斯坦就不进厨房了。岁月一年年过去,做饭不再让人觉得性感,不再让人觉得女人味十足,不再觉得可爱,做饭变成了苦差。

"隔离期间,"她说道,"也许我们应该轮流做饭。"

"好呀。"斯坦说道。

"小心事与愿违。"黛比·克里斯托提醒她。黛比还记得那些年,丹尼斯想成为蓝带大厨,花很多时间准备烦琐得要命的法国大菜,经常要用到无辜的小鸭子。

谢天谢地,斯坦对小鸭子没兴趣,但事实证明,他还是能够做一顿足够丰盛的烤肉大餐的。

斯坦把餐盘摆在乔伊面前的时候,就会打开自己的手机,放一首 1974 年的《你还一无所知》,当年他们与现在既截然不同,又一模一样。

"我还一无所知吗?"乔伊问道。

"是的。"斯坦说道。

***

有时在凌晨两点，不知道为什么总是凌晨两点，乔伊就会直挺挺地坐起来，她在梦中感到恐惧席卷而来，想到斯坦被戴上手铐，电视新闻上出现了一具具棺材。她错以为波莉·珀金斯回到新西兰过上了幸福的生活，而自己不在的这段时间，人们找到了她，一时间还有人以为是乔伊的尸体。乔伊还想到，很多女人的生活都像她一样，太过普通，没什么报道价值，不足以登上新闻，但这些普通人也像她和斯坦一样，想要过上"积极的退休生活"，而在这场疫情中，他们的生命突然就如此残酷地画上了句号。

她试了试埃米建议的各种技巧。在应对隔离上，埃米远远胜过她的朋友们，因为其他人没有经历过这种长期的低水平的生存恐惧，而埃米从八岁开始就与之共存。

八岁！乔伊还没有完全搞清楚生存恐惧是什么，但听起来肯定不是好东西。

一开始，她试了试埃米的呼吸练习，但总是因此联想到生产，她生孩子都是气势汹汹的，速度很快的，四个孩子都是嗖一下就来到了这个世界。生产的感觉并不太让人感到放松。

埃米还建议"心怀感恩"的做法，也就是列出所有你感恩的事情，乔伊善于此道。

有很多要感恩的事情。比如说，英迪拉和洛根不仅和好了，还订了婚。戒指好丑！但英迪拉似乎挺喜欢的，两个女儿告诉乔伊，戒指丑不丑的事情一个字也不要说，于是她就闭口不谈。她只是希望，多年以后，等他们的婚姻遇到坎儿的时候，英迪拉不会突然大叫一声："我一直讨厌这枚戒指！"如果真有了那个场面，乔伊就没法去想可怜的洛根该有多受伤害。"嗯，妈妈，我觉得他会活下去的。"特洛伊说道。

谢天谢地，布鲁克的诊所还在运转，理疗已经成了一种基本医疗服务。布鲁克说现在人们居家自己运动，还要做各种过于野心勃勃的DIY项目，受伤很严重。所以也算是好消息。

特洛伊的前妻克莱尔已经怀上了"特洛伊的孩子"，因为疫情，她决定留在澳大利亚生活，她可怜的丈夫虽然不愿意，但也同意来此居住。特洛伊做出决定，要共同抚养这个孩子，克莱尔同意了，可怜的丈夫对此不是很高兴。

"妈妈，不要再叫那个人可怜的丈夫了，"孩子们偏袒地说道，"那也是特洛伊生物学意义上的孩子。"

（乔伊的第一个孙辈将在圣诞夜出生。她这个儿子总是能拿出最好的礼物。）

乔伊还没见过那个可怜的丈夫，但等见了面，她会特别善待对方，因为她心里暗藏着可怕的小心思。

有一场比赛她还记得很清楚，特洛伊与他的死对头哈里·哈达德打比赛。哈里打了一个对角斜线球，角度很大，其他任何选手都会选择放弃，但特洛伊迎了上去，他都快冲进另一个场地了，最后他不仅接到了球，还赢得了那不可能赢的一分，当时那一小群观众就像坐过山车一样大呼小叫，甚至哈里都吝啬地用一只手拍了拍球拍。

特洛伊总是要去救不可能救到的球。

好吧，克莱尔不是网球。

克莱尔这个女孩理性聪明，会做出她自己的人生选择。如果特洛伊以某种方式可以吸引她走出当下的婚姻，那也不是乔伊的错，不是吗？

乔伊无力改变孩子们的人生结果，就像她无法改变孩子们的比赛结果一样。当年她可是会咬紧嘴唇，有时甚至咬到出血，斯坦在旁边也是嘟囔着他们听不到的指导意见，但比赛结果还是那样。

有时孩子们会完全遵循他们的教导做事。有时他们说不要做什么，孩子们偏要做什么，看着孩子们吃了闷亏，比看到他们最惨重的失败还要痛心。但有时孩子们完全是他们自己选择、自己塑造的，结果又是那么出人意料、那么赏心悦目，就像是炎炎烈日下的清泉。

那些都是闪光的时刻。

她就是这样让自己慢慢躺下入睡的：回忆起那一个个闪光的时刻，孩子们兴奋地在看台上寻找父母，期待他们的赞许，期待他们的爱，知道父母的爱一直都在，乔伊希望孩子们知道父母的爱会一直都在，甚至她和斯坦长眠在地下后，他们的爱也在，因为这样的爱是无穷无尽的。

第六十九章

布鲁克在用消毒喷雾清理运动设备时,闻到了一股甜香味,她开始还觉得是自己想象出来的,是回忆飘进了意识中。

此刻她比平时清洁的时候还卖力,因为上一个病人到了理疗最后才说他今天早上嗓子疼,但"他特别确定不是新冠"。然后他就正对着她的脸咳嗽了。

这世上有白痴。这世上也有英雄,她有朋友此刻正在 ICU 工作,更有可能遇到别人对着他们的脸咳嗽,这世上就是有白痴。她母亲失踪那会儿,她发现真有可能同时拥有自相矛盾的信念。当时,她就处在维恩图①的中心。她爱她的父亲。她也爱她母亲。如果父亲要对母亲的死亡负责,她会站在父亲身边。她知道,在兄弟姐妹中,只有她瞪大眼睛,直面这日食一般的可能性。特洛伊认为他也面对了这一可能性,但他只是装出了不爱父亲的样子。

布鲁克并非更爱父亲,或者是她不怎么爱母亲。而是身体面对相反的力量时,会找到平衡。心灵也是如此。

她与格兰特在一起十年,她可以视其为失败,也可以视其为成功。相对而言,这段婚姻并不算长,现在也要以不算刻薄的离婚来收场了。

---

① 也译为文氏图。

这段恋爱也挺长的,有很多幸福的回忆,应该收场的时候也就收场了。

她吸了吸鼻子。什么气味?好熟悉。好明显,但也不是特别明显,因为她说不出名字来。她看了看喷雾剂的商标,就是平时用的品牌,除了让人放心的消毒水气味,还有别的气味,像是烘焙的香味。

隔壁咖啡店传来的?现在他们只出售外卖咖啡了。没有堂食。桌子和椅子都摞起来放在角落里吃灰,地板上用红色胶带标出了安全距离,看着真叫人难过。

"嗨,你们找到你们的母亲了?"今天早上,一个女服务生把咖啡递给布鲁克,如此问道。

"是的,"布鲁克说道,"她很好。挺好的,事实上非常好。"

报纸上只登出了一段话,说乔伊回来了。报道的语气有点气愤。人们不想老太太死,但看到她还活着,也是有些失望。

"哦,真是好消息!"女服务生的眼睛在口罩上方闪闪发光,完全证明了布鲁克的理论不对,"能听到点儿好消息,真是太好了。注意安全哦!"

"谢谢你。"布鲁克说道。有人很讨厌。有人很好。"你也注意安全。"

布鲁克是处在疫情中的给自己打工的单身女人。她不能约会,不能打篮球,不能与朋友一起聚餐。但是他们可以通过视频喝上一杯,人与人之间还有这样突如其来的美丽浓情时刻,就像刚才服务生的问候,但也有些尴尬:以后大家每天都要对彼此说"注意安全"了吗?

不对,这味道不是她想象出来的。这是她童年的味道,就像新割的草坪的味道,通常还伴有香烟的气味和香奈儿 5 号香水的味道。

她放下喷雾,就像做梦一样,走到外面的接待室,看到桌子上有件东西。

苹果酥皮点心。刚出炉的,还热着呢。它就像是从另一个空间来的。从天堂,从地狱,或是从过去。点心用锡箔纸紧紧包着。锡箔纸外面贴了一张手写的字条。书写整齐,很孩子气。没有信头。开头是:四个中等大小的苹果,去皮,去核,切丁。

她打开办公室的门,往外一看,没有人,只有一个戴口罩的老太太推着购物车,不悦地朝布鲁克的方向皱着眉头,仿佛是警告她不要靠近。

布鲁克退回办公室。她剥开锡箔纸,深深地吸了一口气。她一口都不用尝,就知道萨凡纳破解了这道点心的配方。

第七十章

这是八月一个寒冷的清晨，湛蓝的天空，明媚的阳光。这样清澈的空气中，很难想象会有什么致命的病毒。

斯坦·德莱尼努力地做了一套他女儿建议的伸展运动，保护两只问题多多的膝盖，之后他就要上球场。他和妻子要打上一场网球，温柔地打一场。

"你们俩一辈子就没有温和地打过网球。"布鲁克说道。

乔伊在他身边，也在做布鲁克建议的伸展运动，这时斯坦的手机响了。

"我的天哪。"乔伊翻了个白眼。她不满于斯坦完全离不开手机的现状。斯坦的手机随时都在兜里揣着，吃东西的时候手机就放在盘子旁边。乔伊说这样没有基本的礼貌。斯坦认为，这破玩意儿的意义不就在于此吗？

斯坦瞅了一眼屏幕："洛根。"

"那快接呀，快呀，快！"乔伊是一定要接到孩子电话的，现在有了那样一番经历更是如此。以后他们可能会觉得这很好笑，但好笑之余，还是心有余悸。

"爸爸。"洛根说道。斯坦紧紧抓着手机，洛根听起来不像他平时的样子。"是我，什么事？"他做好了准备，不管是死亡还是灾难，来就是了。

"你还记得我朋友希恩吗?"

"当然记得。"是车祸?还是希恩得新冠了?

"他有个儿子六岁了。有好几个月了,他总是叫我去看他儿子打网球,我一直没去,但今天早上,我想着去一下又怎样,这孩子一直在家上网课。所以,我就去了,爸爸——"

他顿了顿,在他停顿的这一小会儿,希望就像水银一样,在斯坦的血管里冲刷。

洛根说道:"我还从未见过那样的。"

斯坦看到自己胳膊上的汗毛都立了起来:"就是说那孩子很不错了?"

"是的,爸爸,那孩子真不错。"

斯坦第一次看到哈里·哈达德打球时,那孩子之前从未进过网球场,就像看到世界的自然奇观一样。只有教练才会像洛根这样说话,斯坦明白,洛根是天生的教练,即便这个傻孩子自己还没有醒过神来。

"我很久没有打球了。"洛根试探地说道。

不要叫我去。

请不要叫我去。

儿子,你自己教,你自己来,请一定说你想要自己教。

洛根压低了声音,仿佛要说什么羞愧的秘密:"我觉得我想当他的教练。"

这是发球得分,这是完美扣球。

斯坦无声地伸出拳头,在空中一挥。

"什么?"乔伊说道,"什么事?"

斯坦一挥手,示意她安静。他控制住自己的语气。

"有你是他的幸运。"斯坦说道。

一阵沉默后,洛根的语气变得坚定起来:"你觉得我可以吗?"

"我知道你可以的。"

"他很听我的话。"洛根说道。

"是的,"斯坦说道,"他们听你的话,很有成就感的。"

真正有天赋的人都是很专注的。他们听你说话,他们付诸实践,他们在你眼前茁壮成长。

"爸爸,我觉得他可以一路走上去。"

"有可能,"斯坦说道,"但说不清楚。他有可能。"

斯坦想说的是,那个孩子是否能够一路走上去并不重要,真正重要的是洛根又积极地投入了生活中。他想说,做教练并不是退而求其次,并不是退路,并不是妥协;他想说洛根依然可以是网球这个美丽世界的一部分;他想说每个人都很重要,不只是球星,还有教练和裁判,还有周末打球的人、打社交网球的人,还有那些两眼放光的父母,还有尖叫的粉丝,正因为有了他们的喝彩声,球星才达到了那样的高度,独自一人是完成不了的。

但这需要他讲很多话,远超他不得不说的话,所以他挂断了电话,把事情告诉了乔伊。乔伊有很多话说,她说起了希恩,说起了希恩的母亲,据乔伊所知,希恩的母亲从未打过网球,但通身有运动员的气派,所以乔伊打赌说,那个六岁的孩子肯定是继承了运动天赋,还说希望孩子不要太调皮,因为希恩小时候非常调皮。

最后,乔伊终于说完了,他们走到球场,开始热身,斯坦的破膝盖感觉还不错。他们走到网球场的底线,一切都轻车熟路,斯坦发现自己想起了他的父亲,想起他们周五下午偷偷打比赛,还打了好些年,就像双重间谍执行秘密使命。

当然,他们不能在他爸爸亲手修建的后院网球场打球。爸爸离开家后,就再也没踏进他自己的家门半步。

他们是在当地一个寒酸的球场见面的,周围都是矮小的灌木丛,附近有个破旧的童子军大厅。场地都裂开了,球网也下垂了,但网球很美。

斯坦的父亲说，希望有一天能见到儿子在温布尔登打比赛。他说那话的时候，仿佛是得到了内部消息。

斯坦十六岁那年，他父亲在站台等六点四十五分到中心站的火车时去世了。当场死亡，就像老伙计丹尼斯·克里斯托。"没什么大损失。"斯坦的母亲说道，他母亲认为斯坦已经多年没见过父亲了，即便她知道真相，也不会安慰儿子的。她不是那种能安慰人的母亲。斯坦的两个儿子小时候生病发烧，乔伊就照顾他们，她的手温柔地抚摸着他们的头发，有时斯坦会可悲地感到嫉妒的一丝刺痛。他的两个儿子就这样漫不经心地接受了母亲的爱，仿佛是生下来就有的权利一样，可能有时候他对他们比较强硬，特别是对特洛伊，只是出于嫉妒。

几十年来，他很少想到自己的父亲，也从不说起他父亲，直到那天他和乔伊去了温布尔登，他听到父亲的声音非常清楚地在他耳朵深处响起，仿佛父亲就坐在他身边。"好吧，这不正是给丛林里走出来的男孩准备的吗？"

这是斯坦人生中第一次感受到自己的身体会对情感做出反应，会对脑袋里的想法做出反应。他从未给乔伊说起他那天的感受。他们都装作他突然得了什么怪病的样子。他怎么能够告诉乔伊呢？坐在温布尔登的观众席上，不仅仅让他为自己失去的事业悲伤，为他们的孩子失去的事业悲伤，还为他多年前失去了那个爱他的和蔼男人，而那个男人臭名昭著，殴打过他的母亲。

他父亲教他警惕男人那幽灵般的暴脾气。

每次星期五下午的比赛结束后，他们满身是汗，一同坐在阴凉处，父亲不止一次对他说："如果你想要对女人或孩子发脾气的时候，你必须离开，打开门离开。不要停下来思考，不要说一个字，等平静了再回去。你一定要直接离开。我本应该那样做的。"

斯坦严格地完全遵守了父亲的建议，就像对待生死攸关的事情。他相信男人的脾气就是男人最可怕的缺点。很多年前，特洛伊跳过网子打了哈里·哈达德，斯坦知道他失败了，等特洛伊做出一个又一个愚蠢的决定时，他决定不再管这个孩子了。他告诉过自己，绝对不要放弃自己的孩子和学生，但他放弃了。绝不放弃，一定要打到最后一个球，直到最后一分花落谁家，比赛才真正结束。但他放弃了他的儿子。

最近，他开始听乔伊播客上的贸易课。乔伊说很无聊，她说得对，但斯坦坚持了下来，昨天他给特洛伊打了个电话，问他："工作怎么样？"

"挺好的，爸爸。"特洛伊简要地说道。

斯坦吸了一口气，鼓足勇气，说："想来市场就像是你的对手，对吧？你和市场打比赛？预测接下来是什么？"

很长时间的沉默，斯坦觉得自己的脸都红了。难道自己说了很愚蠢的话，特洛伊笑得满地打滚？觉得自己的老父亲蠢得像块砖头？

但特洛伊接下来慢慢说道："是的，爸爸，就是那么回事。"

"嗯，"斯坦说道，"那么——"

特洛伊打断了他的话，说："爸爸，你知道我从什么时候真正开始善于此道的吗？"他没等斯坦回答，就急急忙忙说了出来，"就是我不再炫技的时候，我放下自尊心的时候，我变得情绪稳定、讲究策略的时候。"

他的声音变得有点颤抖，不太能听得很清楚，他继续说道："爸爸，你在球场上教给我的每件事情，我都用到了我生活中的每一天。"

他可从未教过这孩子去修指甲，但管他呢，听到这话还是很不错的。

天哪，感觉真是太好了。

一架飞机从头上飞过，斯坦扬起头，看着飞机掠过天空。也许他再也没有可能登上飞机了，但没什么呀，待在地上就挺好的。

乔伊走到网前。她打球的时候，头发会扎成小女孩的马尾样儿。乔伊的双腿依然是斯坦见过的最美的。她拦截空中球的技巧依然不够，但她还是不听。因为用力，因为冷空气，她双颊泛红。乔伊爱网球，就像斯坦爱乔伊一样，他远比乔伊知道的更爱她。在遇到乔伊之前，他对双打毫无兴趣。他俩在一起打球，胜过他们各自单打。

每当乔伊不再爱他，他就那么看着，等待着。他一直都爱着乔伊，即便是深感伤害和背叛之际，甚至那一年关系很差，他们说要分开的时候，他也只是随声附和，等着乔伊再次回到他身边。感谢上帝，感谢天堂里的爸爸，乔伊每次都会回到他身边。

乔伊用手挡住阳光，看着飞机消失在天际。她放下手，回头看着斯坦。

她说道："我们打球吧。"

第七十一章

空乘说:"如果听到机组人员说'撤离,撤离,撤离',首先检查飞机外的环境是否安全。"

她说"撤离,撤离,撤离"这几个字的时候,就是那种无聊而官方的单调语气,很好笑。这些话并不会让人觉得恐慌。

空乘开始讲逃生座位的乘客有哪些责任,座位号为12F的女士没有再继续听下去。疫情期间飞机不会坠毁的,那样的话,灾难就太多了,晚间新闻都装不下了。再说了,她座位旁边有个肌肉男,如果发生紧急情况,肯定会一把推开她,拉开逃生门。

她拉了拉自己的口罩,戴着口罩有点痒。

所有人都在不断地摆弄着自己的口罩,想要适应这个奇怪的新世界,只露出疲惫的眼睛。眼镜上起雾了。有些人不断拉下口罩,吸上几口细菌味道的空气。在过道对面,两个女人在用消毒纸巾擦拭小托盘和扶手,仿佛在清理犯罪现场。

这女子看上去就像九十年代女子摇滚乐队的成员。头发染成了黑色,一侧头发剃掉了。她穿着黑色的破洞牛仔裤和厚实的带扣机车靴,佩戴着很多叮当作响的饰品,有盘绕着蛇的手镯,还有骷髅项链,机场安检的时候,金属警报器哔哔响。

女孩是坐飞机去阿德莱德看她母亲的。

她的航班多次延误,所有人都是如假包换地心情不好。等她取到租的车,开车回到童年的家里应该要晚上九点多了。她母亲应该是舒舒服服、暖暖和和地躺在被窝里,没有床虱咬吧。几个月前,她在清晨金色的光线中离开母亲,母亲也是那样的。

"再见,妈妈!"她大声叫道,"爱你!"没有回应。

那天清晨的前一天晚上,她给母亲做了晚餐,每次她去看母亲都会那样做。大大的白色盘子,精致的几口食物,控制了卡路里的摄入。两块包裹在香草里的羊肉(外科医生般精确地切掉了所有肥肉)。八根四季豆。一小勺形状完美的土豆泥。她吃东西的时候,母亲还是盯着她看。你必须永远都盯着!卡路里很狡猾,会悄悄溜进你的盘子,溜进你的身体,有时候连做梦都会摄入卡路里。

她母亲的穿着打扮仿佛要去教堂,但她其实从不去教堂。盘子里的东西吃得干干净净。吃完后她就用牙签剔牙缝里的肉,正式宣布这顿晚餐"很不错"。

然后她母亲就开始很长时间的冲澡,清洁牙齿,换上睡衣和晨袍,之后坐在沙发上,端着一小杯伏特加看电视(伏特加的卡路里最低,没有碳水、脂肪或糖)。再加上两片黄色的安眠药片。医生说,她应该在睡前三十分钟服药,只服用一片,但医生又知道什么呢?女孩的母亲说:"事关自己的健康,应该自己做决定。"她每天晚上吃两片,睡得像死去了一样。

女孩站在厨房里,盯着母亲的盘子,看了好长时间才把啃过的骨头刮进垃圾桶。

接着,她走进起居室,对着母亲的后脑勺说:"你不是教我不要吃完盘子里的东西吗?"

她母亲说道:"你给搞反了!你要教你的孩子,盘子里的东西要吃干净。"

女孩说道:"你的规矩是反的。你说的是,盘子里的东西永远不能吃完。"

她看着摆放她绶带、奖章和奖杯的架子。她拿起一个奖杯。属于她最没价值的奖项之一，只是地区竞赛幼儿组的第二名，却是最大最有模有样的奖杯之一。厚实的白色大理石底座上面，有一个镀金的单脚尖旋转的芭蕾舞女演员。

女孩什么都记得，她当然记得为了这个奖杯而跳舞的事情。她记得母亲看到她这个小小的芭蕾舞者，露出了淡淡的微笑。女孩的脚指头起泡了，脚指甲磨坏了，胫骨疼，脚踝疼，背部也疼，更甚的是无情的饥饿感，这一切的小小奖励就是母亲淡淡的微笑。

她对母亲说："你忘了吗？如果我吃光了盘子里的东西，一点儿也不剩，你就会把我锁在我的房间里。优秀的舞者必须学会控制卡路里的摄入。"

她母亲继续看着一闪一闪的电视："我不知道我们现在为什么还讨论这个。"

女孩也不知道自己为什么要讨论这个，这并不在她的计划当中，她来是为了说再见的。她要与新男友搬到另一个州。男朋友是爱尔兰人，一个画家。他觉得女孩是正常人，他觉得女孩跳过芭蕾多可爱呀。他妹妹也跳过芭蕾，那个女孩的芭蕾经历与她的完全不一样。

女孩说道："有时候你把我锁在我房间里，只给我水。水都得匀着喝。这样对一个小女孩太糟糕了。我以为自己会被永远锁在那里，我觉得自己会死。现在想来，真可能就死了，我有好几次差点就死了。"

什么回应都没有。

"我有进食障碍，"女孩说道，"我的甲状腺、铁含量水平、我的牙齿、消化系统、大脑、性格都有问题。我不……正常。"她顿了顿，"你毁了我。"

电视里的录制笑声此起彼伏。

最后她母亲说话了。她听起来有点不耐烦，又觉得有点好笑："萨凡纳,你一直都是这样说谎的。你房间里有个电视。你就像城堡里的小公主!看看这些奖杯吧!你觉得我是没事干才开车带你满澳大利亚参加各种芭蕾比赛吗?我有我自己的生活,你知道的!"

她就是那样生活的,与很多人一样,生活在后悔和错误当中。他们只是重新编写他们的人生经历。她母亲重新创作了自己,扮作尽心尽力的母亲,仿佛芭蕾是她女儿最喜爱的课外活动,而不是她本人的痴迷。

"你的天赋只是中等水平。"她母亲停顿了很长时间后说道。吃过两片安眠药后,她的语气开始放松。"你不像你哥哥,你没有得到上天的眷顾。我一开始就知道的。"

你父亲得到了上天眷顾的宠儿。

女孩的身体蜷缩起来,就像折纸一样有着几何学上的整齐。

她回到厨房,动作敏捷优雅,清理着厨房。她把洗碗布紧紧缠在拇指上,擦炉灶上的一块凝固油脂,一直擦到干净为止。她打扫了地板。她擦洗了水池,擦得锃亮。

她回到亲爱的母亲身边,看到她在沙发上睡得很熟,头往后仰,嘴巴长成标准的椭圆形,就像游乐场里的合唱团在表演。

那天早些时候,她母亲说有时药品起效太快,她在沙发上就睡着了,醒来腰疼。她说那话的时候,好像那都是这个女孩的错。

于是女孩就负起了责任。她拿起遥控器,关了电视。"瞌睡虫,我们去床上睡!你就不会腰痛了。"

她只能拽着母亲的腋下拖着她走,但她母亲轻如羽毛,就像小小的芭蕾舞者。她把母亲拽到距离沙发最近的卧室,那正好是女孩以前的卧室,门上挂着老式的锁。

现在,法律要求卧室不可以安装可以从外面锁上的门锁,为了防止出现安全问题。

好像在女孩长大的过程中,那样就没有安全问题一样。

女孩把母亲拖到自己以前的床上。她拉过被单,盖住母亲的胸口,把被子掖在了母亲的下巴处。

做好这一切后,她发现自己呼吸很快,却有一种受控制的兴奋感,仿佛她做了一些不寻常又寻常、非凡又不凡的事情,比如踮着脚尖挥鞭旋转了三十二圈。

"好好睡吧,不要让床虱咬你。"她吻了吻母亲的额头。她的脸颊感受到了母亲温暖的气息。她站在门口说道:"现在,你知道我必须锁上这门。那是规矩。你就像一头恶心的小猪一样啃了那些骨头。"

女孩在老地方找到了卧室门的钥匙。那是母亲的前夫送给母亲的一个小装饰盘子,上面有一男一女拥抱在一起的卡通漫画,头顶上爱心乱飞。上面写着:爱就是被爱。

这位前夫是她丈夫中比较好的一位。他教女孩做饭,后来他走了,带走了他的姓氏,也带走了他的厨具。如果他没走,就不会允许她母亲对她做这一切。

有很多人本可以制止这一切,但他们都不知道,他们都没有多看一眼,没有多问一句,没有多听一句。

还有老师,还有其他带孩子学芭蕾的父母,还有医生,本来能够注意得到。比如说那位整形医生亨利·埃奇沃斯见过小时候的她。她母亲带她去见这位医生,问一问修理她这对"不幸的耳朵"需要多少钱(要花很多钱)。医生仔细地看着她难看的耳垂,女孩轻声对医生说:"我饿了。"医生咯咯笑起来,仿佛检查一个营养不良的小孩是件好笑的事情。

因为那一次温和的咯咯笑声,他最近付出了昂贵的代价,但他觉得自己占了便宜,与夜总会见到的年轻轻浮女孩搞了一次婚外情。双方都觉得公平。

那晚,母亲一直昏睡,女孩去了一趟超市。她买了六盒最佳营养蛋白质咀嚼棒。看起来非常好吃。她还买了一件塑料收缩膜包装的瓶装水。她把这些东西搬进卧室,放在床边的地板上。她母亲张着嘴,呼吸很平静。

她给母亲写了一张友好的便条。这些东西不少了，但你需要匀着吃。记住：自律！

她再次锁上了房门。

那天晚上，女孩出发去了悉尼。当时还没有疫情封锁，她可以理所当然地跟着新交的爱尔兰男朋友在各个州自由穿梭。

她没想过要离开那么久。她变得很忙！生活啊！新男友相处不下去，但她认识了新朋友，见了老朋友和老熟人。她做了一些收尾的工作。她得到了几笔意外之财，甚至还做了一项慈善工作。就像美国人说的那样，她"主动与人联系"，联系上了她的著名成功人士哥哥，哥哥人很好，他们说等到这个疯狂的世界回到正轨，他们要经常见面。哥哥说他再也不想见到他们糟糕的疯子父母，一个都不想见，她很理解。她也不想见，但她是个孝顺女儿，就像她母亲是个尽心尽力的母亲。

她把钥匙挂在脖子上，似乎一定要贴身保存才行。这就彰显了她的爱。

飞机开始向着跑道缓慢滑行，邻座的肌肉男问她："回家吗？"这时候，全世界的人都在回家。那个男人戴着口罩，有着一双狗狗一样的温柔眼睛。

空乘在演示，如果天花板上落下氧气罩时该如何使用。首先要摘掉口罩，到时候最关心的事情就不再是病毒了。

"我去看我母亲。"女孩说道。

足智多谋的老年人要从上锁的房间里出来，有很多方法可想，也应该有很多方法可想。可以把门踢开，敲打窗户，给邻居打电话，大声呼叫邻居。虽然卧室在二楼，对面是一堵砖墙，但她依然有可能叫人。窗户上是厚厚的玻璃，窗框上一层又一层的陈年涂料堵满了缝隙，小孩子破不了，但成年人肯定可以找到妙招。如果我是大人，我就能想办法出去——那个小女孩当年就是这么想的。她渴望长大，变得有钱，有吃的，有能力，但她是个孩子，只是一个孩子，梦想着能顺着豆茎往上

450

爬，爬出那个房间，爬到天上去。她不想要巨人的金子。她想要巨人的晚餐。

无论她如何越来越绝望地采取行动抑制心中的痛苦，依然感到无助，感到身陷困境。她知道自己的记忆不像别人的记忆那样可以慢慢褪去，她已经接受了这个事实，但她不明白为什么年龄越大，她越想要远离过去，痛苦就越强烈。

"我也是，"邻座的那个人说道，"你母亲一个人住吗？"

"是的。"女孩说道。她知道那个人的意思，但她心想，我们都是一个人。即便你周围都是人，即便与亲爱的恋人同睡在一张床上，你还是孤独的。

一周、两周或三周之后，朋友和邻居可能会来看看她的母亲。但如果你想要友邻的关心，大概自己得先成为别人的友邻。

所以应该不会的。

也许她母亲现在正在床上，平静地撕开她最后一块可口的营养蛋白棒，小口喝着她最后一瓶水，飘荡在波涛汹涌的无边无际的电视海洋中，就像她被宠坏的女儿以前那样，摆脱了钻心的饥饿，就钻进另外的现实当中，钻进别人的人生中。

也许她母亲已经创作出了一部关于自己的情景喜剧。

女孩脑海中浮现出一个画面，她胖胖的母亲面带微笑，急忙走上来迎接她，先在围裙上擦了擦手，一把拉过她，说："我今天早上醒来，笑得不行！你个小坏蛋，把我锁在了房间里。"

也许房子里会有一股糖、黄油和爱的味道。

也许不会。

"我和我母亲一起隔离，"那人说道，"她有免疫问题，所以必须非常小心。真的很吓人。"

"是呀，"女孩说道，"很吓人。"她碰了碰脖子上的钥匙。"现在我们得把我们的父母关起来。"

一声狂笑从她的胸口升腾而起,夹在了她的嘴巴和口罩之间。她呼吸的时候,口罩随之起伏,她觉得就像有一个塑料袋紧紧套在头上。她的邻座没有注意。这个女孩同他一起坐在逃生口座位上,共同承担逃生口的职责,但他并不知道这个女孩的真实情况。口罩太好了。很有用,很有保护性。没人知道口罩下面是什么。她可以做她选择做的任何一种人,对方需要她是什么类型,她就是什么类型。

飞行员的声音通过内部通信装置传了出来,嘶嘶作响:"机组成员,准备起飞。"

她紧了紧安全带,紧张的乘客就会那样,她感到对方注意到了,她感到了对方的关心,就是有教养的好男孩关心脆弱恐惧的女孩的那种。他需要女孩的脆弱,她就能给对方脆弱。她穿着打扮不对劲,邻家女孩的打扮要好得多,但一切都取决于话怎么说。

引擎轰鸣。起飞前的那一刻,总感觉飞不起来一样,有悖自然规律,但看似有悖自然规律的事情时时都有。

飞机腾空而起。

女孩往下看了看拼布被子一样的郊区:一座座小小的房子,一个个小小的后院和泳池,火柴盒一样大小的汽车在蜿蜒的道路上行进,路过一个个的运动场和网球场。

飞在空中往下看,生活是那么平静、那么可控:跳进火柴盒一样的车子里,开到可爱的城里去赚钱!去那些可爱的小商店里买吃的!爱你的孩子,给你的孩子吃的!追随你的梦想,缴纳税款!为什么有些人做这些事情就难到不可能,而有些人就是那么简单呢?

她的邻座在描述自己的母亲:"她喜欢待在家里,不怎么活跃。"

"我妈妈正好相反。"女孩说道。

她看到一个女人,看起来很像她的样子,给她放洗澡水,用手试水温,用手在水里搅来搅去,调出合适的水温。她看见有一天晚上很晚了,那个女人拿着一床毯子站在女孩的卧室门口,因为"天突然降温了"。女孩看到女人从货架上取下一条裙子,说颜色与女孩最配,看到女孩从试衣间走出来,开心地拍手。她看到那个女人愤怒地责备她的行为,然后又既往不咎,仿佛即便是这世上最恶劣的行为也有可能得到原谅。

女孩说道:"我妈妈打网球。"

致 谢

一如既往地感谢我多年来出色的编辑们：澳大利亚的凯特·帕特森，美国的埃米·艾因霍恩和英国的玛克辛·希区柯克。还要感谢丹妮尔·沃克、布里安妮·柯林斯、凯瑟琳·库克、康纳·明泽、乔尔·理查森和亚历克斯·劳埃德宝贵的编辑评论和建议。

感谢我的姐妹兼同行作家雅克琳·莫里亚蒂和尼科拉·莫里亚蒂阅读了这本书的初稿，感谢我的姐妹卡特里娜·哈林顿和菲奥娜·奥斯特里克阅读了最终版的初稿。特别感谢杰西给我发了这部小说的写作提示。

在写《苹果不会落下》的时候，我需要学习关于竞技网球、网球教练、警察调查、交易、理疗、20世纪70年代的生活、会计和芭蕾舞等方面的知识。我非常感谢以下这些好心人，他们如此耐心地贡献了他们的时间和专业知识：马修·福特曼、迈克·洛尔斯、詹姆斯·哈布、保罗·弗朗西斯（请支持他的慈善机构——矮胖子基金会）、威森、马克·戴维森、金·艾维、罗布·柯林斯、埃琳娜·雷迪和扬·莱文斯基、埃琳娜·德辛克（通过玛丽莎·科隆纳）、特蕾莎·李博士、卡梅伦·邓肯、斯科特·哈林顿、朱莉和乔治·盖茨。感谢博·拉夫海德，他完全没有为这本书做出贡献，但每次见到他我都感到很内疚，因为在上一部小说中，我虚构使用了关于他的真实轶事，但我忘记感谢他了。

有一些为人体贴又人脉广泛的人，在得知你正在研究一个特定的话题后，第二天就发短信给你，介绍你可能需要认识的人。谢谢丽莎·卡迪、杰基·阿洛伊西奥和查尔斯·安德森，你们都是这样的人。

感谢莫莉（切莉·彭妮的狗）和黛西（我们家的巧克力拉布拉多）帮助我创作了施特菲这个角色。

除了那些丰富的专业知识，我知道书中也会有错误，这些错误都是我的原因造成的。在你指出它们之前，请注意，我已经在现实世界中得到了一些纠正，特别是在时间方面。（例如，《爆米花》这首歌是在乔伊19岁时发行的，而不是17岁。）然而，2020年初澳大利亚的灾难性火灾并没有任何虚构。火灾运动的作者为缓解丛林大火筹集了资金，而苏林·霍和妮可·乔丹·勒诺伊尔都为这个很棒的倡议进行了捐赠，让他们的名字出现在这本书中的角色中。西蒙·巴林顿也是一个农村援助慈善拍卖的中标者，这本书中的一个角色以他的名字命名。谢谢苏林、妮可和西蒙的捐款和你们的名字。

谢谢卡罗琳·李对我的小说有声书的精彩叙述。

感谢我在世界各地杰出的译者。

感谢澳大利亚作家贝·卡罗尔和黛安娜·布莱克洛克，他们是我十多年来的"同事"。感谢我出色的公关人员，澳大利亚的特蕾西·奇瑟姆，英国的加比·扬和美国的帕特·艾斯曼。感谢我出色的文学和电影经纪人：澳大利亚的菲奥娜·英格利斯和本杰明·帕兹、美国的菲耶·本德、英国的乔纳森·劳埃德和凯特·库珀，以及洛杉矶的杰里·卡拉吉安。

我全心全意地感谢我的读者，你们毫无疑问是世界上最可爱的读者。我每天都在感谢你们的支持。2020年的疫情意味着，我在推出一本新书时，很遗憾不能像之前那样见到你们中的许多人。我再也不会抱怨旅行了，等下一本新书时，我会在现实生活中见到你们。

感谢我的家人所做的一切。谢谢亚当每天在我睁开眼睛之前就送来的咖啡,谢谢我美丽的女儿安娜,**也就是世界上最好的女儿,乔治,你别不服,我才是爸妈最宠爱的孩子**(这就是当你电脑里的文档打开着,你离开后一个11岁的孩子会做的事情。我决定把她的话留给后人,因为这似乎很适合一本关于兄弟姐妹竞争的书)和我帅气的儿子乔治(下次记得扳回一局啊,乔治)。

感谢那个名叫黛安娜的害羞却又健谈的小女孩,她是班级合影中唯一一个拿着洋娃娃的孩子,长大后成了一个漂亮的金发美女、六个孩子的母亲、十二个孩子的祖母,还收养了很多孩子。感谢你成为我的妈妈,怀着对你的爱和感激,这本书是献给你的。最后,谢谢我的父亲。这是第一本没有你在的书,但你永远都会在我的致谢里,老爸。

* * *

以下参考文献对我写作这本书很有帮助:杰拉尔德·马佐拉蒂的《迟不上场》、拉菲尔·纳达尔和约翰·卡林合著的《拉法:纳达尔自传》、伊莲娜·多克奇和杰西卡·哈洛伦合著的《牢不可破》、罗德·拉沃尔和拉里·赖特合著的《黄金时代》、玛格丽特·考特的《玛格丽特·考特自传》、埃冯·古拉贡·考利和菲尔·杰拉特合著的《高朗格的故事》、苏珊·乔伊·亚历山大的《西班牙情缘》(我赋予了乔伊与苏珊的真实经历相似的经历,那就是在白城的一场比赛中,遇到一位带有偏见的裁判),以及菲奥娜·格里菲斯的文章《咨询:承认我们的专业本身》(2019),感谢梅丽莎·沙德沃思的转发。

《偏头痛患者》是一个真实存在的播客的名字,但乔伊听到的一切都是虚构的。《痴呆人生》和《与商人交谈》也是真实存在的播客的名称。